**윈터 씨의
해빙기**

윈터 씨의
해빙기

슈테판 쿨만
장편소설

양혜영 옮김

샴페인을 마시고 싶었을 뿐인데

"우리 남편은 퇴직하고 몇 주 동안 혼자서 아무것도 못 하더라고. 아휴, 봐주기도 힘들더라." 소피아는 크레머 부인의 불평을 들어주며 그녀가 고른 화장품을 포장하고 있었다.

"벌써 겁주지 말아요, 우리 남편도 그렇게 되면 어떡하라고."

말은 이렇게 했지만, 소피아는 한숨이 저절로 나왔다. 남편 로버트가 퇴직 후 24시간 온종일 집에 있다고 상상하니 기분이 좋지만은 않았다. 소피아의 표정을 알아차린 크레머 부인은 바로 분위기를 바꿨다.

"시간 지나면 괜찮아져. 이제 합창단에 가서 노래도 부르고, 지난주에는 유치원에 가서 책도 읽어줬다고. 자원봉사자가 언제나 필요하거든. 거기에 지원해보는 것도 좋을 거야."

"그렇겠네요." 소피아는 겨우 미소를 보이며 대답했다. 그때 현관문이 열리는 소리가 들렸다. 시간을 확인했다. '왜 이렇게 일찍 퇴근했지?'

"당신이야?"

"응, 왜 실망했어?"

로버트가 큰 소리로 대답했다. 크레머 부인은 억지로라도 웃어야 했다. 로버트가 갑자기 나타나 소피아가 짐짓 당황한 기색을 보였기 때문이다. 집으로 고객을 들이지 않는 것은 소피아가 지켜야 할 선이었다. 하지만 소피아 입장에서는 크레머 부인이 뜬금없이 문 앞에 떡하니 서 있으면 달리 할 수 있는 게 없었다. 크레머 부인은 그저 그런 고객이 아니라 VIP 고객이었다. 로버트는 자잘한 이야기나 친근한 농담을 주고받는 사람이 아니다. 어떤 의도를 갖고 떠보거나 돌려 말하지도 않는다. 숨겨진 의도 없이 말이 나오는 대로 한다. 대부분 상황에서 로버트는 이런 성향을 나쁘다고 생각하지 않지만…. 크레머 부인이 은퇴에 대해 로버트에게 직접 말을 건다면, 수습이 안 될 것 같았다. 소피아는 고객을 위험 지대에서 빨리 벗어나게 하는 것이 우선이라 생각했다.

"그럼, 계산은 다음에 하기로 해요." 소피아는 크레머 부인에게 쇼핑백을 건네주며 자연스럽게 현관문 쪽으로 안내했다.

"무슨 소리야, 지금. 돈을 딱 맞게 가져왔는데." 크레머 부인은 소피아의 속도 모르고 계산하겠다며 지갑을 열었다.

소피아가 어서 나가라고 티 나게 눈치를 주는 순간, 로버트가 한 손에 서류 가방을, 다른 손에 저녁에 마실 샴페인을 들고 거실로 들어왔다.

"안녕하십니까." 로버트는 인사를 건네며 소피아와 크레머 부인을 의심스럽게 번갈아 봤다.

"당신, 벌써 왔구나." 소피아는 남편을 이 자리에서 벗어나게 할 구실을 찾느라 머리를 굴렸다.

"샴페인 냉장고에 넣어둬, 일 다 끝나면 차갑게 마셔야지."

로버트는 그제야 자신이 샴페인 병을 들고 있다는 걸 알아챘다. 마치 몰래 하던 걸 들킨 것처럼, 등 뒤로 샴페인을 숨겼다. 로버트는 자리에 그대로 서서 이렇게 말했다. "차가운데."

소피아가 눈에 힘주고 고개를 살짝 끄덕이며 자신을 고객과 단 둘이서만 있게 해달라는 신호를 보내도 로버트는 자리에서 꿈쩍을 하지 않았다. 로버트는 그게 무슨 신호인지도, 소피아가 뭘 원하는지도 전혀 모르겠다는 듯이 가만히 있었다.

"살갑게 대해줘, 어려운 것도 아닌데." 로버트는 군소리 없이 소피아가 원하는 대로 하려던 참이었으나 크레마 부인이 말을 하는 바람에 할 수 없이 그 자리에 있어야 했다.

"남편한테 너무 까탈스럽게 하지 마. 이제 퇴직하는데." 그녀의 고객이 로버트에게 다정하게 웃음을 보이며 한마디 끼어들었다. "알람 없는 아침이라니, 얼마나 좋겠어!"

소피아는 크레머 부인의 팔짱을 끼고 현관으로 향했다. "여행 잘하시고요, 준비할 것도 엄청 많을 텐데." 소피아는 크레머 부인이 자신의 목소리를 듣고 자신이 얼마나 난감해하는지 눈치채길 바랐다. 안타깝게도 크레머 부인은 소피아의 마음속에서 불안이 점점 부풀어 오르는 걸 전혀 알아채지 못했다. 크레머 부인은 로버트가 궁금했다. 당연했다. 로버트와 소피아에서 맺어진 암묵적 합의 때문에 고객 누구도 로버트를 만나본 적 없었다. 이런 이유로 로버트는 소피아의 일부 고객들에게 전설적인 존재로 여겨졌다.

크레머 부인은 다시 오지 않을 기회를 꽉 붙잡아 멸종위기에 놓인 천연기념물을 보듯 로버트를 쳐다봤다. 로버트는 관심이 없었지만, 크레머 부인은 호흡을 가다듬고 묻지도 않은 말을 꺼냈다. "우리 세이셸로 여행가요. 딸이 거기에서 스킨스쿠버 클럽을 운영하거든요. 우리 부부는 예순다섯에 다이빙 자격증을 땄죠."

"그 나이에는 산소 호흡기 통을 옆에 두고 있어야겠네요. 식물인간이 될 수도 있으니까." 냉소적인 로버트의 말에 소피아는 두 눈을 질끈 감았다. 너무 창피해서 두더지 굴이라도 찾아 들어가고 싶었다. 하지만 놀랍게도 크레마 부인이 큰 웃음으로 받아줬다. "우리 남편도 유머라곤 하나 없었는데, 달라질 거예요."

"그럴 리가요." 로버트는 딱딱하게 답했지만, 크레마 부인은 거기에 또 웃었다. 로버트는 살짝 짜증이 났다.

"내년 봄에는 우리 남편 마틴이랑 크루즈 여행도 가고요." 크레마 부인은 들떠서 이렇게 말하고는 로버트를 팔꿈치로 툭 치면서 은밀하게 이야기를 이어갔다. "부인이랑 크루즈 여행 같이 간다면서요. 그렇게 말하던데."

소피아는 로버트의 뚫어질 듯한 시선에 몸 둘 바를 몰랐다. "아직 이야기 중입니다." 소피아는 엉뚱한 곳에 불똥이 떨어지기 전에 대화에 서둘러 끼어들었다.

"같이 가는 거 어때요? 내가 여행사에 전화해서 아직 선실 예약할 수 있는지 알아볼게요." 크레마 부인이 호들갑을 떨었다.

"저를 증기선에 스스로 가두기 전에 차라리 온몸에 레버 부르스트(돼지나 소의 간으로 만든 펴 발라 먹는 소시지-옮긴이)를 바르고 제 발로 사자 굴에 들어가겠습니다." 로버트가 투박하게 대답했다.

크레머 부인은 아랑곳하지 않고 그르렁 콧소리를 내며 웃고 말았다. 더는 참을 수 없는 모양이었다. 크레머 부인이 두 번까지는 참았지만 앞으로 한 번 더 이런 말을 들으면 그 성격에 더는 참지 못할 것이 틀림없었다. 로버트는 아이러니의 대마왕이 아니었다. 그가 하는 말은 그야말로 '말 그대로'였다.

크레머 부인은 어떤 위험 신호도 감지하지 못하고 계속 이야기를 이어가려 했다. 소피아가 끼어들어야만 했다. "사진 많이 찍기로 하신 약속, 잊지 마세요." 소피아는 귀한 고객을 현관문을 향해 조금 과하다 싶을 정도로 밀어붙였다.

"윈터 씨, 오늘 만나서 너무 좋았어요." 크레머 부인이 현관문 앞에 서서 큰 소리로 말했다. "시간 되면, 우리 집에 식사하러 오세요."

소피아는 안절부절못하며 웃음을 보였다. "그런 거, 우리 남편은 별로 안 좋아해요. 집에 있는 걸 워낙 좋아해서."

크레마 부인이 알겠다는 표정으로 이야기를 이어갔다. "아휴, 윈터 씨 전 다 이해해요. 저희 남편도 처음에는 그랬거든요. 그런데 생각보다 빨리 바뀌더라고요. 은퇴하고 나서는 직장 다닐 때랑 다르게 아주 활동적으로 변했어요."

소피아는 한숨을 내쉬었다. 걱정했던 대로 결국 상황은 걷잡을 수 없게 되었다. 그걸 아는지 모르는지, 크레머 부인은 손가락으로 그의 상처를 꾹 찔러버렸다. 로버트가 현관문 앞으로 걸어 나왔다. "무슨 말씀을 하고 싶은 건가요?"

"여보, 당신 직업을 뭐라고 하는 건 전혀 아니야." 소피아는 상황이 악화되는 것을 피하려고 상냥하게 대답했다. 로버트는 평소에는 다른 사람의 의견에 별 관심이 없지만, 공무원은 먹고 논다는 편견 앞에서는 완전히 다른 사람이 되었다.

"잘 아시겠지만, 세무 공무원이 없다면 이 세상은 혼돈에 빠지고 맙니다, 안 그렇습니까? 크레머 부인!"

크레머 부인은 무슨 말인지 전혀 알아듣지 못했지만 딱 하나는 알 수 있었다. 이제 가야 할 때가 되었다는 것이다. "아, 네, 그럴 수도…." 부인은 말을 더듬으며 소피아가 열어준 문으로 시키지 않아도 알아서 나갔다.

최고의 고객이 떠나자 소피아는 로버트 앞에 섰다. 화가 났다. 아니, 화난 정도가 아니었다. "당신, 그런 식으로 내 사업을 망치려는 거야, 뭐야?" 소피아는 숨을 깊이 내쉬면서 감정을 다시 가라앉혔다. "왜 이렇게 기분이 안 좋아? 무슨 일 있어?"

"없는데." 로버트가 낮은 목소리로 대답했다.

소피아는 이내 마음을 풀고 그를 바라봤다.

"아무 일도 없어." 로버트는 소피아를 안심시켰다.

그의 얼굴에서 조금은 미안해하는 흔적이 비쳤다. 언제나 그렇듯이 말이다. 소피아의 시선은 로버트가 들고 있는, 아까 퇴근 길에 사 온 술병 라벨에 꽂혔다.

"탄산 와인? 오늘 우리 샴페인 마시는 거 아니었어?"

"주유소 편의점에 없었어." 뭐가 문제냐는 듯이 로버트는 대수롭지 않게 큰 소리로 말했다.

"주유소 편의점이라고?"

"이제부터 마트에는 안 갈 거야."

"점장이랑 또 싸웠어?"

로버트는 시선을 바닥으로 떨어뜨렸다.

"지금 나 놀리는 거지." 소피아는 로버트가 들고 있는 병을 테이블에 내려놓고 나갈 준비를 했다.

로버트는 귀찮다는 듯이 봤다. "어디 가려고?"

"부엌 좀 정리해줘. 오븐에 넣은 고기도 잘 지켜보고."

"뭘 그렇게 따져, 거품이 있으면 됐지. 자 봐, 여기 거품. 보여?"

소피아는 말 한마디도 하지 않고 나가버렸다.

벽에 걸려 있는 열쇠 꾸러미가 딸랑거리는 소리가 들렸다. 곧이어 문이 열렸다 닫히는 소리도 들려왔다. 로버트는 소피아가 나간 쪽으로 시선을 돌렸다. 그는 자신에게 몹시 화가 났다. 무슨 일이 일어나게 될지 예상했어야만 했다. 그는 자기 뜻대로만 하려는 고집쟁이였지만, 막상 생각해보니 소피아도 만만치 않았다. 소피아가 샴페인을 마시고 싶다면, 말 그대로 '샴페인'을 마시고 싶은 거다. 젠장.

멀리서 천둥소리가 들려왔다. 창밖을 봤다. 구름이 몰려와 햇빛을 가려 어둑어둑했다. 폭풍이 오기 전에 소피아가 돌아왔으면 했다.

8주 후

01

로버트는 언제 잠이 들었는지, 아니 잠을 자기는 했는지 머리가 멍했다. 햇살이 커튼 사이로 반짝이고 새들은 요란하게 지저귀고 있었다. 그는 인공위성처럼 침대 위에 매달린 크롬색 전등을 멍하니 바라봤다. 밤새 불이 켜져 있던 모양이다. 이 전등은 70년대 레트로풍의 세련된 스타일로 아내 소피아가 벼룩시장에서 헐값에 사 왔다. 로버트는 디자인 감각은 없었지만, 전등을 보면 머릿속에 늘 한 가지 생각만이 맴돌았다. 전등 자체는 거의 공짜였지만 수많은 전구 때문에 전기세 먹는 하마와 다를 바 없었고, 아니나 다를까 실제로 전기세의 반을 차지하고 있다는 사실이었다. 그래도 소피아는 이 전등을 좋아했다. 침대에서 오랜 시간 책을 읽으려면 정말 환한 불빛이 필요했기 때문이다.

잠시나마 자신의 옆에 누워 있는 소피아가 자리에서 일어나 당연하게 불을 끄리라고 생각했다. 그러면 벌떡 일어나서 베개와 이불을 움켜쥐고 버럭 화를 내며 거실 소파로 나가려고 했다. 소피아가 불을 끄지 않으면, 언제나 이런 식으로 반응하곤 했으니까. 그는 그제야 정신이 들었다. 이런 생각 전부 아무 소용이 없었다. 소피아는 더는 곁에 없다. 소피아가 커피를 들고 소파로 다가와 화해의 입맞춤으로 자신을 깨워주면 큰 다툼없이 하루가 평온하게 시작되었는데, 아침부터 저녁까지 이걸 기다리는 일은 이제 소용없었다.

눈을 감고 고개를 돌렸다. 아직 악몽이 끝나지 않았고, 노력만 한다면 악몽에서 깨어날 거라고, 몸과 마음을 다해 간절히 바랐다. 꿈에서 깨어나 눈을 뜨면 베개에 아내가 누웠던 자국이 보일 것이다. 손을 뻗으면 여전히 온기가 느껴질 테지. 머리카락도 한두 가닥 보이겠지. 부엌에서 달그락거리는 소리와 나지막이 흐르는 음악이 귀에 들려오는 듯했다. 감은 눈에서 눈물이 주르륵 흘렀다.

시간이 조금 지나 로버트는 자신이 욕실에 있다는 걸 알아차렸지만, 거기까지 어떻게 갔는지 기억해낼 수 없었다. 목욕 가운을 걸치고 슬리퍼를 신고 있는 건 말할 것도 없었다. 차가운 물을 틀어 세수하고 정신을 가다듬었다. 거울에 비친 모습을 물끄러미 바라봤다. 잿빛의 얼굴은 괴혈병 걸린 뱃사람처럼 창백했다. 몇 주 동안 면도크림을 사용하지 않아 턱 주위 군데군데 딱지가 앉았다. 마지막 남은 가글로 입안을 헹궈내고 뱉었다. 수건으로 물기를 닦았다. 쾌쾌하게 묵은내가 나는 걸로 보아 걸어놓은 지 꽤 오래되었다는 생각이 들었다. 다 쓴 수건을 빨래 바구니에 던져 넣으려 할 때 또 다른 냄새가 훅 밀려들었다. 팔을 올려 겨드랑이 냄새를 맡았다. 냄새의 근원지가 명백하게 밝혀졌다. 하지만 누가 뭐라나? 그는 전혀 신경 쓰지 않았다.

부엌에서 전날 밤 준비해둔 커피 메이커에 물을 올렸다. 커피가 한두 방울 주전자로 흘러내리자 알 수 없는 안도감을 느꼈다. 신문을 두어 페이지 뒤적거리며 커피 두 잔을 마신 후, 본격적으로 정리하기 시작했다. 아침 일상이다. 신문은 재활용 종이와 상자를 모아두는 바구니에 두고 커피 필터는 일반쓰레기로 버린 뒤 커피잔은 식기 세척기에 넣고 행주로 싱크대 상판을 닦는다. 현관 복도에서 오직 딸 미리암을 위해 아직 선을 뽑지 않은 전화가 울렸다. 누구와도 이야기하고 싶지 않았지만, 만약 미리암이라면 무조건 받아야 했다. 전화를 받지 않으면 경찰을 집 앞으로 보내겠다고 윽박질렀기 때문이다. 그 말을 완전히 믿지는 않았지만, 어떤 위험도 감수하고 싶지 않았다. 경찰이 집 앞에 나타나도 잘 있는지 물어보는 게 전부일 텐데도 말이다.

"소피아, 도대체 무슨 일이야?"

여자 목소리다. 그동안 들어왔던 자동 응답기 속 딸의 목소리는 분명 아니었다. 로버트는 목소리 주인을 개인적으로 알지 못했지만 몇 주째 전화로 그를 쫓아다니고 있었다. 오늘은 특히나 목소리가 격양된 것 같아 시간을 확인했다. 이제 막 오전 8시가 지나고 있었다.

"화장품이 떨어진 게 몇 주가 지났는데, 도대체 무슨 이유로 이렇게 연락이 없…."

그녀의 말은 여기까지다. 로버트는 전화를 받고 몇 초도 안 돼서 끊었다. 그녀는 이 행동의 의미를 이해할 것이다.

그는 위층으로 올라가 침실 커튼을 걷고 베개를 탁탁 털었고 이불도 쫙 펴서 반듯하게 정리했다. 소피아의 이불과 베개도 똑같이 했다. 평평하게 정돈된 이불을 보니 마음이 차분해졌다. 소피아는 간밤에 자고 일어났던 그대로 내버려두기 좋아했다. 진드기를 피하려면 이불을 구겨두는 게 좋다고 주장했다. 진드기는 공기가 통하는 건조한 환경에서 살아남기 힘들기 때문이라고 했는데, 그때는 허접한 핑계라 여겼지만 나중에 찾아보니 소피아의 말이 맞았다.

다음으로 바구니에 있는 빨래를 세탁기에 넣었다. 빨랫감이 많지 않아 돌릴 필요가 없다고 생각했지만 이미 세탁기는 돌아가고 있었다. 욕실은 정리할 게 별로 없었다. 집의 다른 공간과 마찬가지로 욕실도 낡아 보였다. 그는 은퇴하면 욕실을 손볼 생각이었다. 무엇보다 크고 화려한 패턴의 타일을 더는 봐줄 수 없어서 오래전부터 꾸밈없는 백색으로 바꾸고 싶었다. 가장 먼저 욕조를 걷어내고 샤워 부스를 설치하고 싶었다. 순전히 이건 자리의 문제였다. 그는 샤워를 고집했지만, 소피아는 그의 생각에 결코 동의할 수 없었다. 사랑스럽게 이름까지 붙여 부르는 이 작은 웰빙 공간을 포기한다는 건 소피아에겐 꿈에서조차 있을 수 없는 일이었다. 이런 이유로 욕조 가장자리는 언제나 다양한 아로마의 거품 입욕제가 차지했다.

그의 시선은 라벤더 꽃 그림이 있는 작은 병에 머물렀다. 소피아가 몇 해 전에 목욕할 때 긴장을 풀어주는 아로마라며 선물한 것이었다. 그는 한 번도 사용하지 않았다. 물 한가득 받아놓고 욕조에 앉아 있는 일은 언제나 물과 에너지, 그리고 시간 낭비였기 때문이다.

　목욕 가운 소매로 거울에 묻은 물방울을 닦고 욕실에서 막 나가려 할 때, 문 옷걸이에 걸린 화려한 실크 가운이 눈에 들어왔다. 자신도 모르게 몸이 휘청였다. 이게 현실이었다. 고통은 사전 경고 없이 찾아온다. 마치 절대 권력자가 재미 좀 보자고 기분에 따라 제멋대로 스위치를 올렸다 내렸다 하는 것처럼 말이다. 그는 윤이 나는 가운을 옷걸이에서 꺼내 부드러운 실크를 손으로 쓸어내리며 감촉을 느꼈다. 얼굴에 대자 슬픔이 저 밑에서부터 올라왔다. 다리가 녹아버리는 듯 흐물거리며 힘이 빠졌다. 잡을 곳을 찾다가 힘없이 욕조 가장자리에 털썩 앉아 다시, 그리고 또다시 가운의 냄새를 맡았다. 너무 슬퍼서 숨조차 쉬기 힘들었다. 소피아의 향기가 점점 사라지는 것 같았다.

　로버트는 위층에서 아래층까지 집안을 쓸고 닦았다. 지금은 부엌에서 싱크대 물 자국을 없애려 열심히 닦고 있다. 완벽하게 성공적이지는 않다. 아무리 세게 문질러도 얼룩이 지워지지 않는다. 스펀지에 세제를 듬뿍 뿌리자 예상치 못한 냄새가 코를 찔렀다. 용기 상표를 살펴보니, 물 때 제거용 세제가 아니라 원목 가구 광택제였다.

　마지막으로 인터넷에서 장을 보기 위해 책상 모니터 앞에 앉았으나 소피아의 실크 가운이 여전히 아른거렸다. 로버트는 올라오는 감정을 꾹 누르고 모니터를 뚫어지게 바라봤다. 컴퓨터

부팅 시간이 천만년은 되는 듯 길게 느껴졌지만, 마침내 소피아가 설정한 시작 화면이 켜졌다. 오래전 시칠리아 휴가에서 둘이 함께 찍은 사진이었다. 그때 로버트는 햇볕에 심하게 타서 온몸이 게처럼 벌겋게 달아올랐다. 조금이라도 만지면 피부가 불처럼 타오를 정도였다. 로버트는 사진에서 눈을 뗄 수 없었다. 갑자기 지중해의 파도 소리가 들려오고 따사로운 햇살이 얼굴로 내려와 소피아가 손을 잡아주는 듯했다. 뒤를 돌아보면 소피아가 방으로 들어와 입맞춤을 건네며 컴퓨터 끄고 같이 마트에 가자고 할 것 같았다. 계단에서 소리가 들려왔다. 정확하게 말하자면 계단을 칸칸이 올라오는 발소리였다. 로버트는 고개를 돌려 열려 있는 방문을 봤다. 모든 것을 삼켜버릴 듯한 거대한 블랙홀이 보였다. 그 순간 로버트는 알아챘다. 이건 아니다. 더는 이렇게 살 수 없다.

욕조에 물이 가득 차자 로버트는 욕조를 걷어내지 않아 참으로 다행이라 생각했다. 세면대 아래 선반 구석에서 전선이 돌돌 말린 소피아의 헤어드라이어를 꺼냈다. 전선을 다 풀어보니 선이 너무 짧다는 게 보였다. 욕조까지는 턱도 없었다. 어떻게 해야 할지 궁리했다.

잠시 후, 지하실에서 가져온 멀티탭에 헤어드라이어를 연결하고 세면대 옆 콘센트에 멀티탭을 꽂았다. 연결이 잘 되었는지 확인도 했다. 이제, 헤어드라이어를 손이 닿을 수 있는 욕조 앞 폭신한 발 매트에 내려놓고 목욕 가운을 벗었다. 속옷도 벗으려는 순간, 문득 머릿속에 생각이 스쳐 지나갔다. 옷을 다 벗은 상태로 한 번도 맘 편히 있어 본 적이 없다는 사실이다. 알몸으로 발견된다고? 옷을 입으면 더 위험한가? 그는 전기에 대해 알지도 못했고 자살에 대해서는 더욱더 몰랐다. 하지만 내면의 목소리가 그에게 말했다. 발가벗은 몸에 전기가 더 잘 통하니 신중히 하라고 말이다. 그는 남아 있는 존엄성에 대해 다방면으로 생각하면서 우선순위를 정해야 했다. 러닝셔츠를 벗고 양말도 벗고 나서 잠시 머뭇거렸다. 그리고 팬티만큼은 벗지 말자고 결정했다. 해방감이 파도처럼 밀려왔다. 어떤 무엇도, 어떤 누구도 그의 손에 놓인 운명을 막을 수 없다. 더는 바다의 파도에 휩쓸리는 존재감 없는 테니스공처럼 이 빌어먹을 날들을 살아내지 않아도 된다. 발 하나를 욕조에 담갔다. 기분 좋게 따뜻했다. 죽기 딱 좋다.

나머지 발을 욕조에 담그려는 순간, 초인종이 울렸다. 이럴 수가! 앓는 소리가 절로 나왔다. 못 들은 척하기로 했다. 마침내 두 발로 욕조에 섰다. 물속에 앉으려는 순간, 또 벨이 울렸다. 다시 한번 못 들은 척하고 앉으려는데, 확신이 질문으로 변했다. 만약에 바로 죽지 않으면? 전기 단락으로 굉음이 나고 퓨즈가 터지면서 의식 잃고 쓰러져, 서서히 물에 빠져 죽는다면? 그 굉음으로 경찰차나 소방차가 출동한다면? 최악의 경우, 너무 일찍 발견되어 인디언들이 죽은 후에 간다는 영원한 사냥터가 아니라 혼수상태로 침대에만 누워 지내야 한다면?

"안 믿어요, 안 믿는다고!" 로버트는 소리를 지르고는 현관문을 홱 열었다. 문 앞에 한눈에 나이를 가늠할 수 없는 여자가 서 있었다. 아주 젊지도 아주 늙지도 않아 보였다. 차림새와 헤어스타일, 커다란 기하학적 모양의 플라스틱 귀걸이를 보니 딸 미리암의 어린 시절이 떠올랐다.

"여호와의 증인 아니에요. 아시다시피 그들은 늘 짝을 지어 다니잖아요." 여자가 너무 당당하게 대답해서 말이 쏙 들어갔다. 로버트는 갑자기 자기 모습이 얼마나 우스꽝스럽게 보일지 깨달았다. 목욕 가운 아래 팬티만 입은 알몸이라니. 서둘러 나오는 바람에 슬리퍼도 신지 못했다.

"방해했다면 죄송해요." 그녀는 그렇게 말하면서 로버트를 아래위로 훑어봤다. "그런데 너무 급해서 말이에요. 제 이름은 릴리, 음, 릴리 피셔예요."

로버트는 인상을 찡그렸다. 이름은 들어본 거 같은데 별다른 감흥이 올라오지 않았다.

"그쪽이 여기 매일 전화하는 사람이군요."

"어머나, 맞아요." 릴리는 큰 소리로 웃으며 현관문 너머 집 안을 기웃거렸다. "소피아, 집에 있어요?"

"없어요. 가세요."

"그럴 리가요." 릴리 피셔는 믿지 못하겠다는 듯이 대답했다. 그녀는 한 발짝 더 가까이 다가와 투견 앞에 서 있는 치와와처럼 굴었다. "제가 말이에요, 4주째 매일 전화를 했어요. 핸드폰에도 하고, 집 전화에도 하고 메일도 보냈다고요. 우리 그룹에 있는 다른 사람들도 화장품이 다 떨어져서 어떻게 해야 할지 모른다고요. 소피아가 개인적으로 나서서 해명해줬으면 해요, 왜 우리를 이 지경으로….” 그녀가 갑자기 말을 멈췄다. 생각하기도 전에 말이 먼저 쏟아져 화가 난 것처럼 보였다. “마스카라가 필요해요.” 마침내 그녀는 하고 싶었던 말을 뱉었다.

로버트는 그녀를 정신 나간 사람으로 보고 현관문을 닫으려 했다. 하지만 그녀가 반사적으로 문틈에 발을 밀어 넣었다. “어…. 어!” 그녀는 로버트가 힘껏 문을 당기는 힘을 고스란히 느낄 수 있었다.

“미쳤어요? 뭐 하시는 겁니까? 당장 발 빼세요!”

“소피아가 어디 있는지 말해주세요, 아니면 경찰을 불러야겠죠?” 릴리는 뚫어져라 로버트를 노려봤고 그는 도대체 이 말이 농담인지 진담인지 알 수 없었다. 분명한 건 이 여자가 쉽게 가버리지는 않을 거라는 사실이다. 더 강력한 화력이 필요하다.

“아내는 죽었습니다.”

릴리는 넋이 나간 듯 그를 보기만 했다. 정신이 다시 돌아올 때까지 시간이 조금 걸렸다. 릴리는 손으로 입을 막았다.

“어떻게……?”

로버트는 말이 끝날 때까지 기다리지 않았다.

“사고였습니다. 이제 만족하십니까? 저는 혼자 있고 싶습니다만.”

릴리는 어깨에 멘 커다란 가방에서 티슈를 꺼내 코를 풀었다.

눈물이 하염없이 볼을 따라 흘러내렸고, 도저히 믿지 못하겠다
는 눈빛으로 로버트를 바라봤다.

"저는 다시 혼자 있고 싶습니다." 로버트가 재차 말했다. 왜냐
하면, 릴리가 아직도 발을 문틈에 넣고 있기 때문이었다.

"물론이죠." 릴리는 고개를 끄덕이며 한 발을 앞으로 옮겨 집
안으로 들어왔다.

"저, 화장실 좀 써도 될까요?"

로버트는 각종 화장품으로 가득한 지하실 선반 앞에 있다. 소
피아는 에이본 브랜드의 뷰티 컨설턴트였다. 릴리가 화장실로
들어갔을 때, 로버트는 그녀가 집에 찾아온 목적을 채워주기로
했다. 그것만이 그녀를 쫓아낼 가장 확실한 방법 같았다.

지하실에 마지막으로 내려왔던 건 몇 주 전이었다. 그때, 입
고 물량이 상당해서 소피아가 창고로 사용 중인 지하실로 물건을
내려주었다. 소피아는 선반에 꽉 찬 물건들을 보면서 희망 가득
히 환하게 웃고 있었다. 그렇게 몇 시간 뒤, 소피아는 마냥 신나
고 들떠서 집으로 돌아왔다. 매출이 좋았던 모양이다. 자주 있었
던 일이다. 신기하고 놀랍게도 소피아는 물건 파는 재능을 꽃피
우고 있었다.

"돈 벌려고 하는 게 아니야. 난 사람들하고 같이 있는 게 좋
아." 그녀는 이렇게 말하고는 다음 말을 덧붙였다. "그러면서 돈
도 벌면 더 좋고." 말하지 않아도 알고 있었다. 소피아의 모임은
친구의 친구, 지인의 지인을 통해 감당하기 벅찰 정도로 늘어가

고 있었다. 물론 그건 다 뷰티 컨설턴트 일 때문이었다. 하지만 로버트는 정확하게 알고 있었다. 그 모임들의 목적은 단순히 일만이 아니었다. 둘이 계속 붙어 지내는 시간에서 벗어나는 수단이었다. 로버트는 다른 사람과 잘 어울리는 사람이 아니라서 소피아는 로버트 없이 자기만의 모임을 만들어갔다. 한숨이 나왔다. 고객 명단 서류를 펼쳐 불청객의 이름을 찾으려고 할 때, 위에서 로버트를 부르는 소리가 들렸다.

"지하실에 있습니다." 대답이 끝나기도 전에 계단을 내려오는 소리가 들렸다. 릴리는 소피아의 죽음 소식을 완전히 받아들이지 못한 모습이었다. 하지만 동시에 그녀의 얼굴에는 로버트에게는 없는 강한 집념이 느껴졌다.

"세상에나." 릴리가 지하실에 내려오자마자 탄성을 질렀다. 로버트는 릴리의 시선을 따라갔다. 지하실 구석에 커버가 촌스러운 싱글 레코드판들이 먼지를 이불 삼아 잠들어 있었다.

"저는 CD가 나오자마자 레코드판을 죄다 팔아 치웠어요. 지금 생각하면 정말 멍청한 짓이었죠." 릴리는 계속해서 선반을 보다가 60년대 턴테이블을 발견하고는 화들짝 기뻐했다.

"이거 아직도 돼요?"

"당연하죠."

"이렇게 멋진 걸 왜 썩혀요?"

"안 썩는데요."

그러는 사이 로버트는 아까 찾으려던 고객 정보를 서류에서 확인하고, 화장품 선반에서 바로 찾아 의기양양하게 전달했다.

"블랙 다이아몬드 브러쉬 볼륨 마스카라, 맞죠? 봉투 필요하세요?" 서랍을 열어보니 글씨가 쓰인 작은 종이봉투가 보였다. 로버트는 지하실을 잘 안다. 여기를 정리하는 일은 늘 로버트의 몫이었다. 소피아가 사람들과 사교적으로 잘 지내는 건 누구보다 잘했지만, 물건을 정리하는 일은 영 꽝이었다.

"봉투 필요 없어요." 그녀는 마스카라 상자를 보면서 당황스러워 했다. "이거 살 돈 지금 없거든요."

로버트는 믿을 수 없다는 듯이 고개를 저었다. "화장품을 사러 오신 거로 생각했습니다만."

"저는 다 제쳐두고 소피아 보러 온 거예요."

어색한 침묵이 흘렀다. 서로 무슨 말을 해야 할지 몰랐다. 로버트는 이 거북한 상황에서 빨리 벗어나고 싶어 불쑥 마스카라 전부가 담긴 상자를 쓱 내밀었다.

"선물입니다."

"아, 감사해요." 릴리는 깜짝 놀라 대답했다.

"앞으로는 다른 컨설턴트를 찾아가세요." 로버트는 서류를 제자리에 두면서 말했다.

릴리는 그를 무심하게 바라보다가 시선을 화장품 선반으로 돌렸다. "이건 다 어떻게 하실 거예요?"

그는 릴리를 향해 몸을 돌리고 눈에 힘을 주고 말했다. "이거 보세요, 선물은 충분히 드린 거 같은데요."

"아니, 아니요. 그런 뜻이 전혀 아니라," 그녀는 서둘러 대답했다. 이런 오해는 너무 수치스러웠다. "제 말은요, 다른 사람한테도 소식을 알려서, 윈터 씨한테서 이 화장품들을 사….."

"그렇게 하기만 해봐요. 저는 여기에 누구도 오게 하지 않을 겁니다." 로버트가 말을 잘랐다.

"그럼, 이거 다 버릴 거에요?"

"상관하지 마십시오."

"아니, 그런 게 아니라, 이거 왜 안 팔아요?"

"제가 이걸 팔 인간으로 보입니까?"

"아뇨, 노출증 환자처럼 보이는데요. 샤워가 좀 필요해 보이긴 해도."

로버트는 그제야 새까맣게 잊고 있던 자신의 괴상한 차림새를 알아챘다. "저기요, 약속도 없이 그냥 오셨잖아요. 저는 막 목욕하려던 참이었다고요." 그는 목욕 가운 허리띠를 졸라매며 소심하게 대답했다. 릴리의 관심은 선반에 쌓인 화장품도, 로버트의 걸맞지 않은 옷차림도 아니었다. 릴리는 완전히 다른 걸 알고 싶었다.

그녀는 로버트의 눈을 보며 잠시 머뭇거리다가 감정을 담아 질문했다. "소피아는 어디에 누워 있나요? 저, 소피아 보러 가고 싶어요."

로버트는 전혀 예상치 못한 질문에 한 방 맞은 기분이었다. 릴리는 도대체 뭘 원하는 것인가?

"제 말 좀 들어보세요, 소피아는 저에게 에이본 뷰티 컨설턴트만이 아니었어요. 오랜 시간 함께 보낸 친구나 마찬가지였다고요."

"여기까지만요. 이제 그만합시다." 로버트가 이렇게 말을 해도 릴리는 포기하지 않았다.

"같이 가는 건 어때요?"

로버트는 고개를 심하게 저었다. "제발 다 잊고, 이제 그만하세요."

"저는 절대로 그쪽을 혼자 두지 않을 겁니다." 확 달라진 목소리 톤에 로버트는 움찔했다. 게다가 릴리가 어깨에 멘 가방에서 헤어드라이어를 꺼냈다. 맞다, 소피아의 헤어드라이어다.

"자, 저랑 같이 가실래요? 아니면 긴급 상담 콜센터에 전화를 걸까요?" 릴리는 너무나도 단호했다.

로버트는 도저히 믿을 수가 없어 고개를 심하게 저었다. 자신의 영역을 사수하기 위한 어떤 변명이나 구실도 지금 이 여자에게는 통하지 않을 것이다. 차라리 조깅 하다가 종아리를 물어버린 강아지에게 살살 물라고 말하는 게 더 잘 통할 것 같았다.

"당신은 저를 오늘 처음 봤습니다. 잃을 게 더는 없는 낯선 남자와 아무도 없는 이 지하실에 단둘이 있는 게 무섭지 않습니까?"

릴리는 해맑게 웃었다. "거미 한 마리도 못 죽일 거 같은데요."

"속을 모르면 속는 법입니다." 자신은 그다지 믿을 만한 사람이 아니라고 중얼거렸다.

"충분히 알았고요." 릴리가 말을 돌리려는 듯했다. 로버트는 이마에 주름이 잡힐 정도로 인상을 팍 쓰며 도대체 릴리가 무슨 말을 하려는 건지 생각했다.

릴리는 그를 보고 환하게 웃었다. "자, 가죠?"

02

릴리와 함께 집 밖으로 나서자, 햇빛이 로버트의 얼굴을 비췄다. 그는 릴리가 포기하기를 바라는 터무니없는 희망을 기대하면서, 만약 옷을 제대로 입으라고 한다면 강력하게 거절하리라 마음먹었다. 하지만 릴리는 로버트의 차림새에 신경을 쓰지 않았고, 그는 그래도 진짜 노숙자처럼 보이고 싶지 않아 목욕 가운 밑에 러닝셔츠를 입고 운동화를 신었다.

로버트가 원격 자동 열쇠로 차 문을 열고 막 올라타려고 할 때, 릴리가 급하게 팔짱을 끼고 말렸다.

"기분 나빠 하지는 마시고요, 조금 전까지만 해도 이 세상과 작별하려 했던 남자가 운전하는 차를 타는 건 좋은 생각이 아닌 것 같아요."

로버트는 한마디 반박할까 생각했지만, 바로 인정하고 릴리의 차를 타기로 했다. 그들은 이내 검은색 미니쿠퍼 앞에 멈춰 섰다. 아니, 짙은 회색이었나? 차 전체에 진흙이 덕지덕지 튀어 색을 구분하기 어려웠다.

"저는 린덴 거리에 살아요. 나무가 우거져 좋긴 하지만, 그것 때문에 지저분하기도 해요."

릴리는 로버트의 시선을 눈치채고 둘러댔다. 그는 자동차 지붕에 말라버린 새똥을 가리켰다. "거기서는 나무가 똥을 싸기도 하나 보죠?"

차 문을 여는 릴리는 큰 소리로 웃었고 차에 타자마자 핸드백을 뒷좌석으로 힘껏 던졌다.

"오늘 세차하려고 했는데, 비가 온다잖아요."

그 말이 미덥지 않은 로버트는 쨍하게 파란 하늘을 올려다보고는 여기에 대해 더는 말하지 않겠다고 맘먹고 차에 올라타려 했다.

"잠깐만요, 자리 좀 치우고요." 릴리는 로버트를 잠시 옆에 세워두고, 조수석을 덮고 있던 인스턴트 배달 포장 박스부터 오래된 주차 티켓, 종이컵, CD까지 죄다 뒷좌석으로 던졌다. 손으로 조수석 의자를 몇 번 쓸고 난 후에 웃으며 차에 타라고 했다. 로버트는 몸을 구겨 조수석에 올라탔다. 의자가 뒤로 끝까지 밀려 있었지만, 무릎이 글로브 박스에 닿았다. 발밑으로 CD 두 장이 찌지직거리며 밟혔다. 그는 끙하고 허리를 굽혀 CD를 집어 쓰레기장이 된 뒷좌석에 던졌다. 릴리는 엔진 소리가 요란하도록 시동을 걸었다. 액셀을 밟자 두 사람을 태운 차가 불쑥 앞으로 나갔다. 로버트는 반사적으로 바로 손을 뻗어 손잡이를 잡고 릴리를 노려봤다. 욕조에서 이루지 못한 일이 곧 이루어질 것만 같았다.

릴리는 붐비는 도로로 차를 몰았고 쉴새 없이 말을 걸면서 동시에 라디오를 만지작거렸다.

"소피아를 알고 지낸 게 벌써 오 년이에요, 아니 육 년인가? 어느 날 저녁에 너무 심심해서 친구를 따라갔어요. 에이본은 이전부터 알고 있었죠. 우리 엄마도 사용했는데, 저도 사용할 거라 생각도 못 했죠. 그런데 소피아 말이 맞더라고요. 제품이 정말 좋아요."

로버트는 자기 자신에게 놀라웠다. 삶을 스스로 마감하려 했던 사람이 릴리의 운전 태도에 이토록 바짝 긴장하고 있다니. 릴리는 커브를 도는 내내 한 손으로 핸들을 잡고 다른 손으로는 맘에 드는 라디오 채널을 찾기 위해 버튼을 돌리고 있었다. 로버트는 앞에서 차가 위협적으로 달려오는 것을 보고 두 범퍼가 거칠게 부딪칠 것으로 생각하고 맘을 단단히 먹었다.

릴리는 단호하게 경적을 여러 번 울렸다. "무식하긴, 운전 똑바로 해!"

속도계를 보니 바늘이 시속 60킬로미터를 왔다 갔다 했다. "여기 주택가 도로인데." 로버트가 투덜거렸지만, 릴리는 그걸로 기분이 상하지 않았다.

릴리는 천진스럽게 웃었다. "단속카메라도 이 정도는 봐줘요."

"빨간불에는 절대 봐주지 않습니다." 그렇게 말하면서 노란불로 막 바뀐 신호등을 가리켰다.

"갈 수 있어요!" 릴리는 액셀을 꽉 밟았다. 신호등이 빨간색으로 바뀌는 순간, 미니쿠퍼는 교차로를 통과했다. 릴리는 승리의 미소를 보이며 다시 라디오 버튼에 손을 대고 채널을 찾기 시작했다.

"운전에만 집중해주시겠어요?" 로버트는 불안하게 부탁했다.

"이제 알겠네요, 윈터 씨는 조수석에 앉아서도 브레이크를 밟는 사람이구나. 맞죠?"

"살려면 적어도 한 명은 그렇게 해야죠."

릴리가 안심했다는 듯 미소를 보였다. 그 순간 로버트 머리에 생각이 하나 떠올랐다. 만약 그녀가 지금 그를 믿고 있는 거라면, 그녀는 속은 거다. 물론 묘지공원에 같이 가기로 약속했지만, 그건 어디까지나 그녀를 떼어놓으려는 그의 계획이었다. 그는 릴리와 헤어지기만 하면, 드라이어와 멈췄던 순간으로 다시 돌아갈 생각이었다.

"저 앞에서 오른쪽이요. 지금 가세요." 그는 운전 연수 강사처럼 말했다.

"네네, 강사님!"

릴리는 깜빡이를 켜고 뒤에서 오는 차를 확인하지도 않고 바로 오른쪽 차선으로 바꿨다. 뒤차가 깜짝 놀라 경적을 울렸다.

"조심하세요." 로버트가 경고했다.

릴리는 차선을 다시 왼쪽으로 변경했다. 자전거 운전자가 자신이 갈 방향을 손으로 표시했는데도 릴리는 무시하고 앞질렀다. 로버트는 더는 참을 수가 없었다. "멈춰요!"

"지금요? 여기서?"

"당장 멈춰요!"

릴리가 길 한가운데 차를 세웠다. 이내 길가는 갑자기 콘서트

라도 열린 듯 경적으로 요란해졌다. 하지만 로버트의 목소리가
그보다 더 컸다. 그는 몸을 부들부들 떨었다.

"이것 보세요, 제가 여기서 살아남든 말든 저는 상관없습니
다. 제게 행운이 따른다면, 여기서 죽겠죠. 하지만 다른 사람들
은 도대체 무슨 상관…." 그의 절망과 무기력이 분노로 터져 나
왔다.

그건 릴리에게 향한 것이 아니라 도로를 휘젓고 다니는 멍청
이들에게 향한 것이었다. 오직 자기 일에만 눈이 멀어 다른 사람
을 배려하지 않는, 사랑하는 사람을 뺏어가버린 그 트럭 운전사
같은 멍청이에게 말이다.

신경질적으로 빵빵거리는 소리와 다른 운전자들의 꽥꽥거리
는 소리가 로버트의 귀에 맴돌았지만, 이내 그들은 도시 외곽의
조용한 주택가를 지나고 있었다. 창문으로 노르딕 워킹을 하는
그룹이 눈에 들어왔다. 릴리는 그들이 지나가도록 주거 지역을
걸음 속도로 운전했다. 이 여자는 극으로 치달아야 알아듣는 것
같았다.

멀리서 묘지공원을 둘러싼 울타리와 울창한 나무들이 보였다.
가까워질수록 로버트의 심장박동이 점점 더 빨라지는 걸 느낄 수
있었다. 심장이 터질 것 같았다. 소피아의 장례식 이후로 이곳에
오지 않았다. 그는 무덤 앞에서 혼잣말하며 대화한다는 사람들
을 도저히 이해할 수 없었다. 묘지공원은 소피아와 가까운 곳이
아니었다. 그는 함께 지내던 방에서 혼자 지내도 눈 뜨자마자 소

피아의 존재를 느낄 수 있었다. 로버트에게 그녀는 여전히 집에 있는 사람이었다.

그들은 커다란 철문으로 된 묘지공원 입구에 다다랐다. 입구 옆에는 꽃집이 있었다. 날씨가 화창했지만 인적이 드물었다. 비어 있는 주차장에 도착하자 릴리 피셔는 그대로 앞으로 들어가는 대신, 갑자기 속도를 높여 차를 쭉 빼더니 브레이크를 밟아 방향을 틀어 후진했다.

"저는 후진 주차밖에 못 해요." 릴리는 차를 뒤로 힘껏 세우고 시동을 끄며 씩씩하게 말했다.

로버트는 믿을 수 없다는 표정으로 그녀를 봤다. 주차장은 텅 비어 있었다. 오른쪽에도 왼쪽에도 주차된 차가 없는데 이 콩알만 한 작은 자동차를 이런 식으로 주차하는 게 도무지 이해되지 않았다. 하지만 뭐라 말을 꺼내기도 전에 릴리는 뒷좌석에서 가방을 꺼내 들고 차 문을 열었다. "빨리 가서 꽃 사 올게요."

릴리가 차에서 내려 뛰어가는 동안 로버트는 조수석에서 애쓰며 나오고 있었다. 그에게 미니쿠퍼는 너무 작았다.

"차 문 안 잠가요?" 차에서 겨우 내려 소리를 질렀다. 하지만 릴리는 이미 꽃가게로 사라진 뒤였다. 그는 차 문을 닫고 땀으로 축축해진 손을 목욕 가운에 문질러 닦았다. 릴리를 뒤따라 묘지공원 입구 옆에 있는 꽃가게로 가는 동안 손이 떨리기 시작했다.

둘은 반짝거리는 붉은빛 화강암 묘비 앞에 섰다. 묘비에는 소피아의 이름과 생일, 생의 마지막 날이 금색으로 쓰여 있었다.

로버트가 직접 고른 것은 아니지만 소피아에게 어울린다는 것은 확신할 수 있었다. 로버트는 한 발 뒤로 물러나 릴리의 행동을 보았다. 릴리는 멍하니 무덤 앞에 서서 묘비를 손으로 부드럽게 만졌다.

"소피아, 도대체 여기서 뭐 하는 거야?"

릴리는 꽃다발을 묘비 앞 꽃병에 꽂았다. 햇빛을 받은 꽃들이 상상할 수 있는 모든 색으로 빛났다. 마음이 울컥했다. 소피아가 이 꽃다발을 정말 좋아할 것이다. 그녀에게 꽃은 무엇보다 알록달록해야 했다. 로버트는 관리가 쉬운 초록색 식물을 좋아했지만, 소피아는 모란, 백일초, 금어초는 물론 색상 팔레트에 있는 모든 색의 꽃을 좋아했다. 소피아는 특히 소국을 좋아했다. 건조한 늦가을까지 꽃을 피워 보기가 참 좋았다. 집안 곳곳에 생화를 두는 것은 소피아의 습관이었다. 로버트는 계속 싫다고 했지만 안방에도 생화를 두었다. 무엇보다 백합을 정말 좋아했는데 그 특유의 향기 때문에 로버트는 잠을 설치곤 했다. 그런데도 소피아는 자신의 습관을 바꾸지 않았다.

묘비에 새겨진 소피아의 이름을 보니 엄청난 슬픔과 두려움이 밀려왔다. 로버트는 어떻게 해야 할지 몰랐다. 호흡이 가빠지기 시작했다. 마치 가슴에 올려진 커다란 바위의 무게를 견디지 못하고 무릎이 꺾일까 두려워하는 느낌이었다. 그는 공포에 질려 비틀거렸다. 릴리는 돌아서자마자 바로 상황의 심각성을 깨달았다. 로버트는 떨리는 손을 그녀에게 뻗었고, 그녀는 로버트의 손을 잡아주었다. 그는 온몸을 떨고 있었다. 릴리가 그를 꼭 안아도 그는 가만히 있었다.

둘은 소피아 묘지 근처 벤치에 앉았다. 로버트는 이미 가득 찬 목욕 가운 주머니에 코를 푼 휴지를 또 집어넣었다.

"더 드릴까요?" 릴리가 물었다.

"가방에 더 있습니까?"

"차고 넘쳐요."

"왜요? 저같이 모자란 늙은이를 자주 위로하나 봐요?"

"일하다 보면 울 일이 많아요. 강철 심장을 가진 사람도 제 앞에서는 다 내려놓더라고요." 릴리는 미소를 보였다.

로버트는 그녀를 보면서 직업이 궁금해졌다. 암병동에서 일하는 간호사? 목사? 아님, 한물간 술집 종업원? 그렇게 똑똑해 보이지는 않는다. 하지만 굳이 물어볼 필요는 없다. 무슨 상관이람, 오늘 지나면 다시 볼 일이 없을 텐데.

그들은 말없이 묘지공원 주변을 둘러봤다. 참새들이 조잘거리며 커다란 밤나무를 두고 하늘 위로 날아다녔고, 땅바닥에 떨어진 빵부스러기를 열심히 쪼았다. 가끔 사람이 지나다녔다. 사랑하는 사람의 묘지에서 잡초를 뽑거나 물뿌리개에 물을 채우기도 했다. 나이 많은 한 여인은 손수건을 꺼내 묘비를 닦았고, 묘지공원 직원은 새로운 무덤을 만들고 있었다. 이 또한 삶의 일부였다.

"딸이랑 손자가 있다고 했는데, 맞죠?" 릴리는 침묵을 깨고 다시 말을 걸었다.

그는 말없이 고개만 끄덕거렸다.

"그런데 어떻게 그런 미친 짓을 하려고 했어요?"

"이제는 살아갈 희망이 없다는데, 뭐가 미쳤다는 겁니까?" 그는 릴리가 한마디 더 할 것 같아서 앞질러 말을 꺼냈다. "시간이 해결해주느니 어쩌느니 그런 소리는 하지도 마세요."

릴리는 그를 가만히 바라봤다. "그러지 마요, 모든 것이 다 사라진 건 아니에요. 아직 남아 있는 무엇인가 있을 거예요."

릴리의 목소리가 너무 서글프게 귀에 맴돌았다. 릴리는 허공을 멍하니 보다가 일어나 자리를 비웠다. 들고 온 짐꾸러미도 없었다. 당연하지, 누구나 다 그럴 텐데.

하지만 얼마 후, 릴리는 웃으며 다시 돌아왔다. "자, 우리 이제 뭐 할까요? 커피나 한잔 같이 하죠?"

로버트는 자신의 행색을 보이며 말했다. "물론이죠, 카페에 감금되지 않는다면 놀이터도 가서 아이들에게 코코아도 나눠주고."

"산책은 어때요?" 릴리가 고집을 부렸다.

"제가 원하는 것은 딱 한 가지입니다. 집으로 돌아가는 것!" 로버트는 지쳤다.

릴리는 그의 표정을 가만히 봤다. "저랑 한 가지만 약속해요."

무슨 말이 나올지 너무 당연했다. 그는 말없이 한숨을 내쉬며 눈빛으로 약속했다. 이걸로 충분했다.

로버트가 릴리의 자동차에서 내릴 때는 벌써 오후였다. 옆집은 퇴근하고 정원에서 소일거리를 하는지 담장 너머로 그들의 목소리가 들려왔다.

"오늘 즐거웠어요. 우리 다음번에도 이렇게 다시 만나요." 릴리는 로버트가 차 문을 닫기 전에 누구나 들을 수 있는 큰 목소리로 말했다. 떠나면서 인사의 의미로 경적을 짧게 두 번이나 울렸다. 로버트가 앞마당에서 집으로 들어가는 동안 옆집의 시선이 느껴졌다. 그는 서둘러 자신만의 네 개의 벽으로 둘러싸인 공간으로 들어가 문을 쾅 닫고 열쇠로 잠가버렸다.

열쇠를 벽에 걸고 신발을 벗은 뒤 실내 슬리퍼로 갈아 신었다. 너무 지쳤지만, 심장은 빠르게 뛰어 가슴이 둥둥거렸다. 안정을 찾으려 숨을 길게 들이마시고 내쉬었다. 그때 희미하게 물이 졸졸 흐르는 소리가 들렸다. 계단을 따라 흐르고 있는 물이 눈에 들어왔다. 그 물이 모여 층계참에는 웅덩이도 생겼다. 젖은 카펫에서 발이 떨어지면서 쩍쩍 소리가 났다. 로버트는 믿기지 않는 이 상황에 고개만 내저었다. "헤어드라이어만 뽑아버리고 물은 잠그지 않았다니."

03

새벽 3시 26분. 로버트는 잠 못 들고 있다. 이건 릴리 때문이기도 했다. 물난리 처리하는 데 꼬박 두 시간이나 걸렸다. 물이거실까지 흘러들어 카펫이 물먹은 스펀지처럼 축축했다. 그는수건으로 물을 닦고 양동이에 젖은 수건을 짰다. 결국엔 물을 다닦아내기는 했지만, 카펫이 완전히 마르려면 며칠은 더 걸려야했다. 최악의 경우 쿰쿰한 썩은 내가 난다면 카펫을 완전히 새로갈아야 한다. 로버트는 골똘히 생각했다. 이건 둘 다 잘못한 거다. 그러니 릴리도 비용을 분담해야 한다. 반반 나누는 게 공평할 것이다. 누가 목숨을 구해달라고 했나?

로버트는 천장을 멀뚱멀뚱 보고만 있다가 결국 자리에서 일어나 컴퓨터 앞에 앉았다. 아까 하다 못한 온라인 마트 주문을 끝내고 싶었다. 그때 소피아의 메일함에 읽지 않은 메일이 너무 많다는 걸 발견했다. 처음에는 전부 한꺼번에 삭제하려다가 열어는 보자고 마음먹고 산더미 같은 메일에 집중하기 시작했다. 예상했던 대로 대부분 스팸메일이나 광고였다. 핸드폰 요금 청구서 메일을 확인하고서야 소피아의 핸드폰을 아직 해지하지 않았다는 사실을 깨달았다. 소피아가 사고당하기 직전에 친구나 지인들이 보낸 메일은 답하지 못한 채로 남아 있었다. 가슴이 찢어지는 기분이다. 나머지 대부분은 고객의 주문 메일이었고 스크롤을 내리며 읽는 동안 소피아가 사업을 얼마나 잘했는지 알 수 있었다. 물론 다 좋은 내용만 있는 건 아니었다. 무슨 일이 일어났는지 전혀 모르는 고객들은 왜 전화를 안 해주는지 불만을 드러내기도 했다. 그중에는 릴리 피셔도 있었다.

파어웨이 레벨의 포켓 스프레이, 멀티 태스킹 브러시 마스카라, 화이트 사파이어의 럭셔리 파운데이션, 글로시 이팩트 리퀴드 립스틱…. 로버트는 이 물건들이 도대체 왜 필요한 건지 이해할 수 없었다. 하지만 이것들을 찾아낼 수는 있었다. 이 물건들은 지하실에 고객에게 배송되지 못한 채 덩그러니 남아 있다. 릴리 피셔가 던진 한마디로 혼란스러웠던 머릿속이 또렷해졌다. 처음에는 터무니없다고 생각했지만, 이제는 아니다. 물론 다 버릴 수도 있다. 그런데 수백, 아니 수천 유로의 제품을 그냥 버린다고? 그렇게 한다면 소피아는 눈 하나 깜짝 안 하고 로버트의 양쪽 귀를 잡아당기며 화를 낼 것이다.

아니, 화를 내기보다는 아마 슬퍼할 것이다. 소피아에게 에이본은 삶 자체였다. 로버트는 마치 누군가 자신을 조종하는 듯했다. 하지만 어쩔 수 없었다. 갑자기 의무감이 솟구쳤다. 지하실에 있는 화장품을 여성 고객들에게 전달해야 소피아의 삶이 멋지게 끝날 수 있을 것 같았다. 물론 남성 고객도 있겠지. 남성도 에이본 제품을 사용할 수 있다는 생각에 이른 건 정말 놀라웠다.

한번은 소피아가 로버트에게 남성 제품 카탈로그를 동료 세무 공무원들에 나눠줄 것을 부탁한 적도 있었다. 로버트는 고개를 강하게 저으며 그 제안을 거절했다.

그는 한숨을 쉬며 모든 주문서를 인쇄했다. 주문서에 날짜와 고객 이름, 전화번호 그리고 그들이 원하는 제품까지 노란색 형광펜으로 표시하고 스테이플러로 찍어 정리했다. 마침내 마지막 메일까지 꼼꼼히 확인하고 작업을 끝내자 코앞에 인쇄물 더미가 쌓였다. 밀린 주문 중에 가장 오래된 건 소피아의 사고 삼 일 전 주문이었다. 가장 오래 기다린 고객에게 가장 먼저 배송하는 게 당연했다. 준비는 잘 끝났다. 이제 시작하면 된다. 그런데 불안하게도 마음에 뭔가 걸렸다. 눈에 번뜩 들어온 보너스 카드 때문이었다. 보너스 카드는 소피아의 사진이 들어간 쿠폰 같은 고객 관리 카드다. 고객은 주문할 때마다 도장을 하나씩 받고 그 도장이 열 개가 되면 깜짝 선물을 받는다. 이건 소피아의 아이디어로 자기 비용으로 투자하는 서비스였다. 카드 속 사진을 손끝으로 부드럽게 만지며 그녀의 웃는 모습을 보고 있으니 사진이 마치 살아나는 것 같았다. 소피아의 눈과 입술과 볼이 생생하게 움직이면서 그녀의 미소를 더욱 환하고 빛나게 만들어주었다.

"여보세요." 수화기 너머 피곤한 듯한 목소리가 들려왔다.

"저, 로트 쉴드 부인이시죠?" 그는 실수하지 않기 위해 확인 차 물었다. 모르는 사람이 자신의 이름을 제대로 부르지 않으면 짜증 나기 때문이다. 그게 뭐 어려운 일이라고.

"네, 맞는데……. 세상에, 무슨 일이죠?" 갑자기 수화기 너머 속 여자는 정신이 번쩍 든 정도가 아니라 죽음 앞에서 벌벌 떠는 듯한 목소리로 대답했다.

"주문 확인하겠습니다. 엘 에스 에프 25의 얼티 메이트 멀티 퍼포먼스 데이 크림 맞으시죠?" 로버트는 소피아의 화장품 목록에서 발음을 틀리지 않으려 또박또박 읽어내렸다.

"누구세요? 무슨 말을 하는 거예요, 도대체?"

"말씀드린 대로 주문 확인하고 있습니다."

"장난치세요?"

"아닙니다. 장난 아닙니다. 무슨 일이라도?"

"이거 무작위로 전화해서 농담하는 라디오 프로그램이에요?" 쏘아붙이는 말투로 봐서 몹시 화가 난 듯했다.

로버트는 떨면서 인쇄한 메일 주문서를 왼손으로 다시 확인했다. 수화기를 들고 있는 오른손에 쥐가 날 것 같았다. 이 화난 목소리를 계속 들어야 돼? 아니, 데일리 크림을 원한다고 주문서에 적혀 있잖아. 로버트는 입술을 꽉 깨물고 할 말만 하자고 맘먹었다.

"주문하신 제품 언제 배송해 드릴까요?" 그는 최대한 감정을 누르고 필요한 말만 했지만, 목소리에서 짜증 어린 감정을 숨기기 어려웠다.

"지금 몇 시인 줄은 아세요?" 여자가 소리 질렀다. 딸깍 소리가 들렸다. 전화가 끊어졌다.

로버트는 신음이 나왔다. 기뻐할 줄 알았는데 화를 퍼붓다니.

사람은 원래 그런 거라 절대 변하지 않는다고 단정한 뒤 시간을 확인했다. 새벽 5시 17분이었다. 자신의 섣부른 판단을 번복해야 했다. 자기 잘못도 있으니 인정하고 다음 고객에겐 두어 시간 기다렸다가 전화하는 게 현명하다고 판단했다. 아니, 세 시간은 기다리는 게 좋겠다. 그는 기다리면서 침대 가장자리에 앉아, 오늘 배송할 주문을 골라 우편 번호대로 주문서를 정리하기 시작했다. 나중에 온 도시를 왔다 갔다 헤맬 필요 없도록 말이다.

몇 시간 후 새우잠에서 깨어났을 때, 온몸의 뼈마디가 쑤셨다. 마지막으로 푹 자고 일어난 게 언제인지 기억나지 않았다. 잠들기 전에 가져온 주문서 더미가 눈에 들어왔다. 자리에서 일어나 목욕 가운 허리띠를 꽉 메고 지하실로 내려가 에이본 제품 재고를 확인하려고 했다. 하지만 그는 멀리 가지 못했다. 간밤에 품었던 에너지와 결심이 다 사라진 것 같았다. 지하실 선반을 둘러보는 대신 그는 거실로 가서 안락의자에 앉았다.

앉아 있는데 이상한 느낌이 들었다. 온 세상이 파도로 뒤덮이려는 듯 거실 창문에 요란한 소리와 함께 어두운 그림자가 드리워졌다. 놀란 마음에 창문을 보니 빛을 가린 것은 파도 괴물은 아니었다. '홀랜더 이삿짐 센터'라고 쓰인 커다란 트럭이 집 앞에 주차하고 있었다. 트럭에서 남자 두 명이 내렸다. 로버트는 그들을 가만히 관찰했다. 한 명은 에너지 드링크를 따고, 다른 한 명은 담배에 불을 붙이고 있었다. 그다음은 안 봐도 뻔했다. 다 마신 캔과 담배꽁초는 정원 울타리 앞에 버려질 것이다. 세상살이의 고통이 멀어지면서 슬픔이 사라졌다. 적어도 잠시나마 에이본 제품으로 할 일을 찾은 듯했는데. 로버트가 남자들에게 할 말을 해야겠다고 밖으로 나가려는 순간, 초인종이 울렸다. 무슨 볼일이 있는 걸까?

"들려요, 들려." 로버트가 소리치며 문을 열었다. 삼십 대가량의 뚱뚱한 남자가 깜짝 놀라 한 발 뒤로 물러서며 어색하게 웃었다. 머리에는 솜털만 겨우 남아 있지만, 뒷머리는 찢어진 티셔츠 목 주변까지 내려와 풍성해 보였다. 같이 온 또래의 남자는 그와 정반대였다. 키는 훌쩍 크고 깡마른 얼굴에 수염이 덥수룩했다. 꽉 끼는 바지가 그의 황새 다리를 도드라지게 했다. 이게 스타킹을 신은 건지 아니면 청바지 문양을 피부에 그려 넣은 건지 구분이 되지 않을 정도였다.

이들은 소란스러움을 해명하기 위해 기다리고 있었고, 로버트는 등줄기가 싸늘해지는 걸 느꼈다. 어떻게 까먹을 수 있지? 딸이 새로 이사 올 것이라고 알려준 이웃이었다. 로버트는 순간 당황했지만, 공격이 최선의 방어라 생각했다.

"따님께서 저희에게…." 뚱보가 말을 꺼냈다.

로버트는 말을 끝까지 듣지 않았다. "트럭 똑바로 주차하고 앞마당에 쓰레기 버리지 마시고." 그는 어떤 반박도 나오지 못하게 엄격하고 단호하게 말했다.

"잔소리 지옥이 우리를 환영하네, 자기야." 깡마른 남자가 중얼거리면서 한숨을 내쉬었다.

로버트는 짜증 나는 눈빛으로 둘을 번갈아 봤다.

"누가 이사 들어오는 겁니까?"

뚱보가 질문을 이해하지 못했다는 듯이 황당하게 로버트를 쳐다봤다. 홀쭉이 친구에게 잠깐 눈빛을 보낼 때 빼고는 계속해서 로버트만 보고 있었다.

"우리 둘이요." 홀쭉이가 낮은 목소리로 대답했지만, 로버트는 여전히 알아듣지 못했다.

로버트는 순간 짜증이 치밀어 올랐다. "둘 다라고?"

"뭐, 문제라도 돼요?" 홀쭉이는 이렇게 말하고는 도전적으로 로버트를 바라봤다.

"괜찮아." 뚱보는 큰불이 나기 전에 불꽃을 재빨리 끄려는 듯 서둘러 말했지만, 결과는 반대였다. 홀쭉이는 로버트에게 총구를 겨눈 듯 보였다. "우리 결혼했다고요." 이렇게 말하고는 로버트의 반응을 살폈다.

"축하합니다. 그럼 됐어요." 로버트는 이렇게 말하고 벽에 걸린 열쇠 뭉치를 꺼내 뚱보의 손에 쥐여 주었다. 그리고 슬리퍼를 질질 끌면서 집 안으로 들어갔다. 그가 원한 것은 딱 하나, 평화였다.

"무례하고, 뻔뻔하고, 터무니없는 동성애 혐오자 같으니!" 홀쭉이가 중얼거렸다.

로버트가 돌아섰다. "동성애 다음에 뭐라고 했어요?"

"동성애 혐오자라고요."

"그렇게 생각하지 마세요. 저는 정상인 사람도 받아주기 힘들어요."

48

"정상이라고 했어요, 지금?" 홀쭉이는 숨을 가쁘게 내쉬면서 맞받아칠 말을 찾으려 했다. 로버트는 다음 말을 기다렸지만, 그는 아무 말도 못 했다. 지금이야말로 주도권을 잡을 순간이었다.

"지금 여기서 바로 설명하죠. 저는 그쪽이 꿈꿨던 이웃 아니고요, 이게 우리가 나누는 마지막 대화일 것입니다. 오후 1시에서 2시 30분 그리고 저녁 10시 이후에는 어떤 소리도 내지 마시고, 일요일에는 잔디 깎기와 가지치기는 금지입니다. 소리가 나는 모든 작업도 포함이고요. 밀가루나 소금이 한 줌이라도 필요하다면, 아니 뭐든 살 게 있다면 대형 마트가 바로 근처에 있고요. 주유소 편의점은 24시간 오픈입니다. 응급 상황이나 목숨이 위태로울 때는 112를 부르세요."

둘은 어안이 벙벙한 표정으로 로버트를 봤다. 로버트의 의도대로 효과가 바로 나타났다. 홀쭉이가 로버트에게 등을 돌리고 뚱보를 보며 말을 꺼냈다.

"이 촌구석으로 무조건 이사 오자고 한 건 너야."

뚱보는 이내 감정 상한 얼굴을 했다. "우리 둘 다 원한 거야."

"아니, 네가 오자고 했잖아."

"오랫동안 상의했고, 얘기 다 끝났잖아."

"너랑은 대화가 안 통해."

로버트는 이야기 흘러가는 방향이 마음에 들었다. 그들은 로버트에 관심을 더는 보이지 않았고 서로 싸우느라 바빴다. 이제 저들을 사라지게만 하면 된다. 저들이 이사 온 딸네 집도 네 개의 벽이 사방으로 견고하게 세워져 있으니까 말이다.

"자자, 일합시다. 할 일이 많을 텐데." 로버트는 마치 격려하듯이 말하며 길고양이를 쫓아내는 듯한 손짓을 했다. 하지만 이 둘은 로버트를 공기 취급하듯 아랑곳하지 않고 계속 싸웠다.

"시내 작은 아파트도 좋았잖아?"

"얻지도 못했을 텐데."

"적어도 시도는 해봤어야지. 지금 우리는 시골 타운하우스 지옥에 빠졌다고."

로버트는 그들의 대화 수준에 깜짝 놀랐다. 마치 꼬맹이들이 장난감 총으로 서로를 쏘아대는 것 같았다. 만약 진짜 무기와 실탄이라면 절대로 주고받지 않았을 테지.

"옷은?"

"벌써 트럭에서 내린 거 아니야?"

"뭐라고?"

"제발 나 좀 내버려둬."

"내가 할 말이야."

로버트는 더는 이 한심한 연극에 출연하고 싶지 않았다. 그는 다시 솟아난 에너지를 효율적으로 사용할 곳이 있다는 것을 깨달았다. 에이본 주문이다. 그는 남자들 코앞에서 문을 쾅 닫았지만, 둘은 전혀 개의치 않고 다시 싸우기 시작했다. 마치 분홍 토끼 인형의 오래가는 건전지처럼 저들의 건전지가 새롭게 교체된 것 같았다.

갑자기 허기가 올라왔다. 로버트는 부엌으로 갔다. 냉장고를 열어보니 상태가 비참했다. 보이는 건 전부 커피 크림 캔이었다.

포장이 열린 탓에 말라붙은 소시지가 있었지만 오래된 버터 한 쪼가리도 없었다. 봉지에서 갈색 빵 한 조각을 꺼냈지만, 그마저 초록 곰팡이로 뒤덮여 있었다. 빵을 그대로 쓰레기통에 버리고 선반을 뒤졌다. 쌀 봉지와 파스타 상자 뒤로 통조림과 크래커 한 봉지가 보였다. 크래커를 한 입 베어 물자 압박감이 조금은 누그러졌다. 이제 소피아의 에이본 제품을 챙길 수 있을 것 같았다. 거실로 주문서를 가지러 갔을 때, 초인종이 다시 울렸다.

04

"전기가 안 들어와요." 홀쭉이가 뚱보 없이 혼자 문 앞에 서서 말했다.

"그래서요?"

"따님이 그쪽이 알아서 해줄 거라고 했는데."

로버트는 미리암과 얘기했던 게 기억났지만, 전기공사에 연락하는 걸 깜빡 잊고 말았다.

"이제 어떡해요?" 홀쭉이가 다급하게 물었다.

바깥을 보니 트럭이 올바르게 주차되어 있었다. 적어도 이들은 말을 잘 따르는 것 같아 부드럽게 나가도 괜찮을 것 같았다. 알아서 맞춰 행동하는데 굳이 권위를 내세울 필요는 없다.

"당장 전화하지요. 그럼 내일까지는 확실하게 전기가 들어올 거예요."

홀쭉이의 표정을 보니 이 말로 일이 끝날 것 같지 않았다.

"우리는 이사하는 중이라고요."

"전기가 안 들어온다고 못 합니까?"

"액자며, 거울이며…. 벽에 어떻게 걸어요?"

로버트는 그를 뚫어져라 쳐다봤다. "우선 가구부터 내려서 집 안으로 들여요."

"밥도 못 먹잖아요."

"피자 배달시켜요." 로버트는 무심하게 대답했지만 일일이 답을 하는 게 조금 지치기 시작했다.

"피자요?!"

"이탈리아 음식 있잖습니까. 빠르게 만들어지고 영양가도 높고. 내일까지 배가 고프지 않을 겁니다." 로버트가 대답했다.

"피자는 안 돼요. 저는 저탄 다이어트 중이라서요."

로버트는 무슨 말인지 전혀 이해하지 못했다. "뭐라고요? 저탄이 무슨…?"

순간, 더는 신경 쓸 필요가 없다고 깨달았다. "아니에요. 됐어요. 그럼 좋은 하루 보내고요." 손을 흔들고 뒤돌며 말했다.

"전기가 들어올 때까지 집 앞에 서 있을 거예요." 홀쭉이가 뒤에서 소리쳤다.

로버트는 몸을 돌려 그를 가만히 봤다. 팔짱을 끼고 있던 홀쭉이는 손으로 욕을 하기 시작했다. 위험이 실제로 눈앞에 닥쳤다. 이 사람은 정신 나간 게 분명하다. 초인종을 무음으로 하고 무시하는 것으로는 해결되지 않을 것이다. 전기라…. 한숨이 나왔다.

로버트는 마당 창고에서 잔디 깎을 때나 사용하는 케이블 릴 선을 가지고 차고로 가서 외부 콘센트에 전기선을 연결했다. 릴 선을 울타리 위로 들어 올려 반대편에 둔 후에 옆으로 쭉 선을 뺐다.

"문 좀 열어봐요." 로버트는 릴선을 들고 부엌 창문 아래 서서 소리쳤다.

"열려 있어요." 홀쭉이가 큰 소리로 대답했다.

로버트는 믿을 수 없다는 듯 고개를 저었다. "현관문 말고 창문!"

잠시 후 부엌 창문이 열리고 홀쭉이가 그를 쳐다봤다.

"전기 연결해요, 말아요?" 로버트는 전기 케이블 릴선을 위로 들고 물었다.

그는 고개를 뒤로 젖히고 부엌으로 최대한 높이 올렸다. 하지만 케이블 선이 팽팽해졌다.

"짧아요."

로버트는 조심히 선을 잡아당겼지만 충분치 않았다. 한 번만 더 당기면 콘센트에서 빠질 게 분명했다. 아슬아슬했다.

"이 정도면 충분합니다."

"안 된다니까요."

"그럼 그냥 케이블 릴선을 창틀에 올려두고 써요."

"창틀에 전기 콘센트를 두고 어떻게 써요?"

"연장용 멀티탭도 없습니까?"

"짐 상자들 속에서 어떻게 찾아요?"

로버트는 평정심을 잃지 않으려 애써 심호흡했다. "상자에 뭐가 들어 있는지 표시하지 않았어요?"

"그걸 왜 해요?"

"그렇게 하면 이사할 때 필요한 걸 바로 찾을 수 있으니까요."

"아니 누가 연장용 멀티탭이 필요할 거라고 생각이나 했겠어요?"

홀쭉이가 신경을 곤두세우는 것이 느껴졌다. 로버트는 열불이 터질 것 같아 가능한 한 빨리 일을 끝내고 싶었다.

"전기가 연결됐으면, 이런 경우가 있기나 했겠냐고요!" 홀쭉이가 원망하며 소리 질렀다.

로버트는 그를 보다가 공구 박스 안에 있는 초강력 접착테이프가 생각났다. 그걸로 당분간 홀쭉이 입을 틀어막고 싶었다. 한편으로는 인정해야만 했다. 이번에는 예외적으로 홀쭉이 말이 맞았다. 전기 문제는 로버트가 망친 거다. 그는 한숨을 내쉬고 적당한 전선을 찾으러 갔다.

그들의 집 안은 이삿짐 상자로 가득했다. 어떠한 순서와 체계도 찾아볼 수 없었다. 이삿짐센터 직원은 무작위로 상자를 내려놓기만 했다. 이내 이러한 그들의 작업 방식이 이해도 갔다. 이삿짐을 가능한 한 빨리 내려놓고 이 정신병동 같은 곳에서 벗어나고 싶을 거다. 부엌에도 상자들이 쌓여 있었다. 수납장 문은 열려 있었지만 식기는 정리되지 않은 상태였다.

홀쭉이가 옷이 든 상자를 뒤적거렸다. "주방용품 어디 있는지 찾아봐요." 홀쭉이가 이삿짐센터 직원들에게 소리를 질렀다.

상자에 표시하는 방식이 가장 효율적이었겠지만, 로버트는 입을 꾹 다물었다. 연장용 멀티탭이 든 상자를 내려놨다. "여기 필요한 물건입니다. 이게 끝은 아닙니다."

"무슨 말이에요?"

"필요하다면 전등도 있고, 전기 드릴도 있습니다."

"이삿짐센터 직원에게 줄 건 없어요? 최소한 커피라도 드려야죠." 홀쭉이가 투덜거렸다.

"커피 메이커도 있어요." 로버트는 적극적으로 대답했다. 홀쭉이의 마음에 공감이 되었다. 커피는 언제나 통한다.

뚱보가 문 앞에 나타났다. "자기야, 이거 제대로 된 설명서 맞아?"

"물론이지." 홀쭉이가 날카롭게 반응했다.

"어찌 된 건지 잘 안 되는데." 뚱보는 조립 설명서를 이리저리 살펴보다 머리를 긁적거리며 중얼거렸다.

"전에는 잘 됐잖아." 홀쭉이가 무심하게 말을 툭 던졌다.

"그럼 네 탓인 거네."

그 순간 연극의 다음 막이 올랐다.

"그냥 물어보는 것도 안 돼?" 뚱보가 기분 나쁘게 대답했다.

"제대로 된 설명서 맞아." 홀쭉이의 목소리 톤이 더 날카로워졌다.

"근데 왜 여기 이 나사가 없는 건데?"

그는 조립 설명서를 보여주었지만, 홀쭉이는 무시했다.

"없으면 찾아."

"아니, 어디서?"

"짐 상자에 있겠지."

"여길 다 뒤져서 찾으라고?"

"나사 필요해, 안 해?"

로버트는 여기서 빨리 사라져야겠다는 생각이 들었다. 끔찍한 사고의 여파가 밀려오는 것 같았다.

"나 좀 내버려둬, 할 일이 얼마나 많은데." 홀쭉이가 로버트의 공구 박스를 손가락을 뒤적거리며 말했다. "그나저나, 제 이름은 바스티예요." 그가 로버트에게 말했다.

"아, 네." 로버트가 짧게 대답했다.

"저 친구는 데니스고요." 바스티가 뚱보를 가리키며 말했다.

"내 소개는 내가 할 수 있어."

"그럼 왜 안 했어?"

"하려고 했다고."

"언제?"

"정말 말이 안 통한다."

로버트는 신음이 나왔다. 이런 식의 대화는 무한 반복될 것이다. 로버트가 중간에 나서야 했다. "바스티와 데니스라고요. 잘 알겠습니다." 로버트는 다른 싸움의 싹이 움트기 전에 그들을 말렸다. 데니스는 한숨을 내쉬었고 바스티는 로버트가 가져온 전기 릴선에 연장용 멀티탭까지 꽂아 창틀에 두었다. 로버트가 여기 있을 이유가 더는 없었다.

"다시 봬서 반가웠습니다." 이렇게 말을 하고 가려던 참에 바스티가 연장용 멀티탭에 냉장고 콘센트를 꽂으려는 것을 봤다.

"아니 제정신입니까?"

"또 무슨 일이에요?"

"여기 전원 차단기 내려가면 어쩌려고요?"

"냉장고도 안 돼요?"

"안 돼요!"

"그럼 이거 어떡해요? 오늘 저녁까지 먹어 치워야 한다고요."
이렇게 말하며 싱크대 위에 놓인 음식 재료 상자를 가리켰다.

로버트는 시선을 피했다. 소피아의 목소리가 들리는 듯했다.
로버트와 소피아는 음식물을 낭비하지 않으려 언제나 신경 썼다.

"주세요." 그의 혼잣말이 들렸다. "제가 보관하겠습니다." 동
시에 지금 일어나고 있는 일에 대해 궁금해지기 시작했다. 왜 이
둘을 끌어들이는 것일까? 이 두 남자의 문제를 자신의 문제로 만
드는 것일까?

음식 재료 상자를 옆에 두고서, 상할 수도 있는 재료부터 냉장
고에 넣어 깔끔하게 정리를 끝냈다. 순간 옆집에서 귀청이 터질
듯한 괴성과 날카로운 비명이 들렸다. 그러고는 아무 소리도 나
지 않았다. 로버트는 얼어붙은 채 긴장했다. 어떤 일이 일어났는
지 상상해보려는 순간, 다시 소리가 들렸다. 한숨이 나왔다. 두
남자를 알게 된 지 겨우 두 시간 지났지만, 이 짧은 시간 동안 한
가지는 확실하게 깨달았다. 무시는 선택 사항이 아니다. 무시했
다가는 이 상황이 종일 계속될 수 있다. 그는 지하실로 내려가
전동 드라이버와 크기별로 정리된 나사 박스를 꺼냈다.

잠시 후 그는 두 번째로 공구함을 들고 이웃의 집으로 들어갔
다. 현관 입구는 이삿짐으로 막혀 거실로 들어가려면 높이 쌓인
상자를 헤치고 지나가야 했다. 해체된 옷장 선반을 두고 데니스

와 바스티가 거실에서 서로 소리를 지르고 있었다.

"내가 말했잖아, 잘못된 설명서라고."

"네가 멍청해서 그런 거야."

"그렇게 잘났으면 직접 하시든가."

"그래, 내가 하고 말지."

로버트는 평정심을 유지하려 애썼지만, 이 둘은 건강에 매우 해로울 정도로 점점 혈압을 올리고 있었다. 그는 한시도 더 참을 수 없었다. "이제 그만!"

둘은 깜짝 놀라 어안이 벙벙한 채로 로버트를 봤다. "당신은, 여기서 나가요." 로버트는 손가락으로 데니스를 가리키며 단호하게 말했다. "그리고 당신은 나를 도와요." 바스티에게 이어 말했다.

"그럼 해보시든가!" 데니스는 얇은 입술을 꽉 깨문 채 기분이 상해서 밖으로 나가버렸다.

바스티는 말없이 작업에 착수한 로버트를 두 손 놓고 보기만 했다. 그는 우선 공구함에서 무선 전동 드라이버를 꺼냈다. 그리고 보석함 같은 박스에서 적당한 나사를 찾았고, 마지막으로 거기에 맞는 드라이버 헤드를 무선 전동 드라이버에 꽂았다. 배터리는 완충 상태였고, 이제 시작하기만 하면 됐다. 준비할 게 마지막으로 하나 남았다. 로버트는 바스티 앞에 서서 무선 전동 드라이버를 권총처럼 겨누었다. "이 옷장이 완성될 때까지 입 다물고 내가 시키는 대로 해요."

바스티는 눈을 빙글빙글 돌리기만 하다가 로버트의 단호한 시선에 이내 항복하고 말았다. 그는 고개를 천천히 끄덕였다. 마치 두 강대국이 평화 협정에 이른 것 같았다. 로버트는 시작했다. 우선, 옷장의 판들을 크기별로 분류했다. 다음으로 선반은 선반 끼리, 문짝은 문짝끼리, 옆판은 옆판끼리 분류했다. 몇 분도 지나지 않아 거실은 정리가 되었다. 조립 설명서를 안 봐도 어느 조각과 어느 조각이 맞아떨어지는지 알 수 있었다. 그에게 이건 간단한 퍼즐 같았다. 그는 이런 일은 언제나 쉽게 처리했다.

게다가, 이런 일은 몸의 긴장을 풀어주었다. 바스티는 약속한 침묵을 지키기 어려워했지만, 마치 반강제로 명령을 따르듯 입을 꾹 닫았다. 필요한 선반을 전달하거나 나사 박스에서 맞는 나사를 찾아 전달했다. 로버트는 묵묵히 일에 집중했다. 어느 정도 시간이 지나자 옷장이 완성되었다. 바스티는 바로 지적했다.

"문이 뻑뻑해요." 옷장 미닫이문을 밀어보며 말했다.

"백 점 받을 줄 알았는데, 아쉽군요." 로버트는 연장을 정리하면서 대꾸했다.

"옷장을 조립해서 세울 때까지는 백 점이었습니다." 바스티가 말했다.

로버트는 고개를 저으며 중얼거렸다. 그는 바스티가 옳다는 것을 인정해야 했다. 협정은 이행되었지만, 옷장 문은 부드럽게 열리지 않는다는 것도 인정했다. 하지만 오늘의 이웃돕기는 이것으로 충분하다. 문은 다음번에 다시 손보면 된다. 이런 세부 사항까지 돌보면 끝이 없다.

"이제 어떻게 하죠?" 바스티는 물었다.

"오늘은 여기까지입니다." 로버트는 공구함을 닫고 현관으로 나가는데 뒤에서 바스티 목소리가 들렸다.

"고마워요."

로버트가 고개 돌려보니 바스티가 얼굴에 미소를 띠고 있었다. 성가신 이웃이 최소한의 기본적인 예의를 지킨다면 물론 호의적으로 받아줄 수는 있지만 굳이 친구가 될 필요까지는 없다고 생각했다. 로버트는 건강한 거리 두기를 유지하기로 했다. 그는 바스티에게 말없이 고개를 끄덕이고 마침내 집으로 돌아왔다.

거실로 돌아와 안락의자에 앉았을 때, 그는 자신이 마치 마지막 한 방울까지 다 쥐어짠 레몬 같다고 생각했다. 텔레비전을 틀었다. 특별하게 보고싶은 게 있던 것은 아니다. 볼만한 프로그램은 오래전부터 없었다. 그저 리모컨을 누르며 계속 채널을 돌리면 긴장이 풀렸다. 그러다 자신이 목공 일을 언제나 좋아했다는 생각이 떠올랐다. 어린 시절부터 나무 향을 좋아했고 할아버지한테 목수가 되고 싶다고 말했던 기억도 났다. 물론 그가 원했던 모든 다른 것처럼 할아버지는 목수의 꿈도 반대하셨다. 할아버지는 세무 공무원이었고, 손자가 자신의 뒤를 따라야 한다고 고집했다. 하지만 로버트의 마음 깊은 곳에는 세무 공무원으로서 사람들을 대하는 것보다 사물로 무엇인가를 하는 일을 훨씬 더 좋아했다.

그는 채널을 계속 돌리다가 한 동물 프로그램에서 멈췄다. 치아 수술로 인해 전신 마취를 받게 된 땅돼지 엘비스를 동물원 사육사가 걱정하고 있었다. 나이가 많아 수술이 위험할 수 있기 때문이다. 이 프로그램으로 마음이 따뜻해지면서 긴장이 풀리고 있었다. 그러다 갑자기 굉음과 함께 텔레비전이 꺼졌다.

"전기가 나갔어요." 몇 초도 지나지 않아 옆집의 바스티가 소리를 질렀다.

잠시 잠깐 싱크대 위에 있는 주방용 칼 블럭이 생각났다. 하지만 생각을 바로 접고 끙끙거리며 두꺼비 집이 있는 쪽으로 가 커버를 열었다. 메인 누전 차단기가 내려간 게 바로 보였다. 분명히 조심하라고 말했는데도 콘센트를 너무 많이 꽂아 과부하 된 것이다. 로버트는 차단기를 다시 위로 올렸다.

"전기 다시 들어왔어요." 옆집에서 말하는 게 들렸다. 로버트는 아직 거실로 돌아가지도 않았지만, 또다시 전기 떨어지는 소리가 들렸다.

"다시 안 돼요." 바스티가 소리쳤다.

로버트는 오늘만 벌써 세 번째로 이웃의 주방에 들어갔다. 그런데 이제야 보인다니! 그의 눈에 이탈리아 식당에서나 볼법한 커다란 무엇인가가 들어왔다. 바스티가 이 기계의 스위치를 연거푸 켰다 끄기를 반복하는 동안 데니스는 전기 릴선의 케이블을 살살 만지작거리고 있었다.

"도대체 이게…." 로버트가 천천히 소리쳤지만, 말을 끝낼 수 없었다.

"그쪽도 전기가 나갔어요?" 바스티가 천진난만하게 물었다.

"꼭 필요한 데만 쓰라고 했잖습니까?"

"커피 메이커는 괜찮다면서요."

"이건 커피 메이커가 아니잖아요."

로버트는 데니스를 옆으로 밀치고 한 번에 여러 잔의 에스프 레소를 추출할 수 있는 크롬색의 번쩍이는 에스프레소 기계의 전 기 코드를 뽑아버렸다. 데니스는 로버트를 그저 보기만 했다. 데 니스와 바스티는 왜 저러는지 모르겠다는 표정으로 눈빛을 주고 받았고 로버트는 성급히 그 자리를 떴다.

그는 성큼 집으로 뛰어 들어와 현관문을 닫고 안전을 위해 열 쇠로 문을 잠갔다. 이 상황에서 또다시 현관 옆에 있는 전화가 울렸다. 그는 전화가 놓인 작은 탁자 앞에 서서, 전화선을 힘껏 잡아당겨 빼버렸다.

05

로버트는 콘센트 앞에 무릎을 바닥에 대고 앉아 있다. 전날 밤, 전화선을 성질나는 대로 잡아당기는 바람에 지금은 벽에 얇은 전선 두 개만 달랑 매달려 있다. 어젯밤도 다른 날처럼 편히 잠들지 못했다. 옆집의 움직임이 무엇보다 신경 쓰였다. 눈을 뜨자마자 저들과 앞으로 어떻게 지내야 할지 머리가 아플 정도로 골똘히 생각했다.

로버트는 한숨을 내쉬었다. 콘센트의 플라스틱 커버가 산산이 조각나서 더는 어떻게 할 수가 없었다. 하지만 이건 그다지 심각한 게 아니었다. 더 큰 문제는 DSL 라우터 모뎀의 초록 불빛에 불이 나갔다는 거다. 사실 이건 몇 주 전까지만 해도 콩알만큼도 신경 쓰이지 않는 문제였다. 로버트는 인터넷이 연결되지 않아도 세상은 돌아간다 생각했다. 소피아가 스마트폰을 사용하라고 설득했지만 소용없었다. 언제 어디서나 중요하지 않은 것을 보면서 스스로 특별하게 만든다 해도 삶이 풍요로워지는 건 아니라고 생각했다. 특히, 그는 공공장소에서 계속해서 전화하면서 사생활이나 일에 관한 세부 사항을 떠드는 것을 최악으로 여겼다.

하지만 소피아의 일을 마저 하면서 제품을 팔려면 생각을 달리해야만 했다. 외부 세계와 반드시 연결되어야 한다. 하지만 어리석게도 어젯밤 맹목적인 분노로 세상과의 연결선을 끊어버렸다.

로버트는 극성테스트 기기를 이용해 얇은 케이블 선을 회로기판에 수도 없이 밀어 넣었지만, 번번이 실패하자 조바심이 났다. 뭐든 잘 고친다던 그의 능력은 거친 일에 한정되어 있었다. 선반 수리, 미닫이문 부드럽게 여닫게 만들기, 페인트칠하기 이런 일은 쉽게 해냈지만, 섬세한 작업은 잘하는 편이 아니었다. 이웃은 속수무책으로 싸우는 거 말고는 할 일이 없는 것 같았다. 어느 순간 옆집에서 현관문이 쾅 닫히는 소리가 들리더니 누군가 자동차를 타고 가버린 것 같았다. 둘 중에 누구인지는 몰랐지만 그건 중요하지 않았다. 중요한 건 그가 몇 시간만이라도 조용히 지낼 수 있다는 것이다.

마침내 케이블이 연결되었다. 그는 라우터를 켜고 연결되기를 기다렸다. 작은 초록 등에 불빛이 들어왔다. 연결이 실제로 되었는지 확인하기 위해 그는 수화기를 들어 번호를 눌렀다. 신호음이 들렸다. 그의 얼굴에 승리의 미소가 퍼졌다.

로버트는 전날 준비해둔 주문서를 식탁 위에 펼쳐 놓았다. 단지 다른 생각을 하거나 다른 일거리를 찾으려는 마음 이상의 것이었다. 소피아가 세상을 떠난 이후 처음으로 의미 있는 일을 하는 기분이 들었다. 왜냐하면, 소피를 위한 일이기 때문이다. 첫 번째 도전에 좌절하기도 했지만, 그렇다고 쉽게 포기할 수는 없었다. 커피 한 모금을 마시고 전화 수화기를 들었다.

"베르거입니다." 남자 목소리다.

"안녕하십니까? 저는 윈터라고 합니다. 혹시 부인과 통화할 수 있을까요?"

"제 부인에게 용건이 있으신가요?" 수화기 속 남자는 매우 의심스럽게 물었고, 로버트는 그런 이유를 충분히 이해하고도 남았다. 처음 듣는 거친 남자의 목소리가 소피아를 찾았다면 그 역시도 이런 반응을 보였을 것이다.

"네, 에이본 뷰티 회사입니다. 부인께서 주문하신 코엔자임 텐이 함유된 나이트 크림 때문에 연락드렸습니다." 로버트는 오해가 생길까 봐 재빨리 대답했다. 상대 수화기에서 커다란 한숨 소리가 흘러나왔다. "아, 그 말씀이시군요, 그런데 그 제품을 더는 사용하지 않는다고 하던데, 아내와 직접 통화하시죠. 여보, 당신 전화야." 남자는 부인을 바꿔줬다.

"여보세요."

"저, 윈터입니다. 주문하신 제품 코엔자임 텐이 함유된 레이디 럭스 나이트 크림을 배송해 드리려고요."

"윈터 부인 맞아요? 목소리가 왜 그래요?"

"저는 남편입니다."

"세상에 뻔뻔하긴, 고객 관리를 어떻게 하는 거예요? 이렇게 오랫동안 전화도 없이? 그리고 왜 부인이 직접 전화하지 않는 거죠?"

"배송에 약간 차질이 있었습니다." 로버트는 좀 더 그럴듯한 변명을 떠올리지 못했다. 따지고 보면 거짓말은 아니었다.

"샹통씨는 절대 이렇게 하지 않아요." 여자가 쏘아붙였다.

"저는 샹통씨가 누구인지 모릅니다만." 그는 당황하여 이렇게 대답했지만, 통화 목적을 이루기 위해 대화 내용을 제자리로 돌렸다. "주문하신 크림 어떻게 할까요?"

"이제 누군지 알게 되겠죠. 다른 데 알아보세요." 여자는 별다른 말 없이 전화를 뚝 끊었다. 로버트는 짜증이 났지만, 여자의 말이 어느 정도는 맞다고 인정해야 했다. 그는 영업용 목소리로 대응해야 한다. 그는 어깨를 반듯하게 펴고 얼굴에 미소를 띠고 고객 명단에 있는 다음 번호로 전화했다.

"안녕하십니까, 로버트 윈터입니다. 주문하신 제품이 곧 배송될 수 있다는 기쁜 소식을 알려드리려고 전화드렸습니다." 그는 다음 희생양을 자신의 자동차 안으로 유인하려는 연쇄 살인범처럼 자신감 있게 속삭였다. 상대방이 겁에 질려 경찰에 신고할지도 모를 일이었다.

"윈터 씨?" 믿을 수 없다는 듯 놀란 목소리였다. 잘못 들은 게 아니라면 고객은 흐느끼고 있었다.

"저, 부인 소식 들었어요." 로버트는 얼어붙었다. 이런 반응은 전혀 예상치 못했다. 하지만 당연한 일이었다. 그가 소피아의 부고 소식을 일부러 알리지 않아도 소피아의 소식은 조만간 고객들에게 퍼질 것이다. 그러면 메일함과 우편함에 애도의 편지와 카드가 가득하게 될 텐데. 그것만큼은 거절하고 싶었다.

"믿을 수가 없어요. 불쌍한 소피아, 우리 모두 그렇게……."

로버트의 입에서 단 한마디도 나오지 못했다. 그는 전화를 끊자마자 마치 뜨거운 감자를 들고 있었던 것처럼 수화기를 확 내려놓았다. 그는 이 모든 상황을 혼자서 헤쳐나가야 하는 게 너무 힘들었지만 다른 사람들의 슬픔을 마주하는 건 더더욱 견딜 수 없었다. 뱃속에서 천둥소리가 들렸다. 곧 몰아칠 폭풍우의 전조다. 하지만 동시에 내면에서 격렬하게 저항감이 일어났다. 이렇게 쉽게 포기하지 않으리라. 지금까지는 연습게임이다. 진짜는 지금부터다. 전화 세 번에, 거절 세 번이라니. 비참하다. 이대로 내버려둘 수는 없다. 그는 깊게 심호흡하고 커피 메이커로 가서 지금까지의 규칙을 어기기로 했다. 오늘은 한 잔만 더 하면 충분하다. 그리고 수화기를 다시 집어 들었다.

"안녕하세요, 여기는 에이본 뷰티입니다. 주문하신 제품 때문에 연락드렸습니다." 상대가 아무 반응이 없다. 로버트는 이미 상대방의 대답을 들은 듯했다. 이번에도 거절당할 것 같았다. 이번에는 바로 포기하고 싶지 않았다.

"부인께서 제 아내를 기다리셨겠지만, 안타깝게도 그건 불가능해서…." 그는 예방 차원에서 묻지도 않은 말을 먼저 했다.

"그렇지 않아도 궁금하던 참이었어요."

"원하시면 오늘 배송도 가능합니다."

"좋아요, 언제가 좋을까요?" 그녀의 목소리가 너무 들떠서 오히려 말문이 막혔다.

"어, 그러니까…. 제 생각에는…." 갑자기 말을 우물거리며 몇 시가 좋을지 집중해서 생각했다.

"오후 세 시 정도면 어떨까요?" 그녀가 먼저 제안했다. 그는 스케줄이 하나도 없었지만, 프로답게 보여야 한다는 생각에 수첩 넘기는 소리를 내며 시간을 조금 끌었다.

"네, 그 시간이면 가능합니다." 로버트는 맞추겠다는 식으로 대답했다.

"아주 좋아요. 그럼 그때 뵙죠. 기분 좋네요." 그렇게 통화는 끝났다.

로버트는 소피아의 보너스 카드를 손에 쥐고 소피아의 환하게 웃는 얼굴을 바라보며 말했다.

"내가 사람들하고 어울리지 못한다고, 한 번만 더 놀리기만 해봐."

이후로도 그는 고객과 통화를 계속했다. 어떤 고객은 반가워했고 어떤 고객은 거절하기도 했다. 전화 업무를 마친 후, 그는 욕실로 갔다. 지난 몇 주 동안, 외모를 전혀 신경 쓰지 않았다. 거의 제대로 씻지도 않았다. 소피아가 떠난 이후 샤워할 기력조차 없어 기껏 한 게 고양이 세수 정도였다. 딸 미리암이 손자 요나스와 함께 방문했을 때, 녀석은 아주 대놓고 코를 틀어막았다.

"할아버지, 벤지 냄새나요." 요나스가 불쾌하다는 듯이 말했다. 미리암이 벤지는 옆집에 사는 지린내 나는 골든레트리버라고 했다. 나이도 많고, 잘 듣지도 못해서 현관 입구 계단에 소변으로 커다란 웅덩이를 만드는 배변 실수를 저지른다고 했다. 로버트는 어떤 냄새일지 대충 상상이 갔다. 그럴 수는 없다. 고객을 만나려면 당연히 달라져야 한다.

로버트는 꼼꼼히 샤워한 뒤 칸막이 유리문에 묻은 물기를 유리 닦기로 제거했다. 얼굴에 면도크림 거품을 바르고 무뎌진 면도날을 새 거로 교체했다. 상처투성이 얼굴을 고객에게 보인다면 고객은 어떤 인상을 품게 될까? 그는 코털과 귀털을 소피아가 준 미용 가위로 다듬었다. 그가 사용하는 유일한 미용 제품이었다. 소피아는 이와 더불어 온갖 크림과 토너와 채취를 숨기는 데오도란트 같은 제품을 사용해보라고 설득했지만, 그는 아예 시도조차 하지 않았다. 마찬가지로 자신이 실험대상이 되는 것도 강력하게 거절했다. 특히 '새롭게 향상된 배합'이라고 설명했을 때는 아예 귀 등으로도 듣지 않았다. 그는 언제나 "그래서 뭐?"라는 식으로 대답했다. 그럼 고객은 지금까지 엉터리로 배합된 나쁜 크림을 얼굴에 발랐다는 뜻이냐고!

얼굴 손질을 다 끝내고 거울 앞에 섰을 때 어느 정도는 만족스러웠다. 단지 머리 스타일이 맘에 들지 않았다. 머리가 사방으로 뻗쳐서 정돈이 잘 안 되었다. 로버트는 또래의 남자와 달리 머리카락이 두껍고 숱이 풍성했다. 그의 어머니가 예상한 대로다. 어린 시절 그의 어머니는 그의 머리와 잘생긴 외모는 할아버지한테서 왔다고 자주 말해줬다. 대머리는 한 세대를 건너뛰고 유전된다는 사실을 어디선가 읽은 적이 있는데, 정작 아버지의 머리가 어떤 상태였는지 알 길이 없었다. 로버트는 단 한 번도 아버지를 본 적이 없었다. 그가 아는 것은 오래전에 돌아가신 할아버지와 아버지의 관계가 어려웠다는 것이 전부였다. 하지만 지금에 와서 한 가지는 참으로 감사했다. 바로 자신이 대머리가 아니라는 것!

그는 머리에 살짝 물을 묻힌 후 헤어드라이어로 스타일을 만들기 시작했다. 15년 전에 남자 미용사가 해준 웨이브와 볼륨을 잔뜩 넣은 스타일로, 당시 로버트에게 상처만 남긴 스타일이었다. 그날 이후로 로버트는 미용실에 발길을 뚝 끊었다. 대신 소피아가 머리를 다듬어주었다. 소피아는 미용사가 아니었지만, 시간이 지날수록 기술이 늘어 나중에는 꽤 괜찮게 보였다. 그녀가 세상을 떠난 후, 딸 미리암에게 머리를 다듬어달라고 부탁했다. 처음 미리암은 거절했다. 하지만 이내 마음을 고쳐먹고 머리를 다듬어주었다. 나름대로 나쁘지는 않았지만 그녀의 엄마만큼 잘하지는 않았다.

미리암을 생각하자, 그녀의 옆집에 산다던 냄새나는 강아지 벤지가 떠올랐다. 좀 더 확실하게 하려고 거울 선반에 있는 소피아의 향수를 문득 집어 들었다.

'마이 모닝 멜로디'라는 상표명을 조용히 읽은 뒤 넉넉하게 뿌렸다.

잠시 후, 로버트는 옷장을 둘러봤다. 평소였다면 양복에 신경 쓰지 않았을 것이다. 옅은 회색에서 짙은 회색이 로버트가 가진 양복의 전부였다. 그중 눈에 띄는 다른 색의 양복이 딱 한 벌 있었다. 소피아가 사줬지만, 전혀 어울리지 않는다고 생각했던 짙은 파란색 양복이었다. 소피아는 로버트에게 새로운 것을 시도

하고 열정을 조금이라도 보이자며 한 번만 입어보라고 권유하곤 했다. 이 양복을 두고 소피아는 신선하고 신비한 느낌이 든다고 했지만, 그의 눈에는 다른 양복과 다를 바 없어 보였다.

　　로버트는 중간톤의 회색 양복을 입고 집을 나섰다. 화장품으로 가득한 작은 카트를 트렁크에 넣고 운전석에 앉아 주소록을 다시 한번 훑어보았다. 주소 대부분은 어디인지 알고 있다. 몇몇 고객의 주소는 인터넷에서 찾아봐야 했다. 결과적으로 그는 시간을 절약할 수 있는 최적의 배송 경로를 계획했다. 밀린 주문의 절반이 취소되고 열띤 설득 끝에도 떠나버린 고객이 있었지만, 오늘 배송해야 할 고객만 해도 여성 고객 열다섯에 남성 고객 둘이나 되었다.

06

로버트는 시계를 봤다. 첫 번째 배송 고객의 타운하우스 앞에 주차한 지 십여 분이 지났지만, 완수해야 하는 목적에 여전히 강한 거부감을 느끼고 있다. 왜 행동의 결과를 생각하지 않고 결정적인 것에 눈을 가렸을까? 고객 명단을 만들어 전화를 거는 것과 고객을 직접 만나는 건 완전히 다른 차원의 일이었다.

그는 조수석에 올려놓은 작은 에이본 쇼핑백과 배송지의 현관 입구를 번갈아 봤다. 그는 어떻게든 핑계를 만들기 위해 애썼다. 애초부터 전부 말도 안 되는 일이었던 거 아닐까? 게다가 자기가 생각해낸 아이디어도 아니었고, 곰곰이 생각해보니 릴리 피셔가 머릿속에 떠올랐다. 다행히 아직은 아무 일도 일어나지 않았다. 그는 여기서 멈추고 집으로 돌아가 제품을 모조리 지하실로 옮길 수 있다. 이 제품들을 다른 방식으로 해결할 수 있기도 하다. 예를 들자면 화장품을 좋은 의도로 기부할 수도 있다. 이 생각만으로도 마음에 행복이 가득 찼다. 하지만 생각하면 할수록 행복한 마음은 허공으로 사라졌다. 이 세상엔 화장품으로 해결되지 않는 긴박한 문제가 가득했다.

로버트는 계속해서 자신에게 남겨진 가능성을 곱씹었다. 욕조와 헤어드라이어로 삶을 마감하려 했던 시도가 실패로 돌아갔고 이제는 두 가지 선택지만 남았다. 하나는 예전의 평범한 삶으로 돌아가 안락의자에 앉아 어둠과 고통 속에서 이웃의 싸우는 비명을 듣는 것이다. 다른 하나는 자신의 그림자에서 벗어나 이루고자 한 계획을 이행하면서 주문받은 상품을 배송하는 것이다. 소피아가 어떻게 생각할지 상상했다. 그녀는 정신을 못 차릴 정도로 기뻐했을 것이다. 그녀는 남편을 너무나도 자랑스럽게 여겼을 것이다. 분명했다. 오래간만에 열정이 솟구쳤다. 그의 시선은 조수석의 에이본 쇼핑백에서 고객의 타운하우스 입구로 옮겨갔다. 그리고 우편함 옆에 있는 현관으로 이어졌다. 저 열린 틈으로 쇼핑백을 쓱 밀어 넣고 도망치듯 가버린다면…?

처음에는 문제 해결책을 자랑스럽게 생각했지만 첫 번째 고객에게 직접 배송하지 못한다면 자기 자신에게 당당하지 못할 것 같았다. 게다가 초인종을 누르는 대신 계좌 이체를 부탁하며 계좌 번호를 적은 메모를 우편함에 남겨두는 것은 자신의 신념에 모순된다. 도대체 무슨 일인가? 그는 어쩌자고 자신의 원칙을 깨버리려는 걸까? 문제가 생긴 이상 피할 수만은 없다. 늘 해왔던 대로 지금부터 다시 문제를 직면해야 한다. 게다가 전직 세무 공무원으로서 고객에게 이러한 지불방식을 제안하는 것은 재앙이나 다름없다. 우편함에 물건을 배송하는 한, 돈 받을 생각은 포기하는 게 나았다.

이 모든 생각에도 불구하고, 다음 고객으로 향하는 길에서 자신의 원칙을 조금은 융통성 있게 수정할 필요도 느꼈다. 단독주택 문 앞에 섰을 때 그는 초인종을 누를 수가 없었다. 문패의 거주자 이름을 한 번도 본 적이 없다. 너무나 명확했다. 주소를 잘못 기재했을 것이다. 그게 아니라면 집에 아무도 없거나, 초인종이 고장 났거나, 아니면….

그가 뒤돌아 떠나려는 순간, 현관문이 획 열렸다. 로버트는 깜짝 놀라 그녀의 얼굴을 보고만 있었다. 그녀의 얼굴이 소피아가 가을이면 만들어주던 호박 수프의 색을 띠고 있었기 때문이다.

"어디 아프세요?" 그는 불쑥 이렇게 묻고는 본능적으로 한 발 물러섰다. 그는 건강염려증 환자는 아니었지만, 바이러스와 세균을 극도로 조심하는 편이었다.

여자는 불만 가득한 눈빛으로 그를 봤다. "왜 그렇게 생각하세요?"

"최근에 거울을 본 적 있습니까?"

"네? 왜요?" 그녀의 목소리는 불안하게 떨렸다.

"간염 검사를 서둘러 하시는 것이 좋을 것 같습니다." 로버트가 말했다.

여자는 너무 놀라 말했다. "간염이요?"

"간에 생기는 염증으로, 간염에 걸리면 피부가…."

"간염이 뭔지 알아요." 그녀가 말을 잘랐다.

"그런데 저 아프지 않아요."

"그럼 왜 피부가 누런빛이 나죠?"

"태닝한 거예요."

로버트는 눈살을 찌푸렸다. 이 여자는 색 구분을 못 하는 모양이었다. 말을 해줘야 할지 입 다물고 무시해야 할지 고민했다. 그렇다면 다른 사람의 건강은 어떻게 하나?

"최근 들어 셀프 태닝 크림을 바르고 있어요." 여자가 조금 불안한 기색을 내보이며 말했다.

로버트는 불씨가 있는 곳에 괜히 기름을 들이부을 필요는 없다고 생각했다. 원치 않는 일에 괜한 참견을 할 필요가 없었다. "아, 그렇군요." 그는 분위기를 바꾸며 자신을 소개한 후 에이본 봉투를 내밀었다. "주문하신 페이스마스크가 도움이 될 것입니다."

그녀는 봉투를 받고서도 계산할 기미를 전혀 보이지 않았다. "그렇게 이상하게 보이나요?"

로버트는 자신의 혀를 깨물어버리고 싶었다. 말 한마디로 말벌 집을 건드리고 만 것이다. 왜 입 다물고 있지 못하는 걸까? 지금, 이 순간 머뭇거리지 말고 분위기를 바꿀 무슨 말이라도 빨리해야 한다. 그녀는 제품을 받았지만, 돈은 아직 안 냈다. 지금 필요한 것은 대화를 끝내는 클로징 멘트다.

"제일 중요한 건, 부인께서 건강하다는 것이죠." 그는 어떻게든 노력했지만 고객의 마음을 진정시킬 말은 아니었다. 대화가 여기서 쉽게 끝날 것 같지 않았다.

"한번 말해보세요." 그녀는 대답해보라고 고집부렸다. 그 말투가 딱 소피아의 말투와 비슷했다. 소피아가 새 블라우스를 보란 듯이 자랑했을 때를 기억해내야 했다. 로버트는 블라우스가 정말 촌스럽다고 생각했지만, 상처받을 수도 있으니 속마음은 깊숙이 숨겨야 했다. 하지만 소피아는 눈치채고 진짜 어떻게 생각하는지 말해보라고 끈질기게 졸랐다. 어쩔 수 없이 로버트는 숨김없이 말했다. 하지만 그 후로 소피아는 처음부터 솔직하게 말하지 않았다며 엄청 화를 냈었다.

"햇빛을 직접 받는 건 어떻습니까?" 로버트는 조심스럽게 물었다.

"제 피부는 너무 민감해서 햇빛에 너무 빨리 타버려요."

"고상하게 창백해 보이는 것도 나쁘지는 않습니다만."

여자는 말 그대로 비틀거리며 쓰러져 체념과 절망이 뒤섞인 눈빛으로 로버트를 바라봤다. 그는 무슨 일이 일어날지 예측하며 후퇴 전략을 빠르게 세워야 했다.

"옳은 말씀이에요. 요즘에… 남편… 그 인간이 저를 쳐다도 안 봐요." 그녀는 말을 더듬었다.

"저는 그렇게 말하지 않았습니다." 옆으로 비켜나며 대답했다. 갑자기 공포가 엄습했다. 단 한 번도 본 적 없는 사람들의 결혼 문제에 절대로 휘말리고 싶지 않다.

"남편분께서 외모 때문에 그런 건 아닐 겁니다."

현관 입구에 서 있던 여자가 훌쩍거리기 시작했다. 로버트는 그녀가 자기 어깨에 기대어 울게 될까 두려웠다. 만약 그가 어깨 내주기를 거절한다면, 이는 회피행동이 아닌 매우 합리적 행동으로 여겨져야만 했다.

"맞아요, 그는 저를 더 이상 사랑하지 않아요."

로버트는 숨을 내쉬려다가 너무 놀라 순간적으로 숨을 멈췄다. 또다시 아무 말이나 대충 얼버무리고 말았나 싶었다. 하지만 선택의 여지가 없었다. 이들의 이혼을 책임지고 싶지 않으면 떨어지는 벽돌을 주워 담아 다시 쌓아야 했다. 적어도 그 순간에는 말이다. 남편이 연락 두절로 사라진다고 한들, 이 부부가 뭘 하는지는 그와 상관없는 일이다.

그는 잠시 생각에 빠졌다. 소피아의 지혜로운 영업 방식이 떠올랐다. 고객이 정말 좋은 제품을 추천받았다는 것을 알게 되면 고객이 먼저 연락을 준다는 것이다. "여기서 포인트는, 정말 필요한 제품을 추천한다는 거야." 소피아는 항상 이렇게 말했다. 그래서 소피아는 고객을 처음 만나면 충분하게 시간을 두고 고객이 어떤 사람들을 주로 만나는지 살핀다고 했다. 고객의 피부 타입을 알아내기 위한 것은 아니었다.

"어쩌면, 크림 때문일 수도 있겠는데요."

딱 맞았다. 슬펐던 표정은 사라지고 흥미로운 기색으로 로버트를 바라보기 시작했다.

"진짜요? 왜요?"

"고객님 스타일에 맞지 않는 것 같습니다." 그는 멈추지 않았다. "제 생각에는….." 이 남자는 도대체 무슨 말을 하려는 걸까? 아마 여자도 같은 생각이었는지 그를 가만히 보면서 다음 말을 기다리고 있었다. 그는 적당한 단어를 찾으려 애썼다. "인간적으로, 피부색이 고객님과 전혀 어울리지 않습니다."

이 여자, 무슨 말인지 전혀 모르겠다는 표정으로 로버트를 바라봤다. 그는 그녀의 마음을 바로 이해할 수 있었다. 한 번도 본 적 없는 남자가 집 앞에서 자신에 대해 이러고 저러고 말하는데 어떤 반응을 하겠는가. 그는 어느 순간이든 문이 쾅 닫힐 거로 생각했다. 그래도 마지막 한마디를 던졌다.

"제 생각에 갈색 태닝 크림은 고객님과 전혀 맞지 않다고 생각해요. 아마 남편분도 같은 생각일 것입니다. 단지 그걸 대놓고 말하기 어려운 거죠."

"아니, 왜요?"

"우리 남자들은 그런 거 잘하지 못합니다."

여자는 로버트에게 미소를 보였다. 상황을 어떻게든 바꾸려 했던 그의 노력 덕에 그녀가 다시 희망차게 변하고 있다. 물론 남편이 그녀를 어떻게 생각하는지 전혀 모를 일이다. 그녀는 볼을 문질렀다. "그럼 이거 어떻게 없애죠?"

"그것까지는 제가 잘 모르겠습니다만."

"에이본 뷰티 컨설턴트 아니세요?"

"저는 배송만 합니다."

그녀가 실망하는 게 보였다. 자신의 성공을 이대로 날릴 수는 없기에 수습해야 했다.

"세제를 사용해보세요." 떠오르는 대로 대답했다.

"필링을 말하는 거예요?"

로버트는 필링이 뭔지 몰랐지만 "네, 필링 맞아요."라고 녹음기처럼 따라 말했다.

그녀는 매우 의심스럽다는 듯이 고개를 저었다. "그건 절대 아닌 거 같은데요."

"그렇다면 구연산 세제도 괜찮고, 염소 세척제도 좋아요. 그 걸로 안 지워지는 게 없어요."

그는 일전에 직장에서 동료의 질문에 대답은 모르지만 지기는 싫을 때 아무 말이나 내뱉는 태도로 응수하곤 했다. 이런 태도는 대부분 곧잘 통했으나, 이번엔 경우가 달랐다. 그의 잘못된 대답이 피부 화상으로 이어질 위험이 있었다.

"우선은 태닝 크림을 바르지 마세요." 로버트는 말소리에 힘을 빼고 성급히 둘러댔다. 그는 당장 돌아서서 도망치고 싶었다. 그러다 문득 체면을 잃지 않고 상황을 마무리할 대답을 생각해냈다. "물론 주문하신 페이스 마스크를 정기적으로 사용하시는 것도 좋죠. 그나저나…." 시간을 확인했다. "저는 다른 곳에도 배송하러 가야 해서요, 만족하셨습니까?"

놀랍게도 다른 배송들은 상대적으로 복잡하지 않았다. 대략 말하자면 마치 마약 거래를 하는 것 같았다. 서로 짧고 자연스럽게 인사를 나누고 은밀하게 물건을 건넨 뒤 돈을 받고 순식간에 갈 길 가는 방식이었다.

유일하게 넘어서야 할 고객이 있었다. 여성 고객은 얼마 되지 않는 제품을 구매하면서 오백 유로짜리 지폐를 내밀었다. 로버트는 배송하면서 받은 현금으로 충분히 거슬러 줄 수 있었지만 고액 지폐를 거부했다. 로버트의 단호한 태도 때문에 부부싸움이 일어났다. 남편은 세금 신고하겠다고 으름장을 놓았다. 그러고는 돈을 내지 않고 문을 닫아버렸다. 로버트는 상관하지 않았다. 사업은 잘될 때도 있고 안 될 때도 있는 법이다. 하지만 돈세탁에는 절대 관여하지 않을 거다.

배송을 시작한 지 벌써 세 시간이 지났다. 그는 오랫동안 느끼지 못했던 갑작스러운 허기를 느꼈다. 그는 휴식 시간을 지키는 스타일이 아니었다. 세무서에서 일할 때도 일찍 퇴근하기 위해 휴식 시간 없이 연속으로 일했다. 이런 업무 태도 때문에 그는 상사와 일 년 내내 신경을 곤두세우며 논쟁을 벌였고, 결국 두 손 두 발 들어버린 상사 덕분에 로버트는 자신의 습관을 지켜낼 수 있었다. 로버트는 다음 배송까지 마저 하고 단골 가게인 팀의 커리 부어스트에 가야겠다고 마음먹었다.

커리 부어스트를 생각하니 바로 군침이 돌았지만, 정신을 가다듬고 배송 고객 집에 도착해 초인종을 눌렀다. 이번 고객의 이름은 D라고 초성만 적혀 있었다. 성은 라무르였다. "프랑스 사람이군." 로버트는 그렇게 생각했다. 그는 프랑스어를 좋아했다. 그의 귀에는 너무나도 부드럽게 들리는 언어였다. "2층 오른쪽 집입니다." 다가구 건물의 인터폰에서 중성적인 목소리가 들리더니 공동 현관문이 열리는 소리가 들렸다. 로버트는 양손에 화장품이 가득 담긴 가방을 든 채로 몸을 살짝 옆으로 돌려 어깨로 문을 밀었다.

건물을 오르는 동안 소피아와 함께 얼마나 즐겁게 팀의 커리 부르스트 스낵바를 다녔는지 생각하니 기분이 축 가라앉았다.

그 식당은 주인이자 운영자의 이름을 붙여서 팀의 커리 부르스트라는 간판을 내걸었고, 팀은 무엇보다 자신만의 비법으로 믿기지 않을 정도로 맛있는 매운 소스를 제공했다. 로버트가 무엇보다 팀을 높이 평가한 점은 꼭 필요한 이야기만 한다는 것이다. 커리가루는? 감자는? 빵 추가해요…? 그의 말은 마치 단축키 같았다. 불필요한 단어는 모두 생략된다. "팀에 비하면 당신은 진짜 수다쟁이야." 소피아는 식당에 함께 갈 때마다 이렇게 농담했다. 로버트도 그렇게 느꼈다. 고객과의 대화 끝에 필요한 건 침묵이다. 팀의 식당을 생각하기만 했는데도 마음이 점점 가라앉고 소피아에 대한 그리움이 너무 커져 당장이라도 쓰러질 것만 같았다.

2층으로 올라온 로버트의 시야에 고객이 들어오자, 그는 순식간에 우울한 감정을 잊었다. 열린 현관문에서 중년 남자의 깊고 낮은 목소리가 울렸다. "자기야, 잠깐만 기다려요. 바로 나갈게요." 로버트는 무례한 인사로 자신을 약 올리는 건가 생각했다. 하지만 생각을 끝낼 틈도 없이 목소리 주인이 문 앞으로 나왔다. 로버트는 그 자리에 뿌리를 내린 듯 꼼짝도 못 하고 입을 벌린 채 고객을 바라봤다. 단 한 번도 이런 여자를 본 적이 없었다. 이 세상 모든 밝은 빛의 화장품으로 얼굴을 도배하고, 우뚝 솟은 분홍색 가발을 쓰고 있었다. 거짓말 하나 안 하고 옷에 붙은 반짝이는 스팽글은 빛에 약한 사람의 눈을 실명시킬 수 있을 정도로 눈부시게 빛났다. 과히 인상적이었다. 이 여자는 둘도 없이 독특했다. 사람들의 시선을 사로잡는 사람으로 최대한 좋게 말하자면 화면에서 튀어나온 사람 같았다. 유일하게 거슬리는 건 이 사람이 여자가 아니라 여자 옷을 입은 남자라는 사실이었다.

"안녕하죠, 아직 계시죠?" 고객이 웃으며 마치 연극을 하듯 다가와 과하게 포즈를 취했다.

로버트는 여전히 정신 나간 채 보고만 있다가, 성급하게 목소리를 가다듬었다. "라무르 부…인?"

"자기는 돌로레스라고 이름으로 불러도 돼요." 이렇게 말하고는 손등을 내밀어 손 키스를 기다렸다.

로버트는 무뚝뚝하게 악수했다. "예명인가요?"

이 유령 같은 존재가 갑자기 웃음을 터트렸다. "자기도 참, 본명이에요." 로버트는 자신이 바보 같다는 생각이 들었다. 쓸데없는 질문을 하고 만 것이다.

"자기는 저 알아봤죠? 그쵸?" 그는 로버트의 새끼손가락만큼 기다란 인공 속눈썹이 붙어 있는 눈을 계속 깜빡거렸다.

"아니요." 로버트는 고개를 저었다. "우리 서로 아는 사이입니까?" 당황한 표정으로 들고 있던 청구서의 이름을 작은 소리로 읽었다. 고객은 다시 한번 크게 웃었다. 마치 로버트가 불안해하는걸 즐기는 것 같았고, 로버트는 기분이 나빴다.

"제 쇼를 본 적이 한 번도 없어요? 시간 좀 내요."

"저는 서커스를 좋아하지 않습니다." 로버트는 이렇게 말하고 이 단어를 사용한 것을 바로 후회했다.

하지만 이 사람은 전혀 화가 나 보이지 않았다. 웃음소리가 아파트 복도에 울려 퍼졌다. "서커스라고요? 정말 너무했다. 난 드래그 퀸이에요. 자기를 초대 손님 명단에 올려놓을게요."

"마음은 고맙지만 괜찮습니다."

"오고 싶으면 언제든 말해줘요."

로버트는 더 이상 여기 있고 싶지 않았다.

"397유로 70센트입니다." 에이본 쇼핑백을 보란 듯이 내밀며
말했다.

고객은 살짝 열려 있던 문을 활짝 열었다. "안으로 들어와요."

로버트는 강한 반발심을 느꼈다. "여기서 기다리겠습니다."

그때 고객의 표정이 어떻게 변하는지 바로 보였다. 마치 절름
발이 가젤 영양을 덮치려는 포식자처럼 노려봤다. "자기야, 내가
무서워요?" 악마의 유혹처럼 들렸다.

그제야 로버트는 맞은 편에 서 있는 사람이 얼마나 큰지 알아
챘다. 그건 하이힐 때문이 아니었다. 전 세계 모든 농구팀이 스
카우트하고 싶어 할 덩치였다. 드래그 퀸 연합 농구팀이 있다
면…. 아니다, 세상에 그런 게 어디 있어?

"그래 보입니까?" 그는 약간 겁을 먹고 다시 물었다.

"저는요, 자기처럼 나이 많은 다정한 남자가 좋아요."

로버트는 거리를 두려고 뒤로 조금 물러섰다.

"실망시켜드려 정말 죄송하지만, 고객님은 제가 원하는 스타
일이 아닙니다."

"뭘 그렇게 서둘러요, 나를 정말로 알게 되면…."

"그럴 일은 절대 없을 것입니다."

"자기 말고도 많은 사람들이 말은 그렇게 했어도 말이야…."

로버트 표정이 일그러졌다. 그는 무슨 일이 있어도 더는 깊게 이야기하고 싶지 않았다. 사실 그는 왜 겁먹었는지는 몰라도 겁이 났다.

"계산은 어떻게 하실 겁니까?" 그는 쇼핑백을 내밀며 말을 돌렸다.

"그거 알아요, 그쪽에서 저한테 돈을 줘야 해요."

로버트는 황당했다. "이런 방식은 정말 처음이군요."

"사람들은 저를 알아본다고요. 저는 머리부터 발끝까지 에이본 제품을 사용해요. 한마디로 걸어다니는 광고판이나 마찬가지죠."

"그러려면 광고판이 두 개는 필요해 보입니다. 그러니 계산 부탁드립니다."

고객이 또다시 크게 웃었다. 입을 너무 크게 벌리고 웃어서 로버트는 이 사람이 배트맨 영화에서 미친 듯 낄낄거리는 악당 같다는 생각이 들었다.

"정말 못됐어." 고객이 로버트의 가슴을 집게손가락으로 쿡 찌르며 말했다. "어쩌나, 난 벌써 자기하고 사랑에 빠진 거 같은데. 마음이 달라지면….."

"397유로 70센트입니다." 로버트는 단호한 표정으로 또박또박 말했다.

아파트 계단을 내려가면서 배가 고파 착각한 걸지도 모른다는 생각이 들었다. 누가 깜짝카메라를 유별나게 찍었나? 방금 겪은

모든 것이 꿈이었나? 현실이었나? 팀의 스낵바로 빨리 가야만
했다.

팀의 가게에는 로버트 말고 양복 입은 사람이 두 명이 더 있었
다. 주문이 나오기를 기다리면서 자신의 테이블에서 멀지 않은
곳에 있는 그들을 유심히 지켜봤다. 이 주변에는 자동차 영업소
말고는 다른 사무실은 없다. 그렇네, 이 둘은 전형적인 자동차
영업사원처럼 보였다.

"여기 나왔습니다." 팀이 커리 부르스트가 담긴 종이 그릇을
테이블로 가져왔다.

"고마워요." 로버트는 고개를 끄덕이며 친절하게 대답하고 종
이 그릇을 앞으로 당겼다.

"오늘은 혼자 오셨네요?" 팀이 로버트를 애매하게 보면서 질
문했다.

로버트는 움찔했다. 팀이 자신에게 말을 한 건지 확실하지 않
았다. 소피아와 함께 왔던 그 많은 세월 동안 팀과 단 한 번도 사
적인 일로 대화를 나눈 적이 없었다. 날씨, 유럽 왕가의 추문 등
온갖 잡담에 대해 그는 한 번도 실없이 말을 섞은 적 없었다. 팀
은 오직 자신이 만드는 소스의 농도에만 관심이 있을 거라고 생
각했다. 지금 로버트는 자신이 팀을 얼마나 과소평가했는지 깨
달았다. 팀은 워낙 세심해서 로버트 곁에 소중한 존재가 없다는
사실을 놓치지 않았지만, 로버트 마음에 심연이 생긴 것까지는
보지 못한 것 같았다. 그 심연의 깊이와 크기를 말하자면, 그랜
드 캐니언은 아무것도 아니었다. 마음의 구멍은 거대한 공백 그

자체였다. 그는 이곳에서 휴식을 취한 걸 잠시나마 후회했다. 소피아 없이 이곳에 혼자 있는 것이 그녀를 배신하는 것처럼 느껴졌다. 지금 소피아가 자기 옆에 있다면, 변함없이 칠칠치 못하게 소스나 흘리는 자신을 보고 엄청 놀릴 텐데. 그러면 또한 변함없이 그건 어쩔 수 없는 천성이라고 그가 대답할 텐데. 변함없다면 정말 좋을 텐데.

"네, 오늘은 혼자입니다." 로버트는 아주 작게 대답했다. 팀은 고개를 끄덕였다. 대답으로 충분하다. 로버트는 커리 소시지를 들고 뒤에 있는 스탠딩 테이블로 자리를 옮겼다. 커리 소시지의 첫 번째 토막을 케첩과 향신료로 만든 소스에 찍어 입으로 가져갔을 때, 그의 양복 옷깃에 어김없이 흘리고 말았다. "톡톡 쳐, 문지르지 말고." 소피아가 미리 준비한 종이 냅킨 더미를 건네면서 웃는 소리가 들렸다. 문제는 직접 바로 해결하는 것이 좋다.

휴식을 끝내고 방문한 고객들은 쉽지 않았다. 물론 몇몇 고객은 편리하게 금액을 딱 맞춰 지불하기도 했고, 어떤 고객은 거스름돈을 돌려주는 대신 팁이라며 간직하라고도 했다. 오늘 배송할 고객이 세 명이 남았을 때 왜 자신이 사람들을 멀리하는지 다시 한번 깨달았다. 열 명 중에 여덟에서 아홉 명은 제정신이 아닌 것 같았다. 어느 고객은 속살이 거의 다 보이는 나이트 슬립만 입고 거미가 먹잇감을 사냥하듯 거미줄을 쳐놓은 자기 집 안으로 끌어들이려고 유혹하기도 했다. 어떤 난폭한 고객은 돈이 부족하다며 염색 보정용 린스를 아주 진지하게 흥정하기도 했다. 그는 여기서 더는 나빠질 수 없다고 생각하며 다음 차례의 초인종을 눌렀다. 그리고 조금 전 생각이 얼마나 터무니없었는지 문이 열렸을 때 절실하게 깨달았다. 당연하다. 더 나빠질 수 있고 더욱더 나빠질 수도 있다. 아주 심각하게 말이다.

"윈터 씨, 기다리고 있었습니다." 고객이 기쁘게 반겼다. 보통 로버트는 대부분의 동료와 무난하게 지냈다. 또한, 무난하게 행동해야만 할 때는 거기에 맞는 적절한 대응책도 늘 마련하고 있었다. 하지만 이번에는 말문이 막혔다. 이 남자는 로버트가 당황해하자 짜증을 냈다. "윈터 씨 맞죠? 그렇지요?" 로버트는 적절한 대답을 찾아 헤맸지만 소용이 없었다. 이 고객은 하나님이 인간을 창조한, 태초의 모습대로 서 있었다. "우선 뭐라도 입는 게 어떻겠습니까?"

고객은 로버트의 요청을 전혀 들어줄 것 같지 않았다.

"입으라고요? 왜요?"

"누군가와 마주 설 때, 대게는 그렇게 하죠." 로버트는 조금 침착하게 말했다. 더 적합한 말이 떠오르지 않았다. 그는 이 상황이 너무나 불편해서 재치 있게 넘기지 못했다. 그는 나체를 대하는 것이 너무 싫었다. 더구나 처음 보는 사람의 나체라니. 온몸을 부들부들 떨며 로버트는 고객의 눈에 초점을 맞췄다. 시선이 딴 곳으로 가도록 내버려둬서는 안 된다.

"나체는 아주 자연스러운 것입니다." 남자가 설명했다.

"사랑의 하나님이 의복을 창조하셨지요." 로버트가 대꾸했다.

하지만 그의 반박은 설득력이 부족했다.

"이 모든 것은 잘못 주입된 수치심과 연관되어 있습니다."

"그리고 춥고 기나긴 겨울이 있지요."

"한번 해보세요. 옷을 다 벗어보라고요. 그러면 온몸의 신체 감각이 얼마나 빠르게 살아나는지 느끼게 될 거예요."

"괜찮습니다. 제가 온몸으로 느끼는 지금의 감각에 아주 만족하고 있습니다."

로버트는 남자의 얼굴에 시선을 고정하는 게 점점 힘들어졌다. 그는 가능한 한 빨리 끝내고 싶었다. 그는 에이본 쇼핑백을 내밀었다. "왁싱 젤을 주문하셨네요."

남자는 마치 바지를 입고 지갑을 찾는 것처럼 엉덩이를 더듬었다. "돈 바로 가져오겠습니다." 그렇게 말하고는 집 안으로 들어갔다.

"제가 오늘 배송할 곳이 아주 많아요." 그는 일이 빨리 진행되기를 바라는 마음에 큰 목소리로 말했다. 그때 계단에서 말소리가 들렸다. 공동 현관문이 열리면서 말소리가 섞여 울렸다. 누군가 외출했다가 돌아오는 것 같았다. 로버트는 아파트 주민이 자신이 있는 층으로 올라오기 전에 일이 끝나기를 바랐다. 그는 나체주의자와 함께 목격되는 걸 무슨 일이 있어도 피하고 싶었다. 그때 고객이 문 앞으로 나왔다.

"여기 돈, 딱 맞게 준비했습니다." 그는 지폐와 동전을 로버트의 손 위에 올렸다.

한숨 돌린 로버트가 돈을 집어넣고 바로 아래층으로 내려가려고 하자, 고객이 그를 한 번 더 붙잡았다.

"저기, 윈터 씨?"

로버트는 마지못해 돌아섰다.

"네?"

"왁싱 젤 정말 좋더라고요."

"다행이네요."

"하지만 어떤 곳은 왁싱하고 나면 피부가 아주 붉어지고 민감해져요."

로버트는 무슨 말을 해야 할지 몰랐고, 이 고객이 로버트에게 원하는 게 무엇인지도 도대체 알 수 없었다. 그때 고객이 자기 중요 부위를 만지는 것을 보고 말았다.

"특히 허벅지 안쪽이 심합니다. 한번 보실래요?"

"의사에게 물어보십시오." 로버트가 서둘러 대답했다. 그는 고객의 중요 부위를 위한 컨설턴트는 절대 아니었다.

"그렇게 심각하지는 않은데, 그러면 혹시 영양 크림 하나 추천해주실 수 있어요?"

그 순간 다른 주민들이 로버트가 있는 층으로 올라왔다. 알몸 고객과 또래로 보이는 남자와 여자였다. 로버트는 너무 창피해서 땅속으로 숨어버리고 싶었는데 두 사람은 알몸 고객에게 아무렇지 않게 인사했다.

"안녕, 세바스찬!"

"둘 다 오늘 저녁에 있을 거지?"

"물론이지."

"이따 8시에 보자." 그러고는 계속해서 계단으로 올라갔다.

로버트는 세 사람이 무엇을 하기로 약속했는지 전혀 알고 싶지 않았다. 하지만 자꾸 그들의 모습이 머릿속에 그려졌다. 이셋은 잘 차려진 저녁 식탁에 앉아 있다. 나체로! 아마 또 다른 이웃들이 올 수도 있을 것이다. 아마 이 건물 전체가 나체주의자들의 거주지인지도 모르겠다.

"혹시 지금 크림이 있나요?" 고객은 다시 물었고 자기 중요 부위를 가리켰다.

"재고 확인해볼게요." 로버트는 중얼거렸고 게임의 승자는 고객이라는걸 새삼 깨달았다.

잠시 후, 그는 자동차에 올라탔다. 깊게 숨을 내쉬며 호흡을 가다듬었다. 나체주의자는 로버트에게 극단적으로 모든 것을 불합리하게 요구했다. 도대체 앞으로 어떤 일이 더 일어날지 의문스러웠다. 이제 남은 배송지는 두 군데다. 그중에 크레머 부인을 먼저 방문하기로 했다. 약속을 잡으려 전화했을 때 그의 남편이 전화를 받았고, 자신은 온종일 정원 일을 하면서 집에 있을 테니 언제든 방문해도 된다고 전했다. 로버트는 크레머씨의 목소리에 안심했다. 이 부부는 어떤 일이 있어도 알몸으로 정원에서 일하고 있지는 않을 테니까 말이다. 로버트가 크레머씨 집 근처에 주차하고 집 앞으로 걸어갈 때, 크레머 부부가 앞마당에서 함께 일하는 게 멀리서도 보였다. 그는 다가가 울타리 앞에 섰다. 그 순간 자신이 누구를 상대하고 있는지 깨달았다. 어떤 이유로 이 부부의 이름에 바로 긴장하지 않았는지 생각했다. 마지막 출근 전날, 정확히 말해 은퇴를 앞두었던 바로 그날, 소피아를 보고 간 마지막 고객이었다. 소피아와 함께 집에서 만났던 그 사람이었다. 몸이 뻣뻣해지면서 동시에 뜨겁고 차가운 기운이 온몸에 퍼졌다. 심장이 너무 세게 뛰어 가슴이 아플 지경이었다. 크레머 부인을 도저히 마주할 수 없다고 판단했다. 바로 뒤돌아 자동차를 몰고 자리를 떴다.

그는 운전하는 동안 사고 내지 않으려 집중하면서 동시에 오늘 배송을 끝까지 해야 한다고 생각했다. 오늘 자신의 한계를 넘어 모든 상황을 견뎌냈다. 업무수행도 그리 나쁘지 않았다. 이걸로도 충분하다고 생각했다. 하지만 다른 한편으로 배송지는 이제 딱 한 군데만 남았다. 그는 속도를 늦추며 고민했다. "이게 도대체 뭐라고!" 마침내 결심했다. "마지막이다, 해내야지!"

로버트는 부유한 주택가에 도착했다. 그곳의 차고는 로버트의 집 크기만 했고, 높은 나무판자 울타리나, 울창한 침엽수 또는 사철나무로 서로의 경계를 구분하고 있었다. 어디선가 전기톱 소리가 들려왔다. 잔디 깎는 기계 소리도 들렸다. 그는 작은 쇼핑백을 들고 말 그대로 저택이라고 불릴 만한 곳으로 다가갔다. 입구로 향하는 계단 양쪽에 높고 커다란 기둥이 서 있었다. 초인종을 누르자마자 문이 열렸다.

"어머나, 윈터 씨 드디어 오셨군요, 만나 봬서 반가워요." 60대로 보이는 여자가 과하게 그를 반겼다. 로버트는 그녀가 문 뒤에서 그를 종일 기다리고 있었다는 의심을 안 할 수가 없었다.

지긋한 나이의 여자가 대놓고 드러내는 호감을 다시 한번 막아야 한다고 생각했다. 몇 시간 전만 해도 머리가 흰 여자가 발 마사지를 제안했다. 지금 앞에 서 있는 여자는 최소한 목욕 가운 같은 걸 걸치고 있지는 않았다. 오히려 아주 세련되고 우아한 차림이었다. 로버트는 화장품을 잘 알지 못해도 이 여자가 매우 고상하고 티 나지 않게 화장을 잘했다는 생각이 들었다. 물론 흡혈귀처럼 보이지 않는다고 해서 경계를 늦춰서는 안 된다고 각오했다. 이는 인간을 믿지 못해서가 아니라 오늘 일어난 일의 결과로 얻어진 경험 때문이었다.

"윈터 씨, 맞죠?" 그녀는 확인차 물어봤을 뿐인데, 로버트는 그 자리에 얼어붙은 채 있었다. 그러자 그녀는 로버트를 빤히 쳐다봤다.

그는 정신 줄을 붙들어 매고 말했다. "주문하신 제품입니다. 늦어서 정말 죄송합니다."

"못 받는 것보다는 낫죠. 안 그런가요?" 그녀는 웃으며 대답했다. 그녀는 뭔가 냄새를 맡으려는 듯 상체를 조금 숙였다. "마이 모닝 레이디 향수, 맞죠? 저도 사용해요."

로버트는 어색하게 목소리를 가다듬었다. "흠⋯. 네. 오늘 너무 급하게 나오는 바람에⋯."

"그런데 향이 좀 다르게 느껴지네요. 굉장히 남성적이에요."

로버트는 충분히 이야기를 나누었다고 판단해서 화장품이 담긴 작은 가방을 내밀었다. 그는 자신의 자동차로 돌아가 마땅히 누리게 될 퇴근 이후의 시간을 상상했다. 하지만 고객이 초대의 제스처를 보였다.

"우선, 안으로 들어오세요."

로버트는 뜨끔했다. 그가 걱정하던 상황이 벌어졌다. "다음 배송이 있어서 바로 가야 합니다." 그는 더듬거렸고, 자신이 들어도 거짓말을 하는 것처럼 기어들어 가는 목소리였다.

"괜찮아요, 제가 오신다고 해서 미리 커피를 준비했어요." 그녀는 그렇게 말하고는 집 안으로 들어갔다. 속이 울렁거렸다. 현관은 사자의 소굴 입구처럼 보였다. 그는 손으로 꽉 잡은 에이본 쇼핑백과 웅장한 현관을 번갈아 봤다.

거실에는 이미 화려하게 커피 테이블이 차려져 있었다. 커피잔 세트의 꽃과 테이블 가운데 놓인 화병 속 꽃이 똑같았다. 커피잔 세트는 마이센 제품 같았다. 그가 식기에 대해서 잘 알고 있어서 이 브랜드를 알아본 것은 아니다. 부유한 사람들이 구불거리는 뾰족한 꽃이 있는 마이센 그릇 세트를 만물의 척도로 여기는 게 당최 이해되지 않아 알고 있는 것뿐이다. 그는 꽃이 만발한 케이크 접시를 뒤집어보았고 실제로 마이센의 로고인 교차된 쌍검이 보였다. 오래된 은수저 세트도 분명 이전 세대에게 물려받은 것 같았다. 살구 케이크 접시 양쪽에 기다란 빨간색 양초가 놓여 있다……. 이 여자는 주문한 실키 아이라이너와 파운데이션 이상의 것을 원하는지도 모르겠다. 로버트의 머리가 뒤죽박죽되었다. 돈을 아직 받지 못했지만, 에이본 쇼핑백을 테이블 위에 올려두고 저 멀리 잽싸게 도망갈까 진지하게 고민했다. 그러는 사이, 여자가 뒤에서 커피 주전자를 들고 나타났다. "커피 마실래요? 아니면 차 드시겠어요? 그럼 다르질링? 얼 그레이? 아니면 실론 믹스? 어떤 거로 대접할까요?"

로버트는 그녀가 자신의 마음을 꿰뚫어 보고, 가능한 모든 선택을 제공해서 탈출구를 원천 봉쇄하려는 계획을 세운 것 같았다. "커피가 좋은데, 반 잔만 마시겠습니다." 그는 목이 졸린 사람처럼 말했다.

그녀는 그의 부탁을 듣지 못한 것처럼 커피를 한 잔 가득 부었다. 커피 주전자를 테이블에 내려놓고 소파에 앉아 손으로 자신의 옆자리를 툭툭 내리쳤다. "자, 앉으세요."

이마에 땀이 송골송골 맺기 시작했다. "이미 말씀드린 대로 배송할 곳이 아직 많이 남아서요." 그가 1인용 안락의자에 엉덩이만 살짝 걸치고 앉으며 말했다. 어느 순간이든 뛰쳐나갈 준비가 되었다.

"아시는지 모르겠지만, 제 딸이 미국에 살아요. 딸이랑 손녀는 영상으로만 볼 수 있죠. 그게 어떻게 직접 만나는 거랑 같겠어요. 작년에는 사위가 너무 바빠서 크리스마스에도 오지 않았어요. 물론 딸은 딸만의 인생이 있죠. 하지만 제 남편이 세상을 뜬 이후로는……."

커다란 소파에 덩그러니 홀로 앉아 그녀는 연약한 속마음을 드러냈고, 이는 육체적 갈망이 아닌 외로움에 관한 것이었다. 이 여자는 혼자였고 로버트는 이 여자가 대화 상대를 찾고 있다는 안 좋은 예감이 번뜩 들었다. 그는 상실이 무엇인지 잘 알고, 그녀와 같은 일을 겪어 이해할 수 있다고 위로했다. 속으로는 그녀의 초대를 강력하게 거절하지 않은 자신을 저주하고 있었다.

부인은 로버트에게 슬픈 미소를 보였다. "남편이 얼마나 그리운지. 매일 매일 보고 싶어요." 그녀의 눈이 눈물로 반짝였고, 그녀가 울기 시작할까 봐 두려웠다. 그는 분위기를 바꿀 만한 것이 뭐가 있을까 생각해봤지만, 딱히 떠오르지 않았다. 그는 다음 단락의 연설문을 까먹은 사람처럼 앉아만 있었다.

그녀가 살구 케이크 한 조각을 로버트의 접시에 덜어줄 때도 슬픈 미소를 보였다. "벌써 12년이 지났지만, 아직도 제 남편 요한이 저 문을 열고 언제든 다시 들어올 것 같다는 생각이 들어요."

로버트는 숨이 막히는 것 같아 질문했다. "어떻게 12년이나 견딜 수 있어요?" 소피아가 세상을 떠난 지 이제 겨우 8주째였다. 그 시간은 로버트에게 살아 있는 지옥과 같았다. 여자는 계속 말을 이어갔지만 그 소리가 두꺼운 커튼을 통과해 들려오는 것 같았다. 뭉그러지고 불분명했다. 선명한 것은 여자가 불러일으킨 이미지였다. 소피아의 마지막 모습은 기억 속에 새겨져 있다. 소피아가 그의 앞에 서 있다가 몸을 돌렸다. 잠시 후 그가 막 샤워하고 부엌으로 돌아왔다. 소피아가 저녁 준비하느라 부엌을 뒤죽박죽으로 만들었고, 그 모습을 보고 웃을 수밖에 없었다. 그다음 장면은 소피아가 돌아오지 않아 걱정하는 자기 모습이었다. 기다리는 동안 부엌을 정리하기 시작했다. 설거지도 했다. 그리고 테이블에 식사 준비를 시작했다. 오븐의 타이머가 울렸고 그는 익어가는 고기를 어떻게 해야 할지 몰라 소피아에게 전화했다. 연락이 닿지 않자, 한 번도 겪어 보지 못한 불안이 엄습했다. 영화처럼 상상 속 모든 것이 눈앞에 펼쳐졌다. 로버트는 아주 세세한 사항까지 기억할 수 있었지만 어떤 식으로든 행동에 영향을 미칠 수 있는 것 말고는, 그것이 아주 작은 것이라도 운명의 흐름을 좋은 방향으로 바꿀 수 있는 것만 기억하고 싶었다.

그는 다른 생각을 하려고 애썼던 자신을 기억했다. 그는 점점 커지는 불안을 다잡기 위해 소피아가 가져다준 크루즈 여행 카탈로그를 넘겨 봤다. 낭만을 즐기는 소피아는 마침내 은퇴한 로버트와 함께 새로운 삶의 단계로 나아가고자 했다. 그를 정말 불안하게 만든 것은 처음 보는 수백 명과 망망대해를 항해한다는 사실이었다. 하지만 막상 거기에 대해 생각해보니 소피아를 위한다면 이 정도 두려움은 극복해야 한다고 생각했다. 물론 크루즈 여행을 위해서 말이다. 이 여행은 소피아에게 커다란 의미고 그녀를 행복하게 만들어줄 것이다. 사랑한다면 사랑하는 사람을 위해서는 극복할 수 있다. 마침내, 그는 따뜻한 기분이 온몸으로 퍼지는 느낌을 받았고 그가 소피아를 얼마나 사랑하는지 새삼스러워졌다. 소피아가 집으로 돌아오면 바로 말해주기로 마음먹었다. 너무 오랫동안 사랑한다고 말해주지 않았다. 하지만 그럴 기회는 두 번 다시 돌아오지 않았다. 초인종이 울려 현관문을 열었을 때, 문 앞에 나타난 사람은 잡동사니로 가득한 가방에서 열쇠를 찾아 헤매는 소피아가 아니었다. 침울한 얼굴을 한 경찰관 두 명이 서 있었다. 그들은 트럭 운전사가 교차로에서 방향을 틀면서 소피아의 차를 미처 보지 못했다고 설명했다. 이 모든 것은 소피아가 집에 왔다가 로버트가 사 오지 않은 샴페인을 사러 다시 나가면서 벌어진 일이었다.

"괜찮아요?" 나이 지긋한 이 여자가 말을 걸었지만, 그녀의 목소리가 솜에 대고 하는 말처럼 먹먹하게 들려왔다. 그는 다시 천천히 현실로 돌아왔다. 여자를 쳐다보니 그녀가 매우 걱정스러운 표정이었다. "커피를 안 마시고 계시네요, 혹시 커피가 너무 진한가요?"

로버트는 목을 가다듬었다. "아닙니다. 괜찮습니다."

"따듯한 물 좀 가져다드릴까요?"

"괜찮습니다. 저는 다시 가봐야겠습니다." 그는 일부러 손목시계를 쳐다봤다.

"벌써요? 케이크는 한 입도 안 드셨는데요."

"기회가 되면 다음번에 하기로 하죠."

"저는 새로운 제품을 추천받을 거로 기대했는데, 혹시 카탈로그 가져오셨나요?" 그녀의 목소리에 실망이 가득 담겨 로버트는 양심에 찔렸다. 그런데도 거짓말하는 것 말고는 다른 방법이 없기에 그는 본능적으로 이 기회를 이용했다.

"당연하죠. 차에 있습니다. 한 부 가져다 드리겠습니다." 그렇게 말하고 자리에서 일어났다.

"아주 좋아요, 그러면 저는 케이크 좀 포장해 드릴게요." 여자는 친절한 웃음으로 대답했다. 로버트는 고개를 끄덕였고 현관문으로 서둘러 나갔다.

돌이켜보니 모든 것이 이해되었다. 여자가 주문을 다 하고 난후 이 사람이 얼마나 많은 양의 제품을 정기적으로 구매했는지 알아차렸다. 사실 화장품이 필요한 게 아니었다. 그저 관계가 필요했던 거다. 이 여자는 외로웠고 소피아가 방문할 때마다 그녀의 삶에 온기를 조금이라도 불어주었다는 것이 너무 자연스레 이해되었다. 자신의 거짓말에 더욱 부끄러웠다.

로버트가 집에 도착했을 때, 바스티가 멀티탭과 전기 연장선을 담은 박스를 들고 문 앞에 서 있었다.

"오늘 오전부터 전기가 들어왔어요."

"혹시 그때부터 문 앞에 서 있던 건 아니죠?" 로버트는 상자를 건네받으며 말했다. 케이블은 조금은 놀랍게도 돌돌 말려 정리되어 있었다. 누구 못지않게 깔끔하게 정돈되어 있었다.

"그럼, 다 된 거죠." 그가 전화기 테이블 옆으로 상자를 내려놓는 동안 바스티가 다행이라는 식으로 말했다.

"네?" 로버트는 무슨 말인지 몰랐다. 바스티는 나가지 않고 그 자리에 서서 그를 보고 있었다.

"혹시 시간이 되실 때 저녁 식사 한번 초대하고 싶은데요."

"그럴 필요 없습니다." 로버트는 확고하게 머리를 저으며 대답했다. 하지만 바스티가 쉽게 물러서지 않을 것 같았다. 로버트가 이해할 수 없는 이유로 그는 대화를 이어나가려 했다.

"우리 시작이 좋지만은 않았죠. 그렇잖아요?"

"아주 안 좋았죠. 앞으로 더 나빠지지 않도록 잘 지냅시다. 저를 공기 취급하시면 돼요."

바스티는 여전히 서 있었다. "원하든 원하지 않든 우리는 이제 이웃이에요. 어떻게든 사이좋게 지내야죠."

"이러나저러나 어차피 다 죽어요. 그거 말고는 상관없습니다. 그럼 안녕히 가세요."

로버트가 현관문을 닫으려 하자, 바스티가 문을 잡았다.

"윈터 씨?"

"도대체 왜요?"

둘은 부엌에서 로버트가 냉장고에 잠시 보관했던 음식 재료를 커다란 세탁 바구니에 담아 정리했다. 그는 바스티가 일을 건성으로 하는 게 보였다. 대신 집안에 관심을 보였다.

"저희 부모님 집하고 비슷하네요. 옛날에 제가 어렸을 때요."

로버트는 말대답을 전혀 하지 않고 일에만 집중했다. 어떤 일이 있어도 바스티가 원하는 대로 반응하고 싶지 않았다. 바스티가 자신의 부엌에 들어온 것만으로도 충분히 기분이 좋지 않았다. 그는 어떤 말도 오가지 않도록 입을 닫기로 했다.

"80년대 스타일인 거 같네요." 바스티가 억지웃음을 보이며 말했다. 그는 점점 더 견딜 수 없어 바스티의 폴로 셔츠 깃을 잡아다 집 밖으로 끌어내고 싶었지만, 로버트는 계속 침묵으로 일관했다. 하지만 상대가 반대편 울타리를 흔들고 있는 신호는 미처 눈치채지 못했다.

"생각이 바뀌면…."

"그 질문 오늘 벌써 누군가 제가 했습니다. 생각이 바뀐다는 게 도대체 뭡니까? 제가 왜 생각을 바꿔야 해요?" 로버트는 퉁명스럽게 대답하자마자 후회했다. 바스티는 분명히 이 기회를 호시탐탐 노리고 있었을 것이다.

"그 질문의 답은 스스로 찾아보세요." 그는 장난스러운 표정으로 대답했다.

로버트는 허공에 손을 내려치는 행동을 보이고 투덜거리며 다시 부엌으로 일하러 돌아갔다.

"최소한 말하는 법을 까먹지는 않았네요." 바스티가 말했다.

"안타깝지만 그쪽도 마찬가지군요."

바스티가 계속해서 거실을 둘러봤다. "인테리어에 대해서 몇 가지 말씀드리고 싶은데, 제 지인들이….."

"직업이 없어요?" 로버트가 말을 가로막았다.

"당연히 있죠."

로버트는 팔을 들어 보란 듯이 손목시계를 봤다.

"그런데 왜 일 나가지 않고 이러고 있어요?"

"저 집에서 일해요."

"맙소사, 그럼 온종일 내 집 옆에 들러붙어 있다는 거예요?"

"걱정하지 마세요. 찍소리도 안 나게 할 테니까요."

로버트는 큰 소리로 웃을 수밖에 없었다. 너무 웃는 바람에 바스티까지 웃게 되었다. 이것이 바스티가 만들 첫 번째 참사의 징후였다.

"제가 시나리오 작가거든요." 바스티가 설명했다.

"프리랜서라고요?" 로버트는 안에서 세무 공무원의 습성이 깨어나는 듯 중얼거렸다.

"데니스는 광고 회사에서 IT 전문가로 일하고 있어요. 이러면 안심되겠죠."

"제가 왜 안심해야 합니까?"

"월세 때문이잖아요."

"월세 계약은 제 딸과 했지, 저랑 한 게 아닙니다. 월세를 내지 않으면 집에서 쫓겨나는 거죠. 아주 간단합니다." 로버트는 바스티와의 오늘 첫 번째 말다툼을 각오했다. 전날의 경험으로 봐서, 바스티는 이대로 물러날 인물이 아니다.

"〈사랑과 열정〉 들어본 적 있어요?" 바스티는 조금도 기분 나빠 보이지 않았다. 오히려 웃음을 보이기까지 해서 로버트는 깜짝 놀랐다. 뭔가 분명히 있다. 무언가 수풀에 가려져 있다. 불길한 징조다. 내면에서 서서히 경계경보가 울리기 시작했다.

"한 번도 본 적 없습니다." 로버트가 냉장고에 머리를 들이밀며 말했다. 그는 맨 위 칸에서 떠먹는 요구르트를 마지막으로 꺼내 잘 정리해 상자에 담았다.

"TV 안 보세요?"

"가끔 봅니다."

"어떤 프로그램 봐요?"

"틀면 나오는 거요. 특별하게 찾아보는 거 없습니다."

"왜 〈사랑과 열정〉 안 봐요?"

"아이고, 그런 느끼한 거 절대 안 봅니다."

"시청률이 얼마나 높았는데요, 후속 시리즈도 나올 거예요."

"잘 모르지만 좋았다니 다행이군요. 여기, 받으세요." 로버트가 상자를 그에게 들이밀며 말했다.

로버트는 바스티가 거의 텅 빈 냉장고를 바라보고 있다는 걸 눈치챘다.

"쥐새끼조차도 훔쳐 먹을 게 하나도 없네요. 여기서 좀 덜어드릴까요?" 바스티는 들고 있는 상자를 흔들었다.

"괜찮습니다. 제가 마트에 가서 사 오면 됩니다."

"저도 마트 가야 하는데, 원하시면 사다드릴 수 있어요."

로버트의 경계경보 알람이 점점 더 크게 울렸다. 바스티의 갑작스러운 친절이 의심스러웠을 뿐만 아니라 불안하게 만들기까지 했다.

"그쪽을 내 집에서 나가게 하려면 뭘 어떻게 해야 할까요?"

"나갑니다, 나가요." 바스티가 마침내 방향을 틀면서 덧붙였다. "혹시 말 상대가 필요하면, 언제든지 저희가 옆에 있습니다."

로버트는 도무지 믿기지 않았다. 무슨 일이 있었는지 전혀 감이 오지 않았지만, 바스티가 하는 대화의 방향은 전부 마음에 들지 않았다. 무엇보다 갑자기 바뀐 표정은 로버트를 더욱 불안하게 만들었다.

"무슨 일이 있었는지 소식 들었습니다. 정말 유감이에요. 진심으로 애도를 표합니다."

로버트는 온몸이 뻣뻣해졌다.

"따님이 저희에게 전화했어요. 이사는 잘했는지 묻더니 말해졌어요, 우리 이웃 아저씨에게 무슨 일이 있었는지."

바스티가 조심스러워하는 게 보였다. 혹시나 너무 사적인 이야기를 한 것은 아닌지 걱정하는 듯했다. 이 모습에 로버트의 뻣뻣해진 몸이 풀리면서 인상도 펴졌다.

"자, 그럼, 우리 집에서 식사할래요?" 바스티가 조심스레 물었다.

아주 잠깐 로버트는 그를 집 밖으로 끌어내고 싶은 충동을 느꼈지만 이내 사라졌다. 바스티의 의도는 분명 좋았을 테니까….

07

다음 날이 되었지만 지하실을 비우기 위해 시작한 배송, 다시 말해 소피아 고객들에게 쌓여 있는 화장품을 전달할 시간이 없었다. 대신 축구장에서 자녀들을 큰 목소리로 응원하고 격려하는 젊은 부모들 사이에 껴 있었다. 열 살이 된 손자 요나스는 일 년 전부터 축구 클럽에 가입해 방학을 제외하고는 주말마다 어디선가 경기를 뛴다. 소피아는 한 경기도 놓치지 않고 참관하면서 자신만의 환상을 키워가는 것 같았다. 반대로 그는 단 한 번도 손자의 경기를 구경하러 가지 않았다. 그는 축구에 전혀 관심이 없었다. 이 스포츠는 정말 지루했다. 긴장감이라고는 눈곱만치도 찾아볼 수 없었다. 무엇보다 고액 연봉을 받는 프로 선수라면 그나마 봐주겠지만, 그도 아닌 기술이라곤 하나 없는 꼬맹이들이 공 하나를 두고 이리저리 몰려다니는 건 정말 재미가 없었다. 그는 손자를 사랑했지만, 축구장의 난동꾼으로 변신해서 마음을 증명할 필요는 없었다.

"아빠는 요나스 보러 안 오네. 우리가 엄마를 얼마나 그리워하는지 알아?" 미리암이 떨리는 목소리로 전화했다.

딸도 엄마를 잃은 아픔에 힘들어했다. 당연했다. 요나스에 대한 것도 딸의 말이 맞았다. 그가 스스로 선택한 고립으로 손자 요나스를 볼 일이 거의 없었다. 그래서 그는 약속했다.

경기장이 갑자기 소란스러워졌다. 꼬마 선수들이 우르르 심판 주위로 몰려들었다. 심판은 호루라기와 명령으로 이 혼란을 어떻게든 통제하려 했다. 로버트는 무슨 일이 벌어졌는지 전혀 몰랐다. 그가 알 수 있는 것은 요나스가 항상 무리에서 떨어져 있다는 것이었다. 축구 포지션 때문은 아니었다. 별로 기분이 좋아보이지도 않았고, 선수들은 그를 대부분 왼쪽에 두려 했다. 그는 어울리지 못하고 있었다. 한 눈에도 보였다.

로버트는 손자가 유난히 내성적이고 새로운 것에 도전하는 걸 피하는 아이라고 생각했다. 그가 이 이야기를 꺼냈을 때 미리암이 어떻게 반응했는지 기억하고 있다. "그게 요나스 천성이야. 그렇게 타고 난거지. 아빠 같지 않아서 얼마나 다행이야." 그러면서 웃음으로 넘겼다. 가볍게 말했지만, 그는 이 문제의 핵심을 정확히 알고 있었다. 딸과 만나는 일은 언제나 커다란 도전이다. 그가 무슨 말을 하든, 딸은 방어적으로 나오는 것 같았다.

그러는 동안 경기가 다시 시작되었고 요나스가 사실상 혼란스러운 무리에서 공을 뺏어 앞으로 나가고 있었다. 갑자기 멈추어 섰다. 그는 골대 앞에 오롯이 홀로 서 있다. 거짓말이 아니라 멀리서도 손자의 표정이 보였다. 그 자신도 스스로 도저히 믿을 수 없는 표정으로 얼어붙어 있었다.

"슛!" 미리암이 목청이 나가라 소리를 질렀다. 그리고 요나스는 그렇게 했다. 공은 골대에서 10미터 정도 옆으로 비껴갔다. 상대 골키퍼는 이미 알고 있는 것 같았다. 그는 공을 막으려는 시늉조차 하지 않았다.

미리암은 실망한 듯 한숨을 내쉬었지만 아무 말도 하지 않았다. 대신 뒤에서 불쑥 물었다. "끝나고 엄마한테 갈까?"

로버트는 말없이 미리암을 쳐다봤다. 딸의 얼굴에서 소피아의 모습을 찾는 건 어렵지 않았다. 딸은 소피아의 외모와 성격 모두 닮았다.

"좋은 생각이지? 우리 셋이 같이 가자."

그는 고개를 보일 듯 말 듯 저으며 경기장을 다시 보면서 대답했다. "오늘 말고."

"그럼, 언제?"

"잘 모르겠다. 그런데 오늘은 아니다."

"이거 정말 중요한 문제야. 요나스한테 이 모든 걸 어떻게 설명해줘야 할지 모르겠어."

"그건 내가 할 바 아니고. 너도 내가 아이 교육에 관여하는 거 원치 않잖아." 말을 이렇게 하고 나니 미안한 마음이 들었다. 애초에 길게 말하고 싶지 않은 탓에 너무 멀리 나갔나 싶기도 했다. 다행히도 미리암은 그의 마음을 이해하는 듯했다.

"아빠, 지금 어떤 마음으로 견디고 있는지 잘 알고 있어. 하지만 나도 힘들어."

미리암의 목소리가 떨렸다. 엄마가 갑자기 떠나 어떤 심정일지 이해 갔다. 그래도 그는 지금, 이 순간은 이기적이어야 한다. 미리암과 요나스가 무덤 앞에 서 있는 모습이 너무 생생하게 떠올랐다. 소피아가 영원히 돌아오지 않는 끔찍한 사실을 다시 확인하고 싶지 않았다.

"다음에 가자. 오늘은 할 일이 있어."

"무슨 할 일?"

"이것저것. 정리하고 청소하고 버리고 그런 거."

미리암이 갑자기 웃음을 터트렸다. "아, 정리 정돈. 아빠가 평생 한 일인데, 인제 그만둘 때도 되지 않았나?"

"할 일은 언제나 있지. 새로운 세입자까지 생겼으니 뭐."

"연락받았어. 그 둘은 그들만의 인생을 위해 새 출발을 시작했어."

"그 둘은 어떻게 알게 된 거야?"

"좋은 친구들이야. 그러니까 좀 친절하게 굴어."

"내가?"

"아빠, 내가 잘 알잖아. 그러니까 아빠가…." 미리암은 적당한 단어를 찾으려 했다. "아빠가 좀 그렇잖아. 그 사람들 중년에 접어든 동성 커플이라고. 좀 좋게 봐줘라."

"상관 안 해. 동성애건 이성애건 그게 도대체 무슨 문제라고."

"아빠 말이 얼마나 이상하게 들리는지 알아?"

그는 멍하게 딸을 바라봤다. "각자 모두 자기 스타일에 따라 사는 거야. 나는 거기에 절대 반대하지 않는다. 단지 그냥 나를 내버려두면 된다고."

"어쨌거나, 나한테 불평하지 마."

"이제 집 관리해야 하는데. 너한테 물려주지 말고 철거할 걸 그랬다."

"누가 달랬어?"

"저축한 돈은 얼마나 있냐? 칠 년이다. 그러면 이 집은 증여세 면제야."

로버트는 대화가 싸움을 향해 가고 있다고 생각했다. 그는 대화를 다른 방향으로 이끌고 싶었다. 미리암에게 화장품 방문판매원으로 소피아의 고객을 방문했던 일들을 이야기할까 잠깐 생각했지만, 너무 우스꽝스럽게 보였다. 무엇보다 집에 관해서 미리암은 여전히 불편하게 생각하고 있었다.

"그럼 세금 아꼈다고 뭐 내가 평생 고마워해야 해?"

로버트는 눈을 크게 뜨고 바라봤다. 수천 번도 넘게 설명했다. 이해하기 그렇게 어려운가?

"네가 세금을 아끼는 거지, 내가 아니고!" 이 집 산 걸 다시 한 번 후회하는 순간이었다. 딸이 혹시라도 이사 올까 싶었는데, 딸은 여기에 대해 한 번도 진지하게 생각해본 적이 없었다.

"아빠, 요나스 놀이터나, 학교, 친구들 그리고 나 갤러리에 출근하는 거까지, 그 동네는 그럴만한 인프라가 없어." 딸은 언제나 이렇게 주장했다. 딸 말이 맞았을 거다. 아주 잠시, 상처받았다고 생각하지 말자는 마음이 문득 올라왔다. 동시에 동네 인프라가 빈약하다는 것을 단지 핑계로 사용했다는 느낌 또한 사라지지 않았다.

로버트는 딸을 바라봤다. 딸이 외로운지 아닌지는 알 수 없었다. 하지만 딸은 혼자다. 싱글맘에 워킹맘까지, 때로는 딸이 얼마나 힘들지 온몸으로 느껴진다. 만약 딸이 조금 더 가깝게 지내며 필요할 때 도움을 청한다면 그는 언제든 도울 것이다. 하지만 미리암은 그렇게 하지 않았다. 거리를 두었다. 그 또한 딸에게 요구하지 않았다. 이 둘은 모두 인간관계에 있어 명확하게 말하는 걸 어려워했다. 둘은 이 부분에서 정말 많이 닮았다.

"다음 주면 좋을 것 같다." 그는 화해를 원하는 마음으로 말했다. 하지만 미리암은 더는 그의 말을 듣지 않았다. 축구 경기가 다시 시작되었다.

"야, 그거 오프 사이드야." 딸은 소리를 지르며 너무나 격렬하게 팔을 흔들어 땅바닥으로 떨어질 것 같아 불안했다. 경기장에서 상대 팀 선수들이 환호하며 하늘로 팔을 올렸고 요나스와 그의 팀은 땅으로 고개를 숙였다. 한 소년이 공을 골문 밖으로 잡아채 중앙으로 가져갔다.

"그게 안 보여?" 미리암은 심판에게 고함 질렀다. 심판은 인상을 잔뜩 쓰고 미리암을 쳐다봤다. 그런 표정으로는 미리암을 멈출 수 없었다. "어이, 거기! 내가 규칙 읊어줄게." 미리암은 더 크게 악을 썼다. 로버트는 다른 부모들의 시선을 느낄 수 있었다. 그는 미리암의 팔에 손을 얹고 낮은 목소리로 말했다. "이제 그만해!" 하지만 상황은 폭탄 발사 버튼을 누른 것처럼 이미 돌이킬 수 없어 보였다.

"수중 발레 심판 자리나 알아봐." 미리암의 야유는 경기장에

울려 퍼졌다. 심판이 있는 힘껏 호루라기를 부는 소리가 마치 날카로운 비명처럼 들렸다. 여성 심판은 미리암에게 달려왔다. 로버트는 축구에 대해 잘 모르지만, 레드카드에 대해서는 익히 알고 있었다.

미리암과 요나스를 집에 데려다주고 작별 인사를 한 지 얼마되지 않아 연료 경고등이 깜빡거리고 경고음까지 냈다. 남은 연료로 집까지 충분히 갈 수 있었지만, 연료 경고등에 불이 켜지면 그는 강박적으로 마치 자신이 강력한 권력으로 통제권을 행사하는 것처럼 눈에 보이는 주유소로 바로 직진했다. 예외 없이 그랬다.

잠시 후 로버트는 연료 펌프를 자동차 주유구에 연결하고 계산하기 위해 주유소 안으로 들어갔다. 그 자리에서 바로 장을 보기로 했다. 통조림 몇 개와 거기에 어울리는 토스트 식빵을 들고 자동차로 돌아왔을 때 화들짝 놀라 그 자리에 섰다. 7번 주유구에 서 있는 차가 낯이 익었다. 이 도시에는 검정 미니쿠퍼가 아주 많을 거다. 하지만 자신을 억지로 묘지공원까지 끌고 간 그 미니쿠퍼만큼 지저분한 쿠퍼가 있을 거라고는 상상할 수 없었다.

맞는지 확인하려고 조금 다가갔고, 아니나 다를까 운전석 창문으로 릴리 피셔가 몸을 숙여 자동차 내부의 쓰레기를 모으는 것이 보였다. 잠시 망설였다. 예의상 '안녕하세요?' 인사를 건네며 아는 척을 해야 할까? 아니면 눈에 띄지 않고 자리를 벗어나야 할까? 그가 결정을 내릴 것도 없이 릴리는 자동차 선루프로 머리를 내밀고 민망하게도 웃음을 보였다. "윈터 씨, 여기서 뭐해요?"

그녀는 쓰레기를 모아 쓰레기통에 버리고 가까이 다가왔다. 그녀는 빨간색 원피스에 지난번 봤을 때처럼 커다란 귀걸이를 하고 있었다. 이런 스타일을 포기할 수 없나 보다. 색깔은 말할 것도 없다. 로버트는 차분한 톤의 옷을 좋아하지만, 그녀에게는 이런 옷도 잘 어울린다고 속으로만 생각했다. 릴리가 손을 내밀어, 그는 식빵 봉지를 어색하게 겨드랑이에 끼고 악수를 받았다.

"좋아 보이네요." 그녀가 활짝 웃으며 그를 위아래로 훑어보았다.

"그런 말 안 하셔도 됩니다. 제가 크림 선물해줬잖아요."

"마스카라죠." 그녀가 고쳐 말했다.

"어쨌든요."

"아니죠, 정확하게 말해야죠. 그런데 머리 스타일도 멋져지고, 좋아 보이네요."

"맘에 안 드는 부분이 있습니까?"

릴리가 웃음을 터뜨렸다. "솔직히 말해도 돼요? 우리 집 대걸레 스타일이 더 나은 것 같아요."

로버트는 당혹스러운 눈빛으로 그녀를 봤다. 이 여자는 꽤 직설적이지만 어떤 이유에서인지 못되게 굴 수가 없었다. 통조림 하나가 손에서 미끄러져 바닥으로 떨어졌다. 릴리는 이대로 통조림이 굴러가면 미니쿠퍼 아래로 들어갈 거라며 걱정했다. 그는 바로 몸을 숙이려 했지만, 그녀가 더 빨랐다. "달걀 라비올리

파스타? 본인을 위해 멋진 걸 선택했군요, 왕족처럼." 그녀는 통조림 캔을 돌려주면서 라벨을 보더니 웃으며 말했다.

"주말인데요, 당연히 파티해야죠." 로버트가 대꾸했다.

"윈터 씨는 그렇게 즐길 만한 이유가 분명히 있죠. 다 들었어요."

로버트는 인상 쓰며 물었다. "무슨 말을 들었어요?" 릴리는 정말 신이 나서 이야기했다. "윈터 씨, 제가 얼마나 기쁜지 모르실 거예요.

그는 얼굴을 찡그리고 궁금하다는 표정을 보였다. 질문할 때마다 또 다른 수수께끼로 대답하는 이 습관은 그를 점점 초조하게 만들었다. "구체적으로 말씀해주시죠?"

"안 그래도 전화하려고 했거든요, 다음 주 우리 그룹 모임에 오시는지 물어보려고요."

"무슨 그룹이요? 무슨 말이에요?"

릴리는 그의 말투에 당황하지 않고 계속해서 얼굴에 미소를 보였다. "제가 느끼기에, 윈터 씨는 분명히 이 분야에 타고난 재능이 있어요."

"실망하게 해 죄송합니다. 저는 그런 재능 전혀 없습니다."

"무슨 말씀을요. 에이본 뷰티 컨설턴트로 재능 있어요. 제 말대로 하셔서 정말 기뻐요."

힌트가 나오니 의미들이 연결되었다. 그는 사색이 되어 그녀를 쳐다봤다. "뭐 컨설턴트요? 제가요? 어떻게 그런 말도 안 되는 소리를 생각해 내셨습니까?"

"그런 말이 돌던데요."

"저는 에이본 컨설턴트가 아닙니다. 지하실에 남아 있는 재고를 처리할 뿐입니다. 그 이상도 이하도 아닙니다."

릴리의 미소가 조금 사라졌다. 실망한 듯 보였다. "정말요? 안타깝네요. 팬이 많은 거 같은데."

"제가 팝스타로 보입니까?"

그녀는 재미있다는 듯이 그를 위아래로 쳐다봤다. "당연히 아니죠. 그런데 아시잖아요, 무슨 말인지."

로버트는 얼굴을 찡그렸다. "팬들에게 말 좀 전해주세요. 저는 참석하지 못한다고요."

"솔직히, 정말 잘 어울리는데."

"처음 듣는 소리입니다."

"다른 컨설턴트에 비하면 정말 참신해요."

"제가 계속해서 참신하게 남기를 바란다면, 다른 사람들에게 저에 대해 말하지 마세요."

그녀는 큰 소리로 웃었다. "그렇게 하실 필요까지는 없어요. 그래도 좋으신 분인 거 알아요."

"저를 겉으로는 무심해도 속으로는 자상한 사람이라고 착각하시는 거 같은데, 저는요, 성격 지랄 같고 세상 불만 많은 투덜이입니다."

릴리가 그를 뚫어지게 봤다.

"소피아 같은 사람이 평생을 당신과 보냈는데, 당신이 나쁜 사람일 수가 없죠."

로버트는 목이 메어왔다. 잠시 침묵이 흘렀다. 그를 감동케 한 것은 그녀의 말뿐만이 아니었다. 그녀의 웃음은 따듯한 기운을 발산한다. 매우 진실하고 솔직하다. 그녀는 그가 오랫동안 느끼지 못했던 다정함을 보여줬다. 그때 주유기 호스의 레버가 올라갔다. 미니쿠퍼 주유가 완료되었다. 릴리가 주유기 공급 호스를 제자리에 두는 동안, 로버트는 뒷좌석에 놓인 검정 천을 발견했다. 자세히 들여다보니 옷처럼 보였다. "목사님이세요?"

그녀가 또다시 크게 웃었다. "무슨 소리! 저는 판사입니다."

그는 놀란 표정을 숨기지 못했다. "판사라고요? 그쪽이?"

"그럼, 제가 뭐 하는 사람이라고 생각한 거예요?"

"아닙니다." 우물쭈물하며 말을 더듬었다. "깊게 생각해본 적은 없습니다."

"그런데 판사라고는 생각하지 못했나 봐요?"

그는 고개를 끄덕였다.

"그러니까 바보 같은 짓은 꿈도 꾸지 마세요. 제 판사석 앞에 서고 싶지 않으면 말예요. 저 완전히 다른 사람일 수 있어요."

그녀는 자동차 문을 닫고 연료구를 잠근 후에 뭔가 마음먹은 게 있는 사람처럼 그의 앞에 섰다. 그러더니 갑자기 그를 안았다. 로버트는 뻣뻣하게 굳어버렸다. 그는 이런 친밀한 행동에 어떻게 반응해야 할지 몰랐다. 몇 초나 지났을까, 릴리는 다시 한 발 뒤로 물러섰다. "다시 만나서 반가웠어요, 진짜예요!"

그는 아무 말도 하지 못하고 그저 고개를 끄덕였다. 그녀는 주유소 안으로 들어갔다.

로버트는 그녀를 바라보면서 이대로 보내서는 안 되겠다는 절실함을 느꼈다. 그는 어떻게 말을 해야 할지 머리를 굴렸다. "자동차 세차 알아보세요." 그녀의 뒷모습에 대고 소리쳤다.

그녀는 살짝 뒤돌아 웃더니 이렇게 말했다.

"돈 낭비예요. 오늘 비 올 거라고요."

로버트는 릴리의 지저분한 차를 쳐다봤다. 그리고 구름 한 점 없는 파란 하늘을 올려다봤다.

08

로버트가 집에 거의 다 왔을 때, 마당에서 부엌 창문으로 집 안을 엿보는 한 여자를 발견했다. 그녀의 키로 봐서는 쉽지 않은 일이었다. 로버트는 거인만큼 크지는 않지만 평균 이상의 신장이었는데, 여자의 키는 그의 가슴팍 정도 올 것 같았다. 다시 말해 창문으로 집 안을 엿보는 건 발레리나처럼 발끝으로 서야만 가능한 일이었다.

로버트는 주차한 뒤 차에서 내렸다. 여자는 자기가 하는 일에 너무 집중한 나머지 그를 전혀 눈치채지 못했다. 그가 테라스에 올라서서 한숨을 내쉬자 그녀는 반사적으로 몸을 돌렸고, 그녀의 표정도 들켰다는 걸 말해주고 있었다. 그녀가 순식간에 순진한 미소를 보였고, 이 모습에 로버트는 더욱 의심이 들었다. "도와드릴까요?"

"윈터 씨!" 그녀가 높은 톤으로 반기며 다가오자 그는 반사적으로 도망가야겠다는 마음이 들었다.

"안에 들어가서 잠깐 이야기 나눌 수 있을까요?"

"우리가 아는 사이인가요?"

"샹통입니다." 이름이 아시아 계통 같았다.

117

그는 그녀를 샅샅이 살펴봤다. "아는 이름이 아닌데요."

"저는 월마 샹통이라고 합니다. 저도 에이본에서 일해요, 당신 부인처럼요."

머릿속의 안개가 걷혔다. 한 고객이 전화에서 이 여자의 이름을 한번 언급했다는 것이 떠오르기도 했고 또한 그가 누구를 상대하고 있는지 깨닫기도 했다. 그녀는 이 세상 유일무이한 소피아의 적군으로, 소피아가 좋게 말한 적이 없는 사람이었다. 샹통은 태국의 성으로 결혼 후 월마가 남편의 성을 따른 것이라는 말도 기억났다.

월마는 반 정도 채워진 플라스틱 음식통을 앞으로 내밀었다. "제가 뭐 좀 챙겨 왔어요."

그는 주저했다. "이게 뭡니까?"

"묻지 말고 그냥 받아주세요." 그녀는 거절하면 아쉬워할 거라는 확신을 보이며 말했다. 마피아 영화의 한 장면처럼 자고 일어나 침대 밑에 잘려나간 말 머리를 발견하지는 않을 것이라는 확신이었다.

"지옥의 매운맛 소고기 요리예요. 남편 고향의 별미죠. 매운 요리 좋아하시죠? 맞죠? 남자라면 당연히 좋아하겠죠." 이렇게 말하고는 입을 크게 벌려 웃었다.

로버트는 그녀의 이를 보고 싶지 않았지만 보지 않을 수 없었다. 그녀의 이는 새로 칠한 듯 초자연적으로 하얗게 빛이 났다. 그녀가 다른 보통의 사람처럼 32개의 치아를 가졌는지 아니면 더 있는지는 확인하지 못했다. 그러려면 치아를 다 셀 때까지 입을 벌리고 있어야만 했을 테니까. 일전에 본 동물 다큐멘터리가 생각났다. 호주 해안에 서식하는 백상아리에 관한 것이었다. 백상아리에게는 총알 같은 치명적인 이빨이 있는데, 공격하다 그 날카로운 송곳니가 빠지면 그 자리에 다시 새롭게 자라난다고 했다.

"음식을 주러 온 것 같지는 않은데요." 로버트가 말했다.

그녀의 얼굴에서 웃음기가 싹 빠지더니 갑자기 죽을 만큼 슬픈 표정을 했다. "윈터 씨, 진심으로 애도를 표합니다. 당신 부인은 정말 멋진 사람이었어요. 우리 모두 소피아를 그리워해요."

로버트의 귀에 그 말은 진심이 한 톨도 담기지 않은 껍데기처럼 들렸다. 입에 발린 형식적인 소리도 이렇지는 않을 거다.

"당신이 우리와 이렇게 가까운 사이인 줄은 몰랐습니다."

윌마는 순진한 표정을 지었다. "물론 우리는 서로 경쟁 관계였죠. 하지만 경쟁이야말로 사업에 활력을 불어넣죠. 안 그런가요?"

"그렇다면 그런 거겠죠."

"당신 부인은 정말 프로 중의 프로였어요. 우리는 서로를 존중했죠." 그녀는 재빨리 말을 덧붙였다. 이렇게 하면 확실하게 점수 딸 걸로 생각한 모양이다.

여기서 한가지 짚고 넘어갈 게 있다. 소피아가 이 여자를 존중했다는 말은 빼야 한다. 소피아가 정말로 미워하지 않았다면 윌마 샹통이 보여준 감정은 로버트에게 어느 정도 친근하게 다가왔을 것이다. 로버트는 이 둘이 고객을 가운데 둔 경쟁자 이상의 관계였다는 것을 알고 있다. 두 사람은 매해 '올해의 베스트 컨설턴트' 상을 두고 한 번도 다투지 않은 적이 없었다. 회사는 아주 후하게 우승자에게 캐리비안 크루즈 여행 티켓 두 장을 제공하기로 약속했다. 소피아가 무슨 일이 있어도 이기고 싶었던 이유는 상품 때문만은 아니었다. 패배는 선택 사항이 아니었다.

월마가 한 걸음 가까이 다가섰고 로버트는 어느 순간이든 그녀가 송곳니를 드러내고 자기 목을 물어뜯을까 봐 겁이 났다.

"당신 부인은 진심으로 훌륭한 판매원이었어요. 정말 많은 것을 이뤘죠. 누군가 그 업적을 이어간다면 얼마나 멋지겠어요?"

"무슨 업적이요?"

"그녀가 이룩한 거 말입니다. 대규모 고객을 계속해서 관리하는 일이요. 지난 시간 동안 쌓은 업적이죠. 모든 것이 의미 없게 되면 안 되겠죠?" 그녀는 등골이 오싹할 정도로 위선적인 표정을 지으며 질문했다.

"내 아내의 고객을 인수하고 싶다고 말하려고 온 겁니까?"

그는 그녀를 가만히 바라봤다. 짧은 말 한마디가 그녀를 불안하게 만들었고, 그녀는 불안한 모습을 공격적인 웃음으로 과장되게 숨기려 했다. "저는 물론 고객을 우선으로 생각합니다. 앞으로 누가 그 고객들을 돌볼 수 있을까요? 아마 당신 아내도 분명 같은 생각을 했을 거예요."

로버트는 아무 소리 없이 조용히 생각했다. 월마 샹통은 헛짚었다. 하지만 그게 무슨 상관인가? 그는 지금 이 자리에서 모든 것을 마무리 지을 수 있었다. 그저 지하실로 내려가서 그곳에 있는 모든 제품을 싸서 이 탐욕스러운 용의 목구멍에 던져 넣기만 하면 된다. 그러면 평화가 오리라. 그는 더는 누구와도 싸울 필요 없이 자유인이 될 수 있다.

"저야 그렇게만 해주신다면 정말 감사드리죠. 저는 남편을 도와 식당을 운영하고 있어요. 일주일에 한 번 테이블을 잡아둘 테니 우리 식당에 와서 식사하는 건 어때요? 물론 무료입니다." 그녀는 로버트가 쉽게 결정할 수 있도록 먼저 제안했다.

로버트는 손에 들고 있는 음식물 용기를 가리켰다.

"음식 맛이 어떨지 몰라 지금은 잘 모르겠습니다."

그녀는 표정을 숨기려 했지만, 그는 거의 보이지 않는 미묘한 표정 변화를 눈치챘다. 지금이야말로 그녀를 약 올릴 차례다.

"우선 맛을 보고 이후에 결정하겠습니다."

잠시 후 로버트는 부엌 식탁에 앉아 조심스레 한 입 떠서 맛을 보았다. '지옥에서 온 소고기'는 입안의 미각을 폭발적으로 자극했다. 고기는 입천장과 혀의 압력만으로 부서질 정도로 버터처럼 부드러웠다. 이국적인 채소들은 너무 무르지도 너무 딱딱하지도 않게 적당한 식감으로 달콤하고도 시큼한 맛을 냈는데 어떤 맛도 겹치지 않았다. 모든 것이 완벽한 균형을 보였다. 그리고 몇 초 후 입안이 타들어가는 것 같았고 온몸에 땀이 나기 시작했지만 불쾌하지 않았다. 매운맛이 마음속에서 기분 좋은 따뜻함을 뿜어냈다.

"이 남자 요리 좀 하네." 그는 감명받으며 과감하게 음식을 입안으로 마구 밀어 넣었다. 얼마 지나지 않아 싹 쓸어 먹은 접시만 남았다. 식기 세척기를 거치지 않고 접시 보관 선반에 다시 넣어도 될 정도였다. 갑자기 뱃속에서 꾸르륵 소리가 났다. 로버트는 서둘러야 했다. 전속력으로 질주했다. 가는 도중에 미친 듯 허리띠를 풀었고 화장실에 겨우 도착했다. '지옥에서 온 소고기'는 너무나도 빨리 그를 떠났다. 마치 소화기관이 이 음식을 거부하는 것 같았다. 그는 그 신호를 잘 알고 있었다.

09

그날 밤, 잠이 오지 않았다. 로버트는 윌마 샹통이 집에 찾아온 일을 곱씹고 있었다. 그는 이제야 소피아가 왜 그렇게 화를 내며 집으로 돌아와 이 여자를 흉보고 욕하고 끝없이 비난을 늘어놓았는지 이해할 수 있었다. 소피아가 이 여자 때문에 유난히 심하게 흥분했던 날은 아직도 잊히지 않는다. 그날 소피아를 진정시키기 위해 이야기를 들어주는 동안, 이 경쟁자가 소피아의 중요한 고객 여러 명을 파격적인 가격 할인 혜택으로 빼앗으려 했다는 것을 알게 되었다. 화를 주체하지 못한 소피아가 부엌 유리 선반 문을 너무 세게 닫는 바람에 유리가 깨지고 말았다. 당시 그는 소피아에게 몹시 화가 났다. 둘만의 어리석은 불협화음 때문에 그가 가구 회사에 전화해서 교체할 문짝에 대해 말다툼해야만 했고, 그런데도 수리받지 못하고 직접 문을 교체해야 했다. 지금 이렇게 윌마 샹통을 직접 만나고 나니, 소피아가 단번에 이해가 되었다. 소피아의 마음을 진지하게 받아주지 못하고 든든한 지원군이 되지 못한 게 부끄러웠다. 소피아가 윌마 샹통과 정면 대결을 했다는 말을 들었을 때도 한 귀로 듣고 한 귀로 흘렸다. 정말 후회스럽다. 소피아가 올해의 베스트 뷰티 컨설턴트가 되기를 간절히 바랐을 때도 속으로 웃어넘겼다.

로버트는 계속 시간을 확인했다. 시간이 고통스러울 정도로 천천히 흘렀다. 몸은 미치게 피곤했지만 잠이 오지 않았다. 새벽 2시가 지나자 그는 마침내 마음을 굳혔다. 침대에서 벌떡 일어나 옷을 걸치고 지하실로 내려가 에이본 카탈로그와 종류별 제품 설명서를 전부 부엌으로 가져왔다. 그리고 식탁에 모두 펼쳐놓았다. 갑자기 그는 자신이 무엇을 해야 할지 깨달았다. 기분이 좋아지면서 에너지가 차올랐다.

즐거운 기분은 얼마 지나지 않아 사라졌다. 대신 의심의 기운이 그를 감싸 안았다. 카탈로그와 제품 설명서를 하나씩 넘겨 보니, 마치 보헤미안 집시 마을을 둘러보는 기분이었다. 그는 숫자만큼은 통달했지만, 화장품에 대해서는 아무것도 알지 못했다. 물론 립스틱이 무엇인지는 안다. 하지만 빨간색의 색감이 이렇게나 다양했는지 놀라울 뿐이었다. 그는 30까지 세고 멈추고 말았다. 게다가 물광의 촉촉함과 무광의 매트함이 어떤 차이가 있는지 오랜 비교 끝에 겨우 이해했다. 아직 아이섀도, 매니큐어, 아이라이너는 보지도 못했다. 각각의 제품은 매우 고유한 특성이나 분말 형태, 알맹이 형태 또는 액상 형태처럼 물리적 상태로 구분할 수 있었다. 로버트는 마스카라도 물로 지워지는 제품과 물로 지워지지 않는 제품이 있다는 걸 알게 되었다. 몇 년 전 로버트는 부엌 가스레인지 옆벽에 음식물이 자꾸 튀어 얼룩을 방지하려고 발수 페인트를 발랐다. 이후 음식물이 튀어도 쉽게 닦아낼 수 있었다. 아마도 그와 비슷한 원리인 것 같았다. 발수 페인트는 끈적거리고 고무 같았지만, 일단 건조되고 나면 초강력 스펀지로도 지워지지 않았다. 로버트는 방수 마스카라가 얼굴에 묻으면 어떤 방법으로 지워야 하는지 궁금해졌다.

로버트는 카탈로그와 팸플릿을 머리가 지끈거릴 정도로 충분히 봤다고 생각해, 인터넷을 둘러보기로 했다. 하지만 화장에 대한 수많은 사진과 동영상을 봐도 그럴싸하게 감이 잡히지 않았다. 도통 머릿속에 남는 게 없었다. 로버트는 학습 방식을 바꾸기로 했다. 손으로 적으면 기억이 잘 된다는 것을 알기에, 메모하고 색인 카드를 만들어 마치 새로운 외국어를 배우듯 에이본의 제품 이름과 용도를 기억하려 애썼다. 그는 우선 시험 삼아 페이스 크림에 집중했다. 사용법은 따로 설명할 필요가 없다. 단지 그가 놀란 것은 크림에 들어 있는 무수한 성분들이었다. 유기농 오렌지, 유기농 올리브, 유기농 생강…. 마트에서 볼 수 있는 모든 채소와 과일이 첨가되어 있었다. 자극적이고 민감한 피부에 효과가 있다는 유기농 귀리가 새로운 트랜드로 떠오른 것 같았다. 무엇보다 모든 것의 척도는 히알루론산이었다. 거의 모든 크림과 로션에 빠짐없이 첨가되어 있었다. 인터넷으로 잠시 정보를 찾아보니 이해가 갔다. 이는 나이와 중력과 밀접한 관련이 있었다. 히알루론산은 피부를 탄력 있게 만들지만, 나이와 중력으로 히알루론산의 작용은 약해진다는 것이다. 로버트는 가볍게 잡히는 이중 턱을 살피며 시간이 이빨을 드러내며 우리 모두를

갉아먹는 것 같다고 생각했다.

로버트가 시간을 확인했을 때는, 열정 가득하게 지하실에서 올라온 지 벌써 네 시간이 지난 후였다. 머리에서 연기가 피어오르는 듯 머리에 정보를 더 입력하는 건 무리였다. 초반의 신나는 기분이 끝까지 유지되지는 않았지만 그래도 앞으로 나아갔다고 생각했다. 첫발을 내디뎠다. 물론 연구는 이것으로 충분하지 않았다. 화장품을 배송하는 것만이 다가 아니다. 고객은 그의 조언을 기다리고 새로운 제품 추천을 기대한다. 영업의 큰 부분에 해당하는 화장품 파티를 생각하는 것만으로도 이마에 땀이 흘렀다. 어쩔 수가 없었다.

로버트는 소피아의 고객 명단을 펼쳤다. 고객의 이름이 순서대로 정리된 것뿐만 아니라 정기적으로 화장품 파티를 주최하는 그룹별로도 정리가 되어 있다. 고객 일부는 벌써 다른 뷰티 컨설턴트를 찾고 있을 거라고, 로버트는 확신했다. 윌마 샹통이 이번 기회를 냉정하게 이용했다는 것은 안 봐도 뻔한 일이었다. 그녀는 영업에 도가 텄다. 그녀가 이렇게 빠른 속도로 몸집을 키우면 안 된다. 만약 그렇게 된다면…. 릴리 피셔가 떠올랐다. 릴리는 소피아의 아주 오랜 고객으로 화장품 파티를 자기 집에 자주 주최하는 사람이었다. 거기에 더해 그를 도와 매우 유용한 팁도 줄 수 있는 인물이다. 그는 전화기를 집어 들었지만, 시계를 슬쩍 보니 아침 7시도 채 되지 않은 시간이었다. 그래서 잠에서 일어나면 볼 수 있도록 짧게 메일을 쓰는 게 좋다고 생각했다. 그는 전화 통화를 하고 싶다고 짧게 몇 줄 썼다. 전송 버튼을 누르자마자 전화가 울렸다. 로버트가 깜짝 놀라 수신자를 확인했고 저장되지 않은 번호였다. 보통 모르는 번호면 받지 않지만, 이번에는 달랐다.

"여보세요."

"릴리 피셔예요." 일어난 지 한참 지난 맑은 목소리처럼 즐겁게 울렸다.

"10초 전에 메일을 보냈는데요."

릴리는 웃었다. "지금 컴퓨터 앞에 앉아 있어요."

로버트 이마에 주름이 접힐 정도로 눈을 크게 뜨고 말했다. "이 시간에요?"

릴리는 다시 본론으로 돌아왔다. "물론 도와드릴 수 있죠. 어떤 도움이 필요한지 구체적인 내용은 쓰지 않으셨네요."

로버트는 자신의 부탁을 매우 모호하게 썼다. 이 일에 대해 직접 만나 이야기하고 싶었다. 릴리는 정확한 문제가 무엇인지 몰라도 무작정 도와준다고 말했고, 상황을 파악하고 난 뒤 그에게 더 큰 도움의 손길을 내밀 것이다. 만약 그가 다른 사람에게 자신의 계획을 말하면, 모두 로버트를 미쳤다고 손가락질 할 것이다. 그는 릴리 피셔에게 전화하는 것만으로도 압박감이 해소될 거라 기대했다.

"그때 질문을 곰곰이 생각해 봤습니다."

"질문이요?" 릴리가 물었다.

로버트는 목소리를 가다듬었다. "제가 소피아의 사업을 계속

이어가려는데 어떻게 생각합니까?" 신부님에게 사죄받는 사람처럼 초조하게 릴리의 대답을 기다렸다. 불안감이 마음 한구석에 숨어 있었지만, 그 불안감은 즉시 날려버려야 했다.

"윈터 씨, 정말 멋져요. 대단합니다." 로버트는 그녀의 목소리에서 진심을 느꼈다. 마음을 짓누르던 돌덩이가 가루가 되어 날아갔다. 그는 자신이 우스꽝스럽게 보여지는 걸 원치 않았다. 하지만 확실하게 짚고 넘어가야 할 것이 있었다.

"물론, 일시적으로 올해만 하려고 합니다."

"무슨 이유로 갑자기 마음을 바꿨어요?"

설명할 것도 없었다. 그가 단순히 주문 들어온 물건을 배송하는 것만이 아니라, 뷰티 컨설턴트의 역할까지 하겠다고 마음먹게 된 건 윌마 샹통 때문이었다. 하지만 이제야 숨겨진 동기가 무엇인지 깨달았다. 소피아에 빚지고 있다는 마음이다. 소피아는 올해의 베스트 뷰티 컨설턴트상을 수상하고 싶어 했다. 그 상을 소피아의 경쟁 상대에게 넘길 수 없었다. 아직도 윌마 샹통을 생각하면 배 속이 더부룩하게 메스꺼웠다. 이건 음식에 들어간 매운 고추 맛 때문이 아니었다.

"불미스러운 방문이 있었습니다, 그러니까 동료, 동료라고…." 로버트는 말을 멈췄다. 두 여자의 관계를 동료로 정의하는 건 잘못되었다고 생각했기 때문이다. 이 단어는 윌마 샹통에게 받을 자격이 없는 명예를 주는 것 같았다. "간단하게 누군가가 저를 찾아왔다고만 말하죠." 이 문장으로도 충분히 설명될 것으로 생각했다.

"자, 그럼 어떻게 도와드릴까요?" 릴리가 질문했다.

로버트는 어디서부터 시작해야 할지 몰랐다. 그는 에이본 뷰티 컨설턴트의 기본조차도 몰랐다. "솔직히 말해서, 뭘 어떻게 해야 하는지 전혀 모르겠습니다. 제품을 보고 외우고는 있지만, 혹시 화장품 파티는 어떻게 하는지 알려주실 수 있나 해서요."

"물론 당연하죠. 오늘 오후 어때요?"

로버트는 살짝 망설였다. 너무 빠른 느낌이 들었다. 릴리 피셔가 다음 주나 다음 달 정도로 약속 잡을 줄 알았기 때문이다. 그 순간, 그는 다시 한번 자신이 도망갈 핑계를 찾고 있다고 생각했다. 다른 마음이 들기 전에 빠르게 좋다고 말했다. "그럼 이따 뵙겠습니다."

"그래요 윈터 씨. 정말 기쁘네요."

전화를 끊고도 여전히 릴리 피셔가 보여준 감동이 사라지지 않았다. 긍정적인 에너지를 전달하면서 주저 없이 도와주겠다고 하는 마음이 참으로 새로웠다.

몇 시간 후 로버트는 릴리의 작은 테이블에 화장품들을 올려놓고 거실을 흥미롭게 둘러보고 있었다. 그가 상상했던 릴리의 집과는 완전히 달랐다. 그는 정리 정돈을 싫어하는 것은 아니었지만, 이런 분위기는 거의 병적으로까지 보였다. 정말 필요한 가구만 있을 뿐이었다. 소파는 너무 각져서 앉고 싶은 생각조차 들지 않았다. 저녁에 TV를 여유 있게 보기에는 정말 불편해 보였다. 하얀 벽은 검은색과 회색의 예술 작품으로 대비되었다. 어느 한구석도 자신이 알고 있는 이 여자와 어울리지 않았다.

"자, 첫 번째 팁입니다. 다음부터는 보험 판매원처럼 보이지 않는 정장을 입으세요." 간식거리를 내어준 릴리가 웃으면서 말했다.

"적어도 오늘은 제 스타일이 거실의 인테리어와 잘 어울리는 것 같군요." 이렇게 말하고는 자신이 얼마나 영리하게 응수했는지 놀랐다. 그렇다고 긴장을 풀지는 못했다. 비록 릴리 피셔를 신뢰한다 해도 실패에 대한 두려움은 사라지지 않아 계속 진땀이 났다. 로버트는 땀을 닦을 손수건을 한 장만 가져온 것이 아쉬웠다. 릴리가 거울로 삼을 수 있을 만큼 이마가 번들거렸다.

"어쨌든, 집은 당신 스타일과 다르게 페인트통에 들어갔다 나오지는 않았네요." 로버트가 말을 이어갔다.

릴리는 손을 흔들었다. "취향 문제로는 제 남편과 얘기하지 않는 게 좋아요."

로버트는 입술을 거의 움직이지 않고 '아하'라고만 반응했다. 릴리가 대부분 집에 있지 않기야 하겠지만, 개인적인 취향까지 간섭하는 게 옳지 않다고 생각해서 조금 이상하다고 생각했다. 그와 소피아도 가구나 인테리어에 있어 취향이 달랐지만, 시간이 지나면서 집은 마치 잡화점 같아졌기 때문이다. 바로 그런 이유로 그들의 집은 생생하게 살아 있는 느낌으로 가득했다.

"한잔하실래요?" 릴리는 프로세코(이탈리아 스파클링 화이트와인-옮긴이)를 열면서 말했다.

로버트는 미간에 주름 잡으며 대답했다. "이 시간에요?"

릴리는 웃었다. "윈터 씨는 밤이 아니면 마시지 않겠죠."

"오후 6시 이전에는 술을 하지 않습니다." 그는 강조했다.

"그럼 윈터 씨 빼고 잔을 따르죠. 다른 두 명은 시간을 아주 잘 지키거든요."

로버트는 그제야 테이블에 잔이 네 개가 있다는 걸 알아차렸다. 마치 온몸에 전기가 흐르는 것 같았다. 그는 겁에 질려 물었다. "나머지 두 명이라니요?"

릴리는 웃었다. "우리 지금 화장품 파티하는 거예요. 둘이서는 그런 거 안 해요."

릴리는 로버트와 통화하며 곧바로 친구들을 초대한 사실을 숨기고 있었다. 잠시 잠깐 로버트는 불쾌했지만, 놀라는 반응을 보이는 것 말고는 그가 할 수 있는 게 없었다. 만약 그녀가 사실 그대로 말했다면, 그는 핑계를 대고 약속을 취소했을 것이다.

릴리는 아무렇지도 않게 간식거리가 담긴 작은 접시와 유리잔을 테이블 위에 올려놓았다. "수영을 배우고 싶다면 차가운 물에 뛰어들어야죠."

"저는 아직 준비되지 않았습니다." 로버트는 테스트용 화장품을 위아래로 계속 뒤집으면서 대답했다.

"걱정하지 말아요. 소규모 그룹이에요. 마를렌과 카렌은 저의 가장 친한 친구예요."

로버트는 무슨 말을 해야 할지 몰랐다. "어떤 사람들인데요?"

"보면 좋아하실 거예요. 마를렌은 정말 쾌활해요. 그녀를 보자마자 모두가 알아챌 정도죠."

"그럼 카렌은요?" 로버트는 자신 앞에 놓인 불확실성을 조금이라도 줄이고자 필사적으로 질문했다.

"카렌도 착해요, 그녀만의 방식으로 말이에요."

릴리의 비밀스러운 목소리가 티가 났다.

"그녀만의 방식이라뇨?"

"자기 성격이 있어요. 걱정 마요, 잡아먹기야 하겠어요? 그런 인상을 준다 해도 말이에요." 릴리는 기분 좋게 대화를 계속 이어갔다.

"그 두 친구분, 뭐 하는 사람들입니까?"

"카렌은 우리 법원의 집행관이에요. 마를렌은 장례서비스 업체를 운영하고 있어요."

로버트는 눈썹을 치켜뜨며 말했다. "참으로 용기가 솟아나는군요. 저를 여기에 바로 묻어도 되겠어요."

"윈터 씨, 긴장 푸시고 편히 계셔요. 첫 공연을 즐기라고요."

"공연이요? 저는 사람 옷 입은 서커스 원숭이가 아니에요."

"정말 한 모금이라도 안 하시겠어요? 무대 공포증에 좋을 텐데." 릴리가 제안했다.

"무슨 무대 공포증이요?" 로버트는 릴리의 시선을 계속 피하면서 테이블의 접시를 만지작거렸다. 그는 긴장감을 다스릴 수 없다는 사실에 신경을 곤두세웠다.

"윈터 씨, 오늘은 리허설이라고 생각하세요. 리허설에서는 실수해야 해요. 그래야 본 공연에서 실수하지 않죠. 이게 연극의 정공법이에요."

"제가 오늘 실패할 거라고 보시나요?" 로버트는 갑자기 모든 행동이 무의미하게 느껴졌다.

"제가 낯선 사람들 앞에서 강연할 때, 어떻게 생각하는지 아세요? 저는 사람들이 화장실 변기에 앉아 있다고 상상합니다."

로버트 눈이 휘둥그레졌다. 그녀가 이 조언을 농담으로 말한 건지 아니면 이걸 진짜로 상상해보라고 알려준 건지 알 수 없었다. 릴리와 다른 고객들이 화장실 변기에⋯. 세상에나! 무슨 일이 있어도 그 이미지를 머리에 떠오르게 하지 않으려 애썼다. 그러는 동안 초인종이 울렸다.

"드디어 파티 시작입니다." 릴리가 신나게 환호하고는 자리에서 일어났다.

로버트는 고개를 저으며 뒤로 돌아봤다. 불안한 느낌이 밀려와도 릴리의 유머를 즐길 수 있는 건 인정해야 했다. 그는 소피아가 자기를 놀렸던 장난이 떠올랐다. 로버트는 조금 열린 문으로 현관 복도에서 여자들이 서로 인사하는 모습을 봤다. 그중 한 명은 멈추지 않고 웃었다. 장례지도사라는 사람일 것이다. 저런 해맑은 성격이 직업에 도움이 될까? 로버트는 카렌일 수밖에 없는 다른 여자를 바라봤다. 표정이 전혀 없는, 미동조차 없는 얼굴이었다. 감정 상태가 전혀 가늠되지 않았다. 그녀의 기분이 나쁘지 않기를 진심으로 바랐다. 그런 생각은 아무런 도움이 되지 않았다. 그가 여자들이 겉옷을 벗어 옷걸이에 거는 것을 지켜보는 동안, 그녀들 역시 로버트를 보고 있었다. 들켰다는 생각이 들었다. 로버트는 당황했지만 미소를 보였다. 무대 공포증이 한 단계 상승했다.

"재생 팩틴을 함유한 3단계로 이루어진 성분은 눈 주위 피부에 복합적인 리프팅 효과를 보이고…." 로버트는 목소리가 인공지능처럼 들리지 않게 하려고 적어온 설명을 뚝뚝 끊어 읽었다. 여자 세 명이 반대편 소파에 앉아 페이스 크림에 관심을 보이며 냄새를 맡았다.

"우리 집 막내가 아침마다 우물거렸던 이유식 같은데." 마를렌이 크게 웃으며 한마디 했고, 그 말에 로버트도 같이 웃었다. 그는 아주 사소한 걸로도 재밌어하는 여자가 아직은 낯설었다. 이 여자는 크림 성분을 읽자마자 참지 못하고 웃음을 터트렸다. 릴리조차도 마를렌에게 진지한 표정을 보였고, 로버트는 이 여자가 장례 절차 상담을 저 성격으로 어떻게 할지 상상이 되지 않았다. 그런데도 로버트는 마를렌의 의견이 고마웠다. 정확한 키워드를 찾아준 셈이다. 처음으로 그의 전문 지식이 빛을 내기 시작했다.

"귀리 때문입니다. 여기엔 유기농 귀리가 첨가되어 있습니다." 로버트는 열심히 설명했다. 하지만 실망스럽게도 아무도 이 획기적인 정보에 반응하지 않았다.

"이 이유식 같은 크림이 오트밀과 같다는 것인가요?" 이번엔 카렌이 대신했다.

"같은 뜻인데 말 표현이 다른 거지." 릴리가 대답했다.

마를렌도 질문을 했다. "어렸을 때, 엄마가 늘 만들어줬는데."

로버트는 옆길로 새는 대화를 제자리로 가져오려 했다. 그는 크림통을 보여주면서 말했다. "유기농 귀리는 매우 뛰어난 성분을 갖고 있습니다. 그것이 무엇이냐면…." 그는 더는 이어갈 수 없었다. 마를렌이 자신의 어린 시절 일화를 하나 더 꺼냈기 때문이다.

"우리 엄마는 여기에 설탕이랑 계핏가루를 뿌려줬어요."

로버트는 이 여자가 오트밀 이야기를 하는 것이 오트밀을 정말 좋아해서인지 아니면 다른 의도가 있는 건지 의심되기 시작했다. 인내심의 한계를 느끼면서도, 뷰티 상담하기에는 갈 길이 멀었다는 생각이 들었다. 하지만 여기까지 온 이유가 바로 이거였다. 그는 배우려고 왔다. 처음 본 여자의 어린 시절 기억으로 시간을 낭비하고 싶지 않았다. 그가 목을 가다듬고 다시 시작하려던 참에 릴리가 자리에서 일어났다. "더 마실 거지?" 그녀는 유쾌하게 텅 빈 프로세코 병을 들고 부엌으로 가버렸다. 로버트는 넋 놓고 그녀의 뒷모습을 바라봤다. 행군을 진두지휘하던 릴리가 자리를 비워서 이 두 여자와 남겨진 것이 몹시 당황스러웠다. 잠깐 화장실에 가야 한다고 상황을 모면하는 방법도 생각했다. 하지만 그건 깃발을 들고 탈영하는 것과 마찬가지였다. 적군 앞에서 아주 비겁하게 말이다. 진행이 어색하게 멈췄다. 두 여자는 로버트를 침묵으로 몰아붙였고, 로버트는 어찌할 바를 모른 채 부엌 쪽을 바라보기만 했다. 마를렌은 웃음거리를 더는 찾지 않았다. 더 이상 키득거리지도 않았다. 로버트는 냉탕과 온탕을 오가는 듯했다. 그는 무슨 말을 해야 할지 고민했다. 어떻게 하면 여자들을 즐겁게 만들고 그 기분을 계속 이어갈 수 있을지 생각했다.

"저희 어머니도 오트밀에 항상 계피를 뿌려주셨죠." 그가 말을 꺼냈다. 물론 허술하기는 했지만, 효과는 있었다. 마를렌이 망설임 없이 이야기의 실타래를 다시 풀었다.

"오트밀은 항상 어린 시절 추억하고 연결되어 있어요. 냄새만 맡아도 바로 엄마가 떠올라요." 마를렌은 숨넘어갈 듯 들떠서 말했다.

로버트는 그 말이 무엇을 뜻하는지 잘 알고 있었다. 그 역시도 어쩔 수 없이 그의 어머니와 어린 시절을 떠올려야 했다. 하지만 모든 기억에 웃을 수만은 없었다.

"한 번 줘보세요." 마를렌은 한껏 폼을 부리며 손을 내밀었다. "이건 저를 위한 제품 같네요." 그는 테스터를 건넸다. 두 여자는 번갈아서 크림의 향을 맡았다. 로버트는 만족했다. 제품에 관한 관심을 끌어냈다. 그는 '영업용 대화는 이렇게 하는 거야'라고 생각했다. "여기 티트리 오일이 들어가 있나요?" 카렌이 갑자기 물었다. 테스터에 얼굴을 너무 깊숙이 숙이는 바람에 그녀의 코끝에 크림이 묻어 있었다.

로버트는 자신이 준비한 내용물을 열심히 뒤적거렸다. "티트리 성분이라…. 귀리 크림에…. 음…. 잘 모르겠습니다." 그는 지금 자신의 모습이 전혀 전문가처럼 보이지 않을 거라고 생각했다.

"제가 티트리 성분에 알레르기가 있어서요." 카렌이 말했다.

로버트는 부엌을 간절히 바라봤다. 처음으로 진지한 질문을 받았지만 도움을 주리라 기대했던 릴리는 옆에 없다. 냉장고에서 병 하나를 꺼내는데 도대체 무슨 시간이 이리 오래 걸리는 걸까? 무슨 일이 있어도 카렌과 마를렌 앞에서 바보처럼 보이고 싶지 않았다. 그래서 지연 전략을 시도했다.

"당연히 확인해 드려야죠. 우선은 이 제품라인의 전반적인 우수한 점부터 먼저 설명해 드리겠습니다. 동일 라인의 페이스 마스크는 방금 보신 크림과 함께 사용하기 정말 좋습니다. 유기농 귀리에서 축출한 매우 값비싼 성분을 함유하고 있어 자극받아 붉어진 피부를 진정시켜 줍니다."

마를렌은 아주 대놓고 웃었다. "윈터 씨, 얼굴이 빨개졌어요."

로버트는 불안한 표정으로 얼굴을 만졌다. "제가요? 왜 빨개졌지? 그럼 제가 해볼…."

"어머나, 혼자 하시게요? 우리 멋쟁이 여자들과 같이 해야죠." 마를렌은 고소하다는 듯이 크게 깔깔거렸다. 그때 릴리가 돌아왔다. 타이밍이 아주 좋았다. 로버트는 걱정을 떨쳐버렸다. 릴리는 마를렌의 제안을 들은 것 같았다.

"마를렌, 윈터 씨 당황하게 만들지 마." 그녀는 빈 잔에 프로세코를 채우며 말했다.

로버트는 세 여자가 술을 마시면 마실수록 문제가 일어날 확률도 높아질 거라 예상했다.

"그러니까 여기 티트리 오일이 하나도 안 들어간 거죠?" 카렌은 크림통의 깨알 같은 글씨를 해독하려 뚫어지게 보며 필사적으로 물어봤다. 카렌은 어떠한 위험에도 빠지고 싶지 않은 것이다.

로버트는 이를 확신했다. 이 여자는 감정의 오르내림이 전혀 없었다. 예상컨대 평소 심박수는 50 이하로, 추락하는 비행기에 앉아 있어도 이와 비슷한 평정심을 유지할 것 같았다. 흥분하고 열정적인 상태에서 무엇인가를 하는 것은 불가능해 보였다. 매일 한 편의 드라마가 펼쳐지는 법원에서 집행관 제복을 입고 있는 그녀가 상상되었다. 판사와 변호사와 검사가 눈물을 흘린다고 해도 카렌은 눈 하나 깜짝하지 않고 완고하게 자신의 임무를 수행할 것 같다.

로버트는 릴리가 어떻게 카렌과 같은 여자와 친구가 되었는지 궁금했다. 서로 필요한 극과 극이었기 때문에 가능했는지도 모르겠다.

"유기농 귀리가 함유된 데이 크림 하나 주시고, 거기에 맞는 나이트 크림도 있죠?" 릴리는 마치 국어 선생님처럼 가장 중요한 시험 문제를 내는 듯한 태도로 말했다. 방심하고 있던 로버트를 잽싸게 정신 들게 했다.

그는 무슨 말인지 전혀 이해하지 못했지만, 자신이 모른다는 것을 은폐하기 위해 보란 듯 이 카탈로그를 뒤적거렸다. 초보자 꼬리표를 달기 전에 앞으로 달려나가 상황을 모면하는 전략을 택했다. 그의 손에는 비장의 카드가 있다. 바로 히알루론산이다.

"그건 나중에 알아보고 전달해 드리겠습니다. 우선 다른 것을 먼저 이야기해 보려고 합니다. 수분 공급으로 노화 방지 효과를 내는 히알루론산은 늙은 피부에 매우 좋습니다." 그는 자신의 메모장을 읽어 내려가며 홈쇼핑 채널에서 온갖 매력을 발산하는 호스트처럼 마치 영생의 근원을 찾았다는 듯이 크림통을 보여주었다.

"늙은 피부요?" 카렌이 미세한 표정 변화 없이 질문했다.

"네, 늙은 피부요." 로버트는 아주 또렷하게 반복 대답했다. 제대로 전달이 되지 않아 듣지 못한 거라고 생각했기 때문이다. 로버트는 릴리가 믿을 수 없다는 듯이 고개를 저으며 정신없이 손짓해서 미간을 찡그리며 릴리를 바라봤다. 로버트는 릴리의 행동이 무슨 뜻인지 궁금해졌다. 그는 이내 눈을 반짝이며 무슨 뜻인지 깨달았다.

"성숙한 피부 말입니다. 늙은 게 아니라 성숙하다는 거죠, 당연히!" 그는 급하게 수정했다. "55세에 아주 적합한 제품입니다." 그는 더 나아가 이렇게 말하고 억지스럽지만 활짝 미소를 지었다.

"저는 53세인데요." 카렌이 무뚝뚝하게 대답했고 로버트는 그것이 있는 그대로를 말하는 건지 심한 비난을 담고 있는 건지 알 수 없었다. 한 가지는 확실했다. 그가 서 있는 얼음판이 점점 얇아지고 있다는 것이다. 릴리가 구조 밧줄을 던졌을 때, 어딘가에서 얼음 갈라지는 소리가 들렸다.

"히알루론산은 모든 연령대에 다 적합하긴 한데, 빨리 사용하면 할수록 좋죠. 안 그런가요?" 로버트에게 격려 담긴 미소를 지으며 물었다.

"그 말도 맞는 말이네." 마를렌이 다시 웃으면서 맞장구쳤다.

로버트는 이번에는 어떤 의구심도 들지 않았다. 상관없다. 중요한 건 릴리가 얼음물에 빠질 뻔한 그를 구해주었다는 것이다.

"볼 수 있을까요?" 마를렌은 그에게 손을 뻗었다. 그때 로버트는 뭔가 눈에 확 들어왔다. 마를렌의 손톱이 비정상적으로 누런 주황빛을 띠고 있다는 것이다. 그 모습에 로버트는 갑자기 새로운 추진력이 생겼다. 지금이야말로 기회였다. 에이본 카탈로그를 보며 공부한 것 중에 기억에 남아 있는 전문 지식으로 모두를 놀라게 할 것이다.

"손톱을 가릴 만한 무언가가 필요하다면 제가 여러분을 위해 아주 참신한 것을 준비했습니다. 커버력이 뛰어나고 영양이 풍부한 고광택 탑코트입니다." 그는 반짝이는 작은 병을 건네며 말했다.

마를렌은 작은 병을 가만히 살펴보다가 알 수 없는 미소를 보였다. "제 손톱 보고 말씀하시는 거예요?"

로버트는 안타깝게 생각하며 한숨을 내쉬었다. "지금 바른 색상보다 진한 색을 바르는 게 도움이 될 거예요."

마를렌의 얼굴에서 웃음기가 순식간에 사라졌다. 로버트는 긴장했다. 마를렌은 릴리와 카렌을 번갈아 보며 어찌할 바를 모르고 난감해했다. 마를렌은 로버트가 무슨 말을 하는 건지 이해하지 못한 것 같았다. 그는 구체적으로 말했다. "저도 예전에 담배 피웠어요."

"저는 담배 안 피워요."

로버트는 흡연자가 의사에게 흔히 하는 말이라고 생각했다. 그는 마를렌을 너그러운 미소로 바라봤다. "물론이죠, 저는 매일 저녁 술은 딱 한 잔만 합니다."

"뭐라고요?"

그녀의 손톱이 모든 것을 명확하게 말해주었다. 그녀는 틀림
없이 부끄러웠을 것이다. 아마 친구들 앞에서 큰소리로 담배 끊
겠다고 약속했을 수도 있다. 릴리와 카렌에게 들키고 싶지 않았
을 텐데 이렇게 드러나다니. 로버트가 폭로한 셈이 되어 되레 미
안한 마음이 들었다. 그래도 우선은 자신부터 생각해야 한다. 그
는 여기에 연습하러 왔고 이 기회가 사라지게 둘 수 없었다.

"저는 담배를 피워본 적이 단 한 번도 없어요. 저는 담배 연기
가 너무 싫어요." 마를렌은 딱 잘라 말했다. 얼음판이 깨지기 일
보 직전이라는 것을 직감했다. 그녀의 말이 점차 설득력을 획득
하면서 로버트의 안전장치는 반대로 무너질 위험에 처했다.

마를렌은 자기 손톱을 아리송하게 살펴봤다. "제 손톱이 뭐가
어때서요?"

로버트는 당황한 표정으로 그녀를 바라봤다. "진짜로 니코틴
때문이 아니라고요?"

그녀는 눈에 힘주고 버럭 화를 했다. "이건 제 베이스 코트라
고요."

릴리는 둘의 대화가 로버트에게 불리하게 흐른다는 것을 눈치
채고 다시 그를 거들었다. 그녀는 마를렌의 손을 잡았다. "윈터
씨가 틀린 소리를 한 건 아니라고 인정해야겠네."

"무슨 이유로?"

"색깔이 건강해 보이지는 않잖아."

마를렌은 그제야 자기 손톱 색을 자세히 들여다봤다. 그녀는 아무 말도 하지 않았다. 릴리가 말을 보태면서 저울이 로버트 쪽으로 기울었다. 하지만 로버트에게 중요한 건 그게 아니었다. 튀어 나갈 뻔한 공을 잡아준 릴리에게 고마울 뿐이었다.

"이 물건을 판 사람이 보는 눈이 없었나 봅니다." 그는 가슴을 펴고 자랑스럽게 말했다. 적어도 포즈는 당당해 보였다.

"그쪽 부인이었는데요." 로버트는 등골이 서늘해졌다. 소피아는 취향이 고급스러웠고 세부적인 안목도 남달랐다. 소피아가 마를렌 손톱의 베이스 커버 색을 권했을 리 없었다. 아니면 많이 팔고 싶은 욕심에 필요 이상으로 제품을 권했는지도 몰랐다. 순간, 자신이 소피아를 배신했다고 생각했다. 동시에 이 모든 것을 소피아를 위해 주최했을지라도, 자신의 원칙을 포기할 수는 없었다. 사실은 사실이다.

"제 손톱도 누런빛이에요?" 카렌이 물으면서 손을 로버트에게 뻗었다.

로버트는 조금 놀란 눈으로 손톱을 바라봤다. "같은 베이스 매니큐어를 사용하세요?"

"아뇨. 그런데 저는 가끔 담배 피우거든요."

마를렌이 카렌을 깜짝 놀라 쳐다봤다. "너, 담배 끊은 줄 알았는데."

"가끔이라고 그랬잖아." 카렌이 방어적으로 대답했다.

로버트는 카렌의 말에 공감했다. "저도 예전에 담배 피웠죠. 담배 끊는 게 얼마나 어려운지 잘 압니다."

릴리가 웃었다. "윈터 씨에게도 그런 허술함이 있어요?"

사실 담배는 오래전 이야기였다. 소피아는 담배 피우려면 정원으로 나가라고 했고, 그게 어느 순간부터는 귀찮아져서 담배를 끊었다고 말했다. "그런 적이 있었죠. 아주 오래전 일인데 기억이 생생하네요."

세 여자의 웃는 얼굴이 눈에 들어왔다. 카렌조차도 입꼬리를 올리고 웃고 있었다. 굳이 눈치채지 않아도 모임이 갑자기 화장품 모임이 아니라 개인 친분 모임이 된 분위기라는 것을 알 수 있었다. 로버트는 사적이고 소소한 이야기가 분위기에 얼마나 큰 영향을 미치는지 느끼곤 깜짝 놀랐다. 그제야 긴장이 풀린 그는 편안함을 느꼈다. 그는 화장품이 담긴 캐리어로 가서 말했다. "자, 당신에게 어울리는 제품을 우리 함께 찾아봅시다."

로버트는 마를렌과 카렌에게 작별 인사를 하고 릴리와 함께 현관문으로 향했다. 거실에서 두 여자가 웃고 떠드는 소리가 들렸다. 아마 로버트가 진행한 화장품 파티에 대해 이런저런 이야기를 하고 있을 것이다. 최소한 그는 가져온 제품들 속에서 두 여자에게 어울리는 매니큐어를 찾아주었다. 그것만으로도 완전한 실패의 치욕에서 벗어날 수 있었다.

"제가 할 말은 딱 하나예요. 얼굴에 철판을 까세요. 화장품 파티에서 항상 규범과 예의를 따르지는 않아요."

로버트는 믿을 수 없다는 듯이 릴리를 봤다. "규범과 예의요? 프로세코를 세 병 마시지 않은 것만으로도 다행입니다."

"당신은 정말 매력적이죠. 에이본 고객 중에는 싱글이 정말 많아요." 릴리는 가볍게 웃으며 말했다.

"안타깝게도 싱글들에게 실망을 안겨 주겠군요. 저는 그런 데 관심이 없습니다." 로버트는 단호하게 대답했다.

이 말에 릴리는 웃음을 거두었다. 그의 말이 릴리를 불편하게 만든 게 확실했다. "죄송해요, 부적절했네요." 릴리는 당황하며 사과했다.

로버트는 자신의 단호한 말투에 화가 났다. 릴리는 말 그대로 이해와 배려의 화신이었다. 오후 시간을 통째로 내주어 로버트는 감동하고 있었다. 그런 사람에게 감사가 아닌 죄책감을 안겨주는 건 정말 도리가 아니라고 생각했다. 이렇게 가버릴 수 없어서 현관문을 코앞에 두고 분위기를 바꾸려 뭐든 하려 했다. 그는 그녀에게 웃음을 보였다. "정말 감사합니다. 이제야 제가 어디 서 있는지 알게 되었습니다. 밑바닥에서 멀지 않은 곳이라는 걸요."

"무슨 말씀이세요. 윈터 씨 정말 잘하셨어요. 첫 번째 파티인걸요."

로버트는 웃었다. 말 한 마디 한 마디가 정말 고마웠다. 물론 해야 할 일을 생각하면 초조해지기도 했다. "다음에는 주변에 폐를 덜 끼치도록 하겠습니다."

릴리는 그를 격려하고 싶었다. "윈터 씨는 쉽게 포기하는 사람이 아니라고 저는 믿어요." 릴리는 무조건 확신했지만, 로버트그렇게 확신할 수 없었다.

거실에서 웃음소리가 들렸다. 카렌이 티트리 오일 알레르기

증상에 대해 말하는 것 같았다. 이제 작별 인사를 할 시간이다.

"감사했습니다."

"뭘요." 릴리는 손을 흔들면 말했다. 이건 질문이 아니었다. 그녀는 기꺼이 로버트를 도왔다.

릴리가 문을 열고 다시 인사했다. "곧 다시 봬요, 윈터 씨."

주차된 곳으로 가는 길에 로버트는 차고에 있는 미니쿠퍼를 보았다.

"세차는 아직입니까?" 어깨 너머로 외쳤다.

"글쎄, 돈 낭비라니까요. 오늘도 비 온다고 했어요." 릴리는 이렇게 말하고 현관문을 닫고 들어갔다.

로버트는 그녀를 보고 웃으면서 고개를 저었다. 세차에 관한 농담은 두 사람에게 놀이가 되어가고 있었다. 둘만이 이해하는 세계였다. 마음에 들었다.

10

로버트는 집에 들어오자마자 에이본 제품이 담긴 캐리어를 구석으로 힘껏 내쳤다. 오늘은 할 만큼 충분히 했다. 그는 마땅히 누릴 수 있는 저녁 시간을 즐기고 싶었다. 커피를 홀짝이면서 TV 리모컨으로 아무 생각 없이 채널을 돌리는데, 카탈로그와 브로슈어가 마치 마법처럼 눈앞에 아른거렸다. 파티에서 처참한 실패를 맛본 그는 편히 쉴 수 없었고, 오늘 일은 자신의 명예에 누가 된다고 생각했다. 물론 스스로가 훌륭한 영업사원이 아니라는 것은 잘 알고 있지만, 그래도 부족한 점은 최선을 다해 보완해야만 한다. 로버트는 TV를 끄고 리모컨을 내려둔 채 오늘 새벽에 공부했던 자리로 갔다. 가장 먼저 오늘 소개한 크림에 티트리 오일 성분이 포함되었는지 알고 싶었다. 크림의 첨가물과 유효성분을 자세하게 확인하고 있을 때, 초인종 소리가 들렸다. 올 사람도, 올 택배도 없었기에 무시하기로 했다. 하지만 방해꾼은 멈추지 않고 미친 듯이 벨을 눌러댔다. 그는 힘겹게 자리에서 일어났다. '잠깐만, 혹시.' 그가 생각했다.

"사과파이 가져왔어요."

바스티였다.

너무 놀라 무슨 대답을 해야 할지 몰랐다. 하지만 그가 할 말을 찾아내기도 전에 바스티가 신나게 떠들기 시작했다.

"어제 파이를 구웠는데 데니스가 또 다이어트를 한다잖아요." 그러면서 눈을 요리조리 굴리며 시선을 피했다. 파트너가 체중 감소를 한다는 거에 별 흥미가 없어 보였다.

로버트는 사과파이로 눈을 돌렸다. 코로 올라오는 냄새가 정말 유혹적이었다. 그러고 보니 오늘 종일 아무것도 먹지 않았다는 걸 깨달았다. 뭐라도 만들어 먹을까 했는데 그럴 필요가 없겠다. 사과파이 한 조각 정도는 그리 나쁘지 않을 것 같았다. 그는 사과파이를 좋아했다.

"데니스는 몸짱이 되고 싶은가 봐요, 곧 승진하거든요." 바스티가 말했다. 그게 맘에 들지 않나 보군. 바스티가 체지방이라고는 1그램도 없는 체형이라는 걸 참작한다면, 왜 그렇게 생각하는지 궁금해졌다. "살 좀 빼도 괜찮죠."

바스티는 다르게 생각하는 것 같았다. 그는 아주 심하게 고개를 저었다. "저는 좀 통통한 게 좋다고요."

이건 완전히 취향의 문제였다. 로버트는 이 문제로 그를 괴롭히고 싶지 않아 접시를 받았다. "고맙습니다. 좋은 저녁 시간 되세요." 하지만 바스티는 접시를 놔주지 않았다. 로버트는 이웃이 수다를 끝내고 싶지 않은 것 같아 두려웠다. 예상은 정확했다.

"데니스가 승진해서 그 직책을 맡으면, 일을 더 할 거라고요."

"그게 문제예요?" 로버트는 이야기에는 관심이 없었고 둘 사이에 놓인 접시만 바라봤다. 그의 목표는 바스티를 가능한 빨리 집으로 돌려보내고 집 안으로 사라지는 것이었다. 당연히 사과 파이와 함께 말이다. 바스티는 힘들어 보였다.

"종일 이 황무지에서 혼자 지내요. 그런데 저녁에도 그렇게 보내라고요?"

"뭘 바라는 거예요? 제가 그쪽하고 놀아주길 바라요?"

"무슨 뜻인지 잘 아시잖아요. 그쪽도 종일 혼자 지내시는데."

"저는 혼자가 정말이지 너무 좋습니다." 로버트는 바스티가 이 말이 무슨 뜻인지 알아채기를 바랐다. 지금쯤이면 벽을 맞고 튕긴 테니스공처럼 그 신호가 그에게 전달되었을 것이다. 하지만 바스티는 이 공이 진흙으로 만들어졌다고 생각하는 것 같았다. 말의 신호는 찰흙처럼 찰싹 벽에 붙어 있었고 로버트는 아무 말도 하지 않고 생각에 빠졌다.

"그렇게 말하지 마세요. 누구나 최소한의 인간관계는 필요해요."

신음이 나왔다. 지금까지 무한 반복으로 행해진 답 없는 대화는 이에 비하면 아무것도 아니었다. 더 위협적이다. 이 사람, 시나리오 작가라고 하지 않았나? 시나리오의 대사는 도대체 어떻게 쓰는 걸까? 로버트는 사과파이를 쳐다봤다. 입안에 군침이 돌았다. 바스티가 들고 있는 접시를 확 잡아채고 코앞에서 문을 닫아버리는 것도 하나의 선택이다. 하지만 이는 로버트가 생각하기에도 너무 무례하다. 그가 이웃을 어떻게 처리해야 할까 생각하고 있을 때, 갑자기 아이디어가 하나 떠올랐다.

"에이본 뷰티 컨설턴트라고요?" 바스티는 함께 거실로 들어오면서 믿을 수 없다는 듯이 큰 소리로 말하더니 그를 놀리기 시작했다. 로버트는 그가 놀리든 말든 사과파이를 한 입 더 먹었다. 냄새만으로도 맛이 좋을 것 같더니 정말 맛있었다. 계피 향기에 오후에 만났던 마를렌이 떠올랐다. 그녀가 어린 시절 먹었던 계피를 뿌린 오트밀도 기억났다. 로버트 자신도 어린 시절 먹었던 음식이었다.

"이유는 묻지 마세요. 과거는 과거로 묻어두고, 화장에 대해서 좀 아세요?" 로버트는 사과파이를 먹으면서 대놓고 질문했다.

바스티는 얼굴을 찡그렸다. "제가 화장에 대해 잘 알 것처럼 보여요?"

"그거야 모르죠. 하지만 그쪽은 항상 뭐든 잘 알고 있으니까요." 적합한 목소리와 억양이 맞아떨어졌다. 바스티가 부드러워졌다. 바스티의 비위를 잘 맞췄다.

"그렇기는 하죠. 조금 알기는 해요. 친구들에게 이런저런 필요한 정보를 알려주기도 하죠."

로버트에게 희망이 생겼다. "조금 안다고 말하지만, 분명히 저보다 더 잘 알고 있겠죠."

"정확하게 뭘 알고 싶은데요?"

"기본 베이스부터 시작해봐요. 파운데이션, 아이라이너, 립스틱 같은 거요."

"정말 별거 아니에요. 마법 부리는 것도 아니고."

로버트는 만족했다. 이웃과 쓸모 있는 이야기를 할 수 있게 되었다. 자리에 앉으라고 손짓했다.

"많이 알면 알수록 좋지요. 앉으세요. 커피를 새로 내리겠습니다."

하지만 바스티는 그다지 흥미를 보이지 않았다. "다른 거 없어요? 프로세코는 어때요?"

그 단어가 귀에 꽂혔을 때, 바스티야말로 이 분야에 대해 설명해줄 좋은 강사라는 확신이 들었다.

하지만 30분 정도 지나자, 로버트는 술에서 깬 듯 정신이 번쩍 들었다. 바스티는 생각보다 전문지식이 거의 없었다. 어떤 순서로 화장을 하는지 한 번 설명한 게 전부였다. 하지만 그마저도 확신하지 못했다. 정말 중요한 세부 사항들에 대해서는 바람 빠진 공갈빵 같았다. 대신 묻지도 않은 데니스와의 결혼 생활을 끝없이 얘기해댔다. 로버트는 마치 수다 떨기 위해 뜨개질 모임에 온 사람들에게 화장품과 메이크업에 대해서 얘기해보라고 부추긴 것만 같았다.

사실, 로버트는 프로세코가 없어서 화이트 와인인 리슬링을 내왔다. 바스티가 화이트 와인 세 잔을 다 마시고 나서, 잔에 코를 대고 향을 맡더니 산도가 너무 강하다고 투덜거렸고 로버트는 사과파이를 너무 많이 먹었다고 생각했다. 로버트는 바스티와 문 앞에서 인사한 뒤 나머지 저녁 시간은 인터넷에서 메이크업 영상을 보기로 마음먹었다.

다음 날 아침, 로버트는 에이본 주문 전화의 자동 응답 안내로 영업시간을 세 번이나 안내받았다. 전날 밤 기분 좋게 잠자리에 들었다. 유튜브로 찾아본 영상은 정말 큰 도움이 되었다. 새로운 영상 클립을 찾아볼 때마다 로버트는 확실하게 틀을 세워갔다. 마침내 마스카라를 아래에서 위로 올리되 왜 지그재그로 발라야 하는지 알게 되었을 때 희열을 느끼기까지 했다. 불을 끄자마자 지금까지 미처 생각하지 못한 일이 떠올랐다. 소피아를 올해의 베스트 뷰티 컨설턴트로 만들고자 하는 그의 생각은 모든 판매 매출이 소피아의 관리 계정으로 계산될 때만 성공할 수 있는 일이다. 마지막에 중요한 건 누가 가장 많은 매출을 올렸는지다. 소피아의 사고 소식이 회사 관리부서까지 전달되었는지 아닌지는 모르겠지만 조만간 소피아가 아닌 그가 상품을 주문했다는 것이 알려질 것이다. 이런 이유로 그는 긴장한 채 전화기 앞에 앉아 있다.

로버트는 초조하게 시계를 봤다. 조금 있으면 오전 8시다. 8시가 돼야 상담원과 통화가 가능하겠지만 그래도 그는 전화를 걸었다. 본격적으로 업무가 시작되어 주문 전화로 상담원들이 바빠지면 온종일 통화가 불가능할 테니 무슨 일이 있어도 지금 연결이 되기를 바랐다. 그는 운이 좋았다. 8시가 되기 바로 직전이었는데, 상담원이 전화를 받았다.

"안녕하세요, 에이본 주문 상담원, 슈뢰더입니다. 무엇을 도와드릴까요?" 밝고 경쾌한 여자 목소리가 들려왔다.

로버트는 단도직입적으로 말했다. "안녕하십니까, 저는 윈터라고 합니다. 제 아내 일 때문에 전화했습니다."

"네, 윈터 씨." 상담원은 재빠르게 대답했지만, 반응이 뭔가 꺼림칙했다. 마치 자신을 아는 사람인 것처럼 들렸기 때문이다. 성급하던 발길질을 멈추고 뒤로 물러나 발을 가지런히 모으고 생각하기 시작했다. 무슨 말을 해야 할지 골똘히 집중하며 손으로 끄적거렸지만 어떤 말도 선뜻 나오지 않았다. 로버트가 계속 생각하던 차에 상담원이 불쑥 말을 꺼냈다.

"부인 소식 들었습니다. 진심으로 애도합니다."

로버트는 상담원이 겉치레로 하는 말이 아니라 진정성 있게 위로한다는 느낌을 받았다. 그러다 소피아의 소식을 어떻게 알게 되었는지 궁금해져 물어보려고 하던 차에 상담원이 먼저 알려주었다.

"샹통 씨가 비보를 전달해 주셨습니다."

로버트는 순식간 배가 뒤틀리는 것 같았다. 이 뻔뻔한 사람은 도대체 무슨 생각으로 이러는 걸까? 다른 사람에게 소피아의 비극을 전달할 권리를 누가 그녀에게 주기라도 했던가?

"제가 아직 처리하지 않았는데, 아내분의 계정은 빠른 시일 안에 삭제하도록 하겠습니다." 상담원의 말이 귀에서 울렸다.

"잠깐만, 멈춰요, 안 돼요!" 로버트는 반사적으로 전화기에 대고 소리 질렀다. 하지만 금세 후회했다. 무언가를 이루려면 흥분하지 말고 우선 심장박동을 느리게 해야만 했다. 하지만 상담원은 그를 미친 사람 취급하고 전화를 끊어버렸다.

"윈터 씨? 무슨 일 있으신가요?" 다른 상담원은 그를 거부하지 않고 오히려 걱정스러운 태도로 대했다. 그는 상담원을 바로 놀라게 하지 않았다. 우선 마음을 진정시켰다. 소피아의 계정이 바로 삭제되지 않았다는 사실도 다행이었다. 아직 늦지 않았다. 이제는 그가 소피아의 계정을 계속 사용하겠다고 어떻게 설득할 건지가 관건이었다. 로버트는 적어놓은 메모를 둘러봤다. 그는 한숨을 내쉬고 깊게 숨을 들이마셨다. 그러고는 메모를 옆으로 치웠다.

"제 아내는 올해의 베스트 에이본 컨설턴트가 되기로 목표를 설정했죠."

"맞습니다. 소피아와 저는 거기에 대해 많은 이야기를 나눴어요. 올해 결승선에 오르기는 했는데…. 분명 그 상을 받았을 거예요."

상담원은 소피아에게 호감 어린 감정이 있는 듯했다. 소피아의 편인 것 같았다. 로버트는 이 점을 이용해야 했다. "여전히 그 목표를 달성할 수 있습니다." 그가 말했다.

"제가 이해를 잘 못한 것 같은데요, 누가 달성할 수 있다는 거죠?"

"제 아내요."

전화 반대편에 침묵이 흘렀다. 상담원은 아마 그를 미쳤다고 생각할 것이다. 일관성 있는 설명이 시급했다. 아주 빠르게 답했다. "저의 도움으로 말입니다. 제가 돕고 싶어요." 신속하게 한마디 더했다.

"아, 그래요? 혹시 에이본 뷰티 컨설턴트이신가요?"

전화기로 컴퓨터 자판 치는 소리가 들렸다. 파일을 찾고 있는 것 같았다.

"선생님의 계정이 존재하지 않는 것 같은데요."

"그러니까, 말하자면, 저는 컨설턴트는 아닙니다. 아니요. 그렇다고 아니라고 하지도 못하겠고, 그러니까…." 핵심을 정확히 짚어 명확하게 표현하는 건 그에게 어려운 일이 아니었다. 상담원이 아무것도 할 수 없다고 유감이라며 거절할까 봐 두려웠던 걸까?

"윈터 씨? 전화 안 끊으셨죠?"

"물론이죠."

"그럼 계정을 새로 만들어 드릴까요?"

로버트는 깊게 숨을 내쉬었다. 그건 아무 소용이 없다. 그는 자신의 그림자에서 나와 솔직하게 말해야 한다. 그렇지 않으면 이 통화는 바스티와 나누는 대화처럼 시간만 낭비하고 아무 쓸모없는 논쟁이 되고 말 거다. 이 상담원을 설득하려면 모든 것을 한 장의 카드에 담아 상담원의 마음을 단번에 사로잡아야 한다. 그는 깊고 길게 심호흡했다.

"제가 많은 이야기를 해야 할 것 같습니다. 그러면 이해하실 수 있을 거예요." 그는 머뭇거리다 이렇게 운을 띄우고 말을 하기 시작했다. 깊은 상실감, 슬픔을 이겨내려는 온갖 노력, 소피아의 꿈을 대신이라도 이루고 싶은 희망, 그리고 승리가 가당치 않은 월마 샹통에 대한 혐오까지 로버트는 모든 슬픈 이야기를 전했다. 이런 이야기를 하는 게 전혀 익숙하지 않았다. 사연을 다 털어놓고 나니 수화기에는 침묵만이 흘렀다. 상담원이 전화를 끊었다고 생각했다. 하지만 이내 아주 작게 훌쩍거리는 소리가 들렸다.

"윈터 씨, 제가…. 제가 무슨 말을 해드려야 할지 모르겠어요." 상담원의 목소리는 사무적이 아니라 깊게 감명을 받은 것처럼 들렸다. 로버트는 자기 생각을 바로 제안했을 수도 있었다. 하지만 충동적인 마음을 억제하고 상담원에게 생각할 시간을 주었다.

"제가 기꺼이 도와드릴게요. 아내분 계정을 계속 사용하셔도 됩니다. 고인이 되신 분의 남편이잖아요."

로버트는 아침부터 얼굴도 모르는 사람에게 솔직하게 말하는 것이 뼛속까지 어색했지만, 안도감과 설렘을 동시에 느꼈다. "고맙습니다." 이 말 외에는 입이 떨어지지 않았다.

"윈터 씨, 제가 하나 제안해도 될까요? 관심이 있으시다면요."

"무슨 말씀이시죠?"

"제가 어제 제 담당인 컨설턴트하고 전화했는데 건강상의 이유로 일을 그만둬야 한다고 하네요."

"안타깝네요." 로버트는 상담사가 왜 이 말을 꺼내는지 생각해봤다.

"고객을 인수하시는 건 어떨까요?"

로버트는 너무 놀랐다. 생각보다 상황이 좋게 풀리고 있다.

"그렇게만 된다면 당연히 좋겠죠…. 안 할 이유가 뭐 있겠습니까?" 그는 예상치 못하게 고객이 늘어나 기뻤지만, 환호할 수는 없었다. 결국 진지한 목소리로 대답했다.

"아주 좋아요. 그럼 이 사항을 바로 전달할게요. 오늘 오후에 예정된 화장품 파티부터 맡아 진행하셔도 돼요."

로버트는 갑자기 숨이 막혔다. "화장품 파티요?"

"제가 그분에게 대신 진행할 사람을 찾으라고 제안했거든요."

머리에서 와장창 뭔가가 부서지는 소리가 나는 것 같았다. 이마에 땀방울이 맺혔다. 시간상 너무 일렀다.

"오늘 오후라, 잠시만요, 일정을 확인해봐야 합니다." 로버트는 거짓말이 싫었다. 특히 선의를 베푸는 사람들에게 거짓말하는 건 더욱더 싫었다.

"안타깝게도, 샹통 씨가 이 그룹에 아주 관심이 많아요." 그녀의 침묵은 의미심장했다.

"윈터 씨께서 결정하는 데 이 정보가 도움이 될까요?"

이럴 수가! 로버트가 경쟁자의 이름을 들었을 때, 마치 긴 사우나 끝에 차가운 물에 뛰어 들어간 것 같았다. 충격은 순간이지만, 모든 감각이 순식간에 최고조에 달한다. 다른 한편, 그가 초보라는 건 너무 명백한 사실이다. 많이 배워야만 한다. 첫 번째 실전 화장품 파티에서 바보 취급당할 것이 뻔했다. 그럼에도 위험을 감수해야만 한다. 월마 샹통이 고객을 낚아채서 잘난 척하는 꼴을 볼 수만은 없었다.

로버트는 하늘을 올려봤다. 솜뭉치 같은 구름이 지나간다. 태양이 얼굴을 비추니 따뜻하다. 모든 것이 완벽하다. 긴장된 신경

이 나른하게 진정되는 것이 느껴졌다. 오전 내내 릴리 피셔와 통화하려 했지만, 소용이 없었다. 그는 오후에 펼쳐질 일을 생각하지 않으려 홀로 안간힘을 쓰고 있었다. 모든 것을 포기하기에는 너무 멀리 와버렸다. 아침에 통화한 상담사에게 다시 연락해 모든 것이 오해였고 자신은 에이본 뷰티 컨설턴트가 되려는 생각이 전혀 없으며, 화장품 파티를 주관할 마음은 추호도 없다고 말할 수는 없었다. 그러는 사이 릴리가 전화를 걸어왔다. 타이밍이 기가 막힌다. 릴리는 다소 정신없고 복잡하지만 타이밍만큼은 언제나 탁월했다. 로버트는 그녀가 보내는 격려와 응원을 마치 굶주린 강아지가 소시지를 삼키듯 넙죽 받았다. 그녀와 통화를 하고 한 시간 정도 지났다. 로버트는 법원 앞 작은 공원 벤치에 앉아 기다리고 있다. 릴리는 휴정 시간 동안 잠깐 만나 커피를 마시자고 제안했다. 로버트는 시내가 너무 시끄럽고 복잡해서 자주 나오지 않는 편이었다. 검은 법복을 입은 릴리가 테이크 아웃 커피 두 잔을 손에 들고 다가오는 모습이 인상적이었다.

"윈터 씨! 정말 멋지게 변하고 있네요." 릴리는 저 멀리서부터 그를 부르며 기쁘게 말을 했다. 로버트는 고개를 들어 릴리를 위아래로 보며 말했다. "완전히…. 다르게 보이네요."

릴리가 웃었다. "전부 검은색이죠."

"평소 스타일과 다르지만 잘 어울립니다."

릴리가 커피잔 하나를 그에게 내밀었다. "밀크커피 괜찮아요?"

맘에 들지는 않았지만, 로버트는 굳이 말하지 않았다. 커피에 관해서 그는 취향이 확고했다. 예를 들어 커피 조금에 우유 많이 넣은 커피는 좋아하지 않았다.

"재판이 까다로웠나요?" 그가 물었다.

릴리는 탐탁지 않은 듯 신음했다. "사건은 사실 아주 명확해요. 하지만 변호사가 언제나 뭔가 새로운 걸 들고 와서 저를 힘들게 하죠." 둘은 벤치에 나란히 앉으며 이야기를 이어갔다.

"변호사가 거짓말을 하는지 아닌지 어떻게 알 수 있나요? 입술을 움찔거리기라도 하나요?" 로버트가 질문했다.

릴리는 크게 웃었고, 그도 미소를 멈출 수 없었다. 이건 자신의 농담 때문이 아니라 그녀의 모습 때문이었다. 그녀의 유쾌한 에너지가 다시 전달되었다. 그러다 그녀는 다시 진지한 태도로 질문했다. "제가 부탁한 물건 다 챙겨 오셨나요?"

로버트는 벤치 옆에 두었던 화장품 캐리어를 열었다. "물론이죠."

"지금까지 메이크업에 대해 얼마나 알고 있나요?"

로버트는 슬픈 작은 강아지처럼 그녀를 바라봤다. "인터넷에서 배웠습니다. 어디에 무엇을 사용하는지 정도요. 하지만 그걸 어떻게 직접 해보나요? 마스카라는 항상 위에서…." 그는 바로 말을 멈추고 말을 고쳤다. "아니, 아래에서 위로 발라야 하죠."

"그 정도면 괜찮아요." 릴리가 웃으며 손목시계를 봤다. "서둘러야 해요." 그녀는 이 순간에서 다음 순간으로 가는 스톱워치를 누른 것 같았다. "거울 주세요." 그녀는 수술실의 외과 의사처럼 그에게 손을 내밀었다.

로버트는 소피아가 오랫동안 사용한 메이크업 거울을 건넸다. 그러자 릴리는 아침이면 늘 하는 화장 단계를 설명하기 시작했다. 로버트는 집중해서 들으며 적기까지 했다. 그녀는 화장하려면 얼굴에 크림을 바르는 것이 첫 번째라고 했다. 그녀는 이미 화장했지만, 자외선 차단 기능이 있는 프라이머를 달라고 해서 얼굴에 발랐다. 로버트는 학습 영상에서 프라이머가 나중에 하게 될 메이크업을 위한 기본 베이스라는 것을 외우고는 있었다. 하지만 지금까지 그가 본 것은 말 그대로 이론일 뿐이었다. 이론을 현실에 적용해서 화장품을 사용해본 적은 없었다. 운전 필기 시험을 통과했다고 해서 운전대를 잡고 길을 나설 수는 없는 법이다. 이제 로버트가 직접 해봐야 할 때였다.

그녀는 '이론보다 경험이다'라는 교훈을 언급하며 로버트에게 파운데이션을 발라보라고 했다. 로버트가 머뭇거리며 너무 많이 바르는 바람에 파운데이션이 흘러 검은 판사복에 묻었다. 하지만 컨실러를 바를 때 자신감을 얻었다. 릴리가 보여줬던 대로 손가락으로 눈 아랫부분을 톡톡 치며 발랐다. 마지막으로 파우더를 과하게 사용해서 릴리를 인형처럼 보이게 만들었다. 가장 커다란 도전은 마스카라였다. 양을 조절하지 못하는 바람에 마스카라가 뭉쳐 릴리의 속눈썹에 매달려 있었다.

"엄마, 저 아저씨 뭐 하는 거야?" 어디선가 꼬맹이의 말소리가 들렸다. 젊은 엄마와 어린 딸이 멈춰 서 있었다. 어린 소녀는 아이답게 호기심 가득한 눈으로 그들을 보고 있었지만, 엄마는 다소 혼란스럽다는 표정이었다. 판사복을 입은 여자와 나이 지

굿한 남자가 공원 벤치에 앉아 얼굴에 색칠 놀이라도 하는 건가? 로버트는 릴리와 터무니없는 장면을 연출하고 있다는 걸 잘 알고 있었다. 그들을 오해할 수밖에 없다는 걸 이해하고 있었다. 그녀는 아이를 당기며 서둘렀다. "어서 가자."

로버트와 릴리는 서로 보며 웃었다. 그는 클렌징 티슈로 릴리의 눈에 뭉친 마스카라를 닦아주었고, 돌연 릴리와 아주 가까이 있다는 것을 알아차렸다. 신체적인 접촉은 소피아를 빼고는 모두 어색하고 불쾌하기까지 했다. 하지만 지금은 조금 달랐다. 그는 릴리의 사교적인 모습이 좋았다. 심지어 아주 많이. 그래도 말 그대로 너무 가까이하고 싶지 않았다. 그녀가 오해하는 것은 더욱 원치 않았다. 그녀가 마치 그의 마음을 읽은 것처럼 메이크업을 마무리하기 위해 직접 손으로 립글로스를 바르는 방법을 보여주었다.

릴리는 화장을 고치기 위해 거울을 보고서 웃음을 참지 못했다. 이미 한 화장을 고친다고 화장을 계속 덧발랐지만 나아지지 않았다. 길 가다 지나가도 알아보지 못할 거라고 로버트조차도 인정했다. 그녀가 적극적으로 나서서 희생을 감수해준 것이 너무나도 고마웠다. 그는 여전히 이 분야의 전문가는 아니지만, 최소한 화장품 파티에서 살아남을 기회는 얻은 것 같았다. 그러면서도 어떤 고객도 자신에게 화장을 부탁하지 않기를 순간적으로 바랐다. 고객들에게는 그게 최선일 것이다. 릴리의 표정이 급작스레 진지해졌다. 뭔가를 발견한 것 같았다. 그녀의 눈길이 닿은 곳을 따라가 보니 양복 입은 남자가 다가오고 있었다.

"릴리!" 그 남자는 릴리를 재밌다는 듯이 보며 말했다.

"안녕, 패트릭." 릴리가 대답했다. 로버트는 눈에 띄지 않게 있었다. 릴리와 함께 있는 이 장면은 아주 괴상했다. 로버트는 그녀를 공공장소에 두고 화장한 얼굴에 화장을 덮어 이상하게 만들었다. 지나가는 사람들이 신기하게 쳐다봐도 별로 신경 쓰지 않았지만, 릴리를 아는 사람이 나타나자 창피해졌다.

"누군지 소개해야 할 것 같은데." 그 남자가 질문하면서 로버트를 유심히 봤고 로버트는 공격적인 시선으로 미소를 보였다.

릴리는 로버트를 가리켰다. "여기는 윈터 씨야, 에이본 뷰티 컨설턴트지." 그리고 그 남자를 소개했다. "여기는 제 남편, 패트릭이에요."

로버트는 단지 이 남자를 릴리의 오랜 지인이나 동료일 거로 생각했는데, 최악의 시나리오였다. 단순히 창피한 것만이 아닌 그 이상의 것이었다. 그는 릴리와 금지된 무엇인가를 하지 않았지만, 제때 옷장에 숨지 못해 패트릭 피셔가 릴리와 그를 잡았다는 느낌을 받았다. 로버트는 한치의 오해도 없고 질문도 없는 완벽한 설명을 찾으려 했다. "보신 것과는 다릅니다." 그는 바로 반박했다.

패트릭 피셔는 웃음을 터트렸다. "에이본 뷰티 컨설턴트라고요? 약 올리고 싶지 않지만, 제 아내는 전에 화장한 게 훨씬 더 예쁜데요."

"그게 핵심이야." 릴리가 끼어들었다.

"여보, 수수께끼 같은 말은 그만하고."

로버트는 릴리 말을 편들어야 한다는 절박함이 올라왔다. "저는 이 분야에 이제 막 발을 들인 초보입니다. 부인께서 저에게 유용한 팁을 주셨습니다."

하지만 이 말은 패트릭의 관심을 자극했다.

"팁이요? 어디에 도움이 되는데요?"

릴리는 그 자리에서 일어나 패트릭의 팔짱을 꼈다. "그건 좀 복잡해. 나중에 설명해줄게. 근데 당신은 여기서 뭐 하는 거야?"

"두 시간 정도 여유가 있어서 당신이랑 같이 점심 먹을까 했지." 그가 릴리의 어깨를 토닥이며 말했다.

"그럼 구내식당으로 가자." 릴리는 이렇게 말하고 패트릭을 데리고 갔다. 그가 등장한 후, 릴리가 모든 면에서 긴장하는 게 너무나 빤히 보였다. 얼굴에서 유쾌한 기색이 한순간 사라졌다. "그럼, 안녕히 가세요, 윈터 씨. 행운을 빕니다." 그녀는 걸어가면서 큰 목소리로 인사했다.

하지만 패트릭은 함께 걷다가 그녀에게 멈추라고 했다. 그는 몸을 돌려 로버트를 쳐다봤다. "같이 가지 않을래요? 여기 구내식당 스튜는 별 다섯 개 맛집 수준입니다."

로버트가 제안을 거절하기도 전에 릴리가 먼저 나섰다. "윈터 씨는 그럴 시간 없어. 화장품 파티 가야 해."

"그럼, 잘하시고요!" 패트릭이 말했다. "다음에 제 아내를 이렇게 본다면, 윈터 씨가 엄청 급하게 뭔가 필요했다고 생각하겠습니다." 그는 웃으며 뒤로 걸었다.

"빨리 가자." 릴리가 그를 잡아당겨 앞으로 밀었다.

로버트는 공원 벤치에 잠시 앉아 그들이 건물 안으로 들어갈 때까지 기다렸다. 그렇다. 오늘 화장품 파티가 있다. 하지만 아직 몇 시간은 있어야 한다. 맛있는 스튜 요리를 먹을 시간은 충분했다. 릴리가 왜 거짓말을 했는지 궁금했다. 그러나 이유를 찾는 건 포기했다. 분명 그럴 만한 이유가 있을 테니까.

11

"제 피부톤은 어떤가요?" 마비스 슈미트가 물었다. 로버트는 대답을 찾느라 정신없이 허우적거렸다. 어떻게 이런 곤경에 스스로 빠져들었을까? 다음으로 배워야 할 교훈이다. '모를 때는 입을 닫아라!' 하지만 그는 떠벌이 범생이처럼 '피부톤'이라는 단어를 떠들어댔다. 계절에 따라 피부톤을 구분한다는 걸 기억했기 때문이었다. 하지만 마비스 슈미트에게 이 개념은 아무런 도움도 되지 않을 것 같았다. 왜냐하면 '피부톤'이라는 개념은 이 세상에 백인 말고도 다른 피부색의 인종이 있다는 매우 중요한 사실을 깡그리 무시한 개념이기 때문이었다. 마비스 슈미트는 세계 인구의 다수를 차지하는 피부톤을 가진 여자였다. 그녀는 흑인이었는데, 로버트는 그녀보다 더 어두운 피부를 가진 사람을 본 적이 없었다. 첫 번째 실전 화장품 파티에 함정이 있을 거라 예상은 했다. 파티 호스트인 마비스는 초면이지만 매력적이고 좋은 사람 같았다. 부모님이 가나 출신이지만 자신은 독일에서 태어나 독일에서 자랐다고 말했다. 하지만 로버트는 제대로 듣지 못했다. 때마침 좋은 날씨에 마비스는 정원에서 파티하자고 제안했고, 로버트는 소개할 상품을 야외 테이블에 진열하면서 이번 화장품 파티에서 창피당하지 않고 살아남을 방법만 생각하고 있었다. 이 상황에서 벗어나기 위해선, 비록 나쁜 마음이지만, 어떤 식으로든 비아냥거려 마비스 슈미트를 약 올리는 방법도 있다. 그는 준비된 화장품 샘플 캐리어에 그녀에게 어울릴 만한 색조 화장품이 없다는 걸, 굳이 확인하지 않아도 잘 알고 있었다.

"윈터 씨? 저는 어떤 피부톤인가요?" 마비스는 엄격하지만 멋진 역사 선생님처럼 반복해서 질문했다. 그녀의 날카롭게 빛나는 권위적인 모습은 정원에서 진행하던 화장품 파티의 분위기를 압도했다. 모든 참가자가 마치 이번 문제만 맞히면 백만 달러 상금을 타는 퀴즈쇼의 마지막 대답을 기다리는 것처럼 로버트를 쳐다봤다. 마비스와 다른 고객 두 명이 앉아 있는 그네 의자만이 삐걱거리며 정적을 깼다. 그는 아주 잠시 전임자가 이 그룹을 포기한 것은 건강상의 이유가 아닐 수도 있다고 생각했다.

"저는 가을 타입이라 추측합니다." 그는 주저하다 대답했고 자신감이 없다는 게 목소리에서 느껴졌다. 이 대답은 의심을 잠재우는 것이 아니라 오히려 더 의심을 크게 불러일으킬 것이 뻔했다. 말 그대로였다. 마비스의 표정이 정말 많은 것을 말했다. 그녀는 대답이 맘에 드는 것 같지 않았다. "추측한다고요?" 그녀는 못마땅한 마음을 고스란히 드러내며 되물었고 로버트는 충분히 이해할 수 있었다. 하지만 이내 마비스는 앞에 서 있는 로버트를 전문가로 존중했다. 로버트는 어떤 식으로든 질문에 대답해야 하기에 조금 천천히 접근하기로 했다.

"좀 더 자세히 말하자면, 무엇보다 따뜻하고 어두운색이라고 할 수 있습니다."

로버트의 말이 채 끝나지도 않았는데 마비스가 날카롭게 반격했다. "뭐, 어두운색이요?" 어떤 질문의 여지도 없는 목소리였다.

로버트는 떨리는 눈으로 그녀를 바라봤다. 그는 아무 말도 하지 못하고 있었다. 어떤 뱃사람이 와서 자신의 혀로 매듭을 묶어놓고 간 듯했다. 묶인 매듭을 풀려고 애쓰면서 동시에 탈출구를 찾아 마음속으로 색상표를 열심히 넘겨 봤다. 마침내 그는 적당한 말을 다시 찾아냈다. "흙갈색이나 황토색이랄까요." 그는 열성을 다했다.

마비스는 눈 하나 깜빡하지 않았다. 반면에 다른 여자 고객들은 킥킥거리며 손으로 입을 가리고 귓속말해서 로버트는 더 불안해졌다. 번뜩 자신을 구원할 아이디어가 떠올랐다. 릴리 피셔는 립스틱 대신 립글로스를 선호한다고 했다. 거기에 대해 로버트는 에이본 카탈로그에서 많은 정보를 얻었는데, 그 과정에서 본 신상품이 자신을 곤경에서 벗어나게 할 것 같았다. 그것은 바로 강렬한 색상에 광택을 더 도드라지게 보여주는 새로운 립글로스 라인이었다. "특히나 강렬한 붉은 톤의 고광택 립글로스가 정말 잘 어울릴 겁니다."

마비스는 그를 못마땅하게 쳐다봤다. 그녀는 그의 제안으로 설득되지 않았다. "빨간색으로 얼굴을 칠하라고요?" 어이없다는 듯이 되물었다.

일부러 오해하는 건가? 아니면 잘난 척을 하고 싶은 건가? 공감되든 안 되든 그녀에 대한 불만이 점점 커졌고, 그녀의 무례한 말투를 지적하고 싶은 마음이 목구멍까지 올라왔다.

"얼굴이 아니라 입술에요." 로버트는 감정을 억누르고 단호하게 말하면서 무게 잡고 립글로스를 내밀었다. 하지만 마비스는 자신이 원하는 선물이 아니라는 것을 알아버린 심술쟁이 아이처럼 팔짱을 끼고 있었다. "저는 립글로스를 원한 게 아니에요. 파운데이션이 필요해요."

로버트는 짜증 어린 신음이 나올 뻔한 것을 참았다. 그는 더는 자신의 감정을 통제할 수 없을 것 같았다. 마비스 슈미트는 그를 머리 꼭대기까지 화나게 했다. 하지만 그녀는 여기서 멈추지 않았다.

"파운데이션이요. 그게 문제가 돼요?" 그녀는 도발적으로 말했다. 로버트를 의도적으로 구석으로 몰아세우고 있다. 마비스 슈미트는 질문이 아닌 심문을 했다. 진실로 그가 정확하게 대답해주는 것을 원했던 걸까? 로버트는 밀당과 눈치 게임에 지쳤다. 그 자리에서 바로 내쫓긴다 해도 더 이상 상관없었다. "네, 문제가 됩니다." 그는 딱 잘라 말했다. "저희 제품은 고객님의 피부에…." 마비스 양쪽에 있는 여자가 대놓고 웃기 시작해서 그는 멈추고 말았다. 하지만 마비스는 여전히 심각한 표정을 하고 있었다.

"제 피부가 문제라는 거예요?" 그녀는 따지듯이 물었고 목소리는 있는 대로 짜증이 올라온 듯했다.

"그게 아니라 색상대조표로도 어쩔 수가 없네요. 고객님께 적합한 제품이 하나도 없습니다."

"왜 없어요?"

"까만 피부 맞춤형이 없습니다."

그는 더는 참지 못했다. 마비스 양옆에 있는 여자 둘은 콧소리를 내어가며 웃음을 참았다. 놀랍게도 마비스는 그를 보며 사악한 미소를 보였다. 로버트는 마비스 안에 잠든 악마를 깨웠다고 생각했다. 그의 평소 유머 스타일은 딱히 아니었지만, 어느 정도는 긴장감이 풀어지면서 기분 나쁜 장난에 웃음을 보일 수 있었다.

마비스가 그를 보며 활짝 웃었다. "제가 화장품 파티를 주최한 게 처음이 아니에요. 파운데이션은 괜찮고요, 새로 나온 립글로스는 정말 맘에 드네요."

로버트가 듣고 싶었던 말이었다. 여기저기 주문이 들어왔다. 그는 오늘 지나면 릴리 피셔에게 전화를 걸어 립글로스에 대해 팁을 주어 고맙다고 인사해야겠다고 바로 맘먹었다. 다른 한편으로 마비스 슈미트가 마음속으로 어떤 다른 생각을 하는지 생각하니 기분이 조금 달라졌다. 이건 인간의 기본권에 관한 것이었다. "자, 농담은 제쳐두고. 윈터 씨, 백인 중심의 세상에서 살아가는 게 얼마나 좌절감이 드는 일인지 제 입장에서 생각해볼 수 있는 기회가 됐을까요?"

로버트는 너무 놀라 생각에 잠겼다. 마비스 슈미트 말이 맞았다. 그녀가 유머로 넘긴다고 해도, 독일에 사는 흑인 여성이 자기 뜻대로 피부색에 맞는 화장품을 구하는 건 쉽지 않았다.

"시대는 바뀌고 있어요. 이제는 제품을 확장해야 해요. 아주 다양하게요."

로버트는 그녀가 화내지 않고 말해서 마음에 들었다. 그녀의 조언은 매우 유용하고 현명해서 따르는 것이 좋다고 판단했다. 그는 이 주제를 에이본 본사에 건의하겠다고 마음먹었다.

숨겨져 있던 의도가 이렇게 드러나자, 긴장이 조금씩 풀렸다. 고객들의 얼굴도 모두 편안해졌다. 그는 조금 더 나아가 농담까지 던졌다. "이런 걸 블랙 유머라고 하죠, 그렇죠?" 그는 재미있게 말했다.

여자들이 명령이라도 받은 듯 조용해졌다. 이제야 익숙해진 시끄러운 TV의 전원 플러그를 누군가 뽑은 것 같았다. 로버트는 움찔했다. 그는 넘지 말아야 할 선을 넘어버렸다. 마비스 슈미트는 언제든 그의 목덜미를 잡아다 문밖으로 내쫓으려는 듯 그를 보고만 있었다. 로버트는 그녀가 그와 농담하는 건지 아니면 진지하게 말하는 건지 그녀의 표정을 읽으려 애썼다. 하지만 그녀는 자신의 표정을 숨기는 데 능숙했다. 어떤 생각도 읽히지 않았다. 그녀는 분명 배우를 해도 성공했을 것이다. 충분히 매력적이었다.

"블랙 유머라고요? 이게 웃겨요?" 마비스는 이렇게 말하고는 엑스레이 기계로 투시하듯 그를 쳐다봤다. 그녀는 낱낱이 속을 들여다보고 있는 게 분명했다. 이번에는 그녀가 상처 입었다고 생각했다. 로버트는 어떻게 사과해야 할지 고민하는데 갑자

기 마비스의 얼굴이 다시 밝아졌다. "생각보다 더 실없는 양반이
네." 그녀는 웃기다는 듯이 외쳤다.

첫 번째 화장품 파티는 그의 예상과는 조금 달랐지만, 로버트
는 그 자체로 만족했다. 고객들은 그를 좋아했다. 마비스가 유
독 그를 좋아했다. 특히나 로버트가 그녀의 그룹을 인수해서 기
뻐했다. 그는 다른 컨설턴트와 다르게 새롭다고 했다. 다른 뷰티
컨설턴트는 가능한 많은 제품을 보여주면서 늘 비슷한 설명과 진
부한 멘트로 지루했던 터였다. 판매 면에서도 로버트의 기대 이
상이었다. 마비스 슈미트가 풍기는 긍정적인 분위기는 고객들의
판매를 자극했다. 파티는 이미 한 참 전에 끝났는데 여전히 웃고
떠들고 있었다. 마침내 제품을 정리하고 가방을 챙기고 있을 때
그의 뒤에서 아주 익숙한 목소리가 들렸다.

"로버트?" 그는 고개를 돌렸다. 카를 슈미트가 놀란 얼굴을
하고 있었다. 카를은 로버트와 같은 세무 공무원이었고 한때 같
은 사무실에서 일하기까지 했다. 소피아를 제외하고 카를은 그
와 같은 공간에서 한 시간 이상 지낸 몇 안 되는 사람 중의 한 명
이었다. 카를이 다른 부서로 이동한 후, 그들은 서로 자주 만나
지 못했는데, 그가 카를을 좋아하지 않았기 때문은 아니었다. 그
가 단순히 사회적 인간관계를 다루는 데 능숙하지 못했기 때문이
다. 그 후로 오랜 시간이 지난 지금, 다시 카를과 대면하게 된 것
이다. 그는 자신이 세상과 얼마나 고립되어 있는지 깨달았다.

"세상에, 나를 찾아오다니!" 카를은 정말 놀랐다.

로버트는 조금 난처한 표정을 했다. "내가 여기 온 건 자네 때문이 아니라, 자네 와이프 때문이야."

카를은 입이 쩍 벌어질 정도로 놀랐다. "뭐라고?"

로버트는 자기가 얼마나 애매하고 오해를 불러일으킬 법하게 말했는지 깨닫고 당황했다. "아니, 아니야. 난 당신 아내와 사귀는 게 아니라고."

"말도 안 되는 일이지. 자네는 우리 아내 스타일이 전혀 아니거든." 카를이 웃었다.

"솔직히 말해서, 정말 몰랐어." 로버트는 약간 혼란스러웠다.

두 사람이 어색하게 침묵하면서 상대방이 먼저 말을 시작해주기를 기다리는 동안, 카를의 시선이 에이본이라고 적힌 화장품 캐리어로 향했다. 그의 눈이 동그랗게 커지면서 믿을 수 없다는 듯이 웃었다.

"네가?!"

로버트는 정원에 있는 그네 의자에 앉아 긴장한 듯 맥주병을 꽉 잡고 있었다. 그는 곁눈질로 옛 동료를 바라봤다. 그 역시도 무슨 말을 어떻게 시작해야 할지 몰랐다.

"마비스, 그러니까 슈미트 부인이 너의 아내인 걸 알았다면." 로버트는 말을 드디어 꺼냈다. 그는 여전히 자신의 옛 동료 집에 오게 되었다는 게 여전히 믿기지 않았다.

카를이 미소를 보였다. "슈미트라는 성이 흔하긴 하지. 나였어도 생각하지 못했을 거야."

"언제부터 여기서 살았어?"

"마비스를 알고부터 이 오래된 집을 원했어. 우리 둘 다 완전히 새롭게 시작하고 싶었거든."

로버트는 시선을 정원으로 돌렸다. 정원이 마음에 들었다. 그는 맥주를 홀짝이며 카를에게 미소를 보였다. 그를 다시 볼 수 있어서 좋았다. 하지만 어느 순간 그는 카를의 전화도 받지 않았기 때문에 미안한 마음이 들어 불편했다.

"왜 연락하지 않았어?" 카를은 여러 말을 늘어놓지 않고 바로 물었다.

로버트는 카를이 얼마나 실망했는지 너무나도 짐작이 되어 고개를 저었다. "무슨 말을 할 수 있겠어? 나도 잘 모르겠다."

카를이 웃었다. "미안하다. 몇 년 만에 다시 봤는데, 보자마자 원망부터 했네."

"아니야, 네 말이 맞아. 내가 너무 제멋대로였지."

"그건 그래. 너는 항상 그랬어. 나는 거기에 익숙한 거고."

"내가 그렇게 나빴나?"

카를이 장난치는 듯 보였다. "몹시 나빴지. 하지만 넌 또 다른 식으로 사람을 사로잡는 기술이 있어."

"그게 뭔데?"

"휴, 숨 좀 돌리고 말하자." 카를이 조금 과장되게 말했다.

로버트는 웃을 수밖에 없었다. 그는 마비스가 마지막 손님을 배웅하는 것을 봤다. 카를이 정말 행운아라 생각했다. 이 둘은 비슷한 유머 감각을 지니고 있다. 그는 이 둘이 웃고 다투며 남은 생을 함께하길 바랐다.

"여보, 마트 다녀왔구나." 마비스가 이렇게 말하며 카를을 팔로 감싸 안았다.

"정확하게 당신이 시킨 대로야." 카를이 대답했다.

"부엌은 어떻게 정리했어?"

"오늘 당신 차례 아니었나?"

"나 아직 할 일이 남아서 컴퓨터 해야 하는데."

로버트는 두 사람을 보면서 그들의 행복에 기뻤다. 하지만 다정한 커플의 모습에 자신의 외로움도 느껴졌다.

"그런데, 어쩌지. 나 손님이 있는데." 카를은 수줍게 반박하면서 로버트를 가리켰다.

하지만 마비스에게 통하지 않았다. "아닌데, 윈터 씨는 내 손님인데. 그리고 윈터 씨, 저녁 식사 같이 하면서 계속 계셔도 돼요."

로버트는 손을 저으며 아니라고 했다. "저녁 내내 같이요? 끝이 안 좋을 수도 있어요."

마비스는 웃음을 터트렸다. "윈터 씨가 이겼어요. 다음 라운드 기대할게요." 그러고는 두 남자만 남겨두었다.

로버트는 그녀가 가는 것을 지켜봤다. 그녀는 모든 상황을 재밌게 만드는 재주가 있다. 이 점이 마음에 들었다. 그는 새로운 도전을 즐기면서 받아들일 수 있게 되었다. 무엇보다도 오늘은 사회적 만남에 대한 욕구가 천천히 충족되고 있었다.

"우리 카드 모임 부활시킬까? 어때? 내가 프랭크에게 전화할

게." 카를이 제안했다.

로버트는 우물쭈물했다. "지금은 아직 때가 아닌 거 같은데."

"그럼, 언제가 연락하기 좋은 때야?"

로버트는 대답을 망설였다. 마땅한 답이 없었다.

카를이 웃었다. "너 에이본 영업사원처럼 너무 긴장하고 있는 거 같아."

"에이본 뷰티 컨설턴트라고." 그는 고쳐 말했다.

"너 같은 인간이 어떻게 사람들에게 물건을 팔 수 있지? 총으로 협박하나? 아니면 세금 조사 때린다고 겁박하나?" 카를은 씩 웃으며 로버트에게 건배하자고 했다. 로버트는 건배하고 맥주를 벌컥벌컥 마셨다. 그리고 그를 곁눈질로 바라보면서, 이런 대화를 얼마나 그리워했는지 깨달았다.

로버트는 집으로 돌아와 가장 먼저 마비스와 친구들의 주문부터 정리했다. 그리고 이메일 주문을 처리했다. 지역에 새로운 컨설턴트가 생겼다는 소문이 돌았다. 로버트는 스스로 자랑스러웠다. 그는 오늘 저녁을 즐기고 싶었지만, 자신의 영광에 안주할 수 없다는 것을 알고 있다. 경쟁은 잠을 모른다. 지하실의 재고가 바닥이 나 급하게 주문해야 한다. 내일 눈뜨자마자 그는 에이본 상담원에게 전화할 것이다. 마음속에 기대감이 솟아났다. 할 이야기가 많을 것 같다.

옆집에서는 언제나 바스티와 데니스가 연주하는 불협화음이 주기적으로 들려왔다. 하지만 그 일로 인해 로버트의 기분이 상하지는 않았다. 데니스가 승진하면 이 둘은 싸울 시간도 적어질 거라 생각이 들었다. 둘 모두에게 좋은 상황이 될 것이다.

밖에 천둥 번개가 쳤다. 로버트는 테라스 문을 열었다. 바람은 상쾌했고 바람에 나뭇잎이 떨어졌다. 커다란 빗방울이 후드득 떨어지면서 테라스의 나무 바닥에 얼룩지기 시작했다. 그는 린덴 거리에 주차되었던 지저분한 검은색 미니쿠퍼가 떠올랐다. 미니쿠퍼의 주인은 화려한 옷과 커다란 귀걸이를 좋아한다. 바로 웃음소리가 아주 큰 이상한 판사!

4주 후

12

"이제 게이가 된 거야?" 카를이 물었다.

로버트는 어처구니없다는 표정으로 그를 쳐다봤다. "왜 그렇게 생각하는 거야?"

"화장하니까."

"화장을 하는 게 아니라, 화장품을 파는 거라고. 도대체 어떻게 그런 유치하고 뻔한 말을 할 수 있지?"

로버트는 카를이 제안한 대로 포커 게임 모임을 다시 시작했지만 후회하는 마음도 들었다. 그가 카를을 심각하게 쳐다봤을 때, 카를은 자신의 카드를 보며 도둑놈 같은 미소를 보이고 있었다. 그는 카를이 자신을 다시 한번 놀리고 있다는 것을 깨달았다.

"진정해, 로버트. 네가 그렇다고 해도 난 상관 안 해." 카를은 배려심 많다는 듯이 손을 저으며 말했다.

"내 지인 중의 한 명은 육십 넘고 나서 커밍아웃했어. 결혼도 하고 자녀도 둘이나 있는데 말이야. 정말 믿기지 않지?" 프랭크가 한마디 거들었다. 평소에는 말 한마디 하지 않고 카드 게임에만 집중하는데 웬일인지 이날 저녁에는 끊임없이 떠들었다. 로버트는 그런 이유가 궁금했다.

로버트는 방 한쪽 구석에 있는 요나스를 바라보았다. 미리암은 갤러리의 중요 고객에게 저녁 식사 대접해야 한다며 요나스를 할아버지 로버트에게 맡겼다.

요나스는 혼자 놀거나 책을 읽거나 그림을 그렸다. 로버트가 포커 게임을 하는 동안 요나스가 등을 돌리고 앉아 있어서 정확하게는 뭘 하는지 몰랐다. 어쨌든 요나스는 자신이 하는 일에 완전히 빠져서 주변에서 무슨 일이 일어나는지 잘 모르는 것 같았다. 다행히도 로버트 생각에 요나스는 카를과 프랭크가 떠드는 소리를 듣지 못한 것 같았다.

"어쨌든 나는 게이가 아니야. 그러니까 카드에나 다시 집중해." 로버트는 이렇게 말하면서 더는 같은 주제로 이야기하고 싶지 않았다.

"트리플!" 카를이 카드를 테이블에 보였다.

로버트는 끙끙거리며 자신의 카드를 봤다. "투페어."

"스트레이트." 프랭크가 카드를 테이블에 올려 보여주며 너무나도 당연하다는 태도로, 테이블 가운데에 있는 베팅을 자신이 모은 더미로 쓸어 갔다. 프랭크는 게임에서 언제나 한 수 위였다. 그와 카를은 절대 맞수가 될 수 없었다. 프랭크는 완벽한 포커 플레이어였다. 결정적인 순간에 그는 냉정하게 마음을 다스리며 감정을 드러내지 않았다. 마치 영화에 나오는 사이코패스 연쇄 살인마 같았다. 다행히도 그는 현실에서 누군가의 생명을 앗아가지 않고 오히려 구출한다. 소방관은 프랭크에게 정말 잘 어울리는 직업이다. 불에 타 무너지기 직전의 집에 프랭크가 주저 없이 뛰어들어 노인이나 아이들 또는 고양이를 구출하는 모습이 쉽게 떠올랐다.

카를이 갑자기 카드 섞는 데 온통 정신이 쏠려 있는 로버트의 팔에 손을 얹었다.

"어…. 로버트?" 카를이 뭔가 이상한 것을 발견한 것처럼 말을 꺼냈다. 로버트는 그의 시선을 따라갔다. 숨이 멎는 줄 알았다. 요나스가 화장하고 있었다. 아니, 화장이 아니라 변장인 것 같았다. 손자는 립스틱, 아이섀도, 마스카라를 가져다 있는 색 없는 색 다 동원해서 얼굴에 두껍게 펴 바르고 반짝이는 메이크업으로 마무리했다. 카니발 축제에서조차도 이런 모습은 안된다고 거절했을 것이 분명했다. 그는 이제야 색조 화장품 샘플 가방이 요나스 앞에 있었던 걸 알아챘다.

로버트는 무슨 말을 할지 몰라 손자를 그저 보기만 했다. 어떻게 대응해야 할지 몰랐다. 카를과 프랭크도 같은 생각인 것 같았다. 이 둘은 갑자기 웃음을 터트렸다. 로버트도 그들을 이해한다는 표정을 지었다. 하지만 이 둘은 마치 앉으라는 명령을 잘 따르는 강아지처럼, 이내 입을 다물었다.

"요나스? 할아버지 샘플 가방 만졌니?" 로버트는 그 질문이 얼마나 어리석은지 알면서도 그렇게 물었다.

"할아버지 화났어요?" 요나스가 불안한 표정으로 물었다.

로버트는 어떤 일이 있어도 손자에게 상처 주고 싶지 않았다. 그가 원하는 단 한 가지는 미리암이 이 장면을 안 보는 것이었다.

"엄마 오기 전에 지우는 게 나을 것 같은데 말이야." 로버트가 이렇게 말하자마자 카를이 바로 맞받아쳤다.

"왜? 네 손주 너무 멋진데."

"나도 그렇게 생각해. 저렇게 놀라고 내버려둬." 프랭크도 한마디 했다. 로버트에게는 유감이었지만 프랭크는 그날 저녁 자신의 유머 코드를 발견한 것처럼 보였다.

카를은 로버트 어깨를 장난스럽게 툭 쳤다. "너한테도 기분 전환이 될 거야. 요즘 안색이 너무 창백했어." 그렇게 말하고는 더는 웃음을 참지 않았다.

로버트는 손자가 이들의 웃음소리에 반응하는 것을 들었을 때, 화를 내야 할지 아니면 고마워해야 할지 확신이 서지 않았다. 이들은 상황을 가볍게 넘기지 않았다. 이들은 요나스가 기분 나빠하지 않게 해주었다.

"할아버지, 나 이뻐요?" 요나스가 물었고 로버트는 어떻게 대답할지 몰랐다. 허둥지둥 적합한 말을 찾으려 했다.

"아, 그러니까, 아주 알록달록하네."

카를이 다시 도움에 나섰다. "나는 에이본 뷰티 컨설턴트가 무슨 일을 하는지 참 궁금해."

"뭘 하겠냐, 화장품 파는 거지." 로버트는 이 주제로 다시 이야기하고 싶지 않아 딱 잘라 말했다. 하지만 행동으로는 벗어나지 못했다.

"그럼, 우리 화장 놀이 해보는 건 어때?" 프랭크가 같이 하자고 부채질하는 것 같았다.

"그런 걸 화장품 파티라고 하는 거다." 로버트가 정확하게 고쳐 말했다. 그는 이 분야에 발을 넣은 지 오래되지 않았지만, 어느 분야든 하면 올바르게 한다. 존중할 것은 존중해야 한다.

카를은 맥주병을 흔들며 로버트에게 장난꾸러기처럼 웃었다. "파티야 언제나 환영이지. 맥주 두 병 추가!"

맥주를 한 모금 마실 때마다 맥주병이 늘어났고 분위기도 화기애애했다. 로버트가 친구들에게 바디 샤워, 데오, 오드 투알렛이 포함된 남성용 향수 세트를 보여주자, 여성용 색조 화장품도 보여달라고 졸랐다. 큰 소리로 떠드는 거 보니 취해도 잔뜩 취했다는 걸 알 수 있었다. 잠시 망설였다. 하지만 사업가의 마인드로 상황을 보자면 이 또한 기회라는 생각이 들었다. 판매는 어느정도 자신감이 붙었지만 화장해주는 건 여전히 자신이 없었다. 고객이 화장을 부탁하면 여지없이 긴장하고 손이 떨렸다. 릴리의 남편과 우연히 만난 그날 이후로 릴리 피셔에게 부탁할 수도 없었고 이웃인 바스티 역시 연습 모델이 되기를 거부해서 화장 연습할 기회가 없었다.

로버트는 우선 오래된 거실 스탠드를 가져다 테이블 옆에 두어 최적의 조명을 만들었다.

"조명이 좋지 않으면 피부톤에 맞는 베이스 크림을 찾기 어려워. 그래서 화장이 어두워지거나 구릿빛으로 된다고." 그는 열심히 설명했다.

그는 마지막으로 화장할 때 가장 자주 하는 실수에 대해 알려주었다. 카를과 프랭크는 화장용 손거울을 한 손에 쥐고 로버트가 말하는 화장법을 직접 해보고 있었다.

"많은 사람이 파운데이션을 두껍게 바르면 좋다고 생각하지만, 완전히 반대야." 로버트가 이렇게 설명하는 동안 두 친구는 메이크업 브러쉬로 파우더를 바르고 있었다.

계속해서 그의 설명이 이어졌다. 너무 두껍게 겹겹이 바르면 여드름과 잡티가 더 도드라지게 보이기 때문에 컨실러를 이용하되, 펴 바르지 말고 가볍게 톡톡 두드려 바르라고 사용법에서 읽었던 대로 설명했다. 설명할수록 기분이 좋아졌다. 프랭크와 카를은 그의 설명에 감탄하면서 진지하게 들었다. 로버트는 얼굴을 찡그리며 화장할 때 흔히 하는 실수에 관해 이야기했다. 아이라이너를 너무 진하게 그리면 눈이 오히려 작아 보이고 강한 인상을 주어 어색하다는 것이다. 그리고 마지막으로 메이크업의 철칙을 말했다. 눈을 강조하거나 입술을 강조하거나 하나만 집중해야지, 눈과 입술 모두를 강조하면 촌스러워 보인다고 덧붙였다.

"우와!" 로버트가 화장 시범을 끝내자 요나스가 감탄했다.

로버트도 이번 화장이 잘됐다고 생각했다. 두 친구가 원래 못생겼다는 것이 아니라 화장이 친구들을 돋보였다고 생각했다. 무대에 오를 만큼 괜찮았다. 물론 드래그 퀸 쇼의 무대겠지만 말이다.

"내가 아직 결혼하지 않았다면 망설임 없이 너의 손을 잡았을 텐데." 카를이 프랭크에게 말했다.

"아니야, 너는 분명히 더 좋은 사람을 만날 수 있을 거야." 거울에서 눈을 떼지 못하는 프랭크가 맞받아쳤다. "내가 꼭 말하고 싶은 게 하나 있어, 로버트. 내 보조개를 도드라지게 한 건 정말 잘했어. 보조개는 여자들을 위해 숨겨놓은 카드거든." 그는 마치 앞으로도 계속 이런 모습일 거라고 상상하듯이 말했다.

"맞아, 엘리베이터에서 다들 늘 네 보조개부터 보더라." 카를이 제법 객관적으로 말했다.

"할아버지도 화장할 거예요?" 요나스가 갑자기 물었다.

로버트는 등에 소름이 쫙 올라오는 것 같았다. 무엇보다 더 이상했던 것은 카를과 프랭크의 표정이었다. 이 둘은 뭔가 꿍꿍이가 있다. 요나스의 말에 아이디어를 얻은 것이 분명했다. 로버트는 일이 통제 불능이 되기 전에 빠르게 수습해야 했다.

"아니야, 에이본 뷰티 컨설턴트는 자기가 화장을 하는 게 아니라 다른 사람을 화장해주고 화장품을 판매하는 거야." 이렇게 말하기는 했지만, 자신도 이 설명이 빈약하다고 생각했다. 그는 시간을 확인했다. "자, 이제 슬슬 정리해야…." 그는 말을 끝내지 못했다. 카를과 프랭크가 그를 부드럽게 밀어 강제로 의자에 앉혔다.

"도망갈 생각은 꿈도 꾸지 말고. 이제 네 차례야." 프랭크가 명령조로 말하면서 로버트의 에이본 화장품 가방을 뒤적거렸다.

로버트는 대들었다. "말도 안 되는 소리!"

그는 자리에서 일어났지만, 프랭크가 그를 바로 의자로 앉히고 팔짱을 끼고 앞에 앉았다. 로버트는 도망가기는 글렀다는 것을 깨달았다. 프랭크는 이제 막 립스틱을 바른 얼굴을 로버트 얼굴에 가까이 댔다. 바로 그때, 초인종이 울렸다. 그 순간만큼은 마치 구원의 손길처럼 들렸지만, 곧바로 행운인지 아닌지 의심이 들었다.

로버트는 친구들에게 테이블에 있는 수건 두 장을 건넸다. 카를과 프랭크는 창피해하며 서둘러 화장을 지우고 도망치듯이 가버렸다. 미리암은 아빠 친구들에게 화를 내지 않으려 최대한 감정을 누르고 있었다. 농담을 던지기도 했지만 이내 요나스의 물건을 모으기 시작했다. 로버트의 눈에 정말 이상한 건, 요나스의 변신한 모습을 본 미리암의 태도였다. 미리암은 전혀 놀란 기색이 없었다. 딸과 손자 사이에 자신에게 말하지 않은 일이 분명히 있었다.

"요나스가 자주 저러냐?" 로버트가 머뭇거리다 물었다.

"뭘 말하는 거야?"

미리암은 분명 무엇을 묻는지 알고 있었다. 하지만 뭐든 쉽게 넘어가려 하지 않았다.

"화장하는 거."

"나는 아빠처럼 전문적인 화장품이나 도구가 없지만, 요나스가 가끔 내 화장품을 쓰기는 해."

"왜 나한테 말하지 않았어?

"왜 말해야 해?"

로버트는 너무 화가 났다. "내 손자잖아!"

미리암은 한숨을 내쉬었다. "아빠, 미안한데 전에는 전혀 관심도 주지 않았으면서 지금 왜 그러는 거지?"

그는 미리암이 무엇을 말하는지 알고 있었다. 그가 좀 더 신경 썼어야 했다. 세상과 등지고 자신만의 동굴로 숨어 들어가는 대신 할아버지가 손자와 함께할 수 있는 모든 일을 요나스와 함께 했어야만 했다. 그는 자신의 실수를 깨닫고 잘하려고 했지만, 그런데도 미리암이 실수를 만회할 기회를 전혀 주지 않아 화가 났다. 이런 마음을 굳이 내보이지는 않았다. 그렇지 않으면 결국 싸우게 될 테니까.

"무엇보다도, 아빠가 어떻게 나올지 몰라서…." 미리 암이 말을 이어갔다. "나는 요나스를 피할 수 있도록…." 미리 암은 말을 차마 끝내지 않았지만, 로버트는 온통 미리암의 말에 집중하고 있었다.

"뭐라고? 누구한테서 피해?"

"아빠, 신경 쓰지 마. 내가 알아서 할게." 미리암은 무시하듯 말하고 더는 애쓰지 말라며 바람이 스쳐 지나가듯 인사하고 가 버렸다. 모든 일이 너무 빠르게 일어났다. 미리암과 요나스가 간 후에도 로버트는 멍하게 거실에 서 있었다. 그는 모든 상황이 이해되지 않았다. 그는 운명이 흔들어놓은 혼란과 충격이 가신 후에, 미리암과 가까워지기를 진심으로 바랐다. 하지만 그가 노력하면 할수록 미리암은 그를 더 멀리했다. 그는 스스로 물었다. "도대체 왜?"

13

"저는 로즈마리라고 합니다. 로즈라고 친하게 부르셔도 좋아요."

로버트는 에이본 주문 전화의 상담원이 말하는 것을 듣고 있었다. 시간이 지나면서 로버트와 그녀 사이에 친밀한 믿음이 쌓여 갔다. 그래도 그녀를 이렇게 친하게 부르는 것은 넘지 말아야 할 선을 넘는 것 같았다.

"로즈라고요?"

"네, 제 친구들은 저를 그렇게 불러요."

로버트는 머뭇거렸다. "친구라고요? 우리가 그렇게 가까웠나요?"

"적어도 저의 가장 어두운 비밀을 알고 계시잖아요." 그녀가 웃으며 대답했다.

로즈마리는 잘 웃는다. 그녀는 밝고 긍정적인 사람 같았다. 그녀와의 통화는 즐거웠다. 매주 화장품과 세안용품을 주문하는 일은 어느새 그의 삶에서 작은 하이라이트가 되었다.

"어두운 면이 어디 있다고 그래요? 그리고 비밀이라는 건 또 뭘 말하는 거예요?" 로버트가 물었다.

"잘 들어보세요, 제가 아무한테나 로빈 윌리암스를 좋아한다고 말할 것 같아요?"

"저는 그 사람이 누군지 전혀 모릅니다." 로버트가 대답했다. 이 말이 전적으로 사실이라고 말하기는 어려웠다. 로즈마리가 팝스타에 대해 호감이 있다고 말한 직후 그는 인터넷에서 그를 검색했다. 이 사실을 굳이 말할 필요는 없었다. 로버트는 로빈 윌리암스의 뮤직비디오 두 편을 보기까지 했다. 음악이라고 말하기도 어려운 음악까지도 들어본 로버트는 로빈 윌리암스의 음악이 나쁘다고 생각하지 않았다.

"저는 천천히 다가가는 스타일입니다. 로즈마리라고 계속 부르겠습니다." 로버트는 이렇게 말하고 잠시나마 이 말에 그녀가 화가 나지는 않았을까 걱정했다. 다행히도 그런 일은 일어나지 않았다.

"원하실 대로 하세요." 그녀는 웃으며 대답했다.

솔직히 말해, 로버트는 로즈마리라는 이름이 예쁘다고 생각했다. 이름과 목소리로 그녀를 상상해볼 수 있었다. 분명 로즈마리는 자신보다 어릴 것이다. 대략 40대 전후로 미리암보다는 나이가 많을 것 같았다. 그녀는 어깨까지 내려오는 붉은 머리에 얼굴에는 귀엽고 장난스러운 미소를 띠고 있을 것 같다는 상상이 절로 되었다. 로즈마리는 웃는 걸 좋아했지만 결코 크게 웃지 않았다. 그녀의 목소리는 어딘가 부드럽게 다정하고 성격 좋은 느낌이 있었고 목소리가 제법 깊었다. 그래서인지 로버트는 자기도 모르게 로즈마리의 키가 클 거라고 확신했다.

"말씀하신 주문 다 들어갔어요. 이번에 왁싱 젤 대량으로 주문한 것도 포함했고요." 로즈마리가 말했다.

사무적인 톤으로 대답하기는 했지만, 로버트는 그녀가 웃고 있는 모습을 생생하게 상상할 수 있었다. 그는 자신의 고객 중에 나체주의자가 있다는 사실을 그녀에게 말했다. 그 고객을 처음 만났을 때 얼마나 수치스럽고, 당황했는지 그녀에게 털어놓았다. 그 둘은 손님을 놀리지 않는 범위 내에서 즐겁게 이야기를 나누었다. 하찮은 미물에게도, 사람에게도 각자의 즐거움은 있다. 그건 로버트와 로즈마리에게도 마찬가지였다.

"변덕스러운 거 빼고는 괜찮은 사람이에요." 로버트는 그녀에게 말했다. 나체주의자는 더군다나 로버트의 말 그대로 큰손 고객이었다. 로버트가 올해의 베스트 컨설턴트가 되기 위해서는 그런 고객을 놓쳐서는 안 되었다.

로버트는 수화기를 내려놓고 로즈마리에게 얼마나 고마운지 곰곰이 생각했다. 로즈마리는 솔직한 것뿐만 아니라 에이본 컨설턴트의 영업 일화에도 관심이 많았다. 새로운 조언을 구하는 고객들과 그를 계속해서 연결해주면서 적극적으로 지원했다. 그 덕분에 로버트의 사업은 성장하고 또 성장했다. 끝나지 않을 것 같았던 뜨거운 여름의 끝이 서서히 다가오자, 지평선에 첫 번째 먹구름이 드리워졌다. 고객이 어설픈 이유로 갑자기 화장품 파티를 취소했을 때까지는 아무 생각이 없었다. 하루 만에 또 다른 화장품 파티가 취소되었을 때도 그럴 수 있겠거니 하고 생각했지만 심각하게 여기지 않았다. 고객들은 변덕스러웠고 그는 모든 사람의 마음을 사로잡을 거라 스스로 기대하지도 않았다. 고객 중에는 여전히 가혹하고 무례한 사람도 많았다. 그러던 중, 그는 며칠 전 화장품 파티를 취소한 고객의 집에서 윌마 샹통이 나오는 것을 보고 말았다. 윌마 샹통은 마치 그를 못 본 것처럼 행동하면서 곧장 그 집 앞에 주차해놓은 차로 갔다. 하지만 로버트는 그렇게 쉽게 도망가게 내버려둘 생각은 전혀 없었다. 말을 돌려 운을 띄울 필요도 없다고 생각했다.

"샹통 씨, 여기서 뭐 하는 겁니까?"

"어머나, 윈터 씨, 이런 우연이 다 있네." 윌마는 놀란 척하며 가식적인 미소를 보였다. 그는 정확하게 무슨 일이 일어나고 있는지 알고 있었다. 이건 우연이 아니다. 절대 우연일 리가 없다. 그녀가 멈춰 서지 않고 계속해서 자동차로 걸어간다는 것은 그나마 양심에 가책 때문이라 생각했다. 하지만 이내 로버트는 생각을 고쳐먹었다. 이 여자에게 양심이 있다는 것은 상상할 수 없다. 그녀는 도주 중인 거다.

"제 고객을 빼돌리는 겁니까?"

"여기는 자유 국가예요. 고객이 누구에게 물건을 구매할지 스스로 결정할 수 있어요."

"고객을 뭐로 꾀었길래? 가격을 깎아준다고 했어요?"

윌마는 하이에나처럼 웃었다. "제발 그만 하세요, 그런 건 전혀 필요 없어요."

"당신 수법은 다 간파하고 있어요. 아내가 할 때도 똑같았지."

월마가 노려봤다. "소피아는 남다른 능력이 있었어요. 그녀는 진정한 경쟁 대상이었죠."

로버트는 조금 놀랐다. 이 여자가 솔직한 말을 하리라고는 전혀 기대하지 않았기 때문이다. 물론, 일시적인 일이라는 걸 알고 있었다. 그는 월마가 다음으로 어떤 독을 내뿜을지 기다리며 그녀를 바라보았다.

"하지만 윈터 씨, 당신은⋯ 자체가 웃음거리예요."

"저는 유머감각이 대단하다고 소문나지 않았는데요."

"당신이 에이본 뷰티 컨설턴트라고요? 진지하게 말해봐요, 누가 그래요? 말이 안 되지."

"당신이 나를 매우 진지하게 생각하고 있는 거 같은데요. 그렇지 않다면 이 장소에서 서로 마주하고 있지 않았을 테죠."

월마의 미소에 금이 가면서 순식간에 무너져버릴 것 같았다. 로버트가 급소를 찔렀다. 에이본 뷰티 컨설턴트끼리 주고받는 뒷담화는 아주 유용했다. 월마는 로버트가 얼마나 잘 나가는지 귀를 틀어막아도 들을 수밖에 없었다.

"그렇게 생각하시든지요." 월마는 이렇게 말하고 자신이 로버트의 상대가 되지 않는다는 것을 깨달았는지 차에 타려고 했지만 로버트는 아직 그녀를 보낼 생각이 없었다.

"내 구역에서 당신을 다시 보게 되면⋯." 월마는 그의 말을 가로막고 맹수처럼 다시 물어뜯기 시작했다. "그럼 어쩔 건데요?"

"어떻게 되는지 한 번 생각해보기로 하죠." 로버트는 알맹이 없는 말을 숨기려는 듯 눈에 힘을 주고 그녀를 노려보았다. 이 말은 도망가는 사람을 때려눕힐 만한 결정타는 아니었다. 윌마 샹통은 골치 아픈 경쟁 상대였다. 그녀는 차갑게 웃었다. "오, 좋은 말씀이네요. 윈터 씨, 잘 들어요. 당신이 위협할 수 있는 것을 손에 쥐고 있지 않다면 휘두를 생각은 꿈도 꾸지 마세요." 그녀는 차에 올라타고 그 자리를 떠났다.

로버트는 그녀가 떠나는 것을 바라봤다. 윌마 샹통과의 대결은 분명히 이번 한 번으로 끝나지 않을 것이다. 그가 승자로 경기장을 떠나고 싶다면, 그는 더 탄탄하고 촘촘하게 붕대를 감아야 했다.

윌마 샹통의 차가 모퉁이를 돌자, 로버트는 고객이었던 집을 바라봤다. 창가에 서 있던 사람이 커튼 뒤로 슬쩍 숨는 게 보였다. 로버트는 그녀가 윌마와 자신이 싸우는 걸 처음부터 끝까지 목격했다고 확신했다. 그리고 또 한 가지 확신한 것은 이 고객을 윌마 샹통에게 영원히 빼앗겼다는 것이었다. 그가 그녀의 집으로 가서 수없이 초인종을 눌렀지만 아무 반응이 없었다.

같은 날, 로버트에게 기쁘고 즐거운 일이 기다리고 있었다. 미리암이 직장을 그만두고 새 직장을 위해 면접 보러 가야 했다. 그래서 요나스를 몇 시간 동안 봐줄 사람이 필요했다. 미리암은 분명 친구들과 지인들에게 우선 전화를 했을 것이다. 모두가 봐줄 수 없다고 거절해서 어쩔 수 없이 자신을 찾아왔을 것이다. 친구들과 포커 게임을 하고 그가 요나스에 관해 얘기하기를 원했던 그 날 저녁 이후로, 미리암은 냉담하고 조심스럽게 행동했다.

그는 딸이 왜 자신을 신뢰하지 않는지 이해할 수 없었지만, 강요하지 않았다. 미리암이 스스로 다가와야 했다. 그는 딸이 가능한 한 쉽게 다가오도록 만들었다. 친절하고 중립적으로 대하면서 아무 질문도 하지 않았다. 무엇보다 요나스와 함께 시간을 보낼 수 있다면 그것으로 아주 행복했다.

로버트는 요나스가 가져온 플레이 스테이션 게임기를 TV와 연결하려고 TV를 벽에서 조금 떨어뜨려 놓았다. 그는 익숙하지 않은 케이블과 플러그를 만지작거리며 연결하는 동안 요나스가 바닥에 웅크리고 앉아 다른 부속품들을 꺼내는 것을 곁눈질로 바라봤다. 그가 요나스를 자주 만나기 시작하고 가끔은 혼자서 손자를 돌보면서 이 시간이 얼마나 소중한지 그리고 이미 손자와의 시간을 얼마나 많이 놓쳤는지 깨달았다. 소피아가 요나스의 축구 경기를 참관하는 것은 물론, 동물원을 구경 가거나, 수영장을 함께 가거나 영화를 보러 가자고 얼마나 자주 말했는지….

"토요일에 축구 경기 다시 하니?"

요나스의 입은 꾹 닫혀 있었다. 로버트가 아니라고 해석할 만한 소리만 겨우 흘러나왔다.

"아쉽네. 축구 경기하는 거 보러 가려고 했는데."

요나스는 시선을 아래로 향하며 거의 들리지 않는 목소리로 수줍게 말했다. "난 축구 좋아하지 않아요."

"언제부터?" 로버트는 살짝 놀랐다. 당연히 축구는 요나스에게 어울리는 스포츠가 아니었다. 그가 처음으로 요나스의 축구 경기를 관전했을 때, 그는 바로 그 사실을 알아챘다.

"엄마가 그랬어요, 하고 싶지 않은 건 하지 않아도 된다고요."

로버트는 이런 태도를 너무 잘 알고 있었다. 소피아와 이 문제로 언제나 의견이 달랐던 것이 기억났다. 가끔은 정말 심하게 싸우기도 했다. 특히나 자녀 교육에 관해서는 서로 의견이 날카롭게 대립했다. 로버트는 소피아가 딸이 원하는 대로 다 해주어서 화가 나곤 했다. 소피아는 아이의 모든 재능을 발굴해야 한다고 주장했다. 그래서 아이가 모든 것을 시도해봐야 성인이 되어 자기만의 자리를 찾을 수 있다고 했다. 하지만 발레, 테니스, 배구, 컴퓨터, 연기, 피아노 등등 미리암은 어린 시절부터 항상 핑계를 만들어냈다. 어떤 것도 오랫동안 지속하지 못했다. 어떤 분야에서도 진정한 인내와 끈기를 보여주지 않았다. 반대로 로버트는 무엇이든 한 가지를 끝까지 해내는 것이 중요하다고 믿었다. 아주 어려운 것일지라도 말이다. 그는 미리암이 명확한 목표 없이 우물쭈물하다가 도망간다는 비난과 다툼으로 소피아를 자주 몰아세웠다. 미리암의 예술에 대한 열정도 오랫동안 올바르지 않다고 생각했다. 그리고 아이 아빠와의 관계가 너무 일찍 무너졌다는 것 또한 이러한 행동 패턴에 완벽하게 맞아떨어지는 결론이었다. 당시 그들에게 어떤 위기가 있었는지 그다지 기억해내고 싶지는 않았다.

하지만 요나스에 관해서 로버트는 완전히 다르게 생각했다. 이건 다음에 무엇을 해볼까 잔꾀를 부리는 것이 아니었다. 변덕도 아니었다. 로버트는 요나스가 자신이 막 설치한 플레이 스테이션에는 관심이 없고 오히려 그의 화장품 샘플 가방에 눈길을 두고 있는 것을 놓치지 않았다.

"엄마는 할아버지만큼 화장품이 많지 않아요." 요나스는 로버트가 다음 화장품 파티를 위해 준비해둔 수많은 제품을 가리키며 말했다. 꼬마 손자가 페이스 크림 상자를 하나 꺼내 들었다. "이 크림은 어디에 쓰는 거예요?"

로버트는 자신이 정리한 것을 누군가 어지르는 것을 좋아하지 않았다. 하지만 그는 참아냈다. "그건 콜라겐이 함유된 노화 방지 크림이야." 로버트가 이렇게 대답하는 동안 요나스는 크림 상자를 요리조리 돌려 보더니 다시 제자리에 내려놓았다.

"콜라겐이 뭐예요?"

이건 로버트에게 대답하기 쉬운 질문이다. 에이본 뷰티 컨설턴트에게 구구단과 같은 가장 기초적인 지식이다. 그런데도 그는 하던 일을 멈추고 적절한 대답을 찾으려 생각했다. "너한테는 당분간 필요하지 않은 거지." 그는 이렇게 얼버무리며 대답했지만 동시에 손자가 자신의 지식이 부족하다는 것을 알려주어 기뻤다. 그의 고객 중의 한 명이 이런 질문을 했다면 그는 어떻게 대응했을까?

그때 초인종이 울렸다. 도대체 누구지? 미리암이 돌아오기에는 너무 이른 시간이었다.

"그럼 그렇지." 로버트는 한숨을 내쉬었다.

바스티가 팔짱을 끼고 문 앞에 서서 황당한 표정을 내보였다.

"욕조가 막혔어요."

"내가 하수구 배관공으로 보여요?" 로버트는 반사적으로 맞받아쳤다. 하지만 그는 여러 번의 경험을 통해 이런 말로는 그를 떨쳐버릴 수 없다는 것을 알고 있었다.

"그럴 수도 있죠."

"샤워실에 물이 내려가지 않는다고요."

"그쪽 머리카락을 보면 어디든 다 막혔을 거요. 관리하기 쉽게 머리를 짧게 해보는 것도 생각해봐요."

바스티 목소리가 날카로워졌다. "전에 살던 작은 아파트에서도 이런 일은 한 번도 없었다고요. 어떻게 좀 해봐요."

로버트는 자신은 이미 할 만큼 했다고 생각했다. 그들은 몇 주 전부터 이웃이었다. 이제 유예 기간은 만료가 되었다. 선을 그어야 할 때가 왔다. "저는 집주인도, 관리인도 아닙니다. 제 딸에게 연락하세요."

"미리암이 연락이 안 된다고요."

미리암과 연락이 안 되는 이유를 쉽게 말해줄 수도 있었다. 하지만 더는 로버트가 상관할 바가 아니었다. 이건 둘이서 해결해야 할 문제다. 이것이 원칙이다. 앞으로 배관 문제라든지 바스티와 데니스가 사는 집에 대해서는 전혀 책임지지 않을 것이라 마음먹었다.

"제가 최근에 뭘 해드렸는지 제 입으로 말해야 해요?" 바스티가 말했다. 로버트는 그 말이 무슨 뜻인지 즉각 알아챘다. 바스티가 여기서 계산기를 두드리며 도움을 요구한다면 뜻대로 되지 않을 것이다.

"저요, 바로 부탁 들어주지 않고 계속 오랫동안 부탁하게 만들 수도 있었다고요. 제가 필요했을 때 바로 도와드렸잖아요." 바스티가 주장했다.

사실 로버트에게 고마운 일이었다. 사업이 본격적으로 시작된 이후 로버트는 언제 어디서나 연락이 닿는 것이 얼마나 중요한지 깨달았다. 그는 스마트폰에 대한 혐오를 끝내 부수어야 했다. 간단한 해결책은 당연히 소피아의 스마트폰을 계속 사용하는 것이었다. 하지만 전원을 켜자 네 자리 핀 번호를 입력해야 했다. 우선 미리암이 태어난 연도를 입력했다. 그리고 연도와 월을 조합해 시도했고, 마지막으로 태어난 월과 일을 시도했다. 심카드가 잠겨버렸다. 바스티는 잠금을 해제하는 방법을 알아내 소피아의 서류에서 개인잠금해제키(PUK)를 그와 함께 찾기 시작했다. 그들이 이 번호를 찾아 입력하자 심카드는 바로 풀렸고 새로운 심도 할당받을 수 있었다.

"그쪽 미닫이 옷장 문을 고치느라 제가 어제 몇 시간을 보냈는지 잘 알잖아요. 그걸로 빚 갚은 거죠." 로버트는 이렇게 말했다.

"그건 일이 아니었죠. 좋아서 하는 거였잖아요." 바스티가 반박했다. "제가 안 봤을 것 같아요?"

로버트는 옷장 문이 얼마나 **뻑뻑**했는지 기억했다. 그리고 옷장 미닫이문을 부드럽게 열고 닫게 하려고 얼마나 많은 시간과 노력을 쏟았는지 떠올렸다. 그는 세 번이나 문을 붙였다가 떼어냈다 하면서 밀리미터 단위로 문을 갈아내어 문짝을 조정했다.

마침내 원하는 대로 되자 성취감과 뿌듯함이 마음속에서 올라왔다. 그렇다고 해서 이 일로 바스티에게 압력을 가할 권리가 생기지는 않았다.

"그래서 지금 뭐 하시는데요?" 바스티가 짜증 내며 물었다.

"손자를 봐주고 있어요. 뚫어뻥 압착기를 사서 해보시죠." 로버트는 이 제안이 충분하게 도움 될 거로 생각했다. 그러고는 바로 현관문을 닫으려 했는데, 거실에서 음악이 크게 들려왔다. 그러자 바스티의 표정이 순식간에 달라졌다.

"세상에나!" 그의 이웃이 문 앞으로 다가와 집주인의 허락도 없이 문턱을 넘어서며 긴 호흡을 내쉬었다. 마치 바스티는 무아지경에 빠지기라도 한 듯 아무 말 없이 음악이 흘러나오는 곳으로 한 걸음씩 굳건하게 내디뎠다.

로버트는 얼이 빠진 건 같았다. 바스티와 요나스가 휘트니 휴스턴의 '누군가와 춤을 추고 싶어요I wanna dance with somebody'를 TV 앞에서 노래방 반주에 맞춰 춤추고 노래하고 있었다. 로버트는 이 노래 제목을 알고 있었지만, 바스티는 자신이 여신처럼 숭배하는 가수의 이름을 바로 기억해내지 못해서 당황스러워 했다. 무엇보다 선반 속 와인 잔이 깨지지는 않을까 걱정스러울 정도로, 바스티는 크게 노래를 불렀다. 그런데도 그는 관대한 마음으로 이웃을 바로 내쫓지 않았다. 왜냐하면 바스티가 요나스를 달팽이 집 같은 자신만의 굴레에서 끄집어냈기 때문이다. 더군다나 로버트는 손자가 이토록 누구의 눈치도 보지 않고 자유롭게 즐거워하는 모습을 본 적이 없었고, 그런 손자를 보는 게 너무나 행복했다.

로버트는 자신이 음악을 얼마나 좋아했는지 생각해봤다. 음악은 엄마와 함께 공유하던 열정 그 자체였다. 하지만 엄마가 돌아가신 후 남겨진 레코드판과 턴테이블은 가슴 아픈 추억이 되어 이사할 때마다 이 지하실에서 저 지하실로 보관만 하고 있었다.

소피아도 음악을 좋아했다. 로버트는 그녀가 언제나 작은 블루투스 스피커를 가지고 다녔던 것을 기억하고 있다. 로버트는 그녀와 함께 처음으로 같이 영화관에 가서 〈토요일 밤의 열기 Saturday night fever〉를 함께 본 일을 떠올렸다. 연애 초기였지만 소피아는 그에게 분명한 신호를 보냈다. 하지만 그는 어두운 영화관에서도 감히 소피아의 손을 잡지 못했다. 소피아가 로버트의 손을 먼저 잡아 놓지 않고 있을 때, 영화에서 '당신의 사랑은 얼마나 깊을까How deep is your love'가 흘러나왔다. 마치 그와 그녀만을 위한 노래처럼 느껴졌다. 이 노래는 소피아가 세상을 떠날 때까지 커다란 역할을 했다. 어쩌다 로버트가 화를 낼 때면, 소피아는 사랑스럽게 이 노래를 따라 부르고 춤을 추었다. 그리고 이 방식은 언제나 잘 통했다. 로버트를 진정시키고 땅에 두 발 딛고 서서 정신 차리도록 이끌었다.

노래가 끝났다. 요나스와 바스티는 서로의 손바닥을 맞추며 하이파이브를 했다. 바스티가 로버트의 코밑에 마이크를 들이밀었다. "이제 우리 아저씨 차례입니다."

로버트는 곧바로 그를 째려봤다. "무슨 말도 안 되는 소리를!"

"노래 한번 해보세요. 기분 진짜 좋아져요." 바스티가 졸랐다.

"내 기분이 좋아지는 방법은 그쪽이 집으로 돌아가는 겁니다."

"진짜요? 에이, 긴장 좀 풀고 사세요."

로버트는 속이 부글거렸다. 자기 집에서 노래 부르라고 강요당하는 건 정말 최악이었다.

"할아버지, 부탁해요. 우리 같이 노래해요." 요나스가 조르더니 팔을 잡고 끌어당겼다.

로버트는 손자 앞에서 평정심을 유지하려 애쓰면서 부드럽게 말하려고 노력했다. "나중에 기회 되면 함께 부르자." 이렇게 말하곤 바스티에게 독기 품은 시선을 날리며 응징하려 했다. 최소한 사형이다. 그러자 이웃이 협상의 신호를 날렸다.

이웃은 뉘우치는 표정으로 이렇게 말했다. "죄송해요. 당황하게 만들려고 했던 건 아니에요."

"그렇게 하지 마십시오." 로버트는 목소리에 최대한 감정을 드러내지 않으려 노력했다. 적어도 눈치가 있는 이웃이었다. 이 분의 일만큼이라도 말이다.

그러는 동안 요나스가 새 노래를 시작했고 마이크에 대고 흥얼거리기 시작했다.

"손자가 너무나도 귀엽네요."

"그 말 고맙고요, 욕조 막힌 건 인터넷 찾아보면 해결 방법이 널려 있습니다." 로버트는 작별 인사로 알아들으라는 식으로 말했다. 하지만 바스티는 자신이 이해하고 싶은 것만 선택적으로 이해한다. 이러나저러나 그는 자리를 뜨려 하지 않았다.

"저도 아이가 있으면 정말 좋겠어요." 바스티가 요나스를 보며 말했다.

로버트는 그를 곁눈질로 노려봤다. 대화는 생각지도 않은 방향으로 흘러가고 있었다. "그건 남편과 함께 상의하는 게 좋을 것 같습니다."

로버트의 말에 바스티는 무언가를 머릿속에 떠올린 것 같았다. 로버트는 아픈 곳을 맞은 느낌이었다.

"예전에는 저와 언제나 한 마음이었어요. 하지만 최근 들어서는…." 바스티는 말을 끝내지 못했다.

"최근에는 뭐요?" 로버트가 되물었고 바스티는 그를 우울하게 바라봤다. "승진 때문에…."

바스티는 말을 다시 시작하면서 그 자리에 그대로 머물러 있었다. 로버트는 눈을 굴리며 다른 곳을 바라봤다. 로버트는 유별나게 인내심이 강하지 않다. 바스티가 말을 하겠다는 건지 안 하겠다는 건지 도대체 알 수 없었다. 어떤 것도 썩 좋은 선택으로 보이지 않았다. 로버트는 요나스를 배려하는 마음으로 바스티에게 무례하지 않지만, 집에서 나가달라는 명확한 뜻을 전달할 말을 생각하고 있었다. 그때 요나스가 새로 선곡한 노래 전주가 시작되었다.

바스티는 갑자기 소리를 질렀다. "댄싱 퀸 Dancing Queen이다!" 스피커 소리가 너무 커서 로버트는 깜짝 놀랐다.

바스티는 참지 못하고 요나스 옆으로 뛰어갔다. 로버트는 그

둘이 요란하게 함께 노래 부르는 걸 지켜볼 수밖에 없었다.

한 시간이 지났는데도 바스티가 집으로 돌아갈 기미는 전혀 보이지 않았다. 그와 요나스는 전혀 피곤해하지 않았고 영혼을 끌어모아 노래를 부르는 것 같았다. 로버트는 음악 자체는 반대하지 않았다. 하지만 바스티가 노래를 부르는 목소리는 성대를 해치는 소리에 가까웠다. 그는 바스티의 목이 쉬어버려서 더는 노래하지 못하길 바랐다. 이 공연을 중단시킨 사람은 다름 아닌 미리암이었다.

"어디 갔나 했더니! 전화했던데?" 미리암은 땀에 젖은 바스티의 얼굴과 초롱초롱한 아들의 눈빛을 무심하게 넘기며 인사를 건넸다.

"별거 아니야, 샤워부스 하수구가 막혔어. 이제 가봐야지." 바스티는 손으로 요나스의 머리를 쓸어 넘겼다. "데니스가 이따 샤워하지 못하면 다시 엄청 짜증 낼 거야."

"아빠, 어떻게 빨리 해결 안 돼? 눈감고도 할 수 있잖아." 미리암이 말했다. 듣던 중 반가운 소리였다. 미리암이 긴말 없이 바스티를 신속하게 집에서 내보낼 수 있는 기회를 준 것 같았다. 미리암은 집으로 돌아온 후 로버트와 눈을 마주치지 않으며 무뚝뚝하게 굴었다. 로버트는 그녀가 요나스에 대해 얘기하는 것을 피하고 싶어서 그런 건지 아니면 취업 인터뷰가 생각만큼 잘 풀리지 않아서 그런 건지 궁금했다. 로버트가 만족스럽게도 바스티는 미리암의 뜻대로 하지 않았다.

"괜찮아. 뭐라더라, 막힌 거 뚫는 거. 그거 구해서 직접 해결

할게." 바스티는 마치 전문 배관공처럼 말하며 가볍게 손을 흔들어 인사했다.

"압축 뚫어뻥이라고 합니다." 로버트는 정확하게 말해주었다. 바스티는 못하는 척하면서 다른 사람을 시켜 먹는 스타일이라는 생각이 들었다.

"어쨌든." 바스티는 나갔다. 그러자 침묵만이 남았다. 로버트는 미리암이 요나스의 플레이 스테이션을 TV에서 떼어내면서 될 수 있으면 눈 마주치는 것을 피하려는 것을 느끼고 있었다.

"그래, 어떻게 잘 되었나?" 로버트가 물었다.

미리암이 거의 들릴 듯 말 듯 한숨을 내쉬었다. "나쁘지 않아."

"그래서 합격이야 아니야?"

그녀는 신경 쓰지 않으려 애썼지만, 실망감이 얼굴에 여실히 드러났다. "다른 지원자도 있었어."

"느낌이 어떤데?"

"정확히 알고 싶다면, 결과는 별로야."

"새 직장을 구한 다음에 사표를 내는 게 좋았을 텐데."

"신경 써줘서 고마워. 어쨌거나 내가 알아서 할게."

로버트는 자신에게 화가 났다. 당연히 미리암은 실망했다. 그런데도 딸을 위로하기는커녕 타박을 한다니.

"돈 필요하냐?" 그는 자신의 실수를 만회하고 싶은 마음으로 물었다. 그러나 의도와는 전혀 다른 결과만 초래했다. 미리암은 버럭 화를 냈다.

"왜 그렇게 생각해? 필요 없어!"

"아니 급한 대로 새 직장 구할 때까지 말이다."

"나 괜찮아. 아빠는 내가 믿음직스럽지 못하겠지만."

로버트는 생각에 잠겨 그녀를 보기만 했다. 갑자기 무언가 명확해졌다. 그러나 그 무엇이 도대체 무엇이란 말인가? "그 말이 무슨 말이냐?"

"항상 그랬잖아. 요나스, 서둘러. 빨리 가자."

로버트는 머리를 숙인 채 배낭에 마이크를 넣는 요나스를 바라보았다. 그는 아이의 머릿속에서 무슨 일이 벌어지고 있는지 상상할 수 있었고, 그렇기에 미리암과 싸우고 싶지 않았다. 그랬기 때문에 그가 할 수 있는 것을 해야 했다. 수백 번도 넘게 공연한 연극의 마지막 막을 연기하는 배우처럼 당당하게 나아갔다. 딸이 요나스의 옷을 찾고 있는 동안 그는 어떻게 하면 딸을 머물게 할 수 있을지 골똘히 생각했다. 최소한 싸움이라도 하지 않을 방법이 나오길 바랐다. 그러자 아이디어가 떠올랐다. 시도해볼 만했다.

"면접에 립스틱 바르고 갔나?"

"응, 왜?" 미리암은 기분 나쁘게 물어봤다.

"빨간색을 진지하게 생각해봐." 그는 이렇게 추천하고 내적인 확신을 보이기 위해, 마치 교감 선생님이 고개를 끄덕이듯 했다.

미리암은 불안해졌다. "왜 그래?"

"보라색은 너를 창백하게 만들어. 모르겠어? 너는 가을 톤인데." 그는 에이본 샘플 가방을 끌어당겼다.

로버트는 자신에게 집중하는 미리암의 모습을 속으로 즐기고 있었다. 그녀는 그 자리에서 얼어붙은 듯, 마치 외계인이 눈앞에 나타난 듯, 로버트의 행동 하나하나를 지켜보고 있다.

"너한테는 따뜻한 붉은색이 잘 어울려. 약간 노란 빛이지만 조금 더 어두운 톤이면 좋겠네. 갈색이나 오렌지, 아니면 따뜻한 금색도 아주 잘 어울릴 거다." 로버트는 딸의 팔에 립스틱을 그리며 설명했다. "자, 어떻게 생각해?"

미리암은 색깔을 살펴보았다. 조금 진정된 듯했다. "나쁘지 않네."

"이 립스틱은 베스트셀러 중 하나야. 여기에 맞는 파운데이션도 있어." 로버트는 계속 말을 이어갔다. 미리암은 놀란 표정으로 아빠의 말을 들었다. 그녀는 자기 팔에 그어진 립스틱의 선과 아빠를 불안한 눈빛으로 번갈아 쳐다봤다. 둘 사이에 팽팽했던 긴장감이 사라졌다. 요나스도 다시 웃기 시작했다. 요나스의 섬세한 안테나가 다정한 신호를 감지했기 때문이다.

"엄마, 정말 예쁘다." 그는 신이 나서 말했다.

미리암은 대화가 어떻게 흘러가는지 아직도 감을 잡지 못하는 것 같았다. 그녀는 머뭇거리며 팔에 그어진 립스틱 선을 바라보았다. "그렇다면, 난… 이게 좋겠네."

바로 그 순간, 로버트와 그녀의 딸은 서로의 눈을 마주 보았다. 그는 딸을 향해 장난스럽게 웃었다. 그녀의 얼굴에도 보일 듯 말 듯 미묘한 미소가 스쳐 지나갔다.

미리암과 요나스에게 작별 인사를 한 뒤 로버트는 거실을 정리하기 시작했다. 그는 딸과 다툼 없이 화해하는 분위기로 마무리해서 마음이 평온했다. 긍정적인 기분이 계속되어 그는 와인 한잔을 마시기로 했다. 그가 와인의 코르크를 뽑자마자 전화벨이 울렸다. 한 번도 들어본 적 없는 이름이었다. 그녀는 인사나 소개말 없이 바로 용건을 말하며, 쉼표와 마침표 없이 숨넘어가게 말을 늘어놓았다. 로버트는 이 사람이 무슨 말을 하려는 건지 도통 이해할 수가 없었다. 그는 그녀의 말을 억지로 끊었다.

"무슨 말씀을 하시는 겁니까?" 로버트는 수화기에 대고 목소리를 높였다.

"에이본 뷰티 컨설턴트로 선생님을 새롭게 모시고 싶어서요." 수화기 속 여자의 목소리는 소심하게 떨리는 듯했다.

로버트는 목소리를 가다듬었다. "저를 어떻게 알고 연락하셨습니까?" 그는 로즈마리가 추천했을 거라 짐작했다. 그녀가 고객들에게 로버트를 추천한 게 처음이 아니었다.

"평판이 좋으세요. 좋은 평판이요."

"그런가요?" 그는 기분이 좋았고, 이를 즐기지 않을 이유가 없다고 생각했다.

"사람들이 뭐라고 말하던가요?"

"사람들이 그러더군요, 물건을 많이 팔려고만 하지 않는다고요. 아주 믿음직하다고 합니다."

사실 그녀의 말은 로버트의 경험과 일치했다. 새로운 고객이 계속 유입되고 매출이 증가한 건 물건을 팔려고 해서 된 것이 아니었다. 그는 최근 화장품 파티에서 한 고객에게 앞으로는 필요하지도 않은 터무니없이 비싼 아이라이너를 사용하지 말라고 솔직하게 조언했다. 그때, 무엇인가를 깨달았다. "때로는 적게 사용하는 게 더 큰 효과를 볼 수도 있습니다."라고 설명했다. 그 고객은 로버트의 조언을 칭찬했을 뿐만 아니라 그의 진솔함에 감동하기까지 했다. 그녀는 고마운 마음에 다른 화장품까지 넉넉하게 주문했다. 그 이후 고객과 만날 때마다 로버트는 화려한 판매화술보다 진실한 말 한마디가 더 효과적이라는 것을 분명하게 깨달았다.

"샹통 씨는 경우가 좀 달라요. 그녀는 항상 자기 이익만 생각해요." 수화기 속 고객은 샹통에 대한 불편한 기색을 드러냈다. 로버트는 속이 뒤틀렸지만 윌마 샹통에 대한 이야기는 치과 신경치료만큼 찌릿했다. 그는 호기심을 이기지 못하고 선 넘는 질문을 해버리고 말했다. "지금까지는 윌마 샹통 씨가 관리하셨나요?"

"네, 맞아요. 하지만 이제 바꾸고 싶네요."

로버트는 윌마 샹통이 자신의 고객을 빼돌려 두 사람 사이에 논쟁이 있었던 것을 기억했다. 기본적으로 이는 원칙에 어긋나는 행동이다. 하지만 수화기 속 고객은 자유의지로 그를 찾았다. 이건 어디까지나 고객의 결정이었다.

"시간이 되신다면 내일이라도 약속을 잡고 싶은데요." 고객이 딱 부러지게 제안했다.

이로써 로버트의 고민은 끝이 났다. 그는 남몰래 승리의 미소

를 지었다. 피 보이는 잔혹한 영화에서나 나올 법한 뿌린 대로
거둔다는 말이 떠올랐다.

14

이른 새벽이다. 로버트는 도시 외곽에 있는 작은 아파트 앞에 주차했다. 로버트는 신규 고객이 왜 모두가 잠들어 있는 시간에 배송받기를 원하는지 궁금했다. 하지만 진심으로 올해의 베스트 에이본 뷰티 컨설턴트가 되고 싶다면, 그는 자신의 일상보다는 고객의 요구에 유연하게 응대해야 한다. 두 번째 커피를 기다리고 있다. 도시를 가로질러 운전하는 것도 매출을 위해 마다하지 않았다. 맞서 싸우지 않는 자가 패자라고 생각했다. 초인종을 눌렀다. 고객이 그를 기다리고 있었다.

"윈터 씨, 드디어 만나 봬서 반갑습니다."

로버트는 그녀의 단어 선택에 조금 놀랐다. 이 만남은 커피 사교 모임도, 독서 토론회도 아니었다. 순전히 비즈니스를 목적으로 한 만남이었다. 하지만 언뜻 봐도 그가 감당해야 할 일이 많아 보였다. 우선 그녀의 립스틱은 너무 강렬한 빨간색이어서 어떤 교차로에서건 정지 신호로 인식될 것 같았다. 두 번째로 시선이 간 것은 그녀의 옷차림이었다. 지금이 아침이 아니라 저녁이라면 파티에 갈 준비를 했다고 생각할 것 같았다. 깊게 파인 브이넥 라인이 돋보이는 짧은 드레스에 투명한 플라스틱 굽의 하이

힐을 신고 있었다. 로버트는 그녀에게 화장품 쇼핑백을 내밀었다. "현금인가요? 송금인가요?"

"몇 가지가 더 필요한데, 안에서 잠시 이야기 나눌 수 있을까요?" 그녀는 미소를 보이며 물었다. 로버트는 오래 생각할 필요도 없었다. 여기까지 오는 데 한 시간도 넘게 걸렸다. 시간을 투자한 만큼 얻어가야 한다. "좋습니다. 카탈로그 가져왔습니다." 이렇게 대답하고 그녀 뒤를 따라 집 안으로 들어갔다.

"커피가 좋을까요? 아니면 차를 드시겠어요?" 그녀가 물었다.

"우유를 조금 탄 커피가 좋겠습니다." 그녀가 주방으로 들어갔을 때 그는 대답했다. 그는 적어도 두 번째 커피는 마실 수 있게 되었다. 현관에서 이어진 좁은 복도는 매우 어수선했다. 뭔가가 놓여 있거나 세워져 있거나 매달려 있었다. 옷장은 빽빽하게 가득 차서 언제라도 그 무게로 무너질 것 같아 걱정스러웠다. 이미 꽉 찬 신발장 앞에 신발이 또 한가득 놓여 있었다. 선반 옆에는 빈티지 고전 스타일의 서랍장이 있었고 벽은 액자와 각종 장식으로 뒤덮여 있었다.

"이곳으로 이사 온 지 반년 정도 되었는데, 아직 정리가 끝나지 않아 죄송해요." 그녀가 주방에서 크게 말했다.

"반년이면 충분했을 텐데." 로버트는 나지막하게 중얼거렸다.

"이런 이혼은 언제나 힘들어요." 그녀는 이렇게 주방에서 외쳤고, 로버트의 귀에는 이번이 첫 번째 이혼이 아닌 것처럼 들렸다. "거실로 들어가죠."

로버트는 역시나 살림으로 가득 찬 거실로 가서 빈자리를 찾앉다. 소파 위에 담요와 옷가지들이 널려 있어 옆으로 살짝 밀어내고 앉았다.

"저에게 무엇을 추천하실지 기대되네요." 고객이 쟁반에 커피를 들고나오며 기쁘게 재잘거렸다.

"그렇게 물으신다면 저는 가장 먼저 립스틱에 대해 말씀드리겠습니다."

그녀는 살짝 쓴웃음을 보였다. "지금 색이 마음에 안 들어요?"

로버트는 그녀의 목소리로 그녀가 실망했다는 것을 느낄 수 있었다. 조금 세심하게 다가가야 했다. 솔직함은 좋은 태도지만, 그렇다고 상처를 주고 싶지는 않았다. 취향에 맞지 않는 화장은 확신하건대 저절로 만들어진 것이 아닐 것이다. 분명 이전에 윌마 샹통에게 조언받은 대로 따랐을 것이다. 우선은 화장이 너무 과하다. 이건 립스틱만의 문제가 아니었다. 로버트는 오랜 시간을 들여 상담을 진행했다. 그는 머리끝에서 발끝까지 고객을 새롭게 분석해야 했다. 고객과의 첫 번째 만남이기에 가능한 한 우아하고 섬세한 표현을 사용하려 했다. 그는 자신의 어휘력이 얼마나 늘었는지 스스로 놀라고 있었다. "립스틱은 모든 것을 압도하면서 고객님의 매력적인 얼굴에서 관심을 분산시키고 있습니다." 그는 거짓말하지 않고 있는 그대로 설명했다. 그녀는 매력적이었다. 명백했다.

고객은 웃으며 그에게 커피잔을 건네주었다.

"립스틱이 모든 관심을 앗아가다니 쑥스럽네요." 그녀는 브이넥 라인의 목선을 아래로 잡아당기며 말했다.

로버트는 그녀의 암시를 이해하지 못하는 척하는 것이 최선이라 판단했다. "고객님께 딱 맞는 새로운 제품이 있어요. '리퀴드 립스틱 로지 플래쉬'입니다. 무광과 유광타입이 있는데, 저는 고객님에게는 무광을 추천합니다." 그는 이렇게 설명하고 카탈로그의 해당 페이지를 펼쳤다.

하지만 고객은 반들반들한 카탈로그에는 흥미 없다는 표정이었다. 대신 그녀는 계속 그를 바라보며 미소 지었다. 그녀의 관심은 화장품이 아니라 다른 거라는 의심이 들었다.

"재킷 입고 있으며 덥지 않아요? 재킷을 벗는 건 어때요?" 이렇게 말하며 뜨끈한 손을 그의 어깨에 올렸다.

로버트는 반사적으로 마치 벌레를 쫓아내듯 그녀의 손을 떨쳐냈다. "그렇다면 저는 이만 가보겠습니다."

그녀의 얼굴에 불안이 가득했다. 이러한 반응은 전혀 예상치 못했던 것 같다. "제가 선생님이 좋아하는 스타일이 아닌가요?" 그녀는 상처받은 듯한 목소리로 물었다.

"저는 화장품과 관련된 화장 스타일에만 관심이 있습니다."

그녀는 이제 단 하나의 질문만 남았다는 표정이었다. "윈터 씨, 정말 죄송합니다. 제가 원한 건 아닌데…."

그녀는 더 이상 말할 수 없었다. 로버트는 그녀의 말을 막았기 때문이다. "뭘 원하지 않았다는 겁니까?"

"가까이 다가가는 거요."

"하지만 그렇게 하셨잖아요."

이 여자는 손으로 입을 막고 너무나 당황한 표정으로 그를 바라봤다. "지금 이 모든 게 너무 불쾌합니다."

로버트는 그녀를 바라보았다. 뭔가 잘못되었다. 그녀가 먼저 관심을 드러냈다. 그것도 아주 어설프게 말이다. 하지만 어떤 이유에서인지 그녀가 잘못된 정보에 빠져 로버트에게 무엇인가를 기대했다는 인상이 들었다. 그녀의 착각은 단순히 수치스러운 것 이상이었다. 그녀는 먼저 다가온 것을 부끄러워했고, 그는 이걸 멈추도록 했다.

"어떤 생각을 하신 겁니까?" 로버트가 조심스럽게 물었다. 그녀의 눈동자가 촉촉하게 빛났다. 그는 너무 비난처럼 들리지 않게 하려 노력했다. 그는 그녀를 울리지 않고 그저 이야기만 하고 싶었다.

그녀는 죄책감에 사로잡혀 그를 바라봤다. "당신은 잘생겼습니다…."

"네, 잘 알고 있습니다." 로버트는 충동적으로 대꾸했다. 그의 대답은 그녀의 말을 잠시 멈추게 했다. "그런가 보죠, 아마도요. 하지만 그게 무슨 상관이 있습니까?"

"당신이 외롭다는 말을 들었어요. 거부하지 않는다고 했어요."

"도대체 누가 그런 말을 해요?" 로버트는 말했다. 이 말에 그녀는 겁에 질려버렸고 로버트는 목소리를 다시 낮추었다.

여자는 몹시 당황한 표정이었다. "저는 아무 일에도 관여하고 싶지 않아요."

"그렇게 되기는 어려울 것 같습니다. 이 상황을 만든 장본인이잖아요."

214

"나가주세요."

로버트는 길게 한숨을 내쉬었다. 그녀의 이름을 부르는 것이 좋았을 것이다. 하지만 그녀의 요구대로 이 상황에서 물러나야 했다. 그렇지 않으면 상황이 더 악화할 것이 뻔했다.

도시를 가로질러 다시 집으로 돌아가는 길은 머나먼 길이었다. 로버트는 운전에 제대로 집중할 수 없었다. 누가 그렇게 자신을 모함하는지 생각에 빠졌다. 떠오르는 단 한 사람, 바로 윌마 샹통이다. 그녀는 올해의 베스트 에이본 뷰티 컨설턴트가 되기 위해 수단과 방법을 가리지 않고 모든 것을 다했다. 하지만 이토록 비열한 짓을 하리라고는 상상도 하지 못했다. 한 가지 분명한 것은 이런 소문은 그를 나락으로 밀어버릴 수도 있었다. 이 상황을 어떻게 접근해서 해결해야 할지 그는 전혀 갈피를 잡지 못했다. 진짜 최악이다. 문제를 뭉개버리는 건 결코 그의 방식이 아니었지만 그의 손은 묶여 있었다. 그는 상황을 어떻게 통제할 수도 없이 그저 휘말리고만 있었다.

하루가 시작되었지만, 로버트는 분노가 치밀어서 들어온 주문을 배송하러 갈 수 없었다. 무슨 일이 일어났는지 생각하면 할수록 걱정만 늘어났다. 그는 집으로 돌아와 고객들에게 배송 지연 메일을 보내고 이전에 소피아가 생일 선물로 준 마음 챙김과 명상에 관한 CD를 들으려 했다. 그 CD는 모차르트의 마술피리와 도스도예프스키의 악령 전집 사이에 놓여 있다. 하지만 그는 생각을 바꾸고 전화기를 들었다. 그는 누군가와 이야기해야 했다. 카를에게 모든 것을 다 털어놓을 수는 없을 것 같다. 프랭크와 함께 몇 번 더 카드놀이로 다시 연락해서 만나는 것은 기뻤지만 이 주제는 너무 민감해서 옛친구와 논의할 수 없을 것 같았다. 그는 조롱당하는 것이 너무 두려웠다. 지금, 이 순간 이 문제를 논의할 수 있는 사람은 오직 한 명뿐이었다. 로버트는 릴리 피셔의 조언을 간절히 원했지만, 발신음이 두 번 울리자마자 통화가 연결되어 조금 놀랐다.

"여보세요." 확실하게 릴리의 목소리는 아니었다. 남자 목소리다. 그녀의 남편 패트릭이었다.

로버트는 말을 더듬거렸다. "아…. 저…. 부인과 통화할 수…."

"지금 욕실에 있는데, 용건 전달해 드릴까요?"

로버트는 자신에게 일어난 일을 패트릭에게 말하는 것은 절대 바람직하지 않다고 즉각적으로 판단했다. 하지만 또 다른 생각에 머리가 지끈거렸다. 그는 소피아의 전화를 대신 받을 생각을 전혀 하지 않았다. 왜냐하면 소피아에게 비밀이 없다고 전적으로 믿었기 때문이다. 이런 이유에서건 다른 이유에서건 그는 항상 그녀의 사생활을 존중했다. 하지만 패트릭 피셔는 조금 달랐다. 로버트는 몸을 사렸다. 그는 거짓말하는 게 너무 싫었지만, 내면의 목소리는 그에게 경계 태세를 갖추라고 경고했다.

"제 컴퓨터가 고장 났습니다. 그래서 모든 고객에게 전화를 걸어 주문을 다시 해달라고 연락을 돌리고 있습니다."

"고생이 많으십니다. 컴퓨터가 사라진다면 이 세상은 어떻게 될까요?" 패트릭이 말했다. 로버트는 한탄의 억양을 너무 강하게 표현했다고 생각했다. 위선처럼 들렸다.

"그러게 말입니다." 로버트는 맞장구를 쳤다. 그는 가능한 한 빨리 전화를 끊고 싶었다. 그는 배우가 아니다. 거짓말은 그를 불안하게 만든다. 대화 상대도 조만간 눈치채게 될 것 같았다. "그럼 저는 다시 제 일을 하도록 하겠습니다. 전화할 고객이 아주 많아서요. 부인께 그럼 다시 전화해 달라고 전달 부탁드립니다."

"행운을 빕니다. 윈터 씨. 아내에게 그렇게 전하겠습니다."

로버트는 전화를 끊은 후 잠시 핸드폰을 멍하니 바라봤다. 감정이 다시 올라왔다. 그는 릴리와 그의 남편에 관한 생각을 모두 떨쳐버렸다. 그는 자신만의 문제가 있고 이것에 관해 이야기할 사람이 필요했다. 흥분을 가라앉히고 냉정하게 두 발로 일어서게 도와줄 수 있는 사람, 이 일이 그렇게 극단적이지도 않고 아무 일도 일어나지 않았다고 말해줄 사람 말이다.

미리암에게 전화해 볼까도 생각했지만, 마음을 접었다. 그는 옆집으로 가서 초인종을 눌렀다. 너무 초조하고 불안해서 그는 먼저 나서서 바스티에게 커피 마시러 오라고 할 생각이었다. 하지만 초인종을 두 번, 세 번 눌러도 문은 열리지 않았다. 로버트는 현관문에 귀를 댔다. 집 안에서 모깃소리조차 들리지 않았다. 아무도 집에 없는 거 같았다. 로버트는 길게 한숨을 내쉬었다. "시도 때도 없이 나를 찾아오더니, 필요할 때는 또 없네." 집으로 돌아가는 길에 불평이 툭 나와버렸다.

커피메이커에 커피를 채우는 동안 이른 시간이었지만 와인 한잔을 마신다면 불안이 가라앉을지도 모른다는 생각이 들었다. 바로 그때 그의 핸드폰이 울렸다. 릴리임에 틀림없을 것이다. 하지만 핸드폰 화면에 떠오른 번호는 에이본 상담 주문 전화였다. 맞다, 그는 로즈마리와 대화하는 걸 좋아했다. 왜 그녀에게 더 빨리 전화할 생각을 하지 못했는지 어리둥절했다. 하지만 동시에 왜 그녀가 전화했는지도 궁금했다. 굉장히 이례적인 일이었다.

"안녕하세요, 윈터 씨." 로즈마리가 평소와 다른 어투로 말했다. 로버트는 바로 알아챘다. 형식적으로 몇 마디 주고받고 나자 그의 의문은 더욱 커졌다. 특별하게 전달할 내용도 없이 로즈마리는 말을 빙빙 돌리고 있었다. 로버트는 정면 돌파하기로 했다.

"본론으로 바로 들어가죠. 무슨 일이에요?"

그녀는 단도직입적으로 요점부터 말했다. "지금부터 저는 윈터 씨가 듣기에 매우 불쾌한 이야기를 몇 개 전달해야 합니다."

로버트는 바로 긴장했다. "얼마나 불쾌한데요?"

"불만이 접수되었어요."

"나를 상대로 말이에요?" 로버트는 더는 이 상황을 이해할 수 없었다.

"만약 누군가 불만을 접수할 이유가 있다면, 그건 바로 저입니다."

로즈마리는 한마디도 놓치지 않으려는 듯했다. "그게 무슨 말씀인가요?"

"오늘 아침에 아주 의심스러운 고객을 만났습니다. 그녀가 저에 대해 심각하게 불평했나요?"

"아니요, 윌마 샹통이 접수했습니다." 로즈마리가 대답했다.

로버트는 등줄기에 소름이 돋았다. 그녀가 결국에는 방해 공작을 시작한 것이다. 그의 분노는 말 그대로 하늘을 찌를 듯했다.

"윌마 샹통씨가 윈터씨의 비전문적인 영업방식에 대해 비난했어요." 로즈마리가 계속 말했다.

"비전문적이라고요? 제가요?"

"그녀는 윈터 씨가 여성 고객에게 화장품을 제공할 뿐만 아니라 몇 가지 추가 서비스도 제공한다고 주장해요. 그리고 매출을 올리기 위해 특정 고객의 외로움을 이용한다고 말했어요."

로버트는 듣자마자 그게 무슨 말인지 바로 이해했고 그의 의심은 확신으로 되었다.

그는 혈압이 치솟는 걸 느꼈다. 귀에서 맥박 소리가 들리기까지 했다.

"윈터 씨가 그러리라고 전혀 상상이 가지 않아요." 로즈마리가 서둘러 말을 덧붙였다. 그녀는 자신이 이 소문을 절대 믿지 않는다는 점을 분명히 하고 싶어 했고 그는 그런 그녀에게 정말 고마웠다.

"하지만 저는 이 불만 사항에 대해 공식적으로 조사해야만 해요. 여기에 더해서 샹통 씨가 또 하나 질문한 건, 윈터 씨가 지금 사용하고 계신 계정은 돌아가신 부인의…" 그녀는 여기서 말을 멈췄다. 로즈마리는 너무 자세히 말하는 것 같다고 느꼈을 것이다. 하지만 로버트는 그녀를 이해했다.

"이게 그녀랑 무슨 상관이 있습니까?"

"아니요. 하지만 샹통 씨는 하나하나 구석구석 살피면서 트집 잡고 해를 끼치려 합니다. 이거 하나는 아주 확실하죠."

그녀가 자신을 방해하리라는 것을 몰랐던 것은 아니었다. 비즈니스 차원에서 월마 샹통은 더는 경쟁 대상이 아니었다. 그러자 그녀는 이제 인격 암살을 시도했다. 그러다가 아주 중요한 질문을 빼먹었다는 것을 깨달았다. "그래서 뭐라고 대답하셨습니까?"

"글쎄요, 모든 것을 면밀히 기록하고 조사하겠다고 대답했습니다. 만약 의심 사항이 사실로 확인되면 경영진에게 보고하겠다고도 말했어요. 그리고 사용 중이신 계정에 대한 세부 사항은 제삼자에게 어떤 정보도 제공할 권한이 없다고 명백히 전달했어요."

"알겠습니다." 로버트가 대답했다. 그는 소문과 비난이 얼마나 근거 없는 것인지 잘 알고 있었다. 그것들은 어떤 식으로든 허공으로 사라질 것이다. 하지만 소문만으로도 충분히 불이익은 만들어질 것이다.

"그리고 제가 적은 메모는 박박 찢어서 쓰레기통에 던져버렸어요." 로즈마리는 웃으며 말을 덧붙였다.

로버트는 깜짝 놀랐다. 온몸의 긴장이 풀리며 마음이 안정되었다. 아직 문제가 근본적으로 해결되지 않았지만, 최소한 동맹국이 있다는 것은 확인되었다. 지금 로버트에게 절실히 필요했던 것이다.

"윈터 씨, 이 여자는 숨 쉴 틈도 주지 않을 거예요. 아내분의 계정에 대해서는 제가 영원히 모른 척할 수는 없을 것 같아요. 대책을 세워보시는 게 좋을 것 같아요." 로즈마리가 말했다. 로버트는 그녀 말이 전부 맞다는 걸 잘 알고 있었다.

"윈터 씨가 외로운 마음을 행복하게 만들어 준다고요? 누가 그런 말도 안 되는 소리를 하고 다녀요?" 릴리가 이렇게 말하고는 너무 크게 웃어서 로버트는 그 순간만큼은 명예가 추락하는 듯 모욕당하는 기분이 들었다. 당연히 그는 어떤 여성 고객에게도 가깝게 접근하지 않았다. 그는 언제나 사교 친구와 모임을 직접 선택했다. 그러나 한편으로는 릴리의 말이 마치 여자라면 로버트에게 관심이 있을 수 없다는 것처럼 들렸다. 그는 소심한 인간이 되고 싶지 않았다. 무엇보다 릴리가 뒤늦게라도 전화해준 덕에 법원 앞 벤치에 함께 앉아 얘기할 수 있어 정말 기뻤다. 로버트는 딴생각을 멈추고 혹시 자신이 릴리를 기분 나쁘게 하지는 않았는지 생각해봤다. 얼마 동안은 윌마 상통이 퍼트린 소문이 이미 릴리 귀에도 들어가 그를 멀리했던 것은 아닌지 걱정도 했다. 그녀와 다시 통화되어 목소리를 들었을 때, 로버트는 안도했다. 둘은 만날 약속을 잡았다. 로버트는 모든 걸 다 설명했다. 릴리는 주의 깊게 들었다. 그녀가 이 모든 것을 심각하게 여기지 않아 안심되었다. 로버트는 릴리의 새로운 면을 알게 되었다. 릴리는 매우 똑똑하고 예리하게 분석했다. 정말 인상적이었다. 검은 법복을 입은 릴리를 보면서 그녀는 분명 훌륭한 판사일 거라 생각했다.

릴리는 그를 진지하게 바라봤다. "윈디 씨, 마음에 들지는 않겠지만 저라면 이 상황을 그대로 두겠어요." 로버트는 찌릿하게 아파졌다. 실제로 이 조언이 마음에 들지 않았다.

"윌마 샹통을 이대로 내버려두라고요?"

릴리는 단호하게 고개를 끄덕였다. "우리는 목표 지향적으로 생각해야 해요."

"그게 무슨 말입니까?"

"지금 진흙탕을 휘저으면 더 지저분해지겠죠. 상황만 악화할 뿐입니다."

"저쪽이 멈추지 않으면요? 계속 허위 사실을 퍼트리면 어떻게 합니까? 이 여자가 다음에 무슨 짓을 할지 누가 알겠어요?"

릴리는 안타까운 마음으로 그를 바라봤다. "안타깝지만, 명예 훼손으로 소송을 제기하는 것만으로 충분하지 않아요."

로버트는 침묵했다. 그가 아무리 아니라고 억지로 반박한다고 해도 그녀가 옳다는 것을 알고 있다. 그런데도 그는 계속해서 윌마 샹통을 옭아맬 가능성을 찾고 있었다.

"저라면 개인적으로 만나서 이야기해 보겠어요." 릴리가 제안했다.

"그 여…자를…." 로버트는 그대로 숨이 멎는 것 같았다. "제가 먼저 다가가기 전에 윌마 샹통은 성수로 죄를 씻어내야 할 겁니다."

릴리는 크게 웃었다. "한번 해봐요. 정면 대결은 종종 놀라운 결과를 만들어내기도 해요. 살아 돌아오고 싶으면 십자가 목걸이를 꼭 차고 가고, 마늘을 목에 걸어도 괜찮겠네요."

"나무 말뚝과 망치도 들고 가겠습니다." 로버트가 침울한 목소리로 중얼거렸다. 생각에 잠겨 있는 그는 릴리가 자신을 보고 미소 짓고 있는 걸 알아챘다. "뭐요?"

"면도도 안 하고 목욕 가운 걸치고 있던 망가진 남자보다 지금 여기 있는 사람이 더 맘에 드네요."

로버트는 그녀와 처음 만났던 때를 생각하면서 미소를 보였다. 그날 이후로 참 많은 일이 벌어졌고 그에게도 많은 일이 생겼다. "망가졌다고요? 그건 아니죠." 그가 장난스럽게 화난 척 말했다.

"어쨌거나 눈이 즐거운 정도는 아니었죠. 하지만 근본적으로 뭔가 변했어요."

그 말에 로버트는 짐짓 당황해 말을 이어가지 못했다. 그는 자기 외모가 나쁘지 않다는 것을 알고 있었다. 가끔은 잘생겼다는 말도 들었다. 하지만 외모에 대해 요란하게 떠드는 걸 좋아하지 않았다.

"제가 집중하는 한 가지는 바로 내면의 가치입니다." 로버트가 말했다. 하지만 어딘가 너무 뻔한 소리 같았다. 그런데도 릴리가 이 말에 왜 그토록 즐거워하는지 의아해했다.

"내면의 가치라고요? 그렇다면 윈터 씨는 딱 맞는 업계에서 일하고 있는 거네요. 모든 건 결국 내면의 가치를 위한 것이니까요."

"타락한 마음으로는 기적을 행할 수 없습니다. 화장을 최고로 잘한다고 해도 말이에요. 믿어보세요."

릴리가 정말 큰 소리로 웃기 시작했다. 로버트는 지나가는 사람들이 자신들을 힐끗 돌아보는 것도 알아챘다. 하지만 그다지 신경 쓰지 않았다. 그는 릴리와 함께 있어서 뿌듯했다.

"그거 제 이야기는 아니죠?" 릴리가 주먹으로 그의 팔뚝을 툭 쳤다.

로버트는 손을 흔들었다. "아니, 아니요. 릴리 씨는 아주 멀쩡합니다."

"멀쩡하다고요? 점점 좋아지고 있네요."

그는 그녀를 보며 장난스럽게 미소를 보였다. "농담은 여기까지 하는 거로 충분하고요. 우리 장난치러 온 거 아니잖아요."

로버트가 이 말을 다 하기도 전에 그는 대화가 가능한 피하고 싶은 방향으로 흘러가고 있다는 것을 눈치챘다. 릴리도 같은 생각인 듯했다. 그녀는 어색하게 목소리를 가다듬었다.

"남편분은 잘 지내시고요?" 로버트가 무해한 주제로 대화의 흐름을 바꾸려고 질문했다. 그리고 이 질문으로 예전과 같은 건전한 관계로 되돌아가려고 했다.

"물론이죠." 릴리는 입술에 힘을 주고 로버트가 생각하기에도 조금은 이상한 목소리로 대답했다. 릴리는 남편 이야기가 나오자마자 입을 꾹 다물었다. 로버트가 이상하게 생각한 건, 릴리가 패트릭에 대해서 단 한 번도 먼저 이야기를 꺼낸 적이 없다는 것이다. 하지만 둘의 결혼 생활에 간섭할 권리가 그에게는 없었다.

릴리의 집을 방문한 이후 둘의 관계가 실제로 어떤지 혼자서 생각할 뿐이었다. 그가 패트릭을 처음 만났을 때, 두 사람은 서로 맞지 않는 퍼즐 조각 같다는 인상을 받았다.

"패트릭은 3일 동안 출장 중이에요." 릴리의 얼굴에 미소가 번졌다.

"일단 청소할 필요도 없고, TV 보면서 밥을 먹고 우유 팩에 입을 대고 우유를 마시죠. 너무 좋아요."

로버트는 미간에 인상을 쓰며 말했다. "우유 팩에 입을 대고 마신다고요? 진짜예요?"

릴리는 말없이 웃기만 했다. 로버트도 미소로 답을 보였다.

로버트는 차에서 내려 집을 향해 갔다. 릴리를 만난 후, 자신의 문제가 그토록 심각하다는 생각이 들지 않았다. 그녀는 그의 걱정을 덜어주었다. 그런데도 가슴에 압박감이 느껴졌고 숨쉬기가 어려웠다. 그는 긴장을 풀기 위해 현관문 앞에서 스트레칭 동작 몇 개를 했다. 그때 바스티가 인사하는 소리가 들려왔다.

"안녕하세요, 윈터 씨."

로버트는 이웃집을 향해 고개를 돌렸다.

바스티는 '요리사에게 키스를'이라는 문구가 있는 앞치마를 두르고 있었다.

"오늘 바비큐 같이 하실래요?"

로버트는 시계를 힐끗 봤다. 아직 이른 오후였다. "지금요?"

바스티는 안될 게 뭐 있냐는 듯이 그를 바라봤다. "이보다 더 재미난 게 있어요?"

"이웃과 같이 바비큐를 하는 것보다 좋은 게 있을 수 없죠."

"그럼 좀 도와주세요. 제가 장을 엄청나게 봤는데, 온다는 사람이 막판에 취소했지 뭐예요."

"그럼 제가 자리를 메꿔드리죠."

바스티는 묻지도 않고 로버트의 팔을 끼고 데리고 갔다. "여기서 뭘 떠들어요. 그냥 오세요."

로버트는 몸을 뒤로 뺐다. "저 혼자 갈 수 있습니다." 그는 바스티의 과한 행동에 고개를 내저으면서도 바스티를 따라갔다. 지난 며칠 동안 월마 상통 때문에 배고픔을 느낄 여력도 없었는데, 스트레스가 가라앉자 허기가 몰려왔다.

로버트는 이웃집에 들어서자마자 집 안에 맴도는 냉랭한 분위기를 느낄 수 있었다. 꽤 오래전부터 벽으로 싸움 소리가 들려오지 않았다. 로버트는 이것이 좋은 징조라고 생각했는데 사실상 완전 반대였다. 이 둘은 심각하게 위기를 겪는 듯 보였다.

로버트는 테라스에 놓인 탁자에 앉아 데니스를 보고 있었다. 데니스는 바비큐에 불을 붙이는 데 서툴렀다. 그는 자리에서 일어나 데니스의 문제를 도와주려는 충동을 억누르고 있었다.

"잘 지냈습니까?" 그는 대신 이렇게 일상적인 대화 톤으로 질문했다.

"별일 없죠." 데니스는 거의 들리지 않는 목소리로 대답하고 바비큐 그릴의 불만 바라봤다. 그의 침묵은 로버트의 신경에 거슬렸다. 초대했으면 손님과 즐겁게 대화를 나누는 것이 경우일 것이다.

"진짜, 괜찮아요?" 로버트는 솔직하게 물었다. 데니스의 깜짝 놀란 듯한 표정을 보아 하니 괜찮지 않다는 것을 짐작할 수 있었다. 그는 잠시 생각하는 듯했다. 그러고는 고개를 끄덕였다.

"물론이죠." 데니스가 대답했다. 그러고는 다시 아무 말도 하지 않았다.

로버트는 이 어수선한 파티에서 나가 집으로 돌아갈까 생각할 때 즈음, 바스티가 집안에서 접시를 들고나와 식탁에 올렸다. "음식은 전부 채식이에요." 바스티는 그게 매우 자랑스럽다는 듯이 말했다.

구운 음식이 로버트의 눈에 들어오자, 그의 입은 혐오감으로 일그러졌다. 여기를 떠날 이유가 이제 더 많아졌다. 음식은 마치 3D프린터에서 나온 것처럼 보였다. 순식간에 허기가 사라졌다.

"도대체 이게 뭐예요?"

"고기라도 뜯을 줄 알았나 봐요?"

"그냥 고기 좀 먹는 게 어때요?"

"우리는 동물 단백질을 너무 많이 먹어요. 특히 윈터 씨 나이대에는 더 주의해야 해요."

로버트는 구운 음식을 바라봤다. "이 음식이 건강하다는 건가요?"

"콜레스테롤 수치를 마지막으로 검사한 게 언제였나요?"

로버트는 이 질문에 답할 수가 없었다. 그는 정말 위급할 때만 병원에 간다. 병원은 대기실에 있는 것만으로도 누군가에게 병원균을 옮을 수 있는 위험을 가진 곳이다. 마찬가지로 그에게 병원은 오직 죽기 위해 가는 장소였다.

"그렇다면 이 모든 형태를 가져오는 화학적 변화는 어떻습니까?"

바스티는 짜증 난다는 듯 고개를 저으며 신음을 내뱉었다. "아저씨랑은 대화가 안 돼요."

그러는 동안 데니스는 숯에 불을 붙이기 위해 풀무를 사용하기 시작했다. 바스티는 그를 없는 사람 취급하면서 불판에 비건 소시지를 올렸다.

"숯에 불이 붙은 다음에 올리라고 몇 번이나 말했어?" 데니스가 작은 소리로 중얼거렸다.

로버트는 매의 눈으로 이 둘을 지켜보고 있었다. 바스티가 데니스의 질책을 못 들은 체하면서 그를 쌀쌀맞게 무시한다는 건, 이 둘 사이에 분명 뭔가가 있었다는 뜻이었다.

"남편분 말이 맞아요. 연기는 발암 물질이죠." 로버트가 끼어들었다. 데니스가 옳다고 생각했기 때문만은 아니었다. 어떻게든 대화를 시작하려 했기 때문이다. 그는 무슨 일이 일어나고 있는지 알고 싶었다.

"알았어요. 아저씨는 데니스가 실수하면 꼭 그 사람 편을 들더라고요." 바스티가 반박했다.

로버트는 본능적으로 따지고 싶었다. "나는 누구 편도 아닌…." 그는 말을 멈추고 바스티를 의문스러운 표정으로 바라봤다. "도대체 누구 편이라는 건 뭡니까? 무슨 말을 하는 거예요?"

"이건 너랑 나의 문제야." 데니스가 끼어들며 바스티 얼굴에 대고 바비큐 집게를 신경질적으로 흔들어댔다.

로버트는 바스티의 눈을 보며 그가 무섭다고 느껴졌다. 마치 눈으로 레이저 광선을 쏘아 상대방을 불태우려는 것 같았다.

"왜 또 그래?" 바스티가 갑자기 소리 질렀다. 로버트는 이러한 반응은 평소의 생활 습관에서 나온 게 아니라 마음 깊은 곳에 있는 상처 때문이라는 것을 바로 알 수 있었다. "네가 그 인간이랑 잔 거, 그것도 너랑 나의 문제니?"

로버트는 가슴이 철렁 내려앉았다. 그는 이웃이 각자 원하는 새 카펫의 색깔이 달라서 다투었으면 했다. 아니면 휴가를 어디로 가는지를 두고 다투는 것도 괜찮다. 하지만 이건 연인관계 문제의 최악의 난이도, 바로 외도에 대한 다툼이었다.

너무나 당황한 그는 데니스를 바라봤다. 데니스는 멍하니 입을 꾹 다물고 불판 위에 달랑 하나 있는 소시지를 계속 뒤집었다. 로버트는 무엇을 해야 할지 생각했다. 정확히 말하자면 그는 타고난 연인관계 상담사가 아니었다.

"나의 가장 멋진 시절을 너에게 바쳤는데 이런 일이 벌어지다니." 바스티는 떨리는 목소리로 말했다. 로버트 또한 그를 이해할 수 있었다. 그는 눈 감고 살지 않는다. 그는 신문을 읽고 TV를 보고 산다. 사람들은 정말 다양한 인간관계를 맺고 살지만, 때로는 사랑이 믿음과 함께하지 않기도 한다는 것을 그는 알고 있다. 하지만 이것이 그의 낭만적인 사랑을 흔들어놓지는 않는다. 그의 삶에서 진정한 사랑이 있었다. 그건 너무나도 명백한 사실이었다. 소피아를 배신하는 일은 생각조차 하지 않았다. 그건 소피아도 마찬가지였을 것이다. 사랑과 친밀감을 분리하는 것은 그들에게 있을 수 없는 일이었다.

"그게 뭐 대단한 거라고, 아무 의미도 없었다고!" 데니스는 방어했다. 이 말은 감정의 바닥을 자극했다. 순도 백 퍼센트의 분노가 단전에서부터 올라온다. 사람들은 늘 다른 사람을 아프게 해놓고 사과나 반성 대신 책임을 회피하고 부인하며 모든 것을 사소한 실수로 치부해버린다. 비겁하고 무기력하게 바비큐 집게를 만지작거리는 데니스 모습에 로버트는 화가 났다.

"아무 의미가 없다고요? 그래서 그 모든 위험을 감수했어요?" 그는 소리쳤다. 달리 방법이 없었다. 이 말이 마음에서 저절로 올라왔다. 분노가 치밀었다. 데니스가 배신한 건 그가 아니라 바스티였는데도 말이다.

데니스는 말 그대로 붕괴되었다. "죄송합니다." 그가 아주 작게 말했다.

로버트는 데니스를 편하게 두고 싶지 않았다. "이런 일은 저절로 일어나지 않아요. 상황이 벌어지기 전에 생각하고 발을 빼낼 시간은 언제나 있죠." 그는 확신에 차서 대답했다. 그는 서서히 감정이 더 격해지는 느낌이 들었다.

바스티는 휴지로 얼굴에 흐르는 눈물을 닦았다. "어떻게 그렇게 가볍게 생각할 수 있어? 정말 역겨워."

"관계는 항상 일방적이지 않아. 양쪽의 문제야." 데니스가 말했다.

"그래, 하지만 그 다른 쪽이 나는 아니라고. 나 이혼할 거야." 바스티는 고래고래 소리를 질러 목소리가 갈라졌다.

"자, 전반전 끝." 로버트가 재빨리 끼어들었다. "우선 진정하고 다시 얘기하자고요." 그는 바스티의 기분보다 상황이 걱정되었다. 자제력을 잃은 바스티가 바로 불타는 숯불 옆에 있었기에 어떤 행동을 할지 예측하기 어려웠다.

"아저씨는 배신당한 적 없잖아요." 바스티가 말했다. 그의 감정은 극으로 치닫고 있었다. 로버트는 마치 비극적 결말을 향하는 오페라의 한 장면에 들어온 느낌이었다. 여기서 정신이 온전한 사람은 오직 로버트뿐이었다. 만약 그렇다면 최악의 상황을 막는 것 또한 그의 몫이었다.

"단 하루도 저 사람과 같은 지붕 아래에 살지 않을 거예요." 바스티는 손가락질로 데니스를 가리켰다. "여기서 나가!"

"어디로 가라는 말이야?"

"그건 내가 알 바 아니지. 새 애인한테 가버려."

"난 그건 생각도 해보지 않았어. 여기가 내 집이야." 데니스가 반발했다.

"두 분 모두 이 집에 세 들어 사는 거죠." 로버트가 끼어들었다. 문제 해결에 어떤 도움도 되지 않는 말인 건 분명했지만 그는 임대 소유권 관계를 명확하게 짚고 넘어가고 싶었다.

바스티는 연극배우처럼 허리춤에 손을 올리고 말했다. "그럼 내가 나갈 거야." 그는 데니스에게 보란 듯이 몸을 돌려 등을 보였고 로버트를 애매하게 쳐다봤다. "혹시 며칠만 아저씨 집에…."

로버트는 겁에 질려 눈을 커다랗게 뜨고 그의 말을 가로막았다. "안 돼요."

바스티와 같은 지붕 아래에? 첫날부터 둘 중 하나는 살아남지 못할 것이라 굳게 확신했다. 지금 여기서 더는 불행한 일들이 벌어지지 않도록 그가 나서서 긴급하게 불을 꺼야 했다. 하지만 이건 그의 전문 분야가 아니었다. 그래도 그는 안간힘을 썼다. 그는 바스티에게 다가갔다.

"절대 성급하게 결정하지 마세요. 언젠가 후회할 수도 있어요." 로버트는 결혼생활 패턴을 지키는 게 정말 중요하다고 생각했다. 이 문제는 결혼을 유지하느냐 마느냐의 문제다. 이건 로버트와도 밀접하게 연결되어 있다. 그가 원하든 원하지 않든 바스티와 데니스는 옆집으로 이사 왔고 그들의 운명은 로버트의 운명과 불가분의 관계에 놓인 것 같았다. 이 두 사람이 헤어지면 조만간 이사를 나갈 것이다. 너무나 놀랍게도 로버트는 그걸 걱정하고 있었다. 그는 다시 한번 새로운 이웃을 맞이하고 싶지 않았다. 새로운 이웃이 온다면, 정신 쏙 빠지게 시끄러운 두 자녀가 있는데도 아이를 또 낳고 싶어 하는 부부일지도 몰랐다. 그는 지금 당장 뭐라도 해야 한다. 마음을 움직일 강한 말 한마디가 필요하다. 그는 데니스를 가리키며 다시 한번 날카롭게 목소리를 높였다. "만약 그쪽이 바람피운다는 말이 한 번 더 내 귀에 들어

오면, 하나님께 자비를 미리 구해두어야 할 것입니다."

데니스는 마지막 라운드가 끝나갈 무렵 패배를 기다리는 부상한 권투 선수처럼 그 자리에서 서서 그를 구해줄 징이 울리기를 간절히 기다리고 있었다. 그리고 징은 그를 기다리게 하지 않았다.

"잘 새겨들어." 로버트 옆에 있던 바스티가 거들었다. 이 둘은 싸움을 종결할 마지막 말을 아직 주고받지 않았다는 생각이 들었다. 오늘 밤은 이어플러그를 귀에 꽂고 잠을 자야 할 것 같다. 이어플러그 쯤이야, 그렇게 살아갈 수 있다. 중요한 것은 그가 이 둘에게 계기를 마련해주었다는 것이다. 언젠가는 침묵을 깨고 다시 이야기할 것이다. 로버트는 그렇게 되기 바랐다.

말다툼 때문에 바비큐 저녁 식사를 이어갈 수 없었다. 바스티는 음식 몇 가지를 싸가라면서 비건 소시지도 가져가라고 투덜거렸지만, 로버트는 그것만큼은 거절했다. 그는 자신의 식탁에 앉아 감자 샐러드를 먹으면서 옆집에서 들려오는 싸움 소리를 들었다. 그리고 자신이 한 말을 곰곰이 생각했다. 로버트는 자신이 조금 자랑스러웠다. 물론 이 결혼드라마가 어떻게 펼쳐질지는 전혀 예측할 수 없다. 하지만 그가 바스티와 데니스에게 길을 보여줄 수 있는 적합한 방향을 찾았다는 것을 깨달았다.

식기 세척기에 접시를 넣던 로버트는 문득 자신이 한 말을 곱씹었다. 인간은 스스로 자신의 문제에 직면해야 한다…. 그는 자기가 무엇을 해야 하는지 깨달았다.

로버트는 '아시아 식당'의 메뉴판을 넘겨보고 있다. 식당 메뉴는 아시아인이 아닌 사람들이 아시아 요리로 인식하는 거의 모든 요리를 내보였다. 중국식 핫 앤 사워 스프, 태국식 카레 요리, 일본식 초밥까지 있다. 인테리어 역시 특정한 콘셉트로 연출되지 않았다. 커다란 나무 테이블에 한자가 적힌 얇은 식탁보가 덮여 있다. 노란색으로 칠한 벽에 열대 산림과 야자수가 늘어선 해변의 대형 사진이 걸려 있다. 당연히 조악한 부처상도 빠지지 않았다. 식당 주인은 맛과 취향에 진정성을 추구하기보다는 가능한 다양한 음식을 제공해서 광범위한 대중에게 어필하고자 하는 것 같았다.

로버트는 식당을 구석구석 살펴봤다. 아직 저녁 식사 시간이 아니라서 식당은 조용했다. 윌마 샹통이 식당 안에서 몇 개 안 되는 식탁에 영수증을 가져다주었고, 그의 남편은 개방형 주방에서 요리했다. 로버트는 그녀의 명령과 거친 말투에 반응하는 무관심한 태도로 봤을 때, 그 사람이 남편임이 틀림없다고 확신했다.

"윈터 씨? 어머나, 웬일이에요?" 윌마는 염색하지 않은 진짜 머리카락 색이 드러난 것처럼 날것의 미소를 지으며 말했다.

"어떤 음식을 파는지 보고 싶어서 왔습니다."

로버트는 이렇게 말하고는 메뉴판을 뒤적거렸다.

"아, 그래요. 드시고 싶은 거 있으세요?"

로버트는 이유를 정확히 알 수 없었지만, 윌마 샹통을 안절 부절못하게 만드는 게 재밌었다. "음…. 아직 잘 모르겠는데요. 추천 메뉴 있습니까?"

월마는 포기하지 않고 계속 미소를 보였다. "음식 공짜 아니에요. 돈 내셔야 하는 거 아시죠?"

"당연한 거 아닙니까?"

"글쎄요, 제 제안을 수락하셨다면 공짜였겠죠."

이건 결투를 알리는 신호였다. 결투가 시작되었다. 우선 위험을 무릅쓰고 엄호물에서 나와 모습을 드러냈다. 그는 메뉴판을 탁 닫고 그녀의 눈을 또렷이 보며 미소를 보였다. "음식 주문하면서 위험을 감수할 필요가 없겠네요. 수돗물 한 잔 가져다주시죠."

월마는 안타깝다는 표정을 보였다. "죄송해요, 여기는 장사하는 곳이에요. 음식을 고르는 동안 생수 가져다드리죠."

그러는 동안 다른 손님이 계산하겠다며 그녀를 불렀다.

"루안." 그녀는 주방에 있는 자기 남편을 불러 계산을 기다리는 손님을 가리켰다. 로버트는 루안이 커다란 중국식 팬을 닦던 행주를 내려놓고 테이블로 걸어가는 것을 지켜봤다. 그는 로버트가 부러워할 만큼 차분하고 평화로운 태도로 모든 일을 해냈다. "남편분이세요?"

"20년 전에 태국에서 만났어요. 첫눈에 서로 반했죠."

"가끔은 두 번, 세 번 살펴봐도 나쁘지 않을 때가 있어요."

월마가 평정심을 유지하려고 필사적으로 애쓰고 있는 게 로버트 눈에 보였다. 그녀의 미소가 싸늘하게 얼어버렸다. 로버트는 그녀가 자기 말을 이해했다고 확신했다. 하지만 그녀는 좀 더 정확하게 알고 싶어 하는 듯 보였다.

"무슨 말을 하고 싶은 거예요?"

로버트는 더 이상의 설명은 불필요하다고 느꼈다. "이해하셨을 텐데요." 그는 언제부터 자신이 이런 비아냥거리는 말투를 습득했는지 스스로 의아했다. 그는 평소에는 주저 없이 곧바로 요점만 말하는 스타일이다. 윌마 샹통이 그의 숨겨진 면모를 일깨웠다. 그녀가 그의 존재에 대해 얼마나 불편해하는지, 그리고 그가 왜 여기에 왔는지 궁금해 머리가 지끈거릴 정도로 괴로워하는 게 로버트 눈에 다 보였다. 그는 이 순간을 즐겼다.

윌마도 조금씩 한계에 가까워지고 있었다. 그녀의 표정은 점점 더 일그러졌다.

"당신은 유머 감각이 있는 사람인데, 그렇죠 윈터 씨?"

"잘못 생각하고 계시네요. 제가 하는 모든 말은 단어의 말뜻 그대로를 의미합니다."

그녀의 미소는 적대적으로 변했다. "당신은 아무것도 주문하지 않았고, 그렇게 저와 제 남편을 모욕하…."

"저는 당신 남편분을 모욕한 적이 없습니다."

"여기 왜 오신 거예요?"

"도대체 왜 허튼 소문을 퍼트리는 겁니까?"

"소문이요? 무슨 소문이요?" 그녀의 순진하게 만든 표정은 이 아시아 식당과 딱 잘 어울렸다. 식당의 분위기에도, 그녀의 미소에도, 진정성이라고는 찾아볼 수 없었다.

"제가 비전문가적인 태도로 영업한다고요? 그 소문을 믿을 사람은 없습니다.

"우리 윈터 씨께서 무슨 말씀을 하는 건지 저는 도통 모르겠네요."

그는 그녀가 쉽게 포기하고 사과할 거라 기대하지 않았다. 적절한 압박을 가해야만 했다. 그는 술집이나 식당에서 일해본 적은 없지만 세무 공무원이었기 때문에 식당에서 일하는 검은 양들의 습성을 잘 알고 있었다.

"여기에서 현금 거래만 하죠?"

윌마의 눈동자가 흔들리더니 깜빡거리기 시작했다. "네, 그런데요?"

"계산할 때마다 현금이 현금 등록기가 아니라 서랍으로 일부 사라지던데."

"어떤 근거로 그렇게 말하는 거예요?"

"잘 들어보세요. 저는 세무 공무원이었습니다. 그리고 여전히 이전 동료들과 좋은 인간관계를 잘 유지하고 있죠. 그들이 기꺼이 당신을 조사할 것입니다." 그는 자기 입술에서 거짓말이 얼마나 잘 흘러나오는지 감탄할 정도였다. 사실 그는 동료들과 좋은 관계도 나쁜 관계도 아니었다. 심지어 그들과 아예 연락하지 않고 지내고 있었다. 그가 은퇴했다는 소식을 들었을 때, 아마 그들은 샴페인을 터뜨렸을지도 모른다.

윌마 샹통은 그를 뚫어지게 봤다. 로버트도 같은 마음으로 그녀를 노려보았다. 어느 쪽도 상대방의 시선을 피하지 않았고 윌마 샹통도 패배를 인정하고 싶어 하지 않았다.

"껍데기뿐인 협박은 그만하시죠, 윈터 씨. 당신이 할 수 있는 건 아무것도 없어요. 잘 알고 있잖아요."

로버트는 그녀 말이 맞는다는 걸 알고 있다. 그는 당연히 이 식당을 관할 세무서에 신고할 수 있다. 하지만 그녀가 이미 말했듯이 조사가 시작되기까지 얼마나 많은 시간이 걸리는지, 그의 경험을 통해 알고 있고, 그러는 동안 윌마는 모든 흔적을 지워버릴 것이 분명했다. 그녀를 굴복시키기 위해 강력한 무엇인가가 필요했다. 이제 준비한 한 방을 세게 날릴 때다.

"릴리 피셔를 아십니까?"

윌마는 눈 하나 깜짝하지 않았다. "들어본 적은 있어요. 왜요?"

"그렇다면 피셔 씨가 제 고객일 뿐만 아니라 판사라는 사실도 아시겠네요. 그분과 이미 이 사건에 대해 논의했습니다." 그는 무심하고 무뚝뚝하게 말하면서도 무게를 더하고 싶었다.

윌마는 자존심을 지키려고 안간힘을 썼지만, 그녀가 휘청거리는 게 눈에 보였다. "무슨 사건이요?"

"명예훼손은 보통 징역감이죠. 최소한 벌금은 면치 못합니다."

사망선고와도 같은 침묵이 흘렀다. 들리는 소리라고는 주방의 백색 소음과 윌마 상통 남편의 기침 소리뿐이었다.

윌마는 기다렸다는 듯이 로버트를 뚫어지게 쳐다보았다. 로버트가 실수했다는 뜻으로 말이다. 하지만 로버트는 자신의 태도를 고수했다. 마치 이탈리아 서부 영화 속 결투를 벌이는 듯한 기분이었다. 그리고 마침내, 윌마가 총을 내렸다.

"그럼 생수 가져다드리죠." 그녀는 들릴락 말락 한 소리로 대답했다. 로버트는 그녀가 사라지는 모습을 만족스럽게 지켜봤다. 윌마 샹통은 더 이상 어떤 위험도 스스로 초래하지 않을 것이다.

15

"안녕하세요, 윈터 씨! 오늘은 날이 정말 좋네요. 햇살이 쏟아져 내려요." 에이본 주문 상담 전화의 로즈마리가 말했다.

로버트는 창밖을 보았다. 날씨는 그녀의 말과 정반대였다. 하늘은 잿빛 구름으로 가득했다. 온종일 비가 내렸고 나무에 매달린 마지막 잎새는 바람에 휘날렸다.

"당신이 계신 사무실이 제가 있는 곳에서 대략 오십 킬로미터 정도 떨어졌다고 하지 않았나요?" 로버트는 정말로 궁금해서 물었다.

"맞아요, 왜 그러신가요?"

"그쪽은 정말 햇빛이 쨍쨍한가요?"

"제가 있는 곳은 아니에요, 선생님이 계신 곳을 말하는 거죠. 예보에 의하면….."

그녀는 무엇인가에 사로잡힌 듯 급하게 말을 멈추고 했던 말을 바로 잡았다. "제 말은 그러니까, 예측한다면, 그러니까 날씨 예보를 말하는 거죠. 물론 날씨만 말하는 거예요."

로즈마리의 말은 수수께끼 같았다. 로버트는 그녀의 말을 하나도 이해하지 못했다. 게다가 조금 이상한 방식으로 단어들을 강조하면서 어린아이처럼 말했다. 만약 그녀를 잘 알지 못하는 사람이었다면, 갑자기 정신이 나갔다고 생각할지도 몰랐다.

"무슨 일 있는 건 아니죠? 괜찮으신가요, 로즈마리 씨?" 로버트는 걱정되기 시작했다.

"아, 물론이죠. 정말 좋습니다. 왜 그런 질문을 하시나요?"

"그냥 해봤습니다." 로버트는 아무렇지도 않다는 듯이 대답하고 자신의 용건에 대해 다시 이야기하려 했다. 그는 이미 로즈마리에게 자신의 매출과 월마 샹통의 매출을 비교해줄 수 있는지 물었던 터다. 그러자 로즈마리는 질문에 답하는 대신 갑자기 날씨 이야기를 꺼낸 것이다. 로버트는 자신의 매출이 상승하고 있다고 생각했다. 하지만 현실적으로 올해의 베스트 에이본 뷰티 컨설턴트 상을 수상할 수 있는지 없는지는 가늠하기 어려웠다.

로즈마리는 갑자기 정상으로 돌아온 듯 대화를 이어갔다. "원터 씨, 정말 죄송합니다. 매출과 회사영업에 관해 얘기하는 건 허용된 일이 아니라서요."

로버트는 충분히 이해한다. 어떤 상황에서도 그녀를 곤경에 빠트리고 싶지 않았다. 그런데 그녀는 다시 한번 수수께끼 같은 말을 꺼냈다.

"하지만 날씨에 대해서는 당연히 이야기를 나눌 수 있죠. 지난주에는 구름이 있어 내내 흐렸는데 이번 주에는 드디어 해가 쨍쨍하네요. 선글라스 꼭 챙기세요. 그게 꼭 필요할 거예요."

로버트는 진심으로 걱정되었다. 로즈마리에게 뭔가 잘못된 일이 있는 것 같다. 숨겨진 질병이 있지 않기를 바랐다.

"윈터 씨, 이해하셨어요? 앞으로 저는 겨울 윈터 씨를 여름 썸머 씨라고 부르도록 하겠습니다." 로즈마리는 덧붙였다.

로버트는 골똘히 생각해봤다. 그녀를 불안하게 만들고 싶지는 않았지만, 가능한 빨리 의사를 방문해 MRI나 CT를 찍어봐야 한다고 말해야 할 것 같았다. 그가 여기에 맞는 적합한 말을 찾는 동안 갑자기 뭔가 머리에 스쳐 지나갔다. 마침내 그는 그녀가 무엇을 말하는지 알아챘다. 로즈마리가 정신이 살짝 나갔다고 말한 것과는 전혀 상관없는 일이었다. 그녀는 어떤 식으로든 숫자를 직접적으로 말할 수 없었다. 그래서 날씨 예보를 암호처럼 사용한 것이다.

"새로운 고기압이 이전의 저기압을 압도했다고 말하고 싶은 거죠?" 이렇게 묻고 초조하게 답변을 기다렸다. 로즈마리가 말한 것을 제대로 이해했다면, 현재 그가 앞서가는 것이 윌마 샴통과 비등한 정도가 아니라 그녀를 완벽히 추월했다는 뜻이었다.

로즈마리는 안도의 한숨을 내쉬었다. "윈터 씨, 드디어 아주 멋지게 따라잡았습니다. 존경스러워요!"

로버트는 고개를 저었다. "먼저 말씀을 해주셨으면 좋았겠죠."

"제가 그렇게 말하는 동안 무슨 생각을 하셨나요? 미쳤다고 생각하셨죠?"

"아니에요, 아닙니다. 그렇게 생각하지 않았어요." 로버트는 급하게 대답했다. 그때 핸드폰이 울렸다. 평소 같으면 별로 신경 쓰지 않았을 것이다. 그는 동시에 전화 두 통을 받을 수 없어서 먼저 온 전화를 다 받고 난 후에 다른 전화를 확인한다. 하지만 오늘은 마음속에서 불안이 밀려왔다. 며칠째 릴리의 전화를 기다리고 있었다. 그는 예의에 어긋나지 않게 서둘러 로즈마리에게 인사하고 전화를 끊고 음성 사서함으로 넘어가기 전에 전화를 받으려 했다. 그가 급하게 화면을 손가락으로 밀어서 수신 버튼을 누르자 발신자가 보였다. 당일 화장품 파티를 주최하는 고객이었다.

로버트는 살짝 실망했다. 릴리가 그를 피하는 것이 분명했다. 벤치에서 그녀를 마지막으로 만난 이후 연락이 닿지 않았다. 이유를 알 수 없었다. 그녀와의 우정을 매우 소중히 여겼지만, 우정을 주고받는 일이 쉽지 않아 사실 조금 아쉬웠다. 아마도 그녀는 일로 스트레스가 많은지도 모르겠다. 맞다, 지금은 밤이 기나긴 어둠의 계절이다. 겨울이 문에 노크한다. 이 말은 도둑들의 성수기라는 뜻이다. 그녀는 판사로서 바쁘게 일하면서 범죄자들에게 쉬지 않고 즉결재판으로 선고를 내리고 있을 것이다. 꽃이 조금 아깝기는 했다. 릴리가 그에게 보내준 격려와 응원에 감사를 보이고 싶어서 릴리를 위해 꽃을 샀지만, 벌써 이틀째 차 안에서 그가 가는 곳마다 함께 다니고 있었다.

"자, 그런 다음에 코르크 판을 적당한 크기로 자르고." 로버트는 가위를 손에 들고 받침대를 자르며 설명했다. 소파와 안락 의자에 나이 지긋한 숙녀 다섯 명이 커피를 마시고 빵을 먹으면서 로버트의 손놀림 하나하나를 주의 깊게 지켜본다.

"집안일을 이렇게 잘하시는데, 우리 집에서 살면 안 되나요?" 파티 주최자가 웃으며 말했다.

로버트가 다정하게 웃었다. "남편분께서 뭐라고 말씀하시겠어요?"

여자는 손을 허공에 흔들었다. "아, 내 남편요, 집안일에는 정말 쓸데가 없죠. 죄다 저한테 떠넘긴다니까요."

그 옆에서 로버트는 테이블을 뒤집어 상판을 바닥에 두었다. 그가 파티 주최자의 집에 도착해서 소개할 상품을 테이블에 올려두려 했을 때 테이블이 흔들리는 것을 발견했다. 그렇게 파티를 진행할 수는 없었다. 그에게 테이블이 흔들리는 건 손톱 밑의 가시만큼 신경 거슬리는 일이었다. 문제를 해결해야 했다.

"우리 남편도 똑같아요." 다른 고객이 맞장구쳤다. "일 끝나고 집에 오면, 손 하나를 까딱하지 않는다니까."

로버트는 자른 코르크 판을 테이블 다리 바닥에 목공풀로 붙이고 테이블을 다시 바로 세웠다. "남편분들께서는 분명 각각의 재능을 갖고 있죠." 그는 부인들의 말에 호응했다.

"맞는 말이에요. 그이는 주말마다 정원을 가꾸는데, 천상의 정원처럼 꾸몄더라고요."

"제 남편은 아침마다 항상 강아지 산책시켜요." 파티 주최자가 말했다.

로버트는 소파 근처에 있는 강아지 매트 위에 코를 골고 자는

강아지를 바라보았다. 그가 이 집에 왔을 때부터 강아지는 꿈쩍
도 하지 않았다. 심지에 이 방에 들어왔을 때도 마찬가지였다.
이 강아지가 잠에서 깨서 산책하러 가기나 할까 싶은 생각이 들
었다.

"좋은 결혼생활에는 각자의 역할이 있죠. 제 아내와 저 역시
도 마찬가지였습니다. 제 아내는 어질러놓고, 저는 정리하는 거,
이게 서로의 역할이었죠."

여자들은 웃었다. "소피아에게 조금 그런 면이 있기는 했어
요. 하지만 그게 그녀를 더욱 매력적으로 만들었죠." 파티 주최
자가 배려 담긴 말을 했다. 그녀의 말에 다른 사람들도 모두 고
개를 끄덕였다.

로버트는 잠시 숨을 참았다. 하고픈 말이 불쑥 나올 것 같았
다. 소피아에 대해 이런 식으로 말을 한 적이 단 한 번도 없었다.
마치 점점 멀어지는 추억처럼 이야기하다니. 하지만 더는 마음
이 아프지 않았다. 그녀를 추억할 때면 따듯하고 행복한 기분이
든다. 그는 테이블을 제자리로 옮기고 흔들어봤다.

"자, 더는 흔들지 않네요. 숙녀 여러분, 그럼 시작하겠습니
다." 그는 힘차게 손뼉을 치며 말했다. 그는 성숙해졌다. 그는 마
치 쇼를 진행하는 연예인 같다는 생각이 들었고 이 역할이 마음
에 들었다. 여성 고객들은 기대감으로 환하게 웃었다. 기분이 좋
았다. 이보다 더 좋을 수는 없을 것 같다.

"윈터 씨가 우리를 위해 무엇을 준비했는지 아주 기대하고 있
어요." 파티 주최자가 말했다. 준비한 제품을 테이블에 올려도

테이블이 흔들리지 않았다. 그 역시도 이제는 두 발로 안정적이게 설 수 있다.

두 시간 후, 파티 주최자의 집을 나올 때 그는 다시 한번 스스로 만족했다. 첫 번째 화장품 파티했을 때 그는 이미 개인적인 이야기의 한 두 마디가 매출에 얼마나 긍정적으로 효과를 보이는지 간파했다. 그렇다고 해서 계산적으로 고객과 대화를 나누지는 않는다. 그는 다른 사람들과 그들의 삶에 관해 이야기 나누는 게 즐거웠다. 물론 자기 삶에 관해서도 이야기한다. 이전에는 왜 이렇게 하지 못했는지 궁금했다.

차에 물건을 싣는 동안, 릴리를 위해 마련한 꽃다발이 눈에 들어왔다. 여전히 자동차 조수석에 놓여 있었고 조금 시들어 보였다. 그는 팀의 커리 식당에서 점심 먹는 걸 거르고 약속 없이 그녀를 방문하기로 했다.

그녀의 집에 가까워지자, 많은 생각이 들었다. 갑작스레 누군가 집에 방문하는 걸 싫어하는 로버트였기에, 아무리 개방적이고 즉흥적인 릴리여도 어떤 모습으로 어떻게 반응할지 걱정되었다. 로버트는 진입로에서 그녀의 지저분한 미니쿠퍼를 발견하고는 유쾌하게 고개를 저었다. 어떤 것들은 절대 변하지 않는다.

"윈터 씨!" 릴리가 문을 열며 깜짝 놀라 했다. 그녀는 미소를 보였지만 그렇다고 진짜로 기뻐 보이지는 않았다. 로버트는 그걸 놓치지 않았다.

"혹시 제가 방해하는 건 아닌가요?" 그가 물었다.

"그렇기는 하죠. 지금 쌓인 서류를 일일이 검토 중이라서 할 일이 많네요."

"바로 갈 거예요. 저는 그저 고맙다고 말하려고 온 거예요." 그는 꽃다발을 앞으로 내밀었다. "꽃이 시들기 전에 주려고요, 여기요."

릴리는 어리둥절하게 바라봤다. "이걸 왜요?"

"저에게 해주신 모든 게 다 고마워서요."

"제가 뭘 했다고 그래요?"

"윌마 샹퉁씨에 관한 거 말이에요."

릴리의 말투와 표정이 너무 어색해 보였다. 그녀는 긴장한 듯 뒤를 힐끗 계속 봤다.

"무슨 문제라도…?" 로버트가 불안한 마음에 물었다.

"윈터 씨, 이러실 필요 없어요. 말씀드렸듯이 지금은 할 일이 너무 많아서요." 그녀는 꽃다발을 받을 어떤 미세한 움직임도 보이지 않았다. "이 꽃은 윈터 씨 집에도 잘 어울릴 겁니다."

로버트는 어리둥절해져 그녀를 바라봤다. 무슨 일이 있던 걸까? 릴리가 화난 이유는 뭘까? 혹시나 내가 화나게 한 걸까? 직접 물어보는 것이 좋을지 아니면 그냥 이대로 두고 빨리 자리를 뜨는 것이 좋을지 고민했다. 집 안에서 그녀의 남편 목소리가 들렸다.

"릴리 어딨어?"

남편 목소리에 반응한 릴리의 모습은 로버트에게 풀기 어려운 문제를 던졌다. 그녀는 온몸에 전기가 통하는 듯한 반응을 보였다. 릴리는 분명히 긴장하고 있었다.

"안녕히 가세요, 윈터 씨." 릴리가 작은 목소리로 말했다. 그녀는 그의 면전에 대고 문을 홱 닫았지만, 동시에 문이 다시 홱 열렸다.

패트릭이 릴리 옆에 서서 로버트를 보고 환하게 웃었다.

"윈터 씨 아니에요? 웬일이세요?"

패트릭이 로버트를 격하게 환영했다. 이 둘은 친구도 지인 사이도 아니다.

"여보, 윈터 씨 안으로 들어오시라고 해야지 뭐 해?"

이 질문은 이상했다. 패트릭은 로버트 바로 앞에 서 있다. 왜 그는 로버트에게 직접 말하지 않는 걸까? 초대를 거절하는 것이 좋겠다는 생각이 들었다. 그는 자신의 존재가 릴리에게 문제를 일으킬 것 같은 어렴풋한 느낌이 들었다. "고맙지만 괜찮습니다. 바로 가봐야 합니다."

하지만 패트릭은 그의 말을 전혀 듣지 않았다. "여보, 진짜 왜 그래. 예의 없게."

패트릭은 말 안 듣는 삐뚤어진 여학생처럼 말했다. 로버트는 그의 말투가 거슬렸다. 하지만 더 놀라운 것은 릴리가 이런 말투를 받아주고 있다는 것이었다.

"커피 한 잔은 하고 가시죠." 패트릭이 이렇게 말하고는 문을 활짝 열었다. "그렇게 해주시기를 바랍니다." 로버트가 듣기에 이 말은 공손한 초대가 아니라 초대를 가장한 협박 같았다.

로버트는 디자이너 가구로 장식된 거실 한가운데 서 있었다. 그는 여기에서 릴리와 그녀의 친구들이 마련해준 화장품 파티를 기억했다. 에이본 뷰티 컨설턴트로 향한 첫 번째 발걸음을 딛게 해준 파티였다. 하지만 마음의 목소리가 그 일에 대해 패트릭 피셔에게 아무 말도 하지 않는 게 좋겠다고 속삭였다.

"이건 최근에 한 벼룩시장에서 발견했어요. 20년대 만들어진 진품이죠." 패트릭은 마치 아기의 머리를 쓰다듬듯 부드럽게 테이블 위를 손으로 훑으며 말했다. 로버트는 이 단순한 테이블의 특별한 점이 무엇인지, 사람들이 말하는 가구를 고전적으로 디자인한다는 것이 무슨 의미인지 이해하지 못했다.

"저는 바우하우스 가구를 열정적으로 좋아합니다. 큰돈을 쏟아부을 수 있을 정도로요."

"다행히도 그렇게 많이 필요해 보이지는 않네요." 로버트는 거의 텅 비어 있는 넓은 공간으로 시선을 돌리면서 말했다.

패트릭이 웃었다. "좋은 디자인이란 바로 그런 것입니다. 적을수록 좋지요."

"그건 부인께 말씀해보시죠." 로버트는 이렇게 말을 하자마자 자신의 혀를 깨물고 싶은 심정이 들었다. 마치 릴리의 뒤통수를 때린 것 같았다. 특히 패트릭이 크게 웃으면서 말을 해서 더욱 그런 느낌이 들었다.

"그건 제가 대놓고 말할 수 있죠. 저는 아내를 사랑하지만, 취향 면에서는 어느 한구석에서도 공통분모를 찾을 수 없습니다."

로버트는 관심 있는 척 주위를 둘러보며 거실을 가로질러 걸어가는 동안 패트릭의 시선이 그를 따라온다는 것을 알아챘다. 패트릭은 단 한순간도 로버트에게 눈을 떼지 않았다. 이건 단순한 관찰이 아니라, 마치 과학자가 외계 생명체를 연구하듯 집요했다. 선한 마음을 가진 로버트조차도 패트릭이 자신에게 호의를 가지고 있다는 생각은 전혀 들지 않았다.

"어디에 관심이 있습니까? 뭔가 비밀스러운 열정이라도 있나요?" 패트릭이 물었다.

로버트는 그의 눈을 바라보며 미소를 지었다. "저는 고요한 저만의 평화를 좋아합니다."

패트릭도 미소로 답했다. "에이본 뷰티 컨설턴트시라고요?"

로버트는 거기에 대해 설명할 이유가 없다고 생각했다.

"일시적으로요." 그는 회피하듯 말했다.

"이해합니다. 전성기에 들어선 당신 같은 외모의 남자가…." 그는 말을 끝내지 않았다. 그를 방에 단순히 세워두고 어떤 반응이 나오는지 기다리고 있었다.

로버트는 그가 자신에게 무엇을 원하는지 궁금했다. "저에 대해서 말씀하시는 겁니까?"

패트릭은 다시 한번 이빨을 드러냈다. "여성 고객들에게 인기가 좋겠죠."

그는 서서히 무엇이 패트릭을 괴롭히는지 파악했다. 그리고 이 예상치 못한 초대의 이유도 수면으로 드러났다. 바로 질투다. 패트릭은 릴리와 그의 사이에서 무슨 일이 있는지 알고 싶어 했다. 비록 아무 일도 일어나지 않았지만, 로버트는 본능적으로 경계를 늦추지 않았다.

"제 고객 중에는 남성도 많습니다." 그는 안심시키는 어투로 말했다. 그는 시계를 봤고 긴장감이 몰려오는 게 느껴졌다. 물리적인 불편함이었다. 이 남자와 함께 있는 게 불편하다. 그는 이 자리에서 벗어나는 게 가장 좋다고 생각했다. 하지만 그 모습은 어떨까? 패트릭은 그런 모습에 어떤 결론을 끌어낼까? 로버트는 무심하게 거실을 가로질러 가구를 가까이에서 살펴보았다.

"이전에는 어떤 일을 하셨습니까? 그러니까 직업이요." 패트릭이 물었다.

로버트는 서서히 대화가 심문처럼 흐른다는 느낌을 받았다. 그는 초조하게 부엌을 바라보았다. 그곳에서 릴리가 접시를 만지고 있는지 달그락거리는 소리가 들려왔다. 그는 곧 그 접시가 나오기를 바랐다.

"세무 공무원이었습니다." 로버트는 마지못해 대답했다. 그는 이 대답으로 충분해 더는 질문이 없을 거로 생각했다.

하지만 그 대답은 패트릭에게 좋은 기회를 준 셈이었다. "저는 대형 은행 투자팀에서 일하고 있습니다. 우리는 같은 분야에 있는 거네요."

"우리라고요?" 로버트는 깜짝 놀랐다.

"넓은 의미에서 금융권인 거죠."

로버트는 그를 거의 보지도 않고 대답했다. "오히려 반대편이죠."

"어떤 면에서요?"

"저는 하시는 거래에서 세법을 실수로 위반하지는 않았는지 검토했으니까요."

패트릭은 하이에나처럼 웃었다. "윈터 씨, 우리 은행은 당연히 모든 법적 요구 사항을 준수합니다."

"아니면 카리브해에 있는 케이맨 제도를 뒤지기도 하지요." 로버트는 반박했다. 그는 반사적으로 비난 섞인 대화를 나누고 있는 스스로가 의문스러웠다. 현역 세무 공무원이었던 시절, 그는 돈 많은 사람들이 세상 곳곳을 돌아다니며 법의 허점을 이용한다는 것을 알고 화가 많이 난 적이 있었다. 그는 패트릭이 눈을 많이 깜박이는 것을 눈치챘다. 로버트는 그를 화나게 했다. 너무 명백한 사실이었다. 이 상황에서 너무나 불필요하고 부적절했다. 하지만 로버트는 자신의 본성을 버릴 수가 없었다. 그는 패트릭을 향해 다시 한번 불화살을 날리는 게 너무 재미있었다. "은행 강도는 아마추어죠. 진정한 전문가는 은행을 설립합니다."

패트릭은 화가 나는 상황에서도 감정 통제를 잘했다. 그는 소리 내 웃었다. 하지만 로버트의 귀에는 가식적인 웃음으로밖에 들리지 않았다. 그는 상대가 이런 말을 익히 여러 번 들었을 것이라고 충분히 상상이 갔다. 세상의 모든 은행가는 이 말을 계속해서 들을 수밖에 없다.

마침내 릴리가 커피 세 잔을 쟁반에 받쳐 들고 나타났다. 로버트는 안도의 한숨을 내쉬었다. 마음의 근심이 내려앉았다. 그는 한순간도 이 남자와 단둘이 있고 싶지 않았다.

"카푸치노 세 잔이에요. 여기 받으세요." 릴리가 긴장을 풀고 쟁반을 소파 테이블에 내려놓으며 말했다. 그때 패트릭이 손을 들고 막았다.

"여보, 밑에 뭐라도 깔아주지 않을래?" 그는 매우 단호하게 말했다.

"쟁반 용도가 뭐라고 생각해요?"

하지만 패트릭은 고집을 부렸다. "나를 위해서 그렇게 해주면 안 돼?" 그는 싸늘하게 미소를 보였다.

"둘 중에 무엇을 내려둘까?" 릴리가 손에 들고 있는 쟁반을 턱으로 가리키며 물었다.

패트릭은 한숨을 쉬며 고개를 저었다. 마치 어린아이에게 무엇인가를 설명할 때 하는 행동처럼 보였다. 그는 선반으로 가서 식탁 매트 두 개를 가져와 소파 테이블에 위에 조심스레 펼쳐 올렸다.

로버트는 릴리를 바라보았다. 릴리는 그에게 미소를 지어 보이며 소리 없이 신음했다. 패트릭의 성격이 릴리의 신경을 곤두세우는 것 같아 로버트는 안심했다.

"윈터 씨, 여기 앉으세요." 패트릭은 안락의자를 가리켰다.

로버트는 보란 듯이 손목시계를 봤다. "그럼 한 모금만 마시죠. 저는 진짜 빨리 가봐야 해서⋯." 말을 끝내는 게 무의미해서 그만두었다. 패트릭은 그에게 전혀 관심을 보이지 않았다. 대신 그는 카푸치노에 모든 관심을 쏟아부었다. 그는 못마땅하다는 듯이 티스푼으로 커피를 휘저었다.

"에스프레소 기계를 애써 새로 샀는데 커피 크레마가 영 제대로 나오질 않아."

"패트릭, 부탁인데, 다음부터는 커피 직접 내려."

로버트는 릴리가 속으로는 잔뜩 짜증이 났다는 걸 알 수 있었다. 그는 마음으로 미소를 지었다. 그가 알던 릴리의 모습이다. 두 사람은 패트릭 앞에서 말없이 소통해야 했지만, 그들은 말없이도 서로를 이해했다.

로버트는 엄청나게 비싼 기계로 커피를 내리는 데 열정을 쏟아붓던 이웃을 떠올렸다. 바스티와 데니스는 세상의 모든 것에 관하여 마치 대장간의 땜장이들처럼 자기 의견을 내세우며 싸운다. 하지만 시간이 흐르면서 그 둘을 조금 더 잘 알게 되자, 로버트는 그들의 다툼은 서로를 악의적으로 약 올리는 것이 아니라 일종의 사랑과 관심의 표현이라는 것을 알게 되었다. 바스티와 데니스에게 말다툼은 밍밍한 결혼이라는 수프에 짭짤한 소금 같은 것이었다. 하지만 릴리와 패트릭의 말다툼은 차원이 달랐다. 로버트가 이 공간에 함께 있는 내내 이 둘은 서로 공격적인 아우라를 서로 뿜어내고 있었다. 마치 격렬한 폭발이 언제라도 일어날 듯했다.

"화장품 파티는 또 언제 해?" 패트릭은 마치 지대한 관심이라도 있는 척하며 갑자기 질문을 던졌다.

로버트는 배우의 영혼이 패트릭에게 깃들어 있다는 느낌을 받았다. 도대체 이 우스꽝스러운 자리를 왜 끝내지 않고 있는 건지 스스로 이해하지 못했다. 패트릭이 질투심에 사로잡혀 그의 목덜미를 덥석 잡을 수도 있다는 생각이 들었다. 동시에 이 문제는 릴리가 분명하게 하는 것이 중요하다고 생각했다. 이런 이유로 그는 언행을 자제하며 주저했다.

"빠르면 몇 주 안에 할 건데. 왜 갑자기 궁금해?"

패트릭은 아무렇지 않게 웃었다. "여보, 난 자기가 하는 모든 게 다 궁금해." 그러고는 보란 듯이 팔을 뻗어 릴리를 감싸 안으며 로버트에게 그들의 관계를 명확하게 보여주려고 했다. 로버트는 릴리가 남편의 손길에 움찔하는 걸 봤다. 그런데도 그녀는 패트릭이 마음대로 하도록 내버려두었다. 불난 집에 기름을 부을 이유가 없었다.

로버트는 이 어처구니없는 만남에 완전히 질려버려 탈출구를 찾아 헤맸다. 패트릭이 그를 쫓아내게 할 만한 행동을 생각해냈다. "저도 커피를 정말 좋아하는데, 이 커피는 거품이 정말 풍부하네요." 로버트는 그렇게 말하며 커피잔을 내려놓는 순간 실수인 척 일부러 커피를 테이블에 쏟았다.

그러자 패트릭은 털이 무성한 독거미에 물린 듯이 벌떡 일어나 소리를 질렀다. "윈터 씨, 조심했어야죠!" 그러고는 재빨리 주방으로 달려가 행주 한 뭉치를 가지고 돌아왔다. 로버트는 릴리가 속으로 웃고 있는 걸 눈치챘다. 그의 소심하지만 갑작스러운 행동이 마음에 든 것 같았다.

"이게 얼마짜리인지 알기나 합니까?" 패트릭은 디자이너 테이블 위에 만들어진 커피 웅덩이를 행주로 꾹꾹 눌러 닦아내면서 로버트에게 소리를 꽥 질렀다.

로버트는 그를 말없이 바라봤다. 가식이 빠진 그의 진짜 목소리였다.

16

"특히 주목할 만한 점은 작가가 구성적인 요소와 추상적인 요소를 자연스럽게 결합하면서 동시에 긴장감이 발생하는 부분을 자기만의 언어로 통합했다는 것입니다." 로버트가 작품을 감상하는 동안 옆에 있는 여자가 함께 관람하러 온 남자에게 설명하는 소리가 들려왔다. 로버트는 둘의 대화가 이어지기를 기다렸다. 하지만 어떤 말도 나오지 않았다. 그 남자는 더 깊은 의미를 찾아내려는지 작품을 곰곰이 바라봤다.

"음…. 재미있는 접근 방식이군요." 그가 마침내 입을 열었다. 로버트는 웃지 않을 수 없었다. 그 사람은 자신만큼이나 작품이 무엇을 의미하는지 거의 이해하지 못했다. 로버트 눈에는 오직 의자만 보였다. 게다가 고행자의 훈련 장치로나 사용할 법한 너무나도 비실용적인 의자였다. 의자 상판에는 셀 수 없이 많은 날카로운 못이 박혀 있었다. 게다가 멀리 벽에 걸려 있는 A4 용지의 흑백 도면은 어떤 감흥도 불러일으키지 못했다. 마치 아이가 그림 그리다 크레파스를 빼앗겨 연필로 대신 그린 미완성 낙서처럼 보였다. 미리암은 로버트 앞에서 적어도 한 번 이상은 확장된 예술 개념에 대해 열정적으로 주장을 펼친 적이 있었다. 예술은 사물 그 자체에 관한 것이 아니라 이면에 숨어 있는 생각에 관한 것이기에 모든 사람이 예술가가 될 수 있다고 설명했다. 그는 미리암의 설명을 가슴으로는 이해했지만 머리로는 이해하지 못했다.

갤러리 곳곳에는 예술가들과 미술 애호가들이 손에 샴페인이나 맥주를 들고 서서 즐겁게 이야기를 나누고 있었다. 개중에는 정장을 차려입은 진중한 사람들도 보였다. 그들은 사람들 사이에서 개별 예술 작품에 작은 빨간 스티커를 계속해서 붙이는 미리암을 지켜보고 있었다. 미리암은 이미 예약된 작품이라는 표시라고 설명하고 있었다.

미리암은 아직 그를 발견하지 못했다. 일에 몰두하면서 끊임없이 사람들과 이야기를 나누고 있었다. 그녀는 걱정과 달리 새 직장을 얻었다. 로버트는 항상 자기 능력보다 더 많이 자신감을 가져야 한다고 생각했다. 미리암은 합격했다는 사실을 알게 되었을 때 너무나도 기뻐했다. 기쁨에 겨워 그를 안아주기까지 했다. 정말로 극히 드문 일이었다. 만약 미리암이 새 일자리를 매주 구하면서 매번 성공한다면, 매주 이렇게 기쁜 애정 표현을 덤으로 얻을 수 있을 테지.

로버트는 다시 못이 무수하게 박힌 의자를 바라보며 미리암이 반짝이는 눈으로 예술가의 의도에 대해 강의하는 모습을 생생하게 상상해봤다. 그때 미리암이 그에게 다가왔다.

"아빠, 여기서 뭐 해?" 미리암은 그를 보고 평소보다 더 놀란 것 같았다. 로버트는 갑자기 나타난 자기 모습에 미리암이 무척

이나 당황하고 있다는 걸 눈치챘다.

"며칠이나 연락이 없길래."

미리암은 주위를 둘러보며 말했다. "여기서 준비하고 일할 게 얼마나 많은지 보이지?"

그는 실제로 예술업계가 어떤 식으로 사업을 하는지 모른다고 인정했다. 이전에 미리암이 자기 일에 관해 설명하려고 했지만, 그는 언제나 반만 듣고 반은 흘려 버렸다. 미리암이 중요하다고 여기는 것에 로버트가 아무 관심을 주지 않아 미리암이 얼마나 실망했는지 로버트는 잘 알고 있었다.

"전화라도 하지 그랬어." 로버트가 말했다.

미리암은 걱정스럽게 물었다. "아빠, 괜찮아? 무슨 할 말이 있는 거야?"

"걱정은 말고. 안 아파. 죽을병도 없고."

"그럼 다행이네. 진짜로. 그런데 여기에 예술 작품을 감상하러 온 건 아닐 테고."

"내가 진짜로 아프다면 어떻게 할 거야?" 로버트가 물었다. 갑자기 미리암이 어떻게 반응할지 알고 싶어졌다. 걱정할까? 아니면 다시 한번 그의 품에 안길까? 하지만 미리암의 눈빛에 그 답이 담겨 있었다. 조커를 너무 일찍 사용해버렸다.

미리암이 손을 흔들었다. "아빠는 강철 체력이거든. 절대 아프지 않아."

로버트는 주변을 둘러봤다. "요나스는 어딨어?"

"뒤편에 있는 사무실에서 그림 그리고 있어."

로버트는 벽에 걸린 그림을 가리키며 웃었다. "아, 저게 요나스가 그린 거구나." 하지만 미리암은 로버트가 작품을 우습게 여기는 게 맘에 들지 않았다.

"아빠, 제발 그만해. 예술에 대해 아무것도 모르면서."

"난 예술을 이해할 필요가 없어. 그저 내 마음에 들면 그만이야."

그는 스페인 종교 재판 당시 고문 도구로 사용할 수도 있을 만한 못이 박힌 의자를 바라보았다. "이 작품, 옆집에게 주고 싶은데, 얼마나 하나?"

"우리 중 누구도 이걸 구매할 능력이 안 돼요." 미리암의 참을성이 바닥을 드러내고 있었다. 그는 그런 미리암을 이해했다. 할 일이 너무나도 많아 보였다. 미리암의 시선이 향한 곳을 보니 미리암에게 손짓하는 한 여자가 보였다.

"아빠, 나 가봐야 해."

로버트는 이렇게 쉽게 미리암을 보낼 수 없었다. 사실 여기에 온 이유가 있었다. "요나스를 나에게 데려오지 않고 직장까지 데리고 다니냐?"

"아빠 새 일로 바쁘잖아." 대답을 피하는 듯했다.

"요나스를 돌볼 수 있도록 일 시간을 조정할 수 있어. 아니면 내가 요나스를 데리고 다닐 수도 있고."

"요나스는 여기 좋아해. 그리고 왔다 갔다 하는 시간도 아낄 수 있잖아."

"요나스가 우리 집에서 하룻밤 자도 괜찮은데."

아까 손짓했던 여자가 미리암에게 급한 듯이 다시 손짓했다. 아마도 미리암의 새로운 상사, 이 갤러리의 주인이었을 것이다.

"아빠, 나 바쁘다고." 미리암은 그를 혼자 두고 가려고 했지만, 로버트는 그녀의 팔을 잡은 채 눈에 힘을 주고 바라봤다.

"우리는 적어도 요나스를 두고 싸우는 일은 없어야 해."

미리암은 대답 없이 골똘히 생각에 잠긴 듯 그를 바라봤다. 그는 자기 말이 그녀에게 서서히 스며드는 것을 느꼈다. 그러더니 미리암은 마지못해 손짓했다. "사무실 저기 뒤에 있어."

"할아버지!" 차가운 불빛의 형광등이 켜진 커다란 사무실에 들어서자마자, 요나스가 기쁘게 그를 불렀다. 그림 도구를 펼쳐 놓은 책상이 너무 커서 요나스가 상대적으로 작아 보였다. 요나스는 의자에서 벌떡 일어나 그를 향해 신나게 뛰어왔다. 로버트는 요나스의 머리를 부드럽게 쓰다듬으며 일전에 읽었던 기사를 떠올렸다. 기사는 고양이를 쓰다듬은 행동이 행복에 긍정적인 영향을 미치고 마음을 진정시키는 데 큰 도움이 된다는 내용이었다. 그는 고양이를 키워본 적이 없어서 기사 내용을 확인할 길은 없었지만, 지금 느끼는 이 행복한 감정이 동물에게서 얻는 것과 비슷하거나 어쩌면 그 이상의 것일 거라고 로버트는 확신했다.

"우리 손주, 뭘 많이도 그렸네." 그는 책상 위에 펼쳐진 크레파스로 칠해진 종이들을 바라보며 말했다.

"이거 할아버지 거예요."

로버트는 그림을 봤다. 집 앞에는 여자와 남자가 서 있고 그

옆에 아이가 있었다. 요나스는 인물 전문 화가는 아니었지만, 로버트는 그림 속 인물들이 자신과 미리암, 요나스라는 것을 짐작할 수 있었다. 그림 속 소년이 실제 요나스보다 머리가 긴 게 눈에 띄었다. 그렇게 생각하는 동안 손자를 살펴보니 실제로 요나스가 오랫동안 미용실을 가지 않았는지 머리가 제법 길었다. 게다가 손자는 분홍색 옷을 입고 손톱에는 반짝이는 매니큐어를 바르고 있었다. 노련한 에이본 뷰티 컨설턴트는 이런 색상을 절대 추천하지 않을 것이다.

"제 그림 맘에 들어요?" 요나스가 물었다.

"물론이지. 밖에 있는 예술가보다 더 재능이 있네."

"이게 할아버지고, 이게 나랑 엄마예요."

로버트는 스스로에게 약간의 과장 어린 거짓말을 허락했다.

"바로 알아보겠는걸. 정말 똑같이 잘 그렸네."

"그리고, 이건, 미키예요." 손가락으로 동물을 가리키며 요나스가 말했다. 로버트는 그것이 정확하게 어떤 동물인지는 확신하지 못했지만, 아마도 강아지에 가까운 무엇이라 생각했다.

"옆집 개 이름은 벤지 아니야?" 로버트가 바로 물었다.

"저만의 강아지를 갖고 싶어요."

로버트는 깜짝 놀랐다. 딸이 이걸 안다면 요나스의 소원을 바로 들어줄 것이다. 그건 다시 말해 손자가 올 때마다 동물이 함께 온다는 것을 뜻했다. 로버트는 동물은 집이 아닌 밖에서 자유롭게 살아야 한다는 주의였다. 강아지는 그런 면에서 봤을 때 최악이었다. 왜냐하면 주인 옆에 머물면서 명령을 기다리기 때문이다. 차라리 고양이가 좋을 듯싶었다. 고양이는 최소한 자기 마음대로 다니고 문 앞에 두어도 괜찮을 것 같았다.

다시 자세히 보니 그림 속 모든 사람이 웃고 있었다. 심지어 태양에도 눈을 그려 주고 입꼬리를 올려 그렸다. 로버트는 마음이 편안해졌다. 그림은 정말 긍정적인 에너지를 발산했다. 로버트는 요나스가 행복한 꼬마라고 확신할 수 있었다.

"그래, 집에 잘 있었어?" 당연히 잘 지냈겠지만 그래도 물어봤다. 갑작스레 너무 많은 걸 물어보고 싶지 않았다.

"우리는 어제 병원 다녀왔어요." 요나스는 다시 의자에 앉아 다음 그림을 그리기 시작했다.

로버트는 바로 알아차렸다. "누가 아팠어?" 분명 다른 문제로 병원에 찾아갔을 거라 예상하면서도 물어봤다. 미리암과 요나스는 분명 컨디션이 아주 좋다.

"엄마가 저보고 의사 아저씨랑 얘기해보라고 했어요."

"그래, 무슨 얘기했어?"

"제가 여자가 되고 싶다고 말했죠." 요나스는 고개를 들지도 않고 그림 그리는 데만 집중하면서 너무나 자연스럽게 말했다.

로버트는 손자를 어리둥절하게 바라봤다. 그는 눈감고 살지 않는다. 그는 오래전부터 마음을 가다듬고 준비하고 있었다. 하지만 요나스가 너무나 꼭 집어 말하는 바람에 그는 많이 놀랐다. 그는 지금까지 살면서 이렇게 똑 부러지게 말하는 아이를 본 적이 없었다. 의심의 여지가 없었다. 그의 가족에 중대한 변화가 닥쳐올 것이다. 그는 이제 손자가 아니라 손녀가 있다는 생각에 익숙해져야겠지만 시간은 걸릴 것이다. 하지만 두렵지 않았다. 그는 손자를 지지하고 그의 편에 서 있을 것이다. 로버트는 요나스의 어깨에 손을 얹고 자랑스럽게 바라봤다. 요나스는 자신이 누구인지 알고 있다. 대부분은 이조차도 모른다.

마침내, 로버트가 요나스는 갤러리가 아닌 집에 머무는 것이 옳다고 미리암을 설득하는 데 성공했다. 지지부진하게 논쟁할 필요도 없었다. 로버트는 요나스에게 재미난 놀이 하나를 제안했다. 그들은 갤러리 손님들과 즐겁게 어울리다가, 사람들 눈에 잘 띄지 않을 때 전시 작품 사이에 요나스의 그림을 압정으로 걸어두기로 했다. 실제로 그렇게 그림을 걸어두자, 로버트만 예술 문외한이라고 할 수 없는 결과가 나왔다. 갤러리를 방문한 손님 두 명이 매우 흡족해하며 요나스의 그림을 전문가의 시선으로 평가하면서 작가의 의도가 무엇인지 열성적으로 이야기 나누고 있었다. 로버트는 '가족과 예술의 원형'이라는 개념을 불쑥 꺼냈다. 그는 원형이 무엇을 의미하는지 전혀 몰랐다. 하지만 그가 확실하게 알고 있는 것은 잘난 척하는 두 명이 자신보다 예술에 대해 더 모른다는 사실이었다.

미리암은 로버트와 요나스를 신경 쓸 겨를이 없을 만큼 바빠, 이 두 사람의 장난을 알아차리지 못했다. 한 수집가가 그림을 예약하고 싶어 미리암에게 빨간 스티커를 그림 밑에 붙여 달라고 요청하기 전까지 말이다. 미리암은 갤러리가 내세우는 순수한 걸작이 아니라 요나스의 그림이라는 것을 즉각 알아차렸다. 로버트는 딸이 수집가에게 예술을 모른다고 한마디도 비난하지 않으면서 왜 이 그림을 팔 수 없는지 에둘러 설명하는 것을 재미나게 들었다.

로버트의 계획은 성공적이었다. 미리암은 말썽꾸러기 두 명을 갤러리에서 빨리 내보내고 싶었고 로버트가 요나스를 데리고 가는 일에 결국 동의했다. 그녀는 더 이상 당혹스러운 상황을 겪고 싶지 않았다.

요나스도 형광등으로 눈부시게 밝혀진 황량한 갤러리에서 저녁 시간을 보내는 것보다 할아버지 집에 가는 것을 훨씬 더 좋아하는 것 같았다. 집으로 돌아오는 길에 요나스는 신이 나서 로버트에게 새 이름을 찾아 달라고 부탁했다. 요나스는 이미 자신이 좋아하는 여자 이름 목록을 만들어두었다. 로버트는 요나스의 선택을 도와주었다. 물론 쉬운 일은 아니었지만, 그 생각에 금세 익숙해졌다. 그는 요나스에게 조금이라도 마음의 상처를 주고 싶지 않았다. 하지만 요나스가 '소피아'라고 큰 소리로 말하며 자신을 그렇게 부르는 것은 어떤지 생각해봤다고 했을 때, 로버트의 마음은 혼란스러워졌다.

로버트는 요나스가 게임 콘솔을 가지고 오지 않아 속으로 은근히 좋았다. 노래방 공연하지 않아도 되기 때문이었다. 하지만 이제 로버트는 요나스가 음악을 얼마나 열정적으로 좋아하는지 알았기 때문에, 대신 지하실에서 낡은 휴대용 턴테이블과 음반 수집품을 가져오자고 제안했다. 로버트는 아주 오랫동안 음반을 듣는 것은커녕 손도 대지 않았다. 요나스가 소형 턴테이블을 능숙하게 조립하고 스피커와 연결하는 것을 곁눈질로 지켜보면서 동시에 커버가 낡고 빛바랜 레코드판도 훑어보았다. 거의 빠짐없이 흑인 음악이었다. 블루스, 소울 뿐만 아니라 60년대 로큰롤도 있었다. 그의 할아버지는 흑인 음악과 히피 음악을 상당히 경멸하곤 했다. 그가 수집한 레코드 중에는 1970년대 이후의 음악은 없었다. 어머니와 더는 수집할 기회가 없었기 때문이다.

그가 첫 번째 음반을 틀고 손자가 음반 표지를 유심히 살펴보는 모습에 로버트는 반짝반짝 빛나던 자신의 어린 시절을 떠올렸다. 하지만 어머니가 암 진단을 받은 날부터는 그늘이 지기 시작했다. 심각한 질병에도 그녀는 항상 든든한 모습을 보여주었다. 아이가 두려움을 느끼게 하지 않도록 애썼다. 로버트는 성인이 되고 몇 년이 지나고 나서야, 어머니의 내면에서 무엇이 실제로 일어났는지 깨달았다. 그 생각은 끝없이 그를 슬프게 했다.

그는 어머니와 함께 살던 그녀의 아버지 집, 다시 말해 그의 외할아버지 집에서 음반을 함께 들으며 보냈던 순간들을 떠올렸다. 로버트와 어머니는 함께 음악을 듣고 춤을 췄다. 그 순간은 오직 음악과 삶의 순수한 기쁨으로만 가득했다.

바로 그때, 로버트 손에 아주 특별한 레코드판이 들어왔다. 바로 어머니가 가장 좋아하던 노래였다. 그녀는 마음에 그늘이 지고 어두워질 때면 언제나 이 음악을 틀었다. 그러면 한순간에 다시 빛이 드리워졌다. 턴테이블 위에 올려진 낡은 커버와 작은 레코드판을 보자, 로버트는 수많은 감정이 밀려오는 것을 느꼈다.

턴테이블의 바늘이 레코드판 위로 놓였다. 스피커에서는 머나먼 옛일처럼 탁탁 튀는 소리가 들렸다. 그다음 음악이 시작되었다. 로버트는 요나스의 손을 잡고 음악에 맞춰 춤추는 법을 보여주었다. "다 함께 트위스트를 Let's twist again…."

"전시된 작품 거의 절반은 다 팔렸고, 예약된 것도 몇 개 있어. 전시회는 정말 성공적이었어." 미리암은 자랑스러운 목소리로 말했다.

"요나스 작품도 팔렸나?" 로버트가 농담했다.

"아빠, 하나도 재미없어." 미리암은 화를 내는 것 같았지만, 그렇지도 않았다. 인정하고 싶지 않았지만, 이 둘의 무작위적인 무모한 행동이 미리암 눈에도 재밌었기 때문이다.

그녀는 시계를 보고 소파에 잠들어 있는 요나스를 바라봤다.

"이제 슬슬 집에 가야 해."

"내일 아침에 데리러 왔어도 됐는데."

"학교 가는 날이야."

"내가 데려다줘도 되는데."

"가방이 없는데?"

"다음번에는 가방도 챙겨와라."

"그건 너무 복잡해. 왔다 갔다 운전하는 것도 생각해야지."

로버트는 이 일이 그녀가 생각하는 것만큼 복잡하다 여기지 않았다. 이 일을 계획하는 건 그에게 정말 쉬웠다. 그러나 미리암은 여전히 그를 멀리하려 했다. 그는 이유를 더 알려 하지 않았다. 그는 미리암과 요나스 삶에 일부라도 온전하게 함께 하고 싶었다.

요나스가 잠든 이후, 로버트는 인터넷으로 여러 가지를 검색했다. 약 오백 명 중의 한 명이 성 정체성이 몸과 불일치한 상태로 태어난다는 보고서를 읽었다. 그렇다면 자기 손자, 아니 지금은 손녀라고 불러야 하나? 로버트는 짧게 생각해보고는 그 생각을 다시 밀어냈다. 지금은 이게 문제가 아니다.

"그럼 병원에 다녀온 거야?"

"응." 미리암은 아빠를 쳐다보지 않고 대답했고, 요나스의 물건을 모으기 시작했다.

로버트는 다음 이야기를 기다렸지만, 아무 말이 없었다.

"그래서?"

"소아과 의사한테 다녀왔어." 여전히 대답이 짧았다. 로버트는 좀 더 설명을 기다렸지만 헛수고였다.

"요나스가 너보다 훨씬 더 말을 잘하는구나. 나한테 정말 다 이야기하거든."

미리암은 놀란 눈으로 돌아섰다. "그러면 다 알고 있겠네."

"나는 너한테서 직접 듣고 싶었다."

"그게 무슨 차이가 있는데?"

"아주 큰 차이지." 로버트는 점점 인내를 잃는 것 같았다. 하지만 그는 참아야 했다. 만약 화를 내버리면 그가 얻는 것이라곤 단 한 가지, 미리암이 빨리 떠나는 것뿐이었다. 로버트는 최대한 차분하고 담담하게 말하려고 노력했다. "그래, 의사가 뭐라고 그랬어?"

미리암은 그를 뚫어져라 바라보았고, 그녀가 그렇게 멈춰 서서 보고 있는 모습에 로버트는 딸에게 딱한 마음이 들었다. 딸아이의 삶에서 무슨 일이 일어나고 있는지 그는 너무나도 생생하게 상상할 수 있기 때문이다. 그는 달리 방법이 없었다. 요나스가 여자가 되고 싶어 하는 마음은 근본적으로 문제가 없다고 해도, 커다란 걱정거리이긴 했다. 다른 사람들과 세상이 요나스를 모두 이해하지만은 않을 거라는 걸 잘 알고 있기 때문이다.

"소아과 의사가 전문의를 추천했어. 트랜스젠더 전문이래."

"나도 같이 가면 안 될까?" 마음을 앞질러 말이 불쑥 나와버렸다.

미리암은 머뭇거렸다. 바로 거절하지 않는 것은 좋은 징조라 해석되었다.

"약속 잡히면 알려줄게." 그녀가 대답했다. 로버트는 이걸로도 충분히 만족했다. 그는 다시 좋은 카드를 얻었고 과하게 배팅할 필요가 없다고 생각했다. 둘 사이의 좋은 분위기에서 로버트가 한 걸음 더 나아가는 바람에 가족 싸움에 불꽃이 터지게 되었다.

"크리스마스에는 뭐 하니?"

미리암은 마치 알아듣지 못하는 외국어를 듣기라도 한 듯 멍하니 그를 바라보았다. "크리스마스라고?" 그녀는 믿지 못하겠다는 듯이 되물었다.

"이제 4주밖에 안 남았는데." 로버트가 대답했다.

미리암은 믿을 수 없다는 표정으로 고개를 저었다. 로버트는 그렇게 강한 부정적인 반응을 기대하지 않았다. 딸과 요나스와 함께 크리스마스를 보내고 싶은 바람이 그렇게 터무니없는 것인지 의아했다.

"미안하지만, 다른 계획이 있어." 미리암이 짧게 대답했다.

"다른 계획? 크리스마스에?"

"휴가 때 요나스랑 여행 갈 거야."

"여행? 어디로?"

"그란카나리아섬으로. 눈부시게 태양이 쨍쨍한 바닷가에서 2주 동안 보낼 거야. 그게 정말 필요해."

로버트는 지금까지 겪어보지 못한 실망감에 사로잡혔다.

"30도가 넘는 날씨에 야자수 아래에서 클로스(감자와 빵 부스러기를 둥그렇게 만들어 물에 삶아낸 음식-옮긴이)와 붉은 양배추를 곁들인 크리스마스 거위요리를 먹겠다고? 말이 되는 소리를 해!" 그는 아주 비판적으로 말했다.

"크란카나리아 섬도 크리스마스야. 스페인 사람들은 눈이 안 온다는 이유로 크리스마스를 축하할 수 없다는 거야 뭐야?"

미리암 말이 당연히 맞았다. 그저 로버트의 상상 속에만 크리스마스의 하얀 눈과 추위가 불가분의 관계로 연결되어 있다.

"왜 그렇게 화를 내는데? 아빠 크리스마스 증오하잖아!" 미리암이 한마디 더 했다.

로버트는 딸의 말을 완전히 아니라고만 할 수는 없었다. 그는 실제로 자신의 인생에 몇 년 동안 크리스마스를 싫어했다. 이건 그의 할아버지 탓이 컸다. 크리스마스 때마다 할아버지는 욕조에서 잉어를 꺼내 숨통을 끊고 손질했다. 그 생각만으로도 마음이 불편했다. 더군다나 속마음을 숨기고 가식적으로 가족과 함께 교회 가는 것도 정말 싫었다. 집에 있을 때와 교회에 있을 때 할아버지는 완전히 다른 사람이었기 때문이다. 그는 할아버지의 사랑을 경험하지 못했다.

반면에 소피아는 크리스마스를 정말 좋아해서 어떻게 해서든 크리스마스를 빨리 맞이하려 했다. 소피아는 여름이 끝나자마자 첫 번째 크리스마스 쿠키를 구웠다. 로버트는 반바지와 여름 샌들이 닳아질 즈음부터 커피와 함께 집에서 성탄절 쿠키와 스페퀼로스(벨기에와 네덜란드의 비스킷으로 크리스마스이브에 먹는다. 잘 알려진 진저 브랜드도 여기에 속한다–옮긴이)를 커피와 먹는다며 얄밉게 놀렸지만 사실 그는 언제나 맛있게 먹었다.

"증오라는 단어는 너무 강한 것 같은데, 안 그래?" 로버트가 말을 꺼냈다. 하지만 미리암을 가까이에서 보자, 얼마나 긴장하고 있는지 눈에 들어왔다. 마치 알고 싶지 않은 주제를 꺼낸 것 같았다.

"어떻게 그런 생각을 했어?" 그녀가 물었다.

"그게 뭐가 그렇게 터무니없어?" 로버트는 미리암이 왜 그렇게 말하는지 이해할 수 없었다.

"그때 내 기분이 어땠는지는 알아?"

로버트는 당황하여 그저 보기만 했다. 로버트의 눈에는 슬픔이 가득 담겨 있었다. 로버트는 어떤 비밀의 흔적을 추적한다는 신호를 보냈다. 미리암이 이전에 한 번도 말하지 않은 것이었다. 그것이 무슨 일이든 바로 당장 알아내라고 그의 본능이 울부짖는다.

"너한테 좋지 않은 일이었어?"

"진짜 크리스마스를 느낀 게 어디인 줄 알아?" 그녀가 물었고, 여기에 대해 계속 얘기하려면 어느 정도 각오와 용기가 필요해 보였다. "이웃집에서야."

로버트는 이게 무슨 말인지 이해하기 위해 잠시 시간이 필요했다. 그리고는 몇 년 전 딸과 함께 외국으로 이사 간, 한동안 이웃이었던 사람들이 떠올랐다. 로버트는 그들과 옆집에서 수십 년을 살면서도 그들에게 살갑게 대하지 않았다. 그들의 취향이 너무 고상하다는 이유에서였다. 반대로, 이런 이유로 소피아와 미리암은 그들을 좋아했다. 로버트는 이웃이 크리스마스마다 마련한 브런치를 기억해냈다. 그들은 주변의 모든 이웃을 초대했다. 이웃은 손님을 맞이할 때 순록과 눈사람이 그려진 밝은색의 크리스마스 스웨터를 입곤 했다. 그들의 딸은 미리암보다 몇 살 위였지만 그 둘은 한동안 친하게 지냈다.

"이웃집에서 했던 그 브런치, 그게 크리스마스였어. 항상 불평하고 심술부리는 아빠하고는 아니었지."

로버트는 목이 메어왔지만 서둘러 당시 자기 행동에 관해 설명해야 할 필요를 느꼈다. "나한테 크리스마스는 항상 부담스러웠어. 하지만 그건 너랑 상관없는 일이라고 생각했는데…." 그는 말을 이어가지 못했다. 미리암이 말을 가로막았다.

"크리스마스 때만이 아니었어. 언제나 늘 그랬어."

로버트는 뭐라고 말을 해야 할지 몰랐다. 그는 딸이 한 말을 생각해봐야만 했다. 하지만 미리암은 갑자기 어딘가에서 풀려난 것처럼 마음에 담고 있던 모든 상처를 쏟아냈다.

"내가 얼마나 부러워했는지 알아? 그게 진짜 가족이지."

로버트는 이대로 미리암을 내버려둘 수는 없었다. "우리도 가족이야." 그는 격렬하게 반박했다.

미리암의 얼굴이 절망감으로 가득해졌다.

"어떻게 가족이라고 말할 수 있어? 항상 아빠 멋대로, 아빠 기분대로 해놓고는 가족이라고? 항상 다른 사람 비난하면서?"

"어떻게 그렇게 생각할 수 있니?"

"내가 하는 거 언제나 좋아하지 않았잖아. 무엇을 하든 항상."

"난 널 비난하지 않았어. 단지 네가 성실하게 지속해서 잘하도록 격려하고 싶었던 거야. 인내심을 증명해 보이는 거였어. 이건 완전히 결이 다른 문제라고."

"나는 그저 어린애였어. 그런데 한 번이라도 나한테 어떻게 생각하는지 물어본 적 있어?"

로버트는 앞으로 꽤나 심각한 논쟁을 벌이게 될 것 같은 직감이 들었다. 동시에 미리암과 돌이킬 수 없는 지점에 이르렀다는 것도 깨달았다. 그들 사이에 거대한 오해가 가로막고 서 있었다. 로버트는 무슨 수를 써서라도 미리암이 황급히 집을 나가버리는 사태는 막고 싶었다. 이 둘은 지금, 이 순간, 속에 묻혀든 말을 꺼내야 했다. 로버트가 적절한 말을 찾는 동안 그의 머릿속에 또 다른 생각이 떠올랐다. 삶을 향해 눈뜨게 해준 존재에 관한 것이었다. 이것은 미리암에 대한 것이 아니었다. 요나스에 대한 것이었다.

"그래서 요나스에 대해 상의하고 싶지 않은 거니? 내가 문제가 있다고 생각해서 내가 요나스를… 비난할까 봐?"

"아빠는 늘 사람들하고 문제를 만들잖아. 세상은 아빠가 보는 것과 다르다고. 나는 요나스에게 절대 그렇게 하지 않을 거야."

로버트와 미리암은 지칠 대로 지친 전사처럼 작별 인사를 나누었다. 아무 말도 나오지 않았다. 요나스가 어질러놓은 집을 정리하면서 그는 답을 찾고 있었다. 그는 미리암에게 삶을 준비해주고 싶었다. 삶은 좌절과 실망 속에서 늘 원하는 대로 되지는 않는다. 그래서 그는 미리암이 인내심을 갖고 너무 빨리 포기하는 대신 더욱 의지를 갖고 목표를 추구할 수 있도록 격려하고자 했다. 안타깝게도 미리암은 그의 이런 행동을 비판으로만 받아들였다. 그가 무엇보다 원했던 것은 미리암을 보호하는 것이었다. 그는 언제나 자기 가족을 보호하고 싶어 했다. 요나스, 미리암, 소피아 그리고 자신의 어머니까지….

로버트는 너무 감정이 북받쳐 화가 난 나머지 깊이 묻어두었던 어린 시절의 기억이 수면으로 떠오르는 걸 무력하게 바라보기만 했다. 기억이 미친 듯이 몰려왔다. 어머니가 보인다. 그의 삶을 언제나 비추는 별이었다. 그는 어른이 되어서야 그 당시 사생아의 어머니가 되는 것이 그녀에게 어떤 의미였을지 상상할 수 있었다. 얼마나 강인한 여성이었을까. 그런데도 운명은 그녀를 배신하고 지독한 질병을 안겨주었다. 그의 어머니는 용감하게 거기에 맞섰고, 약해지고 상처가 났을 때도 로버트를 따듯하게 위로해주었다. 위로가 필요했던 건 다름 아닌 그녀 자신이었는데도 말이다. 하지만 그녀는 가족에게 그런 위로를 기대할 수 없었다. 그녀의 아버지는 몸과 영혼에 상처가 가득한 존재였다. 전쟁은 사람을 완전히 변하게 만든다. 그는 말을 거의 하지 않았다. 전쟁뿐만이 아니라 질병에 관해서도 그랬다. 로버트의 어머니는 이러한 집안 분위기에 순응했다. 그녀는 자신이 암에 걸렸다는 사실을 끝까지 드러내지 않았다. 로버트는 엄마와 함께했던 마지막 날을 기억했다. 그날 그녀는 특히 상태가 좋지 않았고 그는 어린아이의 본능적인 직감으로 무슨 일이 일어날 것만 같아 두려웠다. 그는 곁에 머물겠다며 학교에 가지 않겠다고 했다. 하지만 그녀는 그를 학교에 보냈다. 학교를 마친 뒤 그가 자전거를 타고 집으로 돌아왔을 때는 죽음의 악마가 집에 다녀가 어머니의 시신을 장례업체에서 이미 모시고 간 후였다.

로버트는 턴테이블 스위치를 켜고 판 위에 바늘을 내렸다. 그런 다음 어머니가 가장 좋아하는 노래를 다시 들었다. '다함께 트위스트를 Let's twist again….' 이미 밤이 깊었지만, 방 안이 다시 환하게 빛났다.

17

로버트는 초인종이 울렸을 때 간신히 눈을 떴다. 그는 잠자는 시간을 방해받아서 불쾌했지만, 적어도 소리에 저절로 눈이 떠지는 반사 작용은 남아 있었다. 시간을 확인하니 벌써 오전 9시가 넘었다. 깜짝 놀랐다.

"어디 아파요?" 바스티는 여러 개의 소포 상자 사이로 확인하는 듯한 표정으로 물었다.

로버트가 목욕 가운의 허리띠를 졸라매고 좀 더 가까이 다가가자, 바스티는 한 발 뒤로 물러섰다. 굳이 이웃과 자신의 공통점을 찾는다면, 바이러스와 박테리아를 대하는 조심스러운 태도였다. 그리고 대개 그들의 분석은 잘 맞아떨어졌다.

"갑자기 감기가 오는 것 같습니다."

그는 보란 듯이 움켜쥔 주먹을 입에 대고 기침했다. "안전하게 바로 돌아가는 게 좋을 것 같습니다."

"여기 소포들은요?"

로버트는 현관 앞 바닥을 가리켰다.

"여기에 두면 돼요. 나중에 정리하겠습니다."

바스티는 망설였다. 마음속에 뭔가 숨기고 있는 것 같다. "다른 것도 있는데요."

로버트는 깜짝 놀랐다. 이건 좋은 신호가 아니다. "뭔데요?"

"안에서 보여드릴게요."

그럼 그렇지. 이웃은 예상을 벗어나지 않았다. 바스티는 방문하기 적절한 때인지 아닌지 예의 바르게 물어볼 필요도 없다고 생각하는 것 같았다. 그는 자신이 언제나 환영받는다고 생각했다.

"감기 옮을 수도 있는데 정말 괜찮겠어요?"

바스티는 눈을 가늘게 뜨고 로버트를 의심스럽게 쳐다봤다. "제 생각에 전혀 아픈 거 같지 않은데요."

로버트는 다시 기침했지만 연기 실력이 너무 형편없어 정반대의 결과를 만들었다. 바스티는 모든 걸 꿰뚫어 보았다.

"진짜예요? 내가 귀찮아서 거짓말하는 것 같은데요."

"그쪽이 내가 아파 보인다고 했잖습니까." 로버트는 밉보이고 싶지 않았다.

"아파 보이지 않아요." 바스티는 아주 명확하게 다시 말했다. "이 시간에 아직도 목욕 가운을 입고 있다는 게 놀랍네요."

"그쪽이 내게 한 조언을 따랐을 뿐이요."

바스티는 로버트를 보란 듯이 머리부터 발끝까지 꼼꼼히 바라봤다. "체크 무늬 목욕 가운을요? 저는 이런 조언을 한 적이 절대 없어요."

로버트는 불쾌하게 고개를 저었다. 숫자 5를 짝수라고 우기며 상대를 괴롭히는 건 언제나 바스티였다. 하지만 그는 전혀 말싸

움하고 싶지 않았다.

"뭘 보여줄 건지 빨리 보여줘요." 그는 웅얼거렸다.

"물론이죠." 바스티는 흥얼거리며 소포 꾸러미를 들고 집 안으로 들어와 거실로 들어가버렸다. 로버트는 그저 보고 있을 수밖에 없었다.

바스티는 식탁 위에 상자들을 내려놓고 로버트를 질책하는 눈빛으로 바라봤다.

"소포 대신 받아줬는데 좀 친절하게 대해주면 좋잖아요."

로버트는 이제야 왜 바스티에게 소포를 대신 받아 달라고 부탁하는 게 불편했는지 다시 한번 깨달았다. 그의 사업이 성공적으로 확장될수록 물건을 배송하기 위해 더 많이 돌아다녀야 했다. 주문한 물건들을 픽업 장소에서 몇 번을 직접 방문하여 물건을 받았지만 이내 포기하고 말았다. 바스티는 항상 집에 있었고, 로버트는 언제나 집에 있는 이웃에게 물건을 대신 받아 달라고 하면 좋을 것 같다고 생각했었다. 바스티 말이 맞았다. 그는 어느 정도 감사받을 자격이 있다.

"고마워요." 로버트가 들릴락 말락 한 소리로 중얼거렸다.

"늘 그렇듯 마음에서 우러나온 말입니다."

바스티가 바로 삐죽거리며 대답했다.

"나 아직 모닝커피 한 잔도 마시지 않았어요." 로버트는 사과가 충분하다고 생각했다.

바스티는 로버트를 빤히 쳐다봤다. "도대체 무슨 일이에요?"

"아무 일도 없는데요." 로버트가 대화를 피하며 일부러 소포를 확인하는 듯한 행동을 취했다. 하지만 바스티는 집으로 돌아갈 생각이 전혀 없어 보였다.

"가만히 생각해보니까 실제로 무슨 문제가 있는 게 분명해요." 바스티가 말했다.

"그렇게 말한 사람이 그쪽이 처음은 아니에요." 로버트가 대꾸했다.

"최근 들어 머리가 아프지 않았어요?"

"머리가 왜 아파요?"

"머리를 뭔가 짓누르는 게 아닌가 싶은데, 종양 같은 거요."

"괜한 소리 하지 마요. 저는 아주 건강합니다."

"아니면 치매 초기일 수도 있고요. 그렇지 않고는 이 모습을 달리 설명할 수가 없네요." 바스티가 크게 손짓하며 말했다.

그의 목덜미를 잡고 밖으로 내쫓고 싶다고 생각하던 로버트는 놀란 눈으로 거실을 바라보았다. 거실은 여전히 어질러진 상태였다. 요나스의 물건이 여기저기 흩어져 있었고, 지하실에서 가져온 레코드 판 역시 선반이 아닌 바닥에 놓여 있었다.

"애들 있는 집은 다 이래요." 로버트는 자기 내면의 확신에 반하는 말을 했다. 얼마 전까지만 해도 이런 말은 그의 입에서 나오지 않았을 것이다. 미리암이 아주 말썽을 부려 힘든 시기를 보내던 시절에도 집은 늘 정리되어 있었다.

로버트는 바스티가 웃는 걸 봤다. "뭐, 왜요?"

"손자를 많이 사랑하죠?"

당연하지! 로버트는 손자를 가장 아낀다. 하지만 그 대답으로는 바스티의 입을 틀어막을 수 없었다. 바스티가 무슨 말을 듣고 싶어 하는지 로버트는 잘 알고 있었다. 로버트의 마음속 깊은 곳에 감춰진 감정을 마치 요술 램프 속 지니처럼 소환해야 한다.

"내 손자예요. 당연히 사랑하죠." 로버트는 가능한 감정을 중립적으로 표현하려 했다.

바스티는 결정적 증거를 손에 쥐고도 계속해서 용의자를 괴롭히는 수사관처럼 로버트를 바라봤다. "나를 속일 필요는 없어요."

"그렇게 생각한다면, 더는 착한 이웃 노릇을 하지 않아도 됩니다. 안녕히 어서 가세요." 로버트가 단호히 말했다.

바스티는 웃어야만 했다. "착한 이웃이요? 그거 좋네요."

로버트는 바스티가 본론으로 들어가기 전에 스스로가 우습게 보이지 않도록 실속 없는 협박을 얼마나 할 수 있을지 궁금했다. 바스티는 자존심이 상한 것 같았다.

"우리 할아버지는 저를 사랑하지 않아요. 적어도 지금만큼은."

로버트는 한숨을 내쉬었다. 바스티가 다시 한번 감정을 쏟아낼 것이라 눈치챘다. "무슨 일이 있었어요?" 로버트는 이야기를 빨리 진행되기를 바라는 마음에 대뜸 물었다.

"저의 커밍아웃 때문이죠."

로버트는 무슨 소리인지 전혀 감을 잡을 수 없어 다른 말이 나오기를 기다렸지만 바스티는 더는 말을 하지 않았다. "그게 어때서요?" 그는 기다리지 못하고 되물었다.

"우리 할아버지는 그 일을 감당하기 어려웠나 봐요."

로버트는 이웃이 무슨 말을 하려는지 여전히 알 수가 없었다.

"뭘 감당하기 어려웠다는 거예요?"

"할아버지는 제가 동성애자라는 것을 알고 난 후부터 저에게 더는 말을 걸지 않았어요."

로버트는 그를 삐딱하게 바라봤다. "그래서 말을 걸지 않았다고요?"

"15년 정도 되었죠." 바스티는 고개를 끄덕였다.

로버트는 고개를 마구 저으면서 웃었다. "그쪽이 동성애자라는 건 티끌만치도 문제가 아니에요."

"맞아요, 그건 전혀 문제가 아니죠." 바스티가 감정을 드러내며 말했다.

"문제는 성격이죠. 또는 항상 뭔가 바라는 것이 있기 때문이거나."

"그건 성격 때문이 아니라 성적 취향 때문이라고요."

로버트는 손을 흔들었다. 이 주제에 대해 더 이상 깊게 이야기하고 싶지 않았다. "그건 여기까지만 이야기합시다." 그러자 가슴에 통증이 느껴졌다. 지난 며칠 동안 이런 일이 자주 있었다. 그의 호흡도 짧아졌다. 로버트는 이 증상은 온전히 스트레스 때문이라고 생각했다. 다음 주가 끝날 무렵이면 그는 일하지 않고 정말로 제대로 쉴 수 있을 것이다.

"괜찮아요?" 바스티가 조심스레 물었다.

로버트가 괜찮다는 신호로 손을 흔들었고 소포 상자 중에 에스프레소 기계 사진이 붙은 상자를 가리켰다. "그건 내 게 아니에요."

바스티가 상자에 다가갔다. "아니, 이건 우리 이웃님 거예요."

"저는 치매가 아닙니다. 그걸 주문했다면 제가 알겠죠."

"맞아요, 우리 이웃님이 주문하지 않았죠." 바스티가 말했다. 그는 소포 상자를 로버트의 손에 넘겨주고는 상자를 열어보라고 했다. "선물이에요."

"저는 커피 머신이 있는데요."

바스티는 그에게 안타깝다는 표정을 지었다. "제발요, 아저씨가 마시는 건 커피라고 말할 수도 없어요."

로버트를 울렁거리게 하는 또 다른 사건이었다. 그는 선물 받는 게 불편했다. 다시 돌려줘야 한다는 의무감이 밀려왔다.

"우리가 언제부터 서로 선물을 했던가요?"

"작은 감사의 표시일 뿐이에요. 바비큐 했던 날 저녁에 하신 일요."

로버트는 잘 모르겠다는 표정으로 그를 바라봤다. "그건 그저 순전히 좋아서 한 일인데요."

"그래도 아저씨가 우리를 위해 해준 건 정말 고마웠어요." 바스티가 대답하고는 기다리지 못하고 상자를 열어 안의 포장재를 뜯어 던졌다. 마치 오랫동안 받고 싶었던 전기 기차 장난감을 크리스마스 선물로 받은 아이 같았다.

"그건 이웃을 위해서 한 게 아니라 나 자신을 위해서 한 일이었다고요." 로버트는 단호하게 말했다.

바스티는 씩 웃었다. "그걸 누가 믿어요."

로버트는 바스티가 자신을 꿰뚫어 봤다는 것을 오래전부터 알고 있었다. 그는 자존심을 잃고 말았다. "제가 새로운 이웃에게 다시 익숙해질 마음이 있다고 생각해요?"

바스티는 로버트에게 고마운 미소를 보였다. 그 순간 로버트는 심술 궂고 무시하는 것처럼 말하고 싶었지만 실제로는 좋은 말을 했다는 것을 깨달았다. 맞다. 바스티는 참을 수 없을 정도로 짜증 나고 누군가를 미치게 만들 수 있다. 하지만 가식 없이 솔직하고 믿음직하고 협조적이며 그의 마음은 언제나 올바른 곳을 향한다. 그걸 대놓고 인정하느니 차라리 혀를 깨물겠다는 생각이었지만, 그는 이웃에게 감사했고, 좋아하기까지 했다. 로버트는 자신이 마음의 문을 아주 조금이라도 열게 되면 바스티가 얄미울 만큼 그 순간을 이용하여 공격할 것 같아 어떻게 나올지 지켜보고 있었다. 하지만 바스티는 아무 말 없이 미소를 보였다. 이 또한 그의 좋은 점이다. 그는 언제 입을 다물어야 할지 잘 안다. 늘 그렇지는 않지만 적어도 그렇다.

이 기계는 이웃집에 있는 은색의 반짝이는 우주선 같은 기계와는 비교도 되지 않았다. 바스티가 눈앞에 설치한 소형 기계는 버튼 두 개와 우유 거품을 내는 조절기 하나만 있었다.

로버트는 이 기계를 비판적으로 바라봤다. "마치 이웃집에 있는 커다란 에스프레소 기계가 아이를 낳은 것처럼 보이네요."

"무슨 말이에요?"

"아직 자라고 있는 건가요?"

"이건 초보자를 위한 모델이에요.

"솔직히 말해서, 저는 전문가 수준 정도는 될 텐데요."

"나이로 치자면 그렇겠죠. 하지만 에스프레소 경험자로 치자면 아저씨는 완전 초보 중에 초보예요."

로버트는 손으로 기계의 겉면을 만졌다. "플라스틱이죠? 오래 못 버틸 것 같은데."

바스티가 삐딱하게 대꾸하면서 자신의 의견에 반박해주기를 기대했다. 하지만 바스티는 노골적인 대답을 하지 않았다.

"수압이 모든 걸 결정해요. 물통을 채워 기계에 넣으면 물을 여과하는 작은 내부 장치를 통해 물이 위로 올라가요." 그는 물탱크에 물을 채워 기계에 넣으며 대답했다.

로버트에게는 완전한 신문물이었다. "물 여과 장치요?" 그가 물었다.

바스티는 신의 존재를 믿지 않는 사람에게 신이 있다고 설득해야 하는 사람처럼 과장되게 한숨을 내쉬었다. "처음부터 완전 다시 시작해야겠네요."

"지금까지 이런 기계 없이도 저는 커피 잘 마셨습니다."

바스티는 로버트가 맥락 없는 농담을 던진 것처럼 지루하다는 듯이 얼굴을 찡그렸다. "아저씨는 진짜 커피 맛을 몰라요."

로버트는 바스티 앞에서 작은 목소리로 투덜거렸다. 그는 새로운 것이 나오면 열정적으로 시도해보는 실험적인 스타일은 아니었다. 하지만 바스티가 내온 커피를 맛봤을 때 그는 실제로 진정한 커피의 맛을 보았다.

바스티는 느긋하게 긴장을 풀지 않고 로버트가 대놓고 하는 도발도 참을성 있게 받아 줬다. 마침내 로버트는 에스프레소와 룽고의 차이를 알게 되었고, 우유 거품 노즐을 사용해서 혀를 델 만큼 우유를 뜨겁게 만드는 방법과 풍부하고 쫀득한 우유를 거품 내는 방법까지 습득했다. 아라비아카, 로부스타, 라이 베리아, 엑셀사 등 바스티는 로버트에게 다양한 커피 종류를 제시하면서 원두의 분쇄 정도와 물의 온도가 얼마나 중요한지 설명했다. 로 버트는 뜨거운 물이 각성 작용을 일으키는 음료가 되는 과정을 열성적으로 설명하는 바스티의 모습에 감동했다. 그리고 같은 열정으로 예술에 관해 이야기하는 미리암이 떠올랐다.

"제가 데니스에게 여행 가자고 했어요." 바스티는 갑자기 화제를 바꿨다.

듣던 중 반가운 소식이었다. 바비큐 저녁 파티에서 그가 한 작은 행동이 결국 무엇인가를 만들어내고 있었다.

"그럼, 모든 것이 제자리로 돌아왔나요?"

바스티는 행복하게 웃으며 고개를 끄덕였다. "어쩌면 그리스 섬으로 갈 수도 있을 것 같아요."

"이맘때요?" 로버트는 회의적으로 물었다. 그리스 섬들의 날 씨를 대략 알고는 있었지만, 겨울이라면 꽤 습하고 쌀쌀할 수도 있겠다는 생각이 들었다. 수년 전에 그리스에 눈이 내려 한바탕 난리였다는 뉴스를 보고 놀랐던 기억이 있다. 그때까지는 서부 지중해와 동부 지중해의 기후가 얼마나 다른지 명확하게 알지 못했다.

"지금 이 시즌 말고는 가격이 터무니없어요. 게다가 우리 예산에 맞는 5성급 호텔도 찾았거든요." 바스티가 말했다.

"그럼 여행 언제 가요?"

"아직 정확하지는 않아요." 바스티는 감정을 드러내지 않으려 했지만, 로버트는 그의 목소리를 듣는 것만으로도 바로 의심이 들었다.

로버트는 깊게 파고들고 싶지 않았다. 바스티가 명확하게 대답하지 못하는 상황에 당황해하는 것이 눈에 보였다.

"올해 못 가면 늦어도 내년 봄에는 갈 거예요." 바스티는 스스로 위로하듯 대답했다.

"지금 당장은 어때요?" 로버트는 두 사람의 실제 관계가 어떤지 알고 싶었다.

"데니스는 지금 스트레스가 엄청나요. 회사가 구조 조정 중이거든요."

로버트는 눈살을 찌푸렸다. '구조 조정.' 이 말은 모든 것을 말하지만 또한 아무것도 말해주지 못한다. 사람들은 왜 구체적인 상황을 명확하게 설명하지 않고 대신 중요하게 들릴만한 애매모호한 단어를 사용하는 걸까?

"데니스는 상사와 다시 면담하고 싶어 해요. 아마 새로운 자리가 잘 될 것 같아요." 바스티는 여과 장치에 분쇄한 커피를 채우며 대답했다.

로버트는 지난 몇 주 동안 그가 눈치챈 몇 가지 상황을 기억하며 곁눈질로 그를 지켜봤다. 바스티와 데니스는 분명 서로 이야기하고 화해를 주고받았지만 어떤 말다툼 소리가 더는 들려오지 않았다. 이건 큰 걱정거리였다. 로버트는 이웃의 연인관계가 분명히 갈림길에 서 있다고 확신했다. 바스티의 행복한 기대를 부수고 희망을 파괴하고 싶지 않았다. 하지만 데니스가 화해의 여행을 기약 없이 미루는 것은 좋은 징조는 아니었다.

로버트는 두 시간 정도 에스프레소 추출하는 전문적인 방법을 바스티에게 전달받은 후, 조금 늦은 감이 있었지만, 물건을 배송하러 집을 나섰다. 날씨가 좋았다. 구름 한 점 없는 푸른 하늘에서 햇빛이 내리비쳤다. 공기는 산뜻하다 못해 춥게 느껴지기도 했다. 겨울이 찾아와 들어가게 해달라고 문을 두드리고 있었다. 해가 눈에 띄게 짧아졌다. 로버트는 밤에 운전하는 걸 좋아하지 않아 어두워지기 전에 집으로 돌아오려고 고객의 현관 앞에서 신속하고 정확하게 물건을 전달하려고 했다. 물론 늘 원하는 대로 되지는 않았다.

"미세 플라스틱이 북극 눈에서 검출된 사실을 알고 계십니까요?"

"아니요, 처음 듣는 소식입니다." 로버트는 관심 있는 척 대답하기는 했다. 이 고객은 로버트의 인내심을 시험대에 올려놨다. 고객이 주문한 물건의 값을 지불하고 집 안으로 들어갈 때까지, 15분도 넘게 걸렸다. 고객은 남성용 케어 패키지에 적힌 성분표를 꼼꼼히 살피면서 장황하게 이야기했다. "깊은 바닷속 세계가 무엇을 뜻하는지 아직 알 수 없습니다."

로버트는 수중 생태계와 동물 세계에 반대하지 않는다. 그들은 마땅히 보호해야 한다고 생각했다. 하지만 그는 환경 운동가가 아니었고, 당장 아무것도 바꾸지 못할 토론에 참여하고 싶지 않았다. 그는 또한 자신의 고객이 비관론을 지나치게 과장하고 있다는 것도 눈치챘다.

"아마 상황이 곧 좋아질 것이고 실제로 커다란 기후 재앙은 일어나지 않을 것입니다." 로버트는 말했다. 하지만 이것만으로는 고객에게 깊은 인상을 남겨 줄 수 없었다. 이것이 오늘날의 모습이다. 누군가 자신의 의견이 생기면 비록 빈약한 주장이라도 설득하기 어려워진다. 게다가 로버트는 자신의 의견이 실제로 그렇게 강력하지 않다는 점도 인정해야 했다. 다소 근거 없는 추측이었고 솔직하게 말하자면, 자기 자신도 믿지 않았다. 그 역시도 세상이 재앙을 향해 돌진하고 있다고 생각했다. 사람들은 편리한 걸 좋아하고 절대적으로 필요할 때만 그제야 행동을 취한다. 그리고 여전히 많은 사람이 '만약 그렇게 되어야만 한다면'이라는 전제로는 행동의 변화를 달성하지 못한 지 오래되었다.

고객은 격하게 고개를 저으며 샤워젤을 돌려주었다. "죄송하지만, 저는 더는 바다의 오염에 동참하고 싶지 않습니다."

로버트는 신음했다. "미리 생각해보실 수도 있었을 텐데요."

남성 고객은 사과하는 태도를 보였다. "이제 막 관련 보고서를 읽어서요."

로버트는 고객의 방어전략이 불안정한 기반 위에 구축되어 있다는 걸 알았다. 그런데도 고객이 우위에 있다는 사실을 받아들여야 했다. 그는 단순하게 '이 제품에는 미세 플라스틱이 전혀 없습니다'라고 말할 수도 있었다. 하지만 그는 확신할 수 없었다. 패키지 라벨에 관련 정보가 충분하게 나와 있지 않았기 때문에 시간이 아까웠지만, 자동차에 가서 성분 목록이 있는 서류를 가져와야 했다. '미세 플라스틱 없음.' 그렇게 고객의 양심을 진정시키는 데 10분이 더 걸렸다.

로버트가 다음 고객의 집을 방문했을 때, 그날은 모든 상황이 자신에게 유리하지 않다는 것을 강하게 확신했다.

"그쪽이 나한테 판 마스카라는 쓸 수 없어요." 여성 고객이 큰 소리를 불평했다.

"왜요? 어떻길래요?"

"완전히 말라붙어서 부스러기만 떨어져요."

로버트는 지금까지 한 번도 이런 불평을 들어본 적이 없었다. 그가 직접 판매하고 전달한 에이본 제품은 언제나 흠잡을 곳이 없었다. 이런 자신감으로 그는 불 속으로 뛰어들었다. 고객에게서 마스카라를 빼앗듯 들어 마스카라 통에 브러쉬를 찔러 휘저었다. "혹시 이 통을 제대로 꽉 닫지 않았나요?"

"이것 보세요, 저는 마스카라를 어떻게 사용하고 보관하는지 잘 알고 있다고요."

"제 질문은 그게 아닌데요."

고객이 공격적으로 나왔다. "이건 제 잘못이 아니에요. 이미 이런 상태였다고요."

로버트는 의심이 들었지만 좋은 마음으로 대화를 다시 시도해 보고 싶었다. 고객과 양심에 관해 이야기하면 체면을 지키기 위해 한발 물러설 수도 있을 것 같았다. 그는 그녀를 거짓말쟁이라고 몰아세울 생각이 없었다. "마스카라 용액이 다 떨어진 것 같아요. 그렇다면 이런 일이 일어날 수 있죠."

"그러니까 왜 마스카라 용액이 다 말랐냐고요?"

로버트는 브러쉬 달린 뚜껑을 닫고 마스카라 통을 거꾸로 흔들었다. "남은 용액이 없으니까요. 한 방울도 아니고 완전히 텅 비어 있네요."

"말라붙었다니까요." 여성 고객은 보란 듯이 팔짱을 끼며 단호하게 말했다. "이거 바꿔주세요."

로버트에게 이건 너무 뻔한 문제였다. 이 고객은 속이고 싶어 한다. 이를 '화장품 사기'라고 말한다. 물론 릴리와 의논할 수 있는 공식적인 범죄 목록에 속하지는 않지만, 이 고객이 자신을 속이도록 내버려두고 싶지 않았다. 이건 레스토랑에서 와인 한 병을 다 마셔놓고 코르크 냄새가 난다고 시비 거는 것과 똑같다.

"저의 호의에도 한계는 있습니다. 그리고 저는 스스로 바보가 되고 싶지 않습니다." 로버트는 이렇게 말하고 곧바로 걸어 나갔다. 이런 고객은 더는 상대하지 않아도 된다.

그날의 마지막 고객과는 모든 것이 순조롭게 진행되었다. 돌로레스 아무르는 그가 좋아하는 고객 중의 한 명이다. 주문량도 엄청났고, 계산 관념도 최고였다. 다른 고객들이 돌로레스를 보고 배웠으면 하는 바람이 있을 정도였다.

로버트가 돌로레스 집을 방문할 때면 언제나 카푸치노가 그를 환영한다. 입안에 살살 녹는 아몬드 맛의 비스킷도 언제나 함께 나온다. 그런 후에 돌로레스는 로버트에게 새로운 농담거리로 개그를 시연한다. 돌로레스는 로버트의 표정을 보면서 어디를 고쳐야 할지 알아낸다. 로버트는 예능 작가는 아니지만 재미있는 것과 재미없는 것을 구분할 정도는 충분했다. 그리고 돌로레스는 로버트의 이런 분석과 평가를 아주 좋아했다.

로버트는 조금씩 심해지는 러시아워의 교통 혼잡을 피하려고 집으로 돌아가는 길은 도심이 아닌 고속도로를 선택했다. 하지만 거리는 훨씬 더 길어졌고 고속도로에도 세 번이나 교통 정체로 갇혀 있었다. 결국 다를 게 하나도 없었다. 그래도 어두워지기 전에 동네에 도착하자 기쁜 마음이 들었다. 교차로 신호등에서 대기하고 있는 동안, 맥이 빠지는 피곤함을 느꼈다. 집으로 돌아갈 일이 너무 좋았다. 남은 하루를 즐겁게 보낼 것이다. 따듯하게 샤워하고 일찍 잠자리에 들기 전에 와인도 한잔 마실 거다. 진눈깨비가 흩날리자 사람들이 우산을 펴고 코트의 깃을 올려세웠다. 팔짱을 끼고 거리를 걷는 젊은 부부가 눈에 들어왔다. 그들은 따듯한 빛이 유리창으로 스며나오는 지역의 유일한 카페를 피난처 삼아 들어갔다. 카페 안에 릴리의 친구 마를렌과 카렌이 커다란 창문 앞 테이블에 앉아 있는 게 보였다. 로버트는 다시 정신이 번쩍 들었다. 그 둘이 앉아 있는 멀지 않은 곳에 릴리도 있을 거다. 그는 릴리의 소식을 전혀 듣지 못했다. 이런 상황은 슬프다기보다는 실망스러웠다. 하지만 이건 자기 잘못이 아니라고 확신했다. 무엇보다 그가 릴리의 남편 패트릭을 조금 더 알게 된 이후로는 더욱 그랬다.

작은 카페는 벅적거렸다. 기분 좋은 대화와 웃음소리가 가득했다. 로버트는 손님 몇 명을 지나 커피와 케이크를 즐기고 있는 마를렌과 카렌의 테이블로 다가갔다. "안녕하세요, 멋진 분들이 여기 계시네요."

마를렌은 입 한가득 케이크를 먹는 중에도 미소를 지으며 인사를 했다. "어머나, 윈터 씨. 만나서 반가워요." 입에 케이크가 가득 있던 터라 말소리가 정확하게 나오지는 않았지만 그녀는 진심으로 로버트를 반가워했고, 그 모습에 로버트도 기분이 좋았다.

반면에 카렌은 마치 군대 명령이라도 받은 것처럼 자리에서 벌떡 일어나 로버트의 손을 덥석 잡고 악수했다. "안녕하세요, 윈터 씨." 로버트는 이런 종류의 공손한 매너가 법원에서 일하는 사람들 사이에서 흔한 일인지 궁금했다. 그는 남자가 여자에게 인사하려면 일어서야 하지만 여자는 남자에게 인사할 때 앉아 있어도 된다고 배웠기 때문이다.

마를렌은 그 사이 입에 있던 케이크를 삼키고 냅킨으로 입을 닦았다. "어머 이런 우연이 다 있어요, 여기 자주 오세요?"

"그렇지는 않아요." 로버트가 대답했다. 물론 그는 차를 몰고 지나가다 그 카페를 본 적은 있었지만 직접 안으로 들어온 적은 없었다. 하지만 이 사실을 말하지는 않았다. 마를렌과 카렌이 굳이 알 필요는 없다. 그가 마를렌과 카렌이 카페에 있는 것을 발견한 후 서둘러 주차할 자리를 찾았다. 교차로 세 개나 지나서야 마침내 겨우 주차를 한 후에 미친 듯이 카페로 달려왔다. 다행히 그들은 그가 올라오는 숨을 얼마나 참고 있었는지 눈치채지 못했다.

로버트는 자연스럽게 테이블을 살펴봤다. 케이크가 있는 세 번째 접시가 눈에 들어왔다. "피셔 부인도 함께 왔나요?" 그는 아주 작은 관심만 내보이며 티 나지 않게 물었다. 그를 여기까지 데려온 것은 우연이었고, 릴리 역시도 어찌할 수가 없을 것이다. 아마도 그들 사이에 상황을 깔끔하게 말할 기회가 있으리라.

마를렌과 카렌이 서로 눈을 마주 보고 깜빡거렸다. 그들은 로버트가 혼란스러워하고 있는 걸 눈치챘다. 환영을 보는 듯한 착각이 들 정도로 카렌과 너무 비슷하게 생긴 한 여자가 테이블로 다가와 로버트 앞에 섰다.

"안녕하세요." 여자는 의아한 표정으로 그에게 인사했다.

로버트는 어리둥절하게 카렌과 그 여자를 번갈아 보았다. 카렌이 마침내 짧고 정확하게 이 여자를 소개했다. "여기는 제 쌍둥이 자매, 제시카예요. 제시카, 여기는 우리 에이본 뷰티 컨설턴트이신 윈터 씨야."

제시카는 로버트에게 손을 내밀었고 카렌만큼 손을 세게 잡고 악수했다.

"그러면 이제 난 케이크를 좀 먹어 볼까." 제시카는 카렌을 옆으로 옮겨 앉게 하고 그 자리에 앉았다. 로버트는 그 둘을 직접적으로 비교할 수 있었다. 달걀 두 개처럼 너무 닮았다. 어렸을 때 쌍둥이 어머니는 이 둘을 구별하는 게 어려웠을 거라 상상되었다. 아마도 자라면서 서로 다른 헤어스타일로 이 둘을 구별했을지도 모르겠다.

카렌은 로버트가 자신을 쳐다보고 있는 걸 알아차렸다. 그러더니 로버트의 생각을 알아내려는 것 같았다. "우리를 구별하는 거 그렇게 어렵지 않아요."

"물론, 그렇고말고. 우리 둘 중에 카렌이 언제나 말썽꾸러기였거든요." 제시카는 케이크를 먹으며 맞장구쳤다.

로버트는 카렌이 명랑한 거로 최고라는 생각을 하지 않았지만, 제시카가 하는 말이 무슨 뜻인지 궁금해졌다. 그러다가 애초에 왜 자신이 이 여자들 앞에 있는지 기억해냈다.

"윈터 씨는 릴리가 궁금해서 여기 온 거죠." 마를렌이 대화에 끼어들며 불쾌한 척하며 웃었다.

로버트는 얼굴이 붉어지지 않았기를 진심으로 바랐다. 분명하게도 그의 본심을 들키고 말았다. 그가 변명을 끝내기도 전에 마를렌이 또 끼어들었다.

"릴리도 여기 카페 모임에 늘 오는데, 안타깝게도 오늘은 아니네요."

"몸이 안 좋은가요?"

마를렌은 고개를 세게 저었다. "아뇨, 완전 정반대예요. 정말 건강하죠. 이제야 정신을 차렸어요. 그래서 정리할 게 좀 있죠."

"결국에는 잘 됐어요." 카렌이 강조했다.

로버트는 더 궁금해졌다. 더 많이 알아야만 했다. 하지만 꼬치

꼬치 캐묻는 건 결코 그의 스타일이 아니었다. 그래서 눈에 띄지 않게 최대한 부드럽게 둘러 물어봤다. "궁금하긴 합니다. 저한테 주문하지 않은 지가 제법 오래돼서요."

마를렌은 아무 말도 하지 않았다. 카렌은 언제나 숨김없이 직설적이다. "패트릭이 릴리가 윈터 씨에게 주문하는 걸 원치 않아요." 그녀는 케이크 마지막 남은 조각을 입에 넣으며 대답했다.

로버트의 눈이 번쩍 뜨였다. 마침내 그는 자신의 질투 이론이 맞았다는 것을 확신했다. 하지만 동시에 패트릭이 아내에게 지시하고 만남을 금지하리라고는 상상도 하지 못했다. 그리고 릴리가 남편이 자신이 하는 일을 막도록 내버려둘 가능성은 더욱 희박했다.

"패트릭은 정말 질투심이 너무 많아요." 마를렌이 한마디 거들었다.

로버트는 이 모든 설명을 듣게 되어 기뻤다. 릴리가 자신에게 멀어진 건 그와 전혀 관련이 없다. 하지만 동시에 질투할 이유가 전혀 없다는 점을 분명히 해야 할 필요성을 강하게 느꼈다. 그는 마를렌과 카렌이 잘된 추측을 하는 걸 정말 피하고 싶었다. "저를 질투한다고요? 지나가는 강아지가 웃겠어요." 로버트가 말했다.

"윈터 씨 잘못이 절대 아니에요. 이 말은 믿어도 돼요. 패트릭은 릴리 근처에 있는 모든 남자에게 그런답니다." 마를렌이 설명했다.

"한번은 패트릭이 우체부한테도 그랬다고요." 카렌이 말했다.

"법정에서 릴리는 정말 강인한 여성이지만, 집에서는…." 카렌이 말을 끝내지 못했다.

로버트는 결심했다. "상황 정리를 확실하게 하겠습니다."

마를렌과 카렌은 그를 물끄러미 바라봤다. 제시카만 케이크를 먹었다. 그녀는 내내 무관심했다. 그녀는 아마 릴리와 전혀 아무 관련이 없는 듯했다.

"무엇을 확실하게 하겠다는 건가요?"

"글쎄요, 우선은 패트릭 피셔 씨와 이야기를 해서 이 말도 안 되는 일을 정리하겠습니다."

마를렌이 걱정 어린 눈빛을 보였다. "좋은 생각은 아닌 거 같은데요."

카렌도 동의했다. "저라면 그렇게 하지 않을 거예요. 릴리 혼자서 감당할 수 있어요."

하지만 로버트는 이런 대답에도 안심되지 않았다. 그는 릴리가 자신 때문에 결혼 생활에 문제를 겪는 걸 원치 않았다. 로버트는 패트릭 피셔에게 상황을 설명하면 모든 것이 원래대로 돌아갈 것이라 기대했다.

해는 이미 졌다. 칠흑 같은 밤이었다. 릴리의 집으로 향하는 길에 진눈깨비가 차 유리창에 내리붙었다. 그는 넥타이를 풀고 셔츠의 윗단추를 열었다. 이렇게 해도 그의 호흡이 정상적으로 되돌아오지 않았다. 운전 내내 그는 가슴에 납덩이가 짓누르는 느낌을 받았다. 숨을 쉴 때마다 힘들었다. 몸의 열기가 이상하게 편치 않았고 갑자기 감기 기운이 확 올라오는 것 같았다. 이마에 땀이 흘러내렸다. 로버트는 차창을 조금 내려 차가운 공기를 들이마셨다. 거리와 광장에서 썩어가는 가을 낙엽의 마지막 잔해로 퀴퀴한 냄새가 났다.

로버트는 릴리의 집을 바라봤다. 안에는 불이 켜져 있다. 그는 릴리와 패트릭의 몸짓으로 그들이 싸우고 있다는 것을 알 수 있었다. 이제 그의 결심은 더욱 강해졌다. 그는 릴리에게 뭔가 빚진 느낌이 들어 그녀에게 도움이 되고 싶었다. 그녀는 그의 생명을 구했다. 물론 그의 의지에 반하는 행동이었다. 하지만 이제 로버트는 그녀에게 영원히 감사하게 되었다.

로버트는 시동을 끄고 차에서 나왔다. 그는 현관으로 향하는 길을 따라 걸어가 초인종을 눌렀다. 울림이 깊은 초인종 소리가 안에서부터 들려왔다. 목이 마르고 심장이 가슴 밖으로 당장이라도 튀어나올 것 같았다. 도대체 무슨 문제가 있는 걸까? 왜 몸이 이리도 격하게 반응하는 걸까?

"아니, 패트릭, 오늘 여기서 끝장을 내자고." 문 뒤에서 릴리의 목소리가 들렸다. 그리고 문이 열렸다. 그녀는 깜짝 놀라 그를 바라봤다. "윈터 씨?"

로버트는 뭔가 말하고 싶었다. 하지만 그럴 수가 없었다. 그는 호흡이 너무 가빠져서 숨을 고르는 데 힘을 써야 했다.

"정말이지 최악의 시간을 선택하셨군요." 릴리는 부드럽고도 단호하게 말했다.

"잠시 남편분과 이야기를 하고 싶습니다. 이 어리석은 상황을 해결하고 싶습니다." 로버트는 있는 힘을 다해 말했다.

릴리가 걱정스러운 표정으로 물었다. "윈터 씨? 괜찮아요?"

그러자 패트릭의 목소리가 들려왔다. "누가 온 거야?"

"곧 들어갈게." 릴리가 고개를 돌려 소리치고는 다시 급하게 로버트를 바라봤다. "윈터 씨! 뭐라고 말 좀 해보세요."

로버트는 주체할 수 없는 몸을 다시 어떻게 해보려고 노력했 지만 말 한마디를 하는 데 초인적인 힘이 필요했다. "전 괜찮아 요. 저는 그저….".

바로 그 순간 패트릭이 릴리 뒤에 나타났다. "이럴 줄 알았 어." 그가 씩씩거렸다.

릴리는 상황을 어떻게든지 무마하려 애썼다.

"패트릭, 그만해!"

하지만 패트릭은 아직 끝내지 않았다. 그에게는 모든 것이 이 제 막 시작되었다. 분노로 번뜩이는 눈으로 로버트 앞에 나타났 다. "여기에 나타날 용기가 있단 말이지?"

그의 말은 마치 기관총 총알처럼 로버트에게 쏟아졌다. 그는 패트릭을 막기 위해 뭐라도 말하려 했지만, 그는 아무 소리도 낼 수 없었다. 패트릭이 퍼붓는 모욕적인 말들은 그의 머릿속에서 울리는 소음에 묻혀버렸다. 산소 부족으로 시야가 흐려졌다. 그 는 릴리가 어떻게 패트릭을 문에서 밀어내려 했는지 희미하게만 볼 수 있었다. 패트릭은 거칠게 그녀를 옆으로 밀치고 로버트를 때리려고 달려들었다. 로버트는 피했고 패트릭의 주먹은 허공에 날렸다. 그런데도 그는 참을 수 없는 고통을 느끼며 비틀거리기 시작했다. 그는 존재하지도 않는 기댈 곳을 찾다가 힘없이 무릎을 꿇고 말았다. 마치 끈 떨어진 꼭두각시 같았다. 누군가 그의 가슴에 칼을 꽂은 것 같았다. 더는 숨을 쉴 수 없었다. 그는 마른 땅 위의 물고기처럼 숨을 헐떡였고 그의 심장 뛰는 소리가 너무 크게 들려서 다른 모든 소리는 마치 귀를 솜으로 틀어막은 것처럼 들렸다. 로버트가 마지막으로 들은 소리는 릴리의 목소리였다. 눈앞이 캄캄해졌다.

18

미리암은 병원에 가져온 여행 가방을 풀고 옷들을 옷장에 걸었다. 로버트는 병원 침대에서 그녀를 지켜봤다. 그는 누워 있기보다는 통통한 얼굴을 하고 투덜거리는 꼬맹이처럼 가슴 앞에 팔을 두고 웅크리고 앉아 미리암에게 말을 걸었다.

"내 차는 어떻게 됐니?"

미리암은 어깨를 으쓱이며 그게 우선되는 문제가 아니라는 듯이 행동했다. "전혀 모르겠는데. 아빠가 퇴원할 때까지 거기 그대로 있겠지."

로버트에게 그건 전혀 좋은 생각이 아니었다. "집으로 옮길 순 없어?"

"꼭 그래야 해? 아빠, 나 진짜 할 일이 많아."

"누가 훔치기라도 하면 어떻게 할래?"

"그런 걱정 하지도 마. 거기 완전 부자 동네라서 아빠 자동차 아무도 훔쳐 가지 않아."

하지만 그 말로도 로버트의 마음은 안심이 되지 않았다. 오히려 반대였다. "그렇고말고. 자동차 도둑들은 고물상에서 자동차를 훔치지."

미리암은 아빠와 투덕거리고 싶은 마음이 하나도 없었다. 미리암은 평화 휴전을 제안하듯 손을 내밀었다. "주말 전에는 못한다."

로버트는 침대 옆 탁자 서랍을 열어 자동차 열쇠를 건네주었다. 잔소리 한마디 없이 보낼 수는 없었다. 그건 그의 본성이었다. "가속 페달이 뻑뻑하니까 조심해라."

미리암이 차 열쇠를 바지 주머니에 넣고 눈을 빙빙 돌리며 그 말을 못마땅해하는 게 눈에 들어왔다. 로버트는 거기에 한마디 더 하고 싶었지만 참았다. 그는 자신이 까다로운 사람이라는 것을 스스로 잘 알고 있다. 하지만 아무리 노력해도 잘 고쳐지지 않았다. 마찬가지로 딸이 함께 있으면서 자신을 보살펴주는 게 얼마나 기쁘고 행복한지 잘 표현할 수가 없었다.

"일이 일어났을 때 혼자가 아니라서 얼마나 다행인 줄 알지?" 미리암이 말했다.

"맞아, 정말 운이 좋았어."

미리암은 본색을 드러내기 시작했다. "아빠, 잘 들어봐. 심장마비는 초를 다투는 응급 상황이야. 만약 아빠 고객이 바로 응급차를 부르지 않았다면…." 그녀는 이 말을 끝까지 다 할 필요가 없었다. 둘 다 로버트가 어떤 위험에 처해 있었는지 잘 알고 있었다.

로버트는 미리암이 침대 옆 탁자를 정리하는 모습을 보면서 릴리를 생각했다. 그녀가 두 번째로 그의 생명을 구했다. 미리암이 옳았다. 그가 집에 혼자 있었을 때 심장 마비가 일어날 수도 있었다. 그는 며칠 동안 가슴에 통증을 느꼈지만 완고하게 무시했다. 의사들은 혈전이 그의 동맥을 막아 심장으로 흐르는 혈류를 방해했다는 사실을 발견했다. 아주 전형적인 심장 마비였다. 로버트는 자신이 병원에 실려온 이후 겪었던 모든 검사를 생각하며 두려움에 떨었다. 그리고 평생 복용해야 하는 약도 걱정되었다. 그가 처음으로 알게 된 것은 니트로 글리세린이라는 화학 물질이 혈전을 파괴하면서 동시에 혈관을 확장하는 역할을 한다는 사실이었다. 무엇보다 가장 고심되는 것은 몸에 삽입된 스텐트였다. 실제로는 그 존재를 전혀 느끼지 못해도, 이제 그의 생명이 혈관을 열어두는 철사 망에 매달려 있다는 사실은 생각만으로도 무서웠다.

로버트는 뼛속 깊이 병원을 싫어했다. 냄새만으로도 메스꺼웠다. 지금까지 운명은 그에게 다정했다. 그는 더는 젊은 청년은 아니었지만 지난 몇 년 동안 심각한 사고나 생명을 위협하는 질병이 없었다. 로버트는 딱 한 번 과하게 아픈 적이 있었다. 소피아가 화를 내며 말렸지만, 그는 며칠 동안 독감에 걸렸는데도 고집을 부려 출근했고, 결국 세무서 복도에서 기절하고 말았다. 독감이 폐렴이 되었다. 하지만 로버트는 병원에 입원하는 걸 거부했다. 대신 그는 소피아와 항생제의 도움으로 집에서 치료받았다.

그의 침대 옆 탁자는 괜찮아 보였다. 미리암은 정리를 끝내고 떠나려 했다. "나 이제 가야 해. 갤러리에 할 일이 아주 많아." 그는 외투를 걸치고 로버트 앞으로 슬리퍼를 한 켤레 놓아주었다.

"편한 거로 가져왔어야지."

"어떤 게 편한 건지 내가 어떻게 알아?"

"펠트로 된 검은 슬리퍼."

미리암은 놀란 눈으로 그를 보며 슬리퍼를 가리켰다. "이것도 검은 펠트로 만들어졌잖아."

"푹신하게 안에 털이 있는 거 말이야." 그는 곧 쓰레기통으로 향할 담배꽁초처럼 슬리퍼를 손가락으로 가리켰다. "이건 여름 용이라고."

미리암의 인내심은 서서히 바닥을 드러냈다.

"우선 이거 신어. 여기 춥지 않잖아."

그러는 사이 젊은 간호사가 병실로 들어와 로버트의 침대 옆 탁자에 약이 든 컵을 내려놓았다. "약이에요, 윈터 씨."

로버트는 침착하게 컵을 집어 들고 안을 쳐다봤다. 미리암은 뭔가 일어날 것 같은 신호를 감지하고 병실에 머물렀다. 미리암이 옳았다. 그는 여전히 심신미약 상태다. 반드시 의학적인 상태만을 말하는 것은 아니었다.

"이게 뭐죠?" 로버트가 간호사에게 물었고, 그의 목소리에 간호사가 움찔했다.

"항응고제와 항염제입니다." 간호사는 불안한 표정으로 답했다. 마치 자신이 무엇을 잘못했는지 지적을 기다리는 것 같았다. 로버트가 바로 설명했다.

"이전에는 하얀색이었는데." 그는 말했다. 하지만 간호사는 그가 무엇을 말하려는지 전혀 알지 못했다.

로버트는 그녀의 코 밑에 컵을 가져다 댔다. "무슨 색깔이요?"

간호사는 컵을 들여다보고는 로버트를 쳐다봤다. "파란색과 빨간색인데요?"

미리암은 간호사 옆으로 바로 다가갔다. "아빠, 그만해."

"도저히 믿을 수가 없군." 그는 간호사를 가리키며 마치 그녀가 방에 없는 사람인 듯 말을 이어갔다. "만약, 간호사가 실수했다면? 내가 여기서 러시안룰렛을 해야 하는 거냐?" 그는 미리암의 따가운 시선을 느꼈다. 만약 딸을 화나게 해서 더 이상 병문안을 오지 않게 될 위험을 감수하고 싶지 않다면, 그는 여기서 멈춰야 한다.

"약을 배분하는 건 수간호사님인데, 실수하셨을 리 없어요." 간호사가 용감하게 대답했다.

"실수는 누구나 할 수 있지." 로버트가 미리암 눈치를 보느라 말투를 조금 누그러뜨렸다. 그는 컵을 간호사에게 내밀었다. 그녀는 미리암과 로버트를 번갈아 보며 어떻게 해야 할지 몰라 난감해 보였다.

"혹시 모르니까 한 번 확인해주세요." 미리암은 친절하게 부탁했다.

간호사는 미리암이 탈출구를 보여준 것에 안도감을 느낀 듯했다. 그녀는 로버트에게 약 컵을 받고 병실을 나갔다.

미리암은 로버트를 매정하게 바라봤다. "스스로 매를 벌어요. 아빠가 하는 거 정말 현명하지 않아."

"자기 할 일을 제대로 하면 되는 거다."

"아빠가 계속 그렇게 나가면 일부러 약을 섞을 수도 있어. 병원에서 살인사건이 발생하면 그걸 증명하는 건 정말 어렵다고."

로버트는 알아들었다는 듯이 입을 다물었다. 그는 좀 반성해야만 했다. 미리암은 그걸 굳이 말릴 생각이 없었다. 그는 미리암의 시선을 느꼈지만 애써 피했다.

"제발, 아빠. 나 이해는 하는데…."

"내가 뭐…?"

"이런 심장 마비는 정말 엄청나고 충격적인 경험이라는 거 말이야. 이런 경우에는 사람이 완전히 달라지기도 하거든."

로버트는 그 말에 전적으로 동의했다. 그는 숨을 쉬지 못하고 고통을 참을 수 없게 되는 지경에 이르러 모든 것이 끝났다고 생각했던 순간을 떠올렸다. 죽음이 과거에는 머릿속 추상적인 개념이었지만 현재는 온몸으로 느끼는 실체적인 두려움이다. 이전까지 그토록 무력감을 느껴본 적이 없었기에 어떻게 해야 할지 전혀 몰랐다. 로버트는 자신의 두려움에 대해 적극적으로 잘 표현하는 사람이 아니었다. 대신 그의 두려움은 분노로 포장된다. 자신도 이걸 알면서도 어쩔 수 없었다. 상황만 악화시킬 뿐이었다. 그는 미리암과 자신의 주변 사람들이 고통을 겪게 된 것을 몹시 안타까워했다.

"며칠 입원하고 난 후에 재활은 집에서 통원으로 할 거야." 미리암이 외투 단추를 잠그며 말했다.

로버트는 갑자기 정신이 번쩍 들었다. "무슨 재활?"

"통원 치료 같은 거."

"그런 요법이 참으로 나를 정상으로 되돌려놓겠군."

"정상으로 되돌린다고? 아빠! 미안하지만, 아빠가 프로그래밍을 다시 세팅해서 복원되는 컴퓨터는 아니거든." 그녀는 작은 한숨을 내쉬듯 말했다.

로버트는 그 말을 못들은 척했다. "너는 내 말이 무슨 뜻인지 알잖냐."

"그럼 다음 심장 마비가 올 때를 기다리는 거야? 아니, 그건 안 돼. 재활 프로그램 전체를 다 받아. 영양식습관 관리에서부터 운동 요법이랑 심리상담까지."

로버트는 두 눈을 크게 뜨고 말했다. "뭐…. 뭐? 심리 뭐라고?"

"아빠의 그 끝없는 분노 말이야. 우리는 참을 만큼 참았어."

로버트는 미리암이 분명 좋은 의도로 말했다는 것을 잘 알고 있었다. 그런데도 내면에서 분노가 폭풍우처럼 밀려오는 것을 어찌할 수 없었다. 그는 스스로에 대한 통제력을 완전히 상실했다. "다음 심장 마비가 오면 기뻐해라, 적어도 우리는 서로 못 보게 될 테니까."

미리암의 눈에 그늘이 졌다. "맞아, 내가 하고 싶었던 말이 그거야. 그럼 내일 다시 올게." 그녀는 의자 위에 놓여 있던 가방을 집어 들고 아무 말 없이 병실을 나갔다.

로버트는 부끄러웠다. 그는 너무 멀리 가버렸다. 정의로운 신이 있는 것처럼 처벌이 뒤따랐다. 병동에 나타났다 하면 모두가 벌벌 떠는 수간호사 틸다가 약이 든 컵을 보란 듯이 흔들며 병실로 들어왔다.

"윈터 씨? 약에 대해 무슨 문제가 있다고 보고 받았는데, 무슨 일이죠?" 그녀의 목소리는 등 뒤에 칼을 숨긴 선한 사마리아 여인의 목소리 같았다. 로버트는 이미 주의하란 소리를 몇 번 들었다. 그는 이미 그녀를 잘 알고 있다. 결코 친해질 수 없는 사람이었다.

"이건 오늘 아침에 먹은 약이랑 다릅니다." 그가 중얼거렸다.

수간호사 틸다는 친절하게 웃었다. "혹시 우리 환자님이 약사이신가요?"

"최소한 색맹은 아니죠."

"색깔이 첨가됐건 아니건 약은 활성 성분에 따른 것입니다."

"아니면 저를 독살하고 싶은 거겠죠." 로버트가 중얼거리며 그녀의 표정을 유심히 봤다. 그녀는 그를 바라보며 살며시 미소를 보였다. 그녀는 그 생각이 꽤나 맘에 든 것 같았다.

"윈터 씨, 저를 시험에 들지 마세요."

로버트는 장난 칠 기분이 아니었다. 게다가 그는 사람들이 자신을 어린아이처럼 대하는 것을 원치 않았다. "그게 재밌다고 생각하세요?"

수간호사 틸다 역시 농담을 충분히 했다고 생각한 것 같다. "이제 여기서 끝내는 게 어떨까요? 저는 돌봐야 할 환자가 여러 명 있습니다."

"마음먹은 건 반드시 해야 하죠."

그녀는 로버트를 빤히 쳐다봤다.

"윈터 씨, 우리는 한동안 함께 지내야 합니다."

"걱정마십시오. 필요 이상으로 머물지 않을 테니."

"지금부터는 더 이상 간호사들을 괴롭히지 말아 주세요."

로버트는 창문이 조금 많이 열려 있는 것을 가리켰다.

"간호사들에게 종일 창문을 열어두지 말라고 말씀하십시오."

"여기는 호텔이 아니고요, 윈터 씨에겐 튼튼한 두 다리가 있습니다." 수간호사 틸다가 대답했다.

로버트 자신도 병원에 있는 짧은 시간 동안 간호사들에게 여러 번 다른 어투로 말했다는 것을 인정해야 했다. 그가 더 이상의 언급을 자제하자 수간호사 틸다는 그의 침묵을 이해로 받아들였다고 생각했다.

그녀는 알약이 담긴 컵을 내밀었다. 로버트는 그것을 받아 침대 옆 탁자에 올렸다. 하지만 그의 예상대로 그녀는 병실을 나가지 않고 침대 옆에 가만히 서 있었다.

"뭐요?" 로버트가 말했다.

"제 말을 따라 주시면 좋겠어요."

그는 억지로 약 먹는 걸 좋아하지 않았기에 반항하듯이 물 한 모금을 마시고 알약을 꿀꺽 삼켰다. 그리고 그녀를 향해 입을 벌렸다. "이제 만족하십니까?"

그녀는 그에게 몸을 기울여 확인하는 듯했다. "치아 상태는 좋네요. 하지만 기본 매너는 만족스럽지 않으니 좀 더 노력해주세요."

그녀는 창문을 닫고 병실에서 나갔다.

로버트는 그녀의 약 올리는 도발적인 말을 맞받아치고 싶었다. 하지만 꾹 참고 마음의 평화를 찾고자 했다. 왜냐면 적어도 그녀는 창문을 닫아주었기 때문이다.

19

입원한 지 겨우 사흘이 지났지만, 로버트는 마치 세 달이 지난 것처럼 느끼고 있었다. 심장초음파 검사, 혈관 조영술, 초음파, 엑스레이 촬영이 없을 때는 병원 매점에서 구입한 잡지를 읽고 그 안에 있는 낱말 맞추기를 풀었다. 그사이 같은 병실에 요셉이라는 이웃 환자가 들어왔다. 그 역시도 심장 마비로 스텐스 여러 개를 몸에 삽입했다. 로버트는 요셉이 겨우 마흔 살이고 심장 마비를 겪기에는 너무 이른 나이라고 생각했다. 하지만 그에게는 위험 요인이 다분했다. 그는 보기에도 과체중에 그가 털어놓은 대로 수년째 당뇨를 앓고 있었다.

그가 들어온 첫날 밤, 로버트는 한숨도 자지 못했다. 요셉의 코골이가 너무 심했다. 참지 못한 로버트가 베개를 던지면 코골이가 잦아드는 듯했다. 그러나 몇 분 지나지 않아 약하게 코를 골더니, 이내 발정 난 바다코끼리 같은 소리를 냈다. 그런데도 로버트는 싫은 소리를 하지 않았다. 심지어 그에게 상처 주고 싶지 않았기에 코골이에 대해 아예 언급하지 않았다.

요셉은 누구와도 비교할 수 없는 다정하고 따뜻한 마음을 보여주었다. 그는 영혼이 아름다운 사람이었다. 그는 언제나 모든 사람에게 친절한 말을 건넸다. 로버트는 자신과 달리 요셉이 간호사들에게 그토록 인기가 있는 이유를 이해할 수 있었다. 그는 가끔 병원 매점에서 간호사들에게 줄 초콜릿이나 꽃 같은 작은 선물을 가져왔다. 물론 자신의 치료과정에 별 도움이 되지 않는 간식을 사려고도 자주 매점에 갔다. 한 번은 로버트가 화장실에서 나오는데 요셉이 매점에서 사온 쿠키와 감자칩을 선반에 숨기는 걸 목격했다. 그가 당황스럽지 않도록 못 본 척 지나갔다.

"맛있게 드세요." 어린 간호사는 로버트 앞으로 식사를 내려놓고 5성급 고급 식당의 종업원처럼 자랑스러운 미소를 보이며 식사 뚜껑을 열었다.

로버트는 겁에 질려 접시를 바라보았다. 그는 병원에서 첫 끼를 먹은 이후 병원 식사에 대한 모든 기대치를 바닥으로 내려놓았지만, 오늘 식사는 그 모든 것을 뛰어넘는 수준이었다. 그는 거북한 마음으로 포크를 들어 감자를 계속 으깼었다. 그러자 감자는 흐물흐물한 상태에서 질퍽한 상태로 바뀌어갔다. 회색 고기 조각에 뿌려진 그레이비 소스가 사이드로 나온 뿌리채소에 묻는 걸 그는 참을 수 없었다. 메인요리와 사이드 요리는 깔끔하게 구분되어야 했다. 그가 호기심에 고기를 칼로 찔렀을 때 또 다른 두려움이 밀려왔다. 이 정도라면 가죽 장화도 씹어 먹을 수 있을 것 같았다. 그는 어린아이 같이 행복한 미소를 지으며 식사하는 요셉을 바라봤다. 요셉에게 문제될 건 없었다. 그는 음식에 있어서 전혀 까다롭지 않았다.

간호사는 로버트가 잠시 정신이 산만한 틈을 타 재빨리 병실에서 나갔다. 로버트는 배가 고팠지만 눈앞에 있는 음식으로는 그의 허기를 잠재울 수 없을 것 같았다. 그는 재빨리 알람 버튼을 눌렀고, 얼마 지나지 않아 수간호사 틸다가 병실로 들어왔다. 최소한 이게 통하기는 한다.

"윈터 씨? 음식에 문제가 있는 거 같네요?" 수간호사가 마치 그 답을 알고 있다는 듯이 물었다.

로버트는 쟁반을 밀어내며 얼굴을 찌푸렸다. "알고 있었죠? 먹을 수 있는 상태가 아닙니다."

"윈터 씨, 저는 여기에 식사하러 온 게 아니에요. 저는 지금까지 휴식 없이 계속 일하고 있어요."

그녀의 친절한 말투에도 불구하고 로버트는 그녀의 머릿속에 무슨 일이 벌어지는지 짐작할 수 있었다. 단둘이 병실에 있었다면 그녀는 그를 창밖으로 집어 던진 뒤 사고처럼 보이게 만들고 은폐할 수도 있을 것 같았다.

"저한테는 정말 맛있는걸요." 요셉은 행복하게 오물거리며 말했다.

로버트는 옆자리에 있는 그를 보며 어떻게 입이 귀에 걸리게 미소를 지을 수 있는 건지 신기했다. 또한 로버트가 그에게 베풀었던 너그러움을 그가 어떻게 받아들일지 다시 한번 점검해봐야 했다. 로버트는 이웃이 저지른 배신의 대가로 그의 허점을 찌르기로 했다. 하지만 지금은 다른 게 우선이었다. 로버트는 쟁반 위로 포크를 흔들며 말했다. "이건 말도 안 된다고!"

수간호사는 그의 말을 더 기다리는 듯이 쳐다봤다.

"도대체 뭐가요?"

"퓨레는 너무 묽고 야채는 물컹거리고 고기는 질기고 양념도 하나 치지 않았잖아요."

"그런 평가를 하시다니 참으로 유감이군요. 요리사에게 즉시 전달하겠습니다."

그녀는 로버트를 전혀 진지하게 받아주지 않았고, 로버트는 거기에 화가 더 났다.

나머지는 그의 허기가 다 했다. 다음 날도 그다음 날도 그는 이런 음식을 받고 싶지 않다면 그는 본때를 보여야 했다. 그가 음식을 내버리려 하자 수간호사 틸다가 반대하며 막았다. "윈터씨 이제 이걸로 정말 충분합니다." 그녀는 알람 버튼을 가리키더니 갑자기 매정하게 말투를 바꿨다. "이 버튼은 정말 긴급한 상황에서만 눌러야 합니다."

그녀의 쌓인 분노가 또렷이 드러났다. 요셉도 잠시 씹기를 멈췄다. 긴장감이 감돌았다. 로버트는 상황이 점점 꼬이고 있다고 느꼈다. 그 느낌대로였다. 음식을 두고 팽팽하게 밀당이 시작되었다. 그녀는 책임이 없었고 그는 잘못 행동했다. 로버트는 이해한다는 표시로 거의 눈에 띄지 않게 고개를 끄덕였다. 수간호사 틸다는 상황을 충분히 파악했고 말없이 병실에서 나갔다.

로버트는 몇 분 만에 음식을 다 먹고 포크와 나이프로 남아 있는 음식 조각들을 하나로 모으고 있는 요셉을 쳐다봤다.

"크래커 남은 거 있습니까?" 로버트가 물었다.

요셉은 넋이 나간 듯 멍했다. 음식에 관해서 그는 장난이 없다. 그야말로 식탐의 대식가였다. 로버트는 한 가지 제안했다.

"이거랑 맞교환 어떻습니까?" 그는 자신의 접시를 들어 보이며 물었다. 그 즉시 순진한 아이들에게만 보이는 해맑은 미소가 요셉의 얼굴로 다시 돌아왔다.

로버트는 바스티가 가져온 노트북의 키보드에 크래커 부스러기가 떨어지지 않도록 조심하면서 크래커를 야금야금 먹었다.

"이게 최신 모델은 아니지만, 아저씨가 사용하기에는 충분할 거예요."

로버트는 막연하게 여기저기 자판을 눌렀다.

"근데 왜 쓰지 않고 지하실에 보관했습니까?"

"메모리와 그래픽 카드 용량이 저에게는 충분치 않아요."

"나같이 괴팍한 늙은이한테는 충분한가?" 로버트는 왜 여전히 화를 내고 있는지 그 자신조차 알 수 없었다. 어쨌든 바스티가 그에게 큰 호의를 베푸는데도 말이다.

"로마 시대 때부터 받은 선물에 대해 투덜거리는 거 아니라는 말이 내려오거든요? 어쨌거나 리스트나 작성하세요. 언제나 도움이 되니까요."

"내 리스트를 어떻게 받게 되나? 상자가 없으면 어차피 시작도 못 할 텐데."

"제가 다 복사해놨어요."

"음….." 로버트가 투덜거렸다. 바스티는 트집 잡을 이유를 하나도 주지 않았다. 그런데도 로버트는 멈추지 않았다. "내 우편함은?"

"어머나, 미안해요. 그런데 여기 계신 지 이제 겨우 며칠 지났
는걸요."

"그래도 내일 아침에 꼭 확인해줘요."

"중요한 거 기다리고 있어요?"

"중요한 게 도착할지 누가 알겠어요?"

바스티의 한숨이 로버트의 귀에 들어왔다. 그는 자신이 얼마
나 많은 것을 확인하고 통제하려 드는지 알 수 있었다. 아마도
바스티는 로버트의 건강을 생각해서 감히 반대로 따지고 들지 못
할 것이다. 로버트는 바스티의 인내심이 어디까지 갈 건지 궁금
했다. 로버트에게 이건 마치 게임을 하는 것 같았다.

"화분에 물 줬어요?" 로버트가 물었다.

"걱정 마세요." 바스티가 대답했다. "청소기까지 돌렸어요."

로버트 눈을 깜빡거렸다. "그런 건 부탁한 적 없는데."

"분명히 부탁하셨겠죠." 그는 얼굴을 찌푸렸다. "아주 시급해
보였는걸요."

"전 토요일마다 청소기로 집안 먼지를 빨아들입니다. 목요일
에 심장 마비가 오지 않았다면…." 로버트는 말을 멈췄다. 바로
그 순간 무슨 이유로 마음에 미안한 감정이 남아 있는지 의문이
생겼다. 어쨌든 바스티는 설명에 별 관심이 없었다. 그는 로버트
가 말을 다 끝내기도 전에 손을 흔들었다.

"뭐 또 없어요?" 바스티가 살짝 짜증을 내며 물었다.

"자동 응답기 틀어봤어요?"

"아무 메시지도 없었어요. 그리고 아저씨가 늘 그랬던 것처럼 앞으로도 아무한테도 소식을 전하지 않을 거예요."

로버트는 바스티가 나쁜 의도로 말한 게 아니라는 것을 잘 안다. 톡톡 쏘는 말버릇 때문이다. 만약 로버트를 좋아하지 않았다면 그의 병실에 오지도 않았을 테지. 복잡할 필요가 없다. 그는 이 외에도 로버트는 안부를 묻는 사람들이나 그저 이야기를 나누고 싶어 하는 사람들에게 전화를 많이 받았다. 고객들이나 미리 암만은 아니었다. 친구 카를과 프랑크와도 전화했다. 오직 릴리로부터만 아무 소식을 듣지 못했다. 로버트가 입원한 이후 어떤 연락도 오지 않았다.

로버트는 바스티가 집으로 떠나는 길에 고맙다는 말을 몇 마디 더 했다. 이후 그는 바스티가 설정해준 프로그램에 접속해 메일을 확인하고는 바닥에 가라앉는 기분을 느꼈다. 그의 메일함에 수많은 메일이 답장을 기다리고 있었다. 에이본 뷰티 컨설턴트로 그를 찾는 사람이 많았다. 그는 신뢰를 성실히 쌓아갔다. 하지만 이제 자신의 고객에게 위로의 말을 전하는 것 외에는 할 수 있는 게 없었다. 무엇을 어떻게 해야 할까? 그가 침대에 묶여 있는 동안 그는 물건을 전달할 수 없다. 비자발적인 휴가로 그의 매출은 급락할 것이다. 이번 달은 무엇보다 가장 매출이 많을 달이다. 곧 크리스마스 시즌인데, 다시 거리로 나서 시작하지 않는다면 그는 월마 샹통을 이길 기회를 얻지 못할 것이다.

20

"제가 건강 관리 좀 잘하라고 몇 번이나 말했잖아요." 바스티는 매일 로버트 병실로 찾아와 간식을 챙겨주었다. 신선한 당근, 셀러리 줄기, 유기농 견과류, 무설탕 뮤슬리 등등….

로버트는 자신의 우편물을 훑어보며 바스티가 유쾌하게 계속 떠드는 소리를 한쪽 귀로만 듣고 있었다. 전화 요금 청구서와 굴뚝 청소 예약 확인서 말고는 죄다 광고와 선전물들이었다. 그의 우편함에 '광고 금지'라고 초대형 스티커를 붙였는데도 이렇게 넣는다는 건 신경 거슬리는 일이었다.

바스티는 살림에 대한 다양한 정보를 늘어놓았다. "실내 화분에요, 이거 알면 깜짝 놀랄걸요? 맥주를 조금만 비료로 주면 얼마나 잘 자라게요. 우리 엄마가 언제나…."

"그래, 그래요." 로버트가 그의 말을 가로막고 종이 쓰레기를 내밀었다. "이것 좀 버려줄래요?"

바스티는 종이 쓰레기를 재활용 분류함에 넣고 하던 이야기를 까먹지 않고 계속했다. "그렇게 하면 이파리가 반짝반짝 윤이 나요. 가끔은 화장 솜에 맥주를 적셔서 이파리를 부드럽게 닦아주면…."

로버트의 취향과 달리 바스티는 사소하고 잡다한 이야기들을 늘어놓았다. "알았어, 알아들었다고요." 그는 바스티의 말을 끊었다. 그러고는 그가 가져온 음식으로 초점을 돌렸다. "이걸 도대체 어떻게 먹으라는 거에요?" 그는 손가락으로 '볶지 않은 무염식'의 문구를 가리키며 견과류 봉지를 들어 올렸다.

"뭘 먹고 싶은데요? 커리 부르스터랑 감자튀김요?" 바스티가 톡 쏘는 말을 했다.

"예를 들자면 그렇다는 겁니다." 로버트는 다시 말했다.

바스티는 손을 저었다. "우선은 아저씨 회복부터 하고 말해요."

그때 주치의 프리드만을 필두로 의료진들이 요란하게 발소리를 내며 병실로 들어왔다. 로버트는 이미 이런 공연을 경험한 적이 있었다. '회진'이라 제목 붙은 초등학교 3학년 학예회 연극 같았다.

"안녕하세요, 윈터 씨." 주치의 프리드만이 치약 광고하듯 미소를 환히 보이며 인사했다. 로버트는 미소가 가짜처럼 보였지만, 병원에서 그렇게 생각하는 사람은 오직 그뿐이었다. 다른 사람들은 모두 프리드만을 너무나도 매력적으로 여겼고, 그의 미소에 심장이 녹아내리기라도 하는 것처럼 바라봤다. 프리드만 박사는 그래, 인정하자면 못생기지는 않았다. 하지만 남자로서 그걸 평가할 수는 없었다. 모든 여자가 그를 마치 할리우드 스타처럼 대하면서 예쁘게 보이고자 했다. 프리드만 박사에게 잘 보이기 위해 간호사들이 한 화장은 말할 것도 없었다. 너무 과했다.

바스티 얼굴에도 갑자기 생기가 돌았다. "안, 안녕하세요." 눈에 띄게 황홀한 표정으로 그에게 손을 내밀었다.

프리드만 박사가 인사를 받았다. "안녕하십니까?" 그러고는 궁금하다는 듯이 로버트와 바스티를 번갈아 쳐다봤다.

"저는 바스티예요."

프리드만 박사는 계속해서 미소를 지으며 바스티와 악수한 채 다음 말이 나오기를 기다렸다.

박사를 구출하기로 결심한 로버트가 대답하려고 했지만 바스티가 앞질렀다. "저는 이분의 이웃이에요."

"정말 친절하신 분이군요." 프리드만 박사는 그렇게 대답하고 할 일을 하려 했으나 바스티가 그의 손을 놔주지 않았다. 바스티는 계속 붙들고 늘어질 것이다. 로버트는 겁이 났다.

"친절해요? 윈터 씨가요? 어머나 유머도 많으시고, 우리 박사님은…." 로버트는 거기서 더 나아가지 않게 해야 했다.

"이 친구는 막 가려던 참이었습니다." 그는 분명하게 말했다. 이제 그는 이러한 말이 바스티에게 얼마나 효과적인지 잘 알고 있었다. 하지만 천만에! 이번은 아니었다.

"아니에요, 아니에요. 아직 시간 있어요."

로버트는 빠르게 머리를 굴렸다. 하지만 그가 할 수 있는 게 무엇이 있을까? 지금보다 훨씬 민첩했을 때도 그는 바스티를 집에서 쫓아낼 수 없었다. 더군다나 여기 병원에 누워 있는 동안 병원 밖으로 끌고 나갈 수도 없다. 그렇다면 창문으로 집어 던져버릴까? 요셉이 도와준다면 아마도 가능은 할 텐데…. 그 생각은 적어도 마음에 들었다. 로버트 얼굴에 살며시 미소가 퍼졌다.

"자 그럼, 우리는 환자를 살펴보겠습니다." 프리드만 박사는 바스티에게 친절한 미소를 지었다. 그제야 바스티는 자신이 아직도 박사의 손을 잡고 있다는 것을 알아차린 것 같았다. 그는 급하게 손을 떼어냈다. "어머나, 물론이죠. 죄송해요."

로버트는 바스티의 행동에 점점 당황스러워지기 시작했다. "지금 보니 이 사람 모르는 사람이네요. 혹시 정신병동에서 환자가 탈출했는지 알아보시는 게 좋을 것 같습니다." 로버트는 프리드만에게 말하면서 바스티를 가리켰다. 놀랍게도 그의 농담은 잘 통했다. 평소에 말을 잘 하지 않던 간호사들도 웃었다. 바스티만 웃지 못했다.

프리드만 박사는 로버트의 병상으로 다가가 환자 차트를 살펴봤다. "유머 감각을 되찾으셨군요, 윈터 씨."

이건 로버트에게 기뻐할 일은 아니었다.

"네, 나머지 업무를 빨리 처리하신다면 감사하겠습니다."

"다른 별다른 특이점은 없지요?" 프리드만이 이렇게 묻자 로버트의 혈압이 갑자기 상승했다. 심장 마비 환자에게 좋은 치료 방법이 아니었다. 그는 이러한 의사들의 텅 빈말을 정말 싫어했다. 왜 그들은 환자와 의사가 같은 배를 타고 있는 것처럼 행동해야 하는 걸까?

"박사님이 어떤지는 모르겠지만 저는 새로 태어난 것 같습니다." 로버트가 대답했다. 프리드만 박사는 아마도 로버트의 신경질적인 말투를 알아채고 기술적인 의학 전문 용어를 사용했다.

"약물은 뚜렷한 효과를 보이고 있고, 환자님은 거기에 잘 적응하고 있습니다. 심장 박동도 매우 규칙적이고요, 이대로 계속 간다면 곧 퇴원하실 수 있습니다."

"얼마나 빨리요?" 바스티는 마치 나쁜 소식을 들은 듯 놀라 물었다.

프리드만은 신경에 거슬리는 듯했지만 웃으며 대답했다. "일 주일은 더 병원에 있어야 합니다."

"병원에 좀 더 오래 있으면 안 되나요? 늙은 환자의 건강을 위해서요. 더 이상 젊지 않잖아요."

로버트는 바스티의 짜증 나는 말장난을 맞받아칠 생각이 전혀 없었다. 그는 의사가 병실을 어서 나갔으면 했다. 주치의도 같은 생각이었던 것 같다. 프리드만 박사는 로버트의 환자 차트를 제자리에 두고 다른 환자로 향했다. "그럼 즐거운 하루 보내세요." 그가 이렇게 말하자 나머지 의료진들이 그를 따라 요셉에게 갔고, 요셉은 몰래 먹은 초콜릿 부스러기를 침대에서 손으로 잽싸게 쓸어내렸다.

로버트는 바스티가 주치의에게 눈을 떼지 못하는 걸 보았다. "세상에나, 너무 멋지다." 그가 속삭였다.

"어린 강아지는 귀엽지만 노련한 남자들은 그렇지는 않습니다." 로버트가 고개를 저으며 말했다. 바스티는 그의 말은 전혀 듣지 않았다. 그는 마치 벌써 그리움에 사로잡혀 주치의에게 시선이 고정된 것 같았다.

"제가 심장 마비를 겪었다면 저 멋진 의사가 저를 기꺼이 다시 살려주겠죠."

로버트는 얼굴을 찡그렸다. "도대체 다들 왜 이러는 거요?"

"아니 눈이 어디로 갔어요? 너무 완벽한 남자잖아요."

바스티는 갑자기 로버트에게 다가갔다. 뭔가 꿍꿍이가 있다. "저를 위해서 해주실 수 없나요?"

로버트는 전혀 이해하지 못하고 있었다. "도대체 뭘?"

"제가 여기 있는 모든 사람에게 제 전화번호를 돌릴 수는 없어요." 바스티가 속삭였다.

"그래서 어쩌라는 겁니까?"

"아저씨한테 적당한 기회가 올 거예요. 말하자면, 아저씨가 여기 소식통이 되는 거죠."

바스티는 로버트에게 너무 과한 호의를 요구하고 있었다. 그는 바스티를 좋아하지만 그를 위해 바보가 되고 싶지는 않았다. "그런데 말입니다. 저 의사가 남자한테 전혀 관심이 없으면 어떻게 해요? 그럴 수도 있잖아요?"

바스티는 고개를 저었다. 그는 먼지 한 톨의 의심도 없는 표정이었다. "제 본능은 완전 그 반대로 말하네요. 제가 그와 악수하며 손을 흔들었을 때 완전히 알 수 있었죠. 그 사람은 제 손을 놓고 싶지 않아 했다고요."

"물론이죠, 연구 대상으로서 말이에요." 로버트는 이렇게 대답은 해주었지만 더는 이런 말도 안 되는 소리를 듣고 싶지 않았다. 다행히도 이 바보 같은 대화를 끝낼 핵심 내용 하나가 떠올랐다. "그런데 이게 다 무슨 소용이에요. 결혼했잖습니까."

바스티 표정이 달라졌다. 로버트는 다음에 나올 소식은 분명히 좋지 않은 것이라는 것을 확신할 수 있었다.

"얼마 남지 않았어요." 바스티가 대답했다.

"무슨 말이에요? 서로 화해한 줄 알았는데."

"데니스가 그러더군요. 우선은 무엇이 남아 있는지 알고 싶다고요."

"어디에 뭐가 남아 있는데요?"

"참네, 거기요, 그 바람피운 상대요. 자신의 감정을 확신하지 못하겠대요."

로버트는 믿을 수가 없었다. 사람들은 왜 이렇게 복잡할까? 누군가를 사랑하는지 아닌지는 누구나 느낄 수 있다. 도대체 그거 말고 뭘 더 알아내야 하는 걸까?

"그럼 그쪽은? 데니스가 감정을 알아낼 때까지 기다리면서 하릴없이 마냥 있어야 하는 거예요?" 그는 바스티에게 물었다. 바스티는 고개를 푹 숙이고 몸을 움츠린 채 온 힘을 다해 정신을 다잡고 있었다.

"그가 원한다면 그렇게 해야죠. 하지만 저는 빠지겠다고 말했어요."

"그게 무슨 뜻이에요?"

"데니스가 다음 주에 이사 나가요."

바스티가 병실에서 나가자마자 미리암이 병문안을 왔다. 갤러리가 너무 바쁘다면서도 찾아오다니 그녀는 진심으로 로버트를 걱정했고 로버트는 감동했다. 딸이 자신을 소중하게 챙겨줘서 그는 행복했다. 이런 이유 하나로만으로도 로버트는 마음을 가다듬고 무기력과 두려움에 사로잡힌 분노를 멀리 떨쳐버렸다.

이번에는 미리암이 요나스를 데려왔고, 그의 변화는 눈에 확 들어왔다. 요나스는 머리카락을 땋을 수 있을 정도로 길렀다. 로버트와 미리암은 대수롭지 않게 여기려고 많은 이야기를 나누지는 않았다. 적어도 말로는 그랬다. 하지만 이 일에 대해서는 서로의 눈빛만으로도 소통이 되었으며, 이 둘은 앞으로 가족으로 해나가야 할 과제가 기다리고 있다는 것을 분명하게 숙지하고 있었다. 이렇게 화목한 시간을 보낸 건 정말 오랜만이었다.

같은 날 그의 친구 카를과 프랭크가 카드를 가지고 병실을 찾아왔다. 로버트는 여러 번이나 포커 게임을 했지만 개의치 않았다. 그는 뻔한 병원의 일상에 환영할 만한 즐거움을 가져다준 이 두 친구가 너무나도 고마웠다. 그들은 심지어 로버트가 이기도록 내버려두었다. 로버트가 불길한 카드를 받아 괴로워하자, 카를과 프랭크는 로버트에게 행여나 두 번째 심장 발작이 일어날까봐 노심초사했다.

다음 날 그의 병실로 사람들이 말 그대로 몰려들었다. 로버트는 얼마나 많은 고객이 그를 방문했는지 그 숫자에 압도당하고 말았다. 그는 처음으로 지난 몇 개월 동안 자신이 무엇을 이루었는지 깨닫게 되었다. 수많은 사람을 알게 되었고, 그중에는 친구 같은 관계로 발전한 사람들도 있었다. 많은 이들이 꽃과 잡지를 가져왔다. 어떤 고객은 집에서 구운 케이크를 가져왔는데, 요셉이 특히 너무나도 반가워했다. 무엇보다도 가장 주목을 이끈 고객은 로버트의 충성 고객 중의 한 명인 드래그퀸 예술가 돌로레스 아무르였다. 그녀가 등장하자 횅한 병원 복도는 금세 반짝거리는 런웨이로 변했다. 돌로레스가 로버트의 침대에 앉아 새로운 무대 프로그램에서 하게 될 재미난 멘트를 낮고 굵은 목소리로 이야기하자, 병원 직원들과 다른 환자들이 그의 병실을 들여다보았고 로버트는 그런 관심 어린 시선을 즐겼다.

로버트는 관심받기 위해 유난 떠는 성격은 전혀 아니었지만, 이번에는 주목받는 것이 즐거웠다. 그는 자신이 이루어놓은 것이 조금은 자랑스러웠다. 아니, 많이 자랑스러웠다. 그는 자부심으로 기뻤다.

수간호사 틸다도 로버트 병실이 북적거리는 것을 어찌할 수 없었다. 병실이 꽃집처럼 꽃으로 가득 찬 터라, 그는 틸다에게 꽃병을 하나 더 달라고 요청했다. 그녀는 참을성을 잃고 말았다. 그녀는 거친 말투로 방문객들을 쫓아냈고 이제부터는 하루에 방문객 두 명만 허용하겠다고 소리쳤다. 로버트는 그런 조치는 병원 규칙에 부합하지 않는다고 따졌다. 수간호사 틸다는 드디어 폭발하고 말았다. 그녀의 비명은 지하실까지 들렸다.

다음 날, 마침내 마를렌과 카렌이 병실에 찾아왔다. 로버트는 그들이 와줘서 참으로 기뻤지만 동시에 릴리가 지금까지 침묵하고 있다는 사실에 고통스러웠다. 예고 없이 그가 다시 집 앞에 나타나서 정말로 화가 난 걸까? 만약 누군가 나쁘게 행동했다면 그건 바로 그녀의 남편이다. 로버트는 릴리가 왜 병적인 질투심이 자기 삶을 좌지우지하게 내버려두는지 도무지 이해할 수 없었다. 그녀와 전혀 어울리지 않았다. 그가 필요로 할 때 그녀가 귀 기울여 준 것처럼 그는 이에 대해 이야기하며 그녀의 마음을 듣고 싶었다. 하지만 그녀는 그와 함께 이야기 나누고 싶지 않은 것 같았다.

바스티는 이제 온종일 병원에서 시간을 보내고 있다. 안타깝게도 바스티는 컴퓨터 앞에 앉아 있어야만 하는 시나리오 마감이 없었다. 로버트는 바스티가 단지 자신 때문에 병원에 오는 것은 아니라는 것을 잘 알고 있었다. 물론 로버트의 심장에도 관심이 있었지만 프리드만 박사 심장에 더욱 관심이 많았다. 로버트가 자신이 살펴본 내용을 이야기했지만, 그는 결코 단념하지 않았다. 프리드만 박사는 자신의 매력이 다른 사람들에게 어떤 영향을 미치는지 정확히 알고 있었고, 로버트는 그 사실을 눈치챘다. 특히 젊은 간호사들에게 자신의 매력을 사용하는 것 같았다. 바스티는 이런 이야기에 두 귀를 완전히 막아버렸고, 로버트가 바스티를 위해 매력적인 의사에게 다리 놔주는 것을 단호히 거절했기 때문에 여전히 삐져 있었다.

다음 회진에서 로버트는 젊은 간호사 한 명이 취향에 비해 파운데이션을 너무 두껍게 바르고 립스틱을 짙게 바른 걸 알아챘다. 프리드만 박사를 열렬히 좋아하는 마음으로 비롯된 이 위장전술은 그의 관심을 끌려는 의도인 것이 분명했다. 간호사가 다른 병실로 이동한 줄 알았던 로버트는 그녀의 우스꽝스러운 화장에 대해 머리를 흔들며 떠들어댔다. 그러나 로버트가 주절거리는 소리를 그녀가 다 듣고야 말았다. 수간호사 틸다가 분주하게 일을 하다가 로버트를 째려봤다. 그 눈빛이 너무나도 무서워서 순간적으로 아니, 심장이 그대로 영원히 멈춰버린 것 같았다.

로버트는 괴팍한 존재가 아니다. 자신의 실수를 알고 인정할 줄 안다. 그는 젊은 간호사에게 사과하고 싶어서 바스티에게 자신의 화장품 샘플 가방을 가져다 달라고 부탁했다. 처음에 젊은 간호사는 로버트가 무엇을 원하는지 이해하지 못했다. 그녀는 그가 놀리는 것을 듣지 못했다고 했다. 하지만 로버트는 양심 있는 인간이었다. 그는 그런 말을 한 것을 후회한다고 전하며 그녀의 '위장술'을 도와주고 싶다고 말했다. 하지만 그녀는 이 상황을 완전히 다르게 받아드렸다. '당신 같이 늙은 남자가 화장에 대해 뭘 알아?' 그녀는 소리 없이 머릿속으로 외치고 있었다. 그녀는 다양한 영상 채널과 좋아하는 인플루언서의 라이프 스타일, 패션, 메이크업에서 활용법을 알아내는 걸 좋아했다. 로버트는 사업을 지속해서 하려면 경쟁업체가 무엇을 어떻게 하는지 알아야 한다고 생각했다. 그런 이유로 다양한 영상을 시청한다. 대부분 지루하고 개성을 살리지 못한다. 주로 인플루언서의 지갑을 채워주는 제품을 홍보하는 영상이다. 그런데도 그녀가 계속해서 고집을 부리자 로버트는 마침내 카드 한 장을 내밀었다. 모든 에이본 뷰티 남성 컨설턴트가 가장 효과적으로 사용하는 언제나 통하는 '남자 눈에는 말이야'라는 카드였다. 프리드만 박사는 생물

학적으로 태어난 성과 사회적으로 받아들여지는 성이 일치하는, 그야말로 남자였다. 이런 남자 눈에 어떤 모습이 예뻐 보인다는 것을 누가 더 잘 설명해줄 수 있을까?

로버트가 화장을 끝냈을 때, 젊은 간호사는 너무나도 마음에 들어 했다. 로버트도 스스로 만족했지만 자신이 무슨 일을 벌였는지는 알지 못했다. 몇 시간 후에 간호사 몇몇이 그를 찾아와 이런저런 조언을 수줍게 부탁했다. 그리고 환자들까지도 그를 찾아왔다. 그는 자신의 병실로 찾아오는 사람들이 부담스러웠다. 빨리 건강을 회복해서 집으로 돌아가기를 바랐다. 그는 프리드만 박사의 마음을 얻을 수 있도록 친절한 간호사들과 환자들을 화장해준 것은 아니었다.

"뭘 또 그렇게 꼬치꼬치 따져요? 화장품 파는 게 아저씨 직업이잖아요?" 바스티가 말했다. 바스티는 로버트가 왜 그렇게 깊게 생각하는지 이해할 수 없었다. 로버트는 생각하면 할수록 바스티가 옳다는 생각이 들었다. 왜 그는 더 빨리 거기에 대해 알아채지 못했던 걸까?

21

로버트는 목욕 가운을 입고 한 손에는 핸드폰을, 다른 한 손에는 화장품 샘플 가방을 끌고 병원 복도를 바쁘게 걸어갔다.

"좀 쉬시는 게 좋을 것 같아요." 에이본 주문 상담사 로즈마리가 말했다. 그녀는 심장 마비를 겪은 후 다시 일할 생각을 하면서 대량으로 주문을 넣는 그를 걱정했다. 로버트는 그녀를 진정시켰다. 그는 갑자기 심장이 두 개가 생긴 듯 기분이 좋았다. 우연히도 새로운 시장을 개척했다는 사실에 의욕이 솟았다.

"여기 계신 여성분들이 저를 가만두지 않네요. 당연하지 않겠어요. 이런 무채색의 병원에서는 누구나 알록달록한 세상을 그리워하죠." 로버트가 차분하게 말했다. 그는 수간호사 틸다가 자신의 영업에 대해 어떻게 생각할지 예상할 수 있었고 그래서 잠자는 사자를 깨울 생각이 없었다. 그는 어떤 언행을 취해야 할지 잘 알고 있었다. 병원 직원들에게 방해가 되지 않는 한 그의 영업은 그녀 귀에 들어가지 않을 것이다.

"윈터 씨, 편안하게 계셔도 돼요. 고기압이 저기압 지역을 대체해서 장기간 맑은 날씨가 예상됩니다."

로버트는 만족스럽게 웃었다. 밖은 구름이 잔뜩 긴 우중충한 날씨에 진눈깨비가 창문에 내려앉고 있었다. 그는 로즈마리가 한 말이 무슨 뜻인지 잘 알고 있다. 하지만 그의 매출이 좋다는 소식에 오히려 그는 다리를 쭉 뻗고 쉴 수 없었다. 오히려 더 강한 동기 부여가 되었다.

"정말 중요한 건, 결승점까지 아직 몇 미터 남았다는 거죠⋯."
로버트는 문득 말을 멈추고 그 자리에서 얼음이 되었다. 수간호사 틸다가 한 병실에서 나와 가까이 다가가고 싶지 않은 짐승을 보듯 그를 노려보고 있었다. 로버트는 의기양양하게 미소를 보였지만 그녀는 얼굴에 어떤 감정도 보이지 않고 간호사 집무실로 들어갔다.

"언제까지 병원에 계세요?"
로즈마리의 목소리를 듣고 나서야 로버트는 여전히 통화 중이라는 걸 깨달았다. 수간호사 틸다는 복도에서 전화하는 걸 엄격하게 금지했다. 그녀는 분명 알았을 것이다. 하지만 그녀 역시도 더 이상 피 터지는 기 싸움을 원치 않는 것 같았다.

"병문안을 드리고 싶어서요, 윈터 씨."
로버트는 잠시 생각했다. 그녀가 병문안을 오는 게 괜찮은지 아닌지 확신이 서질 않았다. 그녀가 위로해주는 것이 싫다는 뜻은 아니다. 그는 자신의 상상 속에 존재하는 그녀에 대한 이미지를 깨트리고 싶지 않았다. 이 둘의 관계는 매우 특별하고 동시에 친숙했는데 그건 바로 적당한 거리를 유지하기 때문이었다. 그는 로즈마리와 일상적인 친구가 되는 걸 원치 않았다.

"그 마음 정말 감사드립니다. 그렇지만 내일이면 퇴원하는걸요." 그는 이렇게 거절하면서 그녀가 실망하지 않기를 바랐다.

"그럼 꽃이라도 보내드리고 싶어요."

로버트는 즐겁게 웃었다. 수석 간호사 틸다가 과연 어떤 반응을 보일지 상상이 갔다. "아니에요, 정말 괜찮습니다. 지금도 꽃집 열 수 있을 정도로 충분한걸요."

로즈마리도 결국 웃었다. "그럴 것 같았어요. 자, 그럼 오늘 주문하신 물건은 바로 발송되도록 할게요."

그는 핸드폰을 주머니에 넣고 한 병실 앞에 멈추었다. 로버트는 깨진 창문으로 모르는 사람의 집으로 몰래 들어가는 도둑처럼 주위를 둘러봤다. 레이더망에 병동의 우두머리 틸다가 포착되지 않았다. 그리고 자기 모습을 훑어봤다. 평소라면 목욕 가운을 입고 화장품 파티를 연다는 건 말도 안 된다고 생각했을 것이다. 지금 최고의 상태는 아니었지만, 현재는 특수한 상황이라는 것을 감안했다. 그나마 미리암이 안감 털이 없는 펠즈 슬리퍼를 가져와 신고 있는 게 다행이었다. 그나마 최소한의 예의는 지킬 수 있는 아이템이었다.

병실은 너무 꽉 차서 발 들일 곳이 없다는 말이 저절로 나오는 상태였다. 앉을 곳이 부족해서 환자들을 침대 가장자리에 앉도록 해야 했다. 로버트가 나이 지긋한 여성 환자에게 아이섀도를 바르는 것을 많은 이들이 흥미롭게 지켜봤다.

"색상은 여기 단계별로 번호가 매겨져 있습니다. 전문가의 메이크업 효과를 연출하려면 숫자를 따라 아이섀도를 발라도 괜찮고 색상을 조금 섞어서 바르는 것도 좋습니다." 그는 이렇게 설명하고 모두가 돌려 볼 수 있게 한 환자에게 샘플을 전달했다.

"파울라, 그래 봤자 소용없어. 그 늠름한 의사 선생님은 내 거라고." 어느 환자가 로버트가 방금 화장을 시연한 여자에게 말하며 노골적인 웃음을 터트렸다.

모델 파울라도 만만치 않게 반격을 가했다. "무슨 소리야, 윈터 씨는 화장을 해줄 수는 있지만 마술을 부릴 수는 없다고."

"숙녀 여러분!" 로버트가 모인 사람들을 보고 말했다. "이 한 가지는 반드시 기억하세요. 화장은 다른 사람을 위해 하는 것이 아니라 자신을 위해 하는 겁니다. 화장은 자신이 마음에 들어야 합니다."

"그렇고 말고요. 우리는 건강해도 너무 건강해서 지금 병원에 입원해 있잖아요. 걱정 마세요, 윈터 씨." 환자 중 한 명이 웃으며 크게 말했다.

로버트도 따라 웃었다. 그도 다른 사람과 동질감을 느꼈다. 사는 동안 자신이 가야 할 방향에 대해 확신이 들었다. 삶에는 분명 힘든 시간이 있다. 그래도, 자신을 내버리지 말고 이전과 다르지 않은 태도로 삶을 대해야 한다.

로버트는 몇 개월 전, 씻지도 않고 면도도 하지 않은 채로 집에서 연명하듯 칩거 생활했던 때를 떠올렸다. 그때의 모습을 뭐라 설명할 길이 없다. 그는 삶의 마지막이라는 것이 무엇을 뜻하는지 경험했다. 자신의 힘으로 그 불행을 극복하는 것이 얼마나 어려운지 안다. 그는 또한 릴리가 자기 엉덩이를 발로 힘껏 걷어

찼기 때문에 다시 살아날 길을 찾았다. 이제 그는 이 여자들에게 같은 일을 해주고 싶었다. 물론 말 그대로 엉덩이를 걷어차는 건 아니다. 작지만 긍정적인 도움이 되고자 했다.

"기분이 안 좋아지면 윈터 씨도 화장하세요." 어떤 환자가 농담을 던졌다. 또다시 웃음이 터졌다. 로버트는 그 여성을 따뜻하게 바라봤다. 그 여자는 그가 제공한 작은 휴식을 즐기고 있다. 그들은 잠시나마 병에 대한 고통과 수술, 험난한 치료 과정들을 잊을 수 있을 테다. 그들 중 일부는 한동안 그들에게 닥친 운명의 선고도 생각하지 않았다. 로버트는 자신 앞에 절망적인 사건이 있었다는 것을 잘 알고 있다. 그러나 그들의 걱정을 잠시나마 해소할 수 있게 해준다는 사실이 그를 행복하게 만들었다.

로버트는 시간을 확인했다. 병동의 일과를 잘 알게 된 그는 화장품 파티를 위한 최적의 시간을 정확히 알고 있었다. 아침 회진과 점심시간 사이다. 30분가량 여유가 있었고, 이 시간을 적극적으로 활용해야 했다.

"슈퍼 에디션 아이라이너를 발라봐도 될까요?" 환자 중 한 명이 물었다.

"아, 슈퍼 데피니션이요." 로버트는 상품명을 정확하게 말하고는 침대 옆 테이블을 밀어 침대에 올려두었던 화장품 샘플들을 그 위로 옮겼다.

침대 옆 탁자는 바퀴가 달려서 참으로 실용적이다. 어떤 환자는 걷기 어렵거나 목발을 짚는다. 로버트는 가능한 한 쉽고 즐겁게 만들려고 노력했다. 특히 화장품 파티의 하이라이트인 주문

시간이 서서히 다가오고 있다.

"슈퍼 데피니션 아이라이너는 가느다란 어플리케이터 덕분에 선을 섬세하고 정확하게 그릴 수 있고 지속력도 아주 탁월해서, 잘 지워…." 그는 환자들의 표정이 변한 것을 알아차리고는 말을 멈춘 채 뻣뻣이 굳어버렸다. 분위기가 냉랭해졌다. 아무도 웃지 않았다. 뒤돌아보니 수간호사 틸다가 문간에 서 있는 것이 보였다. "이게 다 무슨 일이에요?" 그녀는 마치 자신의 여학생들을 다른 남학생 몇몇과 함께 현행범으로 잡은 교장 선생님의 말투로 물었다. 근본적으로 상황은 비슷하긴 했다. 단지 사춘기 학생들의 불장난에 관한 것이 아니라는 사실만 제외하고 말이다. 이건 화장품에 관한 것이었다.

"보이는 게 전부가 아닙니다." 로버트는 빤히 웃으며 대답했지만 수간호사가 이 농담에 웃지 않을 거라 예상했다.

"여기서 영업 마케팅 행사하시나 봐요?"

로버트는 불난 집에 부채질하지 않으려 애썼다. "컨설팅이라고 하죠."

그때 한 환자가 말하고 싶은지 손을 들었다. 로버트는 진심으로 학창 시절로 돌아간 느낌을 받았다. 아주 좋은 기억은 아니었지만 말이다.

"메이크업 제품은 선생님께 주문하면 되죠?" 그 여자는 실망스러운 표정을 보였고 로버트는 당연히 그렇게 할 수 있다는 확신을 그 자리에서 바로 주고 싶었다. 그가 곧이어 주문받으러 다닐 거라고 말해주고 싶었지만 이건 수간호사 틸다가 전혀 반길 소식이 아니었다. 그는 전형적인 딜레마에 빠져버렸다.

"윈터 씨, 여기에 따른 책임지셔야 할 거예요." 수간호사 목소리를 높이지 않고 말했다. 하지만 마치 협박처럼 들렸다. 로버트는 그녀가 과장한다는 생각이 들었다. 그는 이런 교장 선생님의 말투를 전혀 듣고 싶지 않았다.

"저를 어떻게 하실 겁니까? 주사기로 고문하실 건가요?" 여기저기서 낄낄거리는 소리가 들려왔다. 수간호사는 아무 말 없이 찌릿한 눈빛으로 그들을 쳐다봤다. 그는 어느 순간이든 수간호사의 본모습이 나오리라 예상했다. 하지만 그녀는 감정을 잘 가다듬었다.

"걱정 마세요. 저는 안타깝게도 선생님을 직접 상대하지 않을 겁니다. 이 사안은 다른 담당자에게 넘어갈 것입니다."

로버트는 부아가 치밀기 시작했다. 그는 나쁜 짓을 저지른 게 아니다. 그의 눈에 즐거워하는 사람들의 얼굴이 들어왔다. 그녀도 그걸 알아차려야 한다. 그녀는 원칙적인 입장만을 내세웠다.

"주사 맞을 때나 관장할 때, 심지어 식사로 괴로운 시간 빼고는 우리는 그저 죽을 만큼 지루한 시간과 싸워야 합니다. 왜 우리가 재밌게 시간을 보내면 안 됩니까?" 로버트가 물었다.

하지만 그의 주장은 마치 코팅이 잘 된 프라이팬의 물 한 방울이 또르르 굴러가는 것처럼 수간호사에게 도달했다. "여러분은 지금 몸이 아파서 여기에 있는 겁니다. 몇몇 환자는 위중하기까지도 하고요. 저를 비롯한 저의 동료들은 여러분을 회복시키기 위해 밤낮으로 열심히 일하고 있어요."

로버트는 과장되게 주변을 둘러보며 말했다. "이 중에 지금 아파 보이는 사람 있습니까?" 그는 이 말이 그녀에게 도발적으로 들릴 수밖에 없을 거라 예상했다. 병실의 공기가 쫙 갈라질 것 같았다. 더는 누구도 웃거나 낄낄거리지 않았다. 모두의 시선이 로버트와 수간호사에게 쏠렸다.

"웃음이 최고의 약이라는 말, 항상 하지 않았습니까?"

그가 물었다. 수간호사는 치명적인 눈빛을 쏘았다. 그녀는 아직 자신의 다음 단계를 생각하지 못하고 머뭇거리는 것 같았다. 그러는 단 한 가지 이유는 병실 안에 보는 눈이 너무 많아서 자신의 숨통을 조이기 때문이라고 로버트는 추측했다. 그러고는 로버트를 왼쪽에 마치 공기처럼 내버려두고 환자들 앞에서 손짓했다.

"자, 모두 각자 병실로 돌아가주세요. 모임은 이로써 해산입니다."

하지만 로버트는 이렇게 쉽게 패배를 인정할 수 없었다. 이건 자신의 사업에 관한 것이 아니었다. 이것은 매우 기본권리에 관한 것이었다. "도대체 뭐가 문제입니까?"

수간호사 틸다는 그를 향해 돌아섰다. "윈터 씨, 그러니까 선생님이 문제입니다. 그거 말고는 제 삶은 너무나도 평화롭습니다."

"믿어 의심치 않습니다." 병실은 죽음과 같은 침묵이 깔렸다. 옷핀 떨어지는 소리도 들릴 지경이었다. 여기는 병원이니까 주삿바늘일 수도 있다. 어쨌거나 환자들은 돌아갈 생각이 없어 보였다. 그들은 싸움이 최고조에 달했다고 판단했고, 그 광경을 놓치고 싶어 하지 않았다. 그들이 잃을 것이 무엇이란 말인가? 그래봤자 강제 퇴원일 것이다.

수간호사 틸다는 로버트의 의견에 동의해야 한다고 판단했다. 그녀는 그의 앞으로 똑바로 섰다. "어떻게 생각하시든 상관없습니다. 윈터 씨."

그녀의 대답은 유난히 무기력하다는 인상을 안겨주었다. 그가 그녀의 아픈 구석을 정확히 찌른 것 같다. 그는 이러한 끊임없는 불만, 다시 말해 거의 강박적으로 질서를 지키고 구조를 추구하려는 모습을 자기 자신을 통해 잘 알고 있다. 자기가 만들어놓은 질서와 모든 것이 제자리에 있어야 하는 삶이 방해받았을 때 어떤 느낌이 촉발되는지도 잘 알고 있다. 두 사람이 서로를 저울질하는 동안 로버트는 잠시 그녀의 영혼을 들여다볼 수 있는 것처럼 느껴졌다. 마치 그 안에서 무슨 일이 일어나는지 다 알고 있는 것처럼 말이다. 그는 그녀의 구체적인 문제를 보지 못했지만, 그 문제를 일으키는 메커니즘을 이해했다. 수간호사 틸다는 그가 자신을 꿰뚫어 보고 있다는 것을 눈치챈 것 같았다. 그런 일이 일어나도록 놔둘 수는 없었다.

"짐 챙겨서 이제 병실로 돌아가세요." 그녀는 뒤로 돌아 나갔고 그를 내버려두었다.

몇 시간이 지났다. 로버트는 병원 매점에서 산 비스킷을 먹으며 복도를 따라 자신의 병실을 향해 걸어갔다. 그는 무슨 일이 있었는지 생각을 정리해야 했다. 시간이 지날수록 양심의 가책이 커져만 갔다. 그는 수간호사 틸다의 권위를 훼손했다. 자신이 너무 지나쳤다. 이 병동은 그녀의 왕국이다. 그녀는 병원 일상이 순조롭게 진행되도록 헌신적으로 노력을 다했다. 그렇기에 모두가 건강하게 잘 지내고 있다는 것을 알고 있다. 로버트는 그녀에게 고맙다는 말을 전하고 사과하고 싶었다. 하지만 큰 유리로 된 간호사실을 보니 수간호사 틸다는 보이지 않았다. 은근히 안심되었다. 어쩌면 사과하기에 너무 일렀는지도 모르겠다. 파도가 잔잔해질 때까지 기다리는 게 좋을지도 몰랐다.

로버트가 병실에 도착했을 때, 공기는 차가웠다. 간호사들이 또 창문을 열어놓은 게 분명했다. 히터는 만지면 화상 입을 정도로 뜨겁게 돌아가고 있었다. 그는 침대 위에 비스킷을 올려놓고 짜증을 내며 창문을 닫았다. 병원 뒤편에 환자들과 직원들이 담배 피우는 작은 공원이 있다. 수간호사 틸다가 눈에 들어왔다. 귀에 전화기를 대고 왔다 갔다 했다. 어깨에 걸친 코트가 떨어질 듯 말 듯 했다.

기분 좋은 일로 통화하는 것 같아 보이진 않았다. 로버트는 그녀의 몸짓과 표정으로 짐작할 수 있었다. 잠시 그녀를 지켜봤다. 그녀는 전화를 끊은 후 신경질적으로 담배를 꺼내 불을 붙이고 피우기 시작했다. 매우 화나 보였고 로버트는 그런 모습에 자신의 공격을 더욱 후회했다. 전화 내용을 정확히 알 수 없었지만, 틸다가 처음으로 엄격하고 완고한 수간호사가 아니라 자기만의 사연을 가진 한 여성으로 보였다.

수간호사 틸다가 갑자기 고개를 들어 창문을 올려다봤고 로버트는 깜짝 놀라 눈을 동그랗게 떴다. 그녀는 로버트가 내려보고 있다는 것을 알아챘고, 로버트는 그 모습을 알아봤다. 그는 호기심 많은 건물 관리인처럼 뒤로 물러서서 커튼을 치고 싶은 충동을 꾹 누르는 대신 다정하게 웃어 보였다. 그녀가 친절하고 가벼운 태도로 사과를 받아주길 바랐지만, 그녀는 인상을 팍 쓰고서 담배를 끄고 자리에서 사라졌다. 바랄 걸 바랐어야 했다.

열흘이 지났다. 로버트는 약물 치료에 잘 적응했다. 그의 심장은 규칙적으로 고요하게 뛰었고 앞으로 어떤 문제도 일으키지 않을 것이라고 프리드만 박사가 퇴원하는 당일 인사하며 설명했다.

"선반 위 칸도 확인해라." 로버트는 미리암에게 한 번 더 말했다. 미리암은 옷장에서 옷을 꺼내 여행 가방에 넣느라 정신이 없었다. 로버트는 침대 옆 탁자를 다시 한번 더 확인하고 구겨진 담요를 들춰보고 탁탁 펴서 어딘가에 소지품이 남아 있지는 않은지 확인했다.

그러고는 화장품 샘플 가방을 닫아 여행 가방 옆에 세웠다. 이제 퇴원이다. 집에 갈 준비 끝이다. 아니, 거의 끝이다. "서랍들 다시 한번 열어봐라." 미리암에게 말했다. 미리암은 로버트의 확인하고 통제하는 습관을 잘 알기에 화를 낼 수도 없었다. 몇 년 동안 겪은 내공 덕분이다.

"아빠, 옷장에 아무것도 없는데. 내 말을 믿지 못하겠으면 아빠가 직접 확인해 봐." 미리암은 침착하게 대답했다.

"네가 그렇게 말한다면 통과다." 로버트도 태평하게 대답했다. 그는 자신이 새롭게 변한 모습을 딸에게 보여주고 싶었다.

미리암은 재킷 주머니에서 차 열쇠를 꺼내 로버트의 코앞에서 흔들거렸다. "나 아니면 아빠?"

로버트는 열쇠를 가만히 보며 머뭇거렸다. 조수석에 앉는 것은 그에게 엄청난 도전이었다. 미리암도 그 사실을 잘 알고 있다. 그녀는 시험 삼아 의도적으로 질문한 게 틀림없다. 미리암은 로버트가 다른 사람을 믿을 준비가 되었는지 확실하게 알고 싶었다.

"네가 운전해!" 고대 경기장에서 굶주린 사자 무리 앞에 서 있던 순교자의 믿음 충만한 신앙 고백 같았다. 미리암은 웃을 수밖에 없었다. 꾸밈없는 진솔한 웃음이었다. 그 소리에 로버트는 행복해졌다.

"먼저 가라, 뒤따라 나갈게." 미리암이 여행 가방을 잡았다. 그리고 그녀가 방을 나가자마자 로버트는 병실의 모든 선반과 서랍을 열어보고 담요 안까지 다시 한번 확인했다.

그런 다음 온종일 수수께끼를 풀며 시간을 보내는, 얼마 전 옆 침대로 온 같은 나이대의 남자를 봤다. 요셉은 자신보다 빨리 퇴원했다. 둘은 병원을 나간 후에도 계속해서 연락하자고 서로 약속했다. 로버트는 포커 게임 모임에 초대하겠다고 했고 요셉은 좋다고 기뻐했다. 물론 앞으로 어떻게 될지는 알 수 없지만….

로버트는 진짜 갈 준비가 다 되었다. "쾌유하세요." 옆 침대 남자에게 인사했지만 아무 반응이 없었다. 아마도 어려운 수수께끼를 푸느라 주변의 어떤 소리도 듣지 못하는 것 같았다.

로버트는 코트를 걸치고 화장품 샘플 가방을 들었다. 기다란 복도를 따라 엘리베이터 앞으로 가자 문이 열리면서 릴리가 나왔다. 로버트는 아무 말도 못 한 채 멍하게 서 있기만 했다. 릴리는 빛이 났다. 그 어느 때보다 멋졌다. 릴리는 예전에 볼 수 없었던 환한 웃음으로 꽃다발을 흔들며 다가왔다. 꽃다발 크기가 어마어마했다. 꽃이 종이에 싸여 있었지만, 로버트는 향기로 꽃이 백합이라는 것을 알 수 있었다.

릴리는 그를 위아래로 살펴보았다. 그가 환자복이 아닌 평상복을 입고 그녀 앞에 서 있다는 사실도 그녀에게 좋은 의미였다. "윈터 씨, 퇴원하는 중이었어요?"

"열흘 있었으면 충분하고도 남죠."

"정말 운이 좋았어요." 그녀가 유쾌하게 말했다. 로버트는 그녀가 흥분한 것 같다는 느낌에 그 이유가 궁금해졌다. 패트릭과 서로 사과한 것일까?

"다행히 헛걸음하시진 않았네요." 그가 말했다. 그는 애썼지만 실망감을 감출 수 없었다. 그러자 그녀는 그의 품 안으로 안겼다. "정말이지, 윈터 씨 다시 보게 돼서 정말 기뻐요."

병원의 일상은 늘 그렇듯 흘렀고, 로버트와 릴리는 아직은 발견되지 못한 이물질처럼 병원 복도 벤치에 앉아 있었다. 그녀가 패트릭을 떠났다고 말한 이후, 로버트의 실망감은 연기처럼 사라졌다.

"너무 미안해요. 모든 일이 너무 빨리 일어나고 말았어요. 그러다 생각이 너무 많아져서요….."

전화 한 통이라도 못했을까 싶었지만, 말하지 않았다. 소심한 투덜이가 되고 싶지 않았다. 그녀와 함께 그저 기뻐하고 싶었다.

"어떻게 갑자기 그런 결정을 했어요?"

"그렇게 갑작스러운 건 아니었어요. 제가 얼마나 오랫동안 고민했겠어요? 결심을 실행에 옮기기까지도 말이에요." 릴리는 로버트를 솔직하게 바라봤다. "게다가 윈터 씨에게 이런 일이 일어났는데, 제가 뭘 더 기다리겠어요?"

"저의 심장 마비가 그래도 뭔가 좋은 일을 했네요." 로버트가 웃었다.

릴리도 웃었다. 하지만 생각이 많은 웃음이었다. "패트릭이 처음부터 그랬던 건 아니에요. 저도 잘 모르겠어요, 그 사람이 언제부터 그렇게 질투심이 많아지고 소유욕이 강한….." 그녀는 적합한 표현을 고르려는 듯했다.

로버트는 그녀를 돕고 싶어 문장을 완성했다. "똥멍청이가 되었는지요?"

릴리는 놀란 눈을 바라봤다. "저는 집착 괴물이라고 말하려고 했어요."

그는 어색하게 목을 가다듬었다. "죄송합니다, 제 의도는….."

그러자 그녀가 웃음을 터트렸다. "윈터 씨, 당신 말이 정말 맞아요. 그 사람 진짜 똥멍청이로 변했어요. 어떻게 해도 예쁜 말이 나오지 않네요."

그제야 로버트는 릴리의 머리에 페인트가 튀어 있다는 것을 알아차렸다. 부분 염색이나 탈색을 한 게 아니라 실제 페인트가 덩어리져 말라붙은 것처럼 보였다. 그것들은 하얀색만이 아니라 밝은 노란색, 파란색, 분홍색, 녹색이었다. 그녀를 더 자세히 관찰하니 옷에도 페인트가 튀어 있었다.

"이 색들은 저에게서 온 게 아닌데, 제 건 제가 알죠." 로버트가 이렇게 말하며 블라우스에 묻은 페인트를 가리켰다.

릴리는 고개를 숙여 보고는 웃었다. "걱정하지 마세요, 윈터 씨의 경쟁자에게 구매하지 않아요." 하지만 더는 어떤 설명도 하지 않았다. 그녀는 로버트를 보며 그저 소리 없이 웃기만 했다. 그녀는 행복해 보였다. 이유는 모르지만, 왠지 안심되었다.

"자, 그럼 앞으로 무엇을 할 계획이에요?"

"우선 저는 마를렌 집으로 짐을 옮기고, 다시 돌아온 후에 살 곳을 구해야죠."

로버트는 놀랐다. "돌아온다고요?"

"휴가 내서 몇 주 동안 태국 여행하려고요. 정말 하고 싶었거든요."

"태국으로요? 멀지 않아요?"

"이론적으로는 그렇죠. 아마 호주나 뉴질랜드도 갈 거 같아요."

"법적 자문이 필요할 때는요?"

"그러니까 전화가 있잖아요. 아니면 컴퓨터도 있고요. 영상통화 할까요?"

"그럼 시차는요? 뭔가 많이 복잡하네요."

그녀는 아쉬워하는 표정으로 미소를 지었다. 그녀는 그가 자신을 그리워할 것이라는 점을 좋아하는 것 같았다. "몇 주뿐이에요. 그래도 올해의 베스트 에이본 뷰티 컨설턴트 상 받게 되면 꼭 저한테 알려주셔야 해요."

"되면 꼭 연락하죠." 로버트가 대답했다. 그는 결과를 알기 전에 미리 샴페인을 터트리고 싶지 않았다.

릴리는 핸드폰을 꺼내 그의 얼굴에 가까이 갖다 댔다. "제가 보여드릴 게 있어요. 정말 마음에 쏙 들 거예요." 그러더니 비디오 하나를 틀었다. 로버트는 눈앞에 보이는 게 무엇인지 잠시 어리둥절했다. 분명 영상 속에는 릴리의 집이 나온다. 로버트는 디자이너 가구를 알아봤다. 하지만 놀랍게도 눈이 아플 정도의 색이 벽에 칠해져 있었다. 거실만이 아니었다. 최고 정점은 주방이 알록달록 무지개 색상으로 빛이 난다는 것이다.

"제가 아주 꼼꼼하게 다시 한번 더 칠했어요. 집을 떠나기 전에 당연히 해야죠." 릴리는 이렇게 말하고 승자의 미소를 보였다.

로버트는 깜짝 놀라 릴리를 보다가 다시 비디오로 눈을 돌렸다. 그는 패트릭 피셔가 자기 집에 칠해진 새로운 색상들에 대해 어떻게 반응할지 상상이 갔다. 그에게는 순도 백 퍼센트의 공포 그 자체일 것이다.

마침내 작별 인사를 할 시간이 되었다. 비록 영원한 이별은 아니었지만, 로버트의 마음은 훅 가라앉았다. 그는 반짝이는 눈망울로 릴리를 다정하게 바라봤다. "이렇게 짧은 시간 동안 그렇게 많은 변화가 있으리라고는 생각지도 못했어요."

릴리는 감동한 얼굴로 그를 바라봤다. "하지만 윈터 씨는 변하지 않았어요."

로버트는 이해가 가지 않았다. 그는 자신이 주변 사람 중에 가장 큰 변화를 겪었다는 걸 깨달았기 때문이다. 그런데 릴리는 그렇게 생각하지 않는 것 같았다.

"저는 윈터 씨가 그저 예전의 모습을 되찾은 거라고 생각해요."

릴리와 작별 인사를 하고 로버트는 한동안 벤치에 홀로 앉아 있었다. 옆에 놓인 꽃다발에서 향기가 퍼졌다. 그는 종이 포장지를 열었다. 예상대로 백합이었다. 그때 핸드폰이 울렸다. 미리암은 병원 앞에서 기다리고 있으며 어디에 있는지 알고 싶어 했다.

로버트는 자리에서 일어나 꽃다발을 들고 엘리베이터로 향했다. 그가 간호사실에 도착했을 때, 큰 유리창 너머 수간호사 틸다가 근무시간표를 작성하고 있는 모습이 보였다. 그녀는 로버트를 철저히 무시하면서 마치 그녀가 그를 공중으로 사라지게 하는 마술을 부리는 것처럼 행동했다. 로버트는 그녀가 자신과 대화하는 걸 얼마나 힘들어하는지 잘 알고 있었다. 그런데도 그는 유리 창문에 노크했다.

"윈터 씨, 제가 뭘 더 해드려야 하나요?"

로버트는 간절히 소망컨대, 그녀와 평화롭게 작별 인사하고 싶었다. 그의 말속에서 어떤 것도 오해를 불러일으킬 만한 소재가 없어야 했다. "고마웠어요." 로버트는 멈춰서서 릴리가 가져온 꽃다발을 내밀었다. 수간호사는 여기에 마치 숨겨진 뭐라도 있는 듯 그를 이상하게 쳐다봤다.

"향기가 강하긴 하지만 독성은 없습니다." 로버트가 미소 지으며 말했다. "안녕히 계세요."

그녀는 아무 말 없이 꽃다발을 받았다. 로버트가 엘리베이터 타는 곳에 다다랐을 때 수간호사 틸다의 목소리가 조금 멀리서 들려왔다.

"윈터 씨, 제 소원 하나만 들어주세요. 제발 건강하세요!" 그녀는 웃으며 소리쳤다.

22

밖은 칠흑같이 어두웠다. 폭풍이 몰아쳤고 돌풍이 창문을 강타한다. 로버트는 평소에는 거의 사용하지 않는 벽난로에 불을 피웠다. 일일이 청소하고 뒷정리하는 게 손이 많이 갔지만 오늘은 상관하지 않았다. 불타는 장작이 부드럽게 갈라지는 동안 로버트와 바스티는 성인 영화를 몰래 보는 청소년처럼 노트북 앞에 머리를 맞대고 있다.

"여행 가방 수하물로 부칠 거예요? 아니면 기내용 가방이면 충분한가요?" 바스티가 항공사 웹사이트에서 마우스를 움직이며 물었다.

로버트는 그 질문을 제대로 이해하지 못했다. "여행 가방 가져가야지, 당연히."

"그렇게 하면 50유로 더 내야 해요."

로버트는 눈살을 찡그렸다. "언제부터 여행 가방에 돈을 추가하기 시작했습니까?"

바스티는 코를 찡긋했다. "비행기 오랜만에 타는 거죠?"

"아니 그럼, 사람들은 여행 가방 없이 빈 몸으로 비행기를 탑니까?"

"이런 저가 항공사는 모든 걸 별도의 추가 요금제로 운영해요. 대신 항공료가 저렴하잖아요."

"추가로 발생하는 비용까지 모두 합산하면 그게 과연 저렴한 걸까요?"

바스티는 이해력이 떨어지는 학생을 보는 과외선생님처럼 한숨을 내쉬었다. "가방 없이 비행하면 당연히 저렴하죠."

"여행 가방 당연히 필요하지, 여행 가방 없이 어떻게 짐을 가져갑니까?"

로버트는 바스티에게 남아 있는 인내심의 마지막 끈이 끊어질 거라고는 절대 생각하지 않았다. 하지만 누가 봐도 그의 이웃은 위태로워 보였다. "알았어요. 그럼 여행 가방 포함해서 예약합니다." 그가 짜증 내며 말했다. 그는 마우스를 움직여 웹사이트 화면 아래로 이동했다. "좌석도 바로 예약할 수 있어요."

이제야 제대로 된 예약 선택 사항이다. 로버트는 좌석을 미리 선택할 수 있다는 게 마음에 들었다. "어쨌거나 저는 복도 좌석이요." 로버트는 사실상 오랫동안 비행기를 타지 않았지만, 그가 가운데 자리에 앉는 걸 꽤 불편해했다는 기억은 남아 있었다. 화장실에 가야 할 때마다 옆좌석의 눈치를 봐야 했다. 이전에는 어쩔 수 없이 가운데 좌석에 앉아야 했다. 창가에 앉고 싶어 하는 소피아의 옆자리가 가운데 좌석이었으니까 말이다.

"미리암 좌석 번호는 몇 번인가요?" 바스티가 물었다.

로버트는 평범하고 일상적인 질문으로 가능한 티 나지 않게 여행에 대해 몇 가지 중요한 세부 정보를 빼내려고 노력했다. 항공편 날짜와 항공사를 알아내는 것은 아이들 놀이만큼 쉬웠다. 그리고 까먹지 않으려고 적으면서 호텔 이름을 묻던 중 미리암이 의심을 품었다. 그는 스파이로는 정말 꽝이었다. 하지만 그건 이미 모두가 잘 알고 있는 사실이었다.

"모릅니다."

바스티는 마우스로 좌석을 클릭했다. "그럼 먼저 여기로 할게요. 여기가 다리 둘 공간이 조금 넓어요."

로버트는 귀를 쫑긋 세웠다. 뭔가 의심스러웠다. "얼마를 더 내야 하는데요?"

"39유로 90센트요." 바스티는 아주 좋은 가격이라는 듯이 콧노래를 불렀다. 로버트에게 다리를 둘 공간은 기본권리였다. 거기에 추가 비용을 지불하라는 요구는 사실 어이가 없었다. 하지만 그에게 다른 선택의 여지가 없었다. 그는 혈전증을 여전히 조심해야 했다.

"우선 탑승할 수 있는 서비스가 포함되어 있어요."

이 모든 게 비행기 탑승에 관한 것이었지만 로버트는 여전히 기차 승차처럼 이해하고 있었다. "그건 또 뭐예요?"

"우선 탑승이라는 건 비행기에 먼저 탈 수 있다는 거예요."

로버트는 그 의미를 여전히 이해하지 못했다. "아니 좌석이 지정되어 있다면서요? 비행기에 왜 필요 이상 빨리 타야 해요?"

바스티는 지친 표정으로 고개를 저었다. 바스티는 로버트가 전혀 모르는 뭔가를 알고 있는 것 같았다. 하지만 그는 묻지 않았다. 그는 빨리 비행기표를 예약하고 싶어 문답 게임의 속도를 조금 높이기로 결정했다.

"신속 출입국 절차 서비스는요?" 바스티가 물었다.

"안 합니다."

"자동차 렌트는요?"

"필요 없습니다."

"여행 환불 보험은요?"

"전혀!"

바스티는 이 일만 해온 전문가처럼 여기저기를 정확하게 실수 없이 클릭했다. "자 그럼 이걸 장바구니에 넣고 예약을 완료해보자고요."

로버트는 안도의 숨을 내쉬었다. 결승점에 가까워진 것 같았다. "부탁합니다."

바스티는 뭔가를 달라는 듯이 손바닥을 내밀었다. "신용카드 주세요."

"없는데요." 로버트가 대답했다.

"신용카드가 없다고요?"

"저는 언제나 현금 사용해요."

바스티는 발끈해서 컴퓨터를 가리켰다. "자, 현금을 어디에 꽂을까요?"

로버트는 신용카드 없는 게 모욕감을 느낄 일인가 싶었다. "다른 결제 방법은 있어요?"

바스티는 깊게 숨을 내쉬었다. "페이팔이나 계좌 이체 방식도 있어요." 그는 정중하게 대답했다.

로버트는 다행이라 생각했다. "아주 좋아요. 이런 방법도 있네. 계좌 이체하죠. 공식 청구서 받자마자 바로 하겠습니다."

바스티는 체념한 듯 지갑을 꺼냈다. "오늘 이걸 끝내고 싶은 거, 맞죠?"

로버트는 얼굴을 찡그렸다. "그런데 왜요?"

"제 신용카드로 우선 결제할게요. 아저씨가 나중에 돌려주세요." 사실 로버트는 이 방식이 전혀 마음에 들지 않았다. 그는 빚지는 걸 좋아하지 않았다. 하지만 바스티의 이런 작은 배려에 기분이 좋았다.

바스티가 신용카드 숫자를 입력하는 동안 다음으로 할 것이 무엇인지 생각했다. "이제 호텔을 예약해야 해요. 미리암 호텔 어디예요?"

"거기까지는 모르겠어요."

"그럼 어떡해요?"

"우선 아무것도 할 수 없죠. 저는 도착해서 현장에서 바로 방을 잡을게요."

"그거 좋은 생각 아니에요. 연휴에는 예약이 다 차서 빈방이 없을 거예요."

로버트는 곰곰이 생각했다. 크리스마스 연휴 동안 얼마나 많은 사람이 여행하는지 알고 있었다. 그렇다고 해도 미리암에게 더 이상의 유도 질문을 할 수가 없었다. 그는 깜짝쇼를 하고 싶었다. "그렇다면, 미리암이랑 한방을 쓰면 되겠네요."

바스티가 엄청 웃었다. "미리암이 정말 감동하겠어요."

"제가 크리스마스 때면 언제나 이 존재감 하나로 딸을 놀라게 만들죠."

바스티는 신나는 기분을 함께 나눌 상태는 아닌 것 같았다.

"그보다 더 좋은 선물은 없을 거예요."

로버트는 바스티에게 놀림받는 것에 조금 지쳤다. "비행기 예약됐어요? 안 됐어요?" 그는 신이 나서 물었다.

"예약 완료입니다. 체크인 끝내면 탑승권 인쇄할 수 있어요. 그리고 원하시면 제가 앱을 깔아드릴 테니까." 바스타는 회의적인 표정을 보이며 눈치챘다는 듯이 말을 멈췄다. "알았어요, 인쇄할게요." 로버트의 대답과 함께 마침내 마침표를 찍었다.

"저 이게 가볼게요, 저녁 시간 잘 보내세요." 프린터에서 티켓이 나오자 바스티는 이렇게 말했다. 그러고는 일어나 의자 등받이에 걸려 있던 재킷을 입었다. 거의 현관문에 다 왔을 때 로버트가 그를 다시 멈춰 세웠다.

"데니스는 언제 이사 나가요?"

로버트의 이 질문에, 바스티는 말 그대로 무너지고 말았다. 이별은 그에게 너무나 고통스러웠다. 상실의 고통과 다름 없었다. 하지만 그는 견뎌내야 한다. 모두는 그 과정을 통과해야 한다. 계속 살아내야 하기에 선택의 여지가 없다.

로버트는 바스티를 계단 위로 데려갔고 어떤 방문 앞에 멈추어 섰다.

"무슨 일이 있었는지 왜 묻지 않아요?" 바스티가 말했다.

로버트에게 이 상황은 설명이 필요 없었다. 이러쿵저러쿵 장황한 핑계와 변명도 필요 없었다. 대신 그는 방문을 열었다. 미리암이 학생 때 쓰던 방이었다. 바스티도 바로 알아챘다. 거기에 벽에 걸린 누런 포스터 속의 팝스타도 알아봤다. 방 중앙에는 빨래가 널린 건조대가 있었다. 다리미 판도 보였다. 미리암은 소피아가 이사한 이후로 이 방을 세탁실로 사용했고 로버트는 그 상대로 방을 그대로 두었다.

"방을 왜 저한테 보여주는 거예요?" 바스티는 로버트의 의도를 전혀 눈치채지 못했다.

"집세를 혼자 감당하기 어려울 수도 있어요."

바스티가 그를 곁눈질로 바라봤다.

"그리고 주택 부동산 시장도 그다지 장밋빛은 아니거든요."

"누구한테 말하는 거예요?" 바스티가 다시 물었다.

로버트는 그를 더는 고문시키고 싶지 않았다.

"당분간 여기서 지내도 돼요."

바스티은 입이 딱 벌어졌다. "진짜예요?"

"지금 누구랑 얘기하고 있어요? 여기 우리 둘뿐이에요."

바스티는 아직도 믿을 수가 없었다. "여기 이사 와도 돼요?"

"일시적입니다." 로버트가 재빨리 덧붙였다.

바스티는 믿을 수 없다는 듯이 두 손으로 얼굴을 가렸다. 바스티의 눈에 눈물이 차오른다. 하지만 애써 감상에 빠지지 않으려 했다.

"대신 이제 오페라는 부르면 안 됩니다."

바스티는 약속했다. 그는 말없이 고개를 끄덕였다. 그는 로버트에게 진심으로 고마움을 느끼고 있었다.

앞으로 함께할 공동생활에 대한 좋은 징조였다. 그런데도 로버트는 분명히 밝혀야 할 것이 한 가지 있었다. "우리는 집을 나누어 쓰는 동거인입니다. 룸메이트라고 하죠. 그 이상 그 이하도 아니에요."

바스티는 자글자글하게 코에 주름이 질 정도로 얼굴을 찌푸렸다. "어머나 걱정하지 마세요. 아저씨는 나이가 너무 많아요."

로버트가 생각한 것보다 바스티는 빠르게 원래 모습으로 돌아왔다.

"그쪽도 그렇게 파릇파릇하지 않아요." 로버트가 말했다.

"전 아직 기회가 많거든요." 바스티가 자랑스럽게 대답했다.

"어쨌건 이 집에는 그런 기회 없으니까 시도조차 하지 말고요. 저는 밤에 방문 잠그고 잡니다."

바스티가 큭큭거리며 웃었다. "걱정하지 말라고요."

"저는 언제나 일이 벌어지기 전에 예방을 우선 원칙으로 삼거든요."

바스티는 참지 않고 웃음을 터트렸다. 그것은 마치 해방과 같았다. 기쁨과 슬픔이 공존했다. 그는 얼굴에 흐르는 눈물을 팔로 쓱 닦았다. 그리고 로버트를 팔로 감싸 안았다. 로버트는 잠시 그가 원하는 대로 있었다. 하지만 이걸로 충분하다.

"이해하지 못한 게 정확하게 무엇입니까?"

바스터는 웃으며 손을 흔들었다. "전부 이해했어요. 우리는 룸메이트라고요."

로버트는 미리암과 요나스를 크리스마스 시장에 초대했다. 미리암이 사는 도시에서 멀지 않은 곳이었다. 멋지게 꾸민 나무 노점상에서 크리스마스 장식, 크리스마스 쿠키, 구운 아몬드, 달달한 과일 칵테일 등을 팔고 있었다. 아니스의 달콤한 향과 구운 소시지의 고소한 냄새가 가득했다.

요나스는 광장 한가운데 마련된 인공 썰매장에서 빵빵하게 바람을 채운 고무 튜브를 타고 즐거운 시간을 보내고 있었다. 로버트는 자신이 결코 제대로 즐길 수 없었던 어린 시절의 크리스마스 기억이 떠올랐다. 그런 그에게도 따스하고 즐거운 느낌을 주는 크리스마스에 대한 소소한 기억이 있었다. 우선 마르지판이다. 그가 그토록 좋아했던 아몬드와 설탕을 섞어 만든 마르지판은 소피아가 5월 정도까지 꼼꼼하게 보관해서 즐길 수 있었다. 미리암이 어렸을 때 썼던 산타 할아버지에게 보내는 기나긴 소원 편지도 있다. 늘 다른 소원이 떠올라 쓰고 또 고쳐 쓴 편지였다. 미리암은 결국 어떤 선물도 스스로 결정하지 못했다. 그리고 몇 시간 동안 오븐에서 구워내는 거위요리와 그 냄새도 기억났다. 거기에 곁들이는 소피아의 붉은 양배추 요리도 생각났다. 주방 창문에는 감자 삶는 솥에서 나오는 증기로 김이 자욱했다. 처음으로 소피아 없이 크리스마스를 보내야 한다는 생각에 마음이 찢어지는 듯했다. 하지만 적어도 그는 혼자가 아니다. 그에게는 가족이 있다.

"네 거다." 로버트가 미리암에게 봉투를 내밀었다.

그녀는 놀라 바라봤다. "이게 뭐야?"

"크리스마스 선물."

"벌써?"

"넌 크리스마스 때 여기 없잖아."

미리암은 얼굴을 찡그렸다. 죄책감이 드는 모양이었다. 로버트는 죄책감을 가질 필요가 없다고 생각했다. "아빠, 나 지금은 여행을 취소할 수가 없어. 내년에는…."

로버트가 말을 막았다. 보통은 선물을 받는 사람이 잘 기다리지 못하는 법인데, 이번에는 선물을 주는 사람이 참을 수가 없었다. "빨리 열어봐."

미리암은 그에게 들고 있던 과일 칵테일 잔을 건네고 봉투를 열었다. 조금 전까지만 해도 로버트는 미리암이 선물을 받고 기뻐할 거로 생각했다. 하지만 순간 불안해지기 시작했다. 지난 몇 달 동안 딸과 가까워졌고 믿기지 못할 정도로 그는 행복했다. 하지만 미리암이 그녀의 삶을 자신과 함께하고 싶어 할지 확신이 서지 않았다.

미리암은 종이를 폈다. "아빠, 비행기 표잖아? 이게 뭐야?"

"자세히 봐봐."

미리암은 날짜를 자세히 봤다. 그러고는 너무 놀라 숨이 막히는 듯했다. "우리랑 같이 가는 거야?"

로버트는 어깨를 으쓱하며 웃었다. "야자수 아래에서 보내는 크리스마스라, 새로운 경험을 하기에 늦을 때란 없지."

"잠깐, 의사가 가도 괜찮다고 했어?"

"아니, 나 보고 미쳤대. 그렇지 않으면 어떻게 이런 생각을 하냐고 그러더라."

미리암은 갑자기 진지해졌다. "이건 사실 아빠 자신에게 주는 선물이야."

"아니야, 온전히 너랑 요나스를 위해서 하는 거야." 그는 자기 말이 얼마나 설득력이 없는지 알아차렸다. 이번 여행은 물론 자신을 위한 것도 맞다.

미리암이 그를 안았다. "아빠 고마워, 너무 좋아. 진짜로. 분명 요나스도 좋아서 폴짝폴짝 뛸 거야."

그들은 트랙을 따라 썰매를 타고 내려오는 요나스를 바라봤다. 요나스는 너무나 신이 나서 소리를 질렀다. 손자의 기쁨은 그의 행복이다. 마음이 아주 따듯해졌다.

23

로버트는 바스티가 에이본 갈라쇼를 위한 스타일링을 도와주겠다고 했을 때 처음에는 너무나도 고마웠다. 하지만 지금은 완전 후회하고 있었다. 세상에 이렇게 취향이 달라도 다를 수가 있을까. 바스티가 회색이 아닌 유일한 정장, 정확하게 말하자면 짙은 파란색의 정장을 옷장에서 꺼냈을 때 로버트는 마침내 자기 의견을 고집하기로 했다. "저는요, 거기서 앵무새처럼 촐싹거릴 게 아닙니다." 그가 단호하게 말했다.

하지만 바스티는 포기하지 않았다. 그 둘은 마치 서로의 뿔이 엉킨 두 마리 사슴처럼 한 치의 양보도 없이 맞대결했다.

"이게 그나마 컷이 가장 세련됐어요. 다른 건 다 포대 자루같이 헐렁해요." 바스티가 안달했다.

"전 편안하다고 생각하는데요." 로버트가 대답하자 바스티는 마치 레몬과 달콤한 사과를 혼동한 것 같은 얼굴로 찌푸렸다.

"갈라쇼를 가는데 편안한 걸 찾는다고요?"

로버트는 자신이 가장 좋아하는 정장을 꺼냈다. 거의 검정에 가까운 짙은 회색이었다. 그는 이거야말로 합의를 볼 수 있는 정장이라 생각했다. "이건 어때요?"

바스티는 그를 미친 사람을 보듯이 바라봤다. "진심이에요?" 그는 로버트 손에 들린 양복을 마치 곰팡이 핀 소시지 조각을 대하듯 손가락 끝으로 집어 들어 침대 위로 휙 던졌다.

"자, 저건 장례식 때나 입으시고요."

그는 다시 짙은 파란색 정장을 앞으로 내밀었다. "저를 믿으세요."

바스티는 로버트에게 호텔 연회장까지 택시를 타고 가자며 계속 졸랐다. 그는 그렇게 유난 떠느니 돈을 아끼고 싶었다. 자동차가 있는데 왜 택시를 타자는 걸까? 이내 그는 바스티가 하자는 대로 했다. 그들은 시상식 축하쇼에 참석하는 거다. 분명 축하할 일이 있을 것이다. 그는 한두 잔 술을 마실 가능성을 열어두어야 했다.

바스티는 로버트 옆에 앉아 있다. 그는 청소년 때 성당에서 했던 자신의 성찬식이 떠오르는 초록색 벨벳 정장을 입고 있다. 가슴 포켓에는 한동안 둘이 하느니 마느니 실랑이를 벌인 야광에 가까운 노란색 손수건이 꽂혀 있다. 자꾸 쳐다보게 된다. 바스티는 이게 멋지다고 생각하나 보다.

"또 뭐요?" 바스티가 물었다.

로버트는 눈살을 찌푸리며 가슴 포켓 주머니를 가리켰다. "카나리아가 꽂혀 있나 해서요."

바스티는 눈을 동그랗게 뜨고 말했다. "몇 번을 또 설명해야 해요? 이건 스타일링을 마지막으로 완성하는 시선을 확 사로잡는 액세서리라고요."

"그럼요, 그렇고 말고요, 확 사로잡으시던가. 이제 알겠네요. 제가 어떻게 기억될지."

바스티는 맞받아칠 단어를 생각해야만 했다. 그러더니 이해했다는 듯이 삐진 듯 콧소리를 냈다. "참으로 재밌네요."

로버트는 웃고 말았다. 그는 상황이 재밌을 것 같았다. 걱정도 한순간 사라졌다. 모두의 시선이 바스티에게 쏠려 로버트가 입은 파란색 정장은 시선조차 끌지 못할 것이다. 좀 더 정확히 말하자면 눈병을 일으킬 만한 저 노란색 손수건에 말이다.

행사는 콩그레스 호텔의 커다란 연회장에서 열렸다. 레드 카펫이나 줄지어 응원하는 팬들은 없었지만, 놀랄 정도로 성대한 축제 분위기로 가득했다. 분주하게 떠드는 분위기 속에서 동료 한두 명과 인사를 나누며 그도 들뜬 분위기에 휩쓸렸다. 지난 며칠 동안 그는 자신이 이 갈라쇼에 왜 참석하는지 그 이유만을 생각했다. 바로 소피아에게 올해의 베스트 뷰티 컨설턴트 상을 주고 싶은 간절한 마음 때문이었다. 상황이 좋아 보였고 자신에게 기회가 있다고 생각했다. 물론 정확하게 확신할 수는 없었다. 특히 최근 들어 로즈마리에게 소식을 듣지 못했기 때문이다. 그가 마지막으로 주문했을 때, 그는 다른 여성 상담원에게 연결되었다. 이제부터는 그녀가 로즈마리의 업무를 대신한다는 소식을 들었다. 이런 변화로 마음이 울적했다. 그녀의 목소리를 다시 들을 수 있을지 궁금했다.

"안녕하세요, 윈터 씨." 윌마 샹통이 갑자기 허공에서 떨어진 듯 로버트 앞에 나타났다. 이 둘이 서로 좋아하지 않는다는 것은 전혀 비밀이 아니었다. 그는 그녀의 스타일과 화장 역시 언제나 과하다고 생각했다. 하지만 꼭 삐딱하게 볼 것만은 아니었다. 그녀 역시 어쨌든 애쓴 티가 났다. 그날 저녁, 그녀는 평소에 비해 매우 우아해 보였다.

"샹통 씨? 아주 멋있습니다."

그녀는 이 말에 놀란 눈을 했다. 분명 다른 말이 나올 거라 예상했던 것 같다. "윈터 씨도요." 그녀는 로버트를 아래위로 훑어 보며 대답했다. 그의 모습이 인상적이었던 게 분명하다.

로버트는 그녀의 보는 눈을 별로 믿지 않았다. 하지만 다른 이들이 의상에 대해 들떠서 말하는 것을 들으며, 뭔가 멋져 보이는 의상이 맞긴 한 것 같다고 생각했다. 바스티가 챙겨준 스타일이 통했다.

"그럼 행운을 빌어요, 윈터 씨."

정말 새빨간 거짓말이었다. 로버트는 알고 있다. 이 여자는 이기기 위해서는 악마와 계약도 맺을 사람이다. "서로 속내를 숨길 필요 없겠죠. 우리는 같은 걸 원합니다. 그러니 샹통 씨는 저에게 어떤 행운도 오지 않기를 바라겠죠." 로버트는 대화를 빨리 끝내려 했다. 좋은 기분을 그녀 때문에 망치고 싶지 않았다.

윌마 샹통은 그에게 승리의 미소를 보였다. "그렇네요. 잘한 사람이 이기는 거죠. 정확히 말해서 더 잘한 사람이." 그러고는 그를 혼자 남겨두고 갔다. 로버트는 그녀의 뒷모습을 잠시 지켜봤다. 저렇게 자신감이 넘치다니? 아니면 뭔가 알고 있는 건가? 하지만 더 중요한 건 윌마 상통을 보고도 아무 감정도 들지 않았다는 사실이었다. 심지어 그녀가 그를 이길 수 있다는 생각조차도 그를 불안하게 만들지 않았다. 로버트는 왜 자신이 이 모든 결정적인 순간에 이토록 침착한 건지 궁금했다.

로버트는 바스티와 몇몇 다른 뷰티 컨설턴트, 그리고 그들의 동반자들과 앉아 무대에서 일어나는 일들을 지켜보고 있다. 본사 경영진들이 나와 직원들에게 아낌없이 칭찬과 감사의 말을 전했다. 사람들은 웃고 손뼉 치며 환호했다. 로버트는 그런 분위기를 만끽했다. 연회장을 둘러보며 수많은 동료를 다정하고 자랑스럽게 바라봤다. 모두가 차려입은 모습은 정말 감동적이었다. 그는 심지어 몇몇 여성의 얼굴에서 어떤 화장품을 사용했는지 알아보기도 했다. 그리고 자신이 판매하는 향수와 미스트의 향을 알아채기도 했다. 그러다 갑자기 낯선 감정이 밀려왔다. 전에는 전혀 느끼지 못했던 감정이다. 공동체의 일원이라는 소속감!

"윈터 씨?" 로버트는 자기 앞에서 자신을 알아보는 여자의 목소리를 들었다.

"네?" 그는 이미 알 것 같았지만 머뭇거렸다. 그녀의 목소리는 그의 귀에 너무나 뚜렷했다. 로버트는 자리에서 일어나 그녀에게 손을 내밀었다. 에이본 직원이라면 달아야 하는 이름표가 눈에 들어왔다. 그는 정말 확신했다.

"슈레더 부인, 반갑습니다." 그가 말했다.

그녀는 웃었다. "윈터 씨께 저는 로즈마리죠."

"물론이죠, 로즈마리 씨." 그는 살짝 당황했다.

"저는 윈터 씨라고 계속 성으로 부를게요. 로버트라는 이름을 싫어하는 게 아니고 정말 좋은데요, 그래도 윈터라는 이름이 왠지 감성적인 느낌이 있어요. 제 맘에 들어요."

로버트는 당황한 티를 내지 않으려고 애썼다. 로즈마리는 자신이 생각한 것과 똑같은 모습이었다. 그녀는 자신과 비슷한 키에 밝은 주황빛 머리에 진실로 매력적인 미소를 지녔다. 딱 하나만 빗나갔다. 로즈마리는 미리암보다 훨씬 나이가 많았다. 심지어 자신보다 조금 어리다고 추측되었다. 로버트는 이렇게 된 상황이 무척 마음에 들었다. 이제 그들은 기본 바탕이 생긴 듯했다. 에이본 화장품 판매일과는 전혀 상관없이 말이다. 그들은 이제 화장품과 전혀 관련 없는 다양한 공통된 이야깃거리를 찾을 것이다. 그 순간, 지난번 전화 주문했을 때 들었던 내용이 문득 떠올랐다.

"사실이에요? 에이본 회사를 그만둔다는 거요?"

로즈마리는 고개를 끄덕였다. "제가 할머니가 되었답니다. 좀 늦기는 했지만요. 그래서 저는 이 시간을 즐기고 싶어요."

로버트는 그녀에게 축하한다고 말하려고 했다. "쉿, 거기 조용히 좀 해줄래요?" 바스티가 유난 떨며 눈빛으로 혼내는 듯했다.

로즈마리가 목소리를 낮췄다. "저분 말씀이 옳아요. 이건 예의가 좀 아니죠. 저는 제자리로 돌아갈게요. 이따 다시 봬요."

로버트는 그날 저녁 어떤 일이 벌어질지 전혀 감이 잡히지 않았다. 그는 어떤 위험도 감수하고 싶지 않았다. "이따 못 만나면 어떻게 해요?" 그가 물었다.

"제 전화번호 있잖아요."로즈마리가 대답했다.

로버트는 안심했다. 로버트는 제자리로 돌아와 바스티 옆에 앉았다. 그리고는 바로 다시 일어났다. "아니요. 전화번호 없어요." 돌아가는 그녀 뒤에 대고 말했다. 그는 그녀와 일로만 이야기했다는 것을 기억했다.

로즈마리는 다시 한번 뒤돌아보며 웃었다. "전 윈터 씨 번호 있어요."

경영진이 새로운 이름을 부를 때마다 연회장에는 팽팽한 긴장감이 돌았다. 카운트다운처럼 매출이 가장 높은 컨설턴트 10명이 동료들의 환호 속에 한 명씩 무대로 올라와 상품을 받았다.

로버트는 바스티를 지켜봤다. 바스티는 이 수상식을 마치 오스카 수상식이라도 되는 듯 흥미진진하게 지켜보면서 로버트가 최고 주연상으로 호명되기를 소망했다.

컨설턴트 여섯 명이 벌써 수상을 끝냈다. 마이크를 잡은 진행자가 다음 이름을 부르기 위해 명단 카드를 넘겼다.

"자, 이제 4등입니다. 그 주인공은 바로 소피아 윈터. 무대로 나와주세요."

로버트가 무슨 일이 일어났는지 깨닫기도 전에 윌마 상통은 기쁨에 넘쳐 환호성을 지르고 야단법석을 떨며 자리에서 일어났다. 당연히 로버트를 축하하려는 게 아니라, 그녀가 로버트를 이겼다는 것이 너무나 명백해졌기 때문이었다. 로버트는 자신도 이해하지 못하는 이유로 고요하게 침착함을 유지했다. 그의 심장박동조차도 변하지 않았다. 윌마 샹통의 행동이 그를 냉정하게 만들었다.

마이크를 들고 있는 사회자는 홀을 둘러봤다. "유감입니다만, 소피아 윈터 씨는 직접 수상할 수 없습니다. 참으로 안타까운 상황입니다." 사회자가 낮은 목소리로 조심스럽게 말했다.

바스티는 로버트를 팔꿈치로 툭 쳤다.

"무슨 일이에요?"

"무슨 일이 일어나야 해요?"

"무대에 올라가서 상을 받아야죠."

"글쎄, 필요 없어요." 로버트는 대수로이 여기지 않았다. 바스티는 그 모습에 더욱 당황했다.

"그렇게 노력했는데 공로조차 인정받기 싫다고요?"

"여기서 큰 소동을 일으키고 싶지 않습니다." 마음을 완전히 비운 로버트가 대답했다. 승리에 대한 압박감이 하늘로 사라졌다. 바스티는 위로차 어깨에 팔을 올렸다.

"뭐 하는 거예요?" 로버트가 팔을 걷어내며 말했다.

"강한 척할 필요 없어요. 감정이 올라오는 대로 내버려둬요." 바스티가 진지하게 말했다.

"그걸 저한테 바라지는 말아요." 로버트가 대꾸했다.

그러자 바스티가 자리에서 벌떡 일어났다. 로버트는 벌어질 수 있는 최악의 상황을 대비해야 했다는 걸 곧바로 깨달았지만 너무 늦었다. 아무도 바스티를 말릴 수 없었다.

"저는 윈터 부인 가족의 친구로 상을 대신해서 받고자 합니다." 그가 크게 말했다. 마이크를 들고 있는 남자가 당황한 표정으로 바라봤다.

"그렇다면, 네…. 소피아 윈터 씨 대신 무대에 올라와주세요."

바스티에게 두 번 물을 필요가 없다. 그는 그 순간을 멋진 쇼로 바꿨다. 그는 무대에 오르면서 노란 손수건을 꺼내 볼을 따라 흐르는 눈물을 톡톡 닦았다. "감사합니다. 여러분과 소피아 모두 사랑합니다!" 그는 큰소리로 소감을 말했고, 거기에 감동한 청중은 환호하면서 손뼉을 쳤다. 오직 로버트만이 창피해서 땅속으로 기어 들어가고 싶었다. 그러면서 로버트는 이 일에 대해 바스티에게 단단히 말해야겠다고 결심한 듯 보였다.

무대 위 프로그램은 계속되었다. 마이크를 들은 사회자가 다음 명단을 펼쳐 들었다. "3등은 윌마 샹통입니다."

또다시 박수 소리가 연회장을 가득 메웠다. 로버트는 조심스럽게 손뼉 치며 윌마 샹통의 표정을 살폈다. 그녀는 실망한 표정을 감추려 애를 썼다. 윌마는 분명 더 높은 순위를 기대했을 것이다. 그녀는 열광적인 환호성을 뒤로하고 무대로 걸어가는 동안 주변 사람들에게 몇 번이나 감사하다고 고개를 끄덕여 인사했다. 무대로 걸어가는 윌마의 표정에서 자신이 3등이라는 사실을 인정하기가 얼마나 어려운지 짐작할 수 있었다.

윌마 샹통은 우수한 매출 실적으로 회사 차를 선물받았다. 그녀가 상을 받고 무대에서 내려와 로버트에게 보란 듯이 자동차 열쇠를 코 옆에 대고 흔들거렸다. 하지만 로버트는 아무런 반응도 하고 싶지 않았다. "새해에 새 판에서 새 카드로 해보자고요." 그가 말했다.

윌마 샹통은 놀란 눈빛이었다. 그녀가 거기까지는 예상하지 못한 것 같았다. "어머나, 언제까지 기다려야 하나요. 기꺼이 해보자고요, 윈터 씨." 윌마 샹통은 로버트에게 처음으로 패배했을 때의 쓰디쓴 미소를 보이며, 로버트가 내민 도전장을 기꺼이 받아들였다. 도전을 즐기는 그녀는 이번 타깃을 로버트로 삼은 것이 분명했다.

"여보세요? 누구예요?" 핸드폰 너머로 졸린 목소리가 대답했다. 릴리의 목소리다. 그는 그녀에게 미리 말한 적 있었다. 시차가 문제라고. 하지만 그녀는 꼭 태국으로 가야만 했다. 그러니 자다 깨서 받을 수밖에.

"접니다, 알려드릴 게 있어서요." 로버트는 귀를 막은 채 핸드폰에 대고 소리쳤다. 연회장은 뜨거운 열기로 가득했다. 시상식은 끝이 났고 애프터 파티는 절정으로 치닫고 있었다.

"그래, 어떻게 됐어요?" 로버트는 만족스럽게 웃었다. "모든 게 잘 되었죠. 생각한 것보다 결과가 훨씬 더 좋았습니다."

"그래서 이겼다는 건가요?"

"제가 1등은 아니지만 이긴 건 맞습니다."

그는 릴리에게 장황하게 설명할 필요가 없었다. 그녀는 무슨 의미인지 정확히 이해했다. "정말 너무나 기쁘네요. 그 모든 걸 윈터 씨 스스로 다 해냈잖아요."

로버트는 일부만 그렇게 생각했다. "이 일에서 정말 큰 역할을 했죠. 릴리 씨가 없었다면 저는 이 자리에 없습니다. 거기에 대해 말로 다 할 수 없이 참으로 감사합니다."

디제이가 첫 번째 음악을 틀자 사람들이 춤을 추러 우르르 몰려나갔다. 연회장은 점점 더 시끄러워졌다.

"윈터 씨, 잘 안 들려요." 로버트는 릴리의 말소리가 들렸다.

"무사히 건강하게 돌아오세요." 로버트가 핸드폰에 대고 큰 소리로 기쁘게 소리쳤다. "지금은 다시 푹 잘 자고요."

그는 핸드폰을 주머니에 넣었다. 기분이 참 좋았다. 온몸이 아드레날린으로 가득 차오르는 것 같았다. 이제야 그는 자신의 패배를 그토록 담담하게 받아들인 이유를 알 수 있었다. 그것은 패배가 아니었기 때문이다. 과정이 곧 목표다. 지금까지 살면서 이 난해한 문구가 실제로 무엇을 의미하는지 얼마나 자주 고민했던가! 그는 이제야 자신의 목표가 올해의 베스트 뷰티 컨설턴트 1등이 아니라는 것을 이해했다. 아직 길의 끝에 도달하지 않았다. 갈 길이 아직도 많이 남았다.

"4등은 겨우 선물 바구니 하나예요." 바스티가 고급 식재료와 희귀 식품이 가득 담긴 바구니를 들고 왔다.

로버트는 놀란 눈으로 바라봤다. "그게 다 뭡니까?"

"자, 봐요. 아저씨 부인이 탄 상품이라고요. 아저씨는 이거 받을 자격 있어요."

로버트는 그 말을 부인할 수 없었다.

"나라면 물론 크루즈 여행권을 더 좋아했겠죠." 바스티가 이탈리아 막대 과자를 입에 넣고 우물거리며 말했다.

"실망하게 해서 미안해요." 로버트가 말했다.

"두 사람 보내준다고 했죠? 제가 얼마나 오랫동안 휴가를 못 갔는 지 아세요?"

로버트는 바스티를 비스듬히 쳐다봤다. "물론이죠. 크루즈 여행에 우리 룸메이트를 데리고 갔겠죠."

바스티는 가볍게 맞받아쳤다. "아저씨 친구 그렇게 많지 않잖아요."

로버트는 맞받아칠 적당한 말이 혀끝까지 올라왔지만, 꿀꺽 삼켜버렸다. 그리고 바스티가 선물 바구니를 뒤적거리는 모습을 즐겁게 바라봤다. 춤추는 사람은 점점 더 많아졌고 이곳을 가득 메운 삶을 향한 기쁨의 열기에 가만히 앉아 있을 수 없었다. 그는 비트에 발을 맞춰 움직였고 발바닥과 가슴이 뜨거워지도록 춤을 춰본 게 언제였는지 생각해봤다. 그때 춤추는 사람들 사이로 로즈마리가 환하게 웃으며 자신에게 윙크를 보냈다.

로버트와 바스티가 집으로 돌아왔을 때는 이미 깊은 밤이었다. 집에 오자마자 방으로 직진한 새로운 룸메이트와는 달리 로버트는 아직 잘 생각이 없었다. 선물 바구니에는 이탈리아 펜켈 살라미, 간으로 만든 부드러운 파테 통조림, 각국의 유명 생과자들이 담겨 있었다. 그리고 영업용 회사 차나 크루즈 여행권보다 값진 것이 있었다. 바로 샴페인이다. 로버트는 조심스레 샴페인을 열고 두 잔을 채웠다. 한 잔은 소피아가 늘 앉는 자리에 두고 나머지는 손으로 들었다. 그는 잔 표면으로 올라오는 미세한 거품을 가만히 봤다. 그는 소피아가 자기 앞에 앉아 있다고 상상했다. 소피아는 그가 집으로 돌아오는 길에 샴페인을 사다주기 원했을 뿐인데. 눈물이 가득 차올랐다. 그 순간, 소리가 들려왔다. 누군가 집 안으로 들어오려고 열쇠로 문을 여는 소리였다. 로버트는 확신했다. 그렇게 문이 열렸다.

윈터 씨의 해빙기

초판 1쇄 발행 2024년 5월 10일

지은이 슈테판 쿨만
옮긴이 양혜영
펴낸이 서재필
책임편집 김현서
펴낸곳 마인드빌딩

출판등록 2018년 1월 11일 제395-2018-000009호
전화 02)3153-1330
이메일 mindbuilders@naver.com
ISBN 979-11-92886-47-3(03850)

달로와는 마인드빌딩의 문학 브랜드입니다.

＊책값은 뒤표지에 있습니다.
＊잘못된 책은 구입하신 곳에서 바꿔드립니다.